应用型本科院校规划教材/计算机类

U0095528

主 编 蔡爱杰 龚 丹
副主编 邓 琨 王会英 付 强

计算机操作系统

Operating System

哈尔滨工业大学出版社

内容简介

本书是编者参与应用型本科院校计算机专业课程教学内容改革探索与实践的成果之一。为适应新时期计算机专业人才培养目标的需求、适应计算机行业的发展,在结构组织上采取功能分解、任务驱动的模式,首先通过了解操作系统全貌、提出总的设计目标,进而以"管理目标—解决思路—设计原则—基本实现方法"为线索,依次阐述操作系统的四大资源管理职能,即处理器管理、存储器管理、设备管理和文件管理;在内容安排上除保持稳定的理论核心外,引入了现代操作系统的新技术和主流操作系统的实用技术与系统安全策略。

本书定位于操作系统的知识、技术基础层次,突出实用性、系统性,为学生今后在专业纵深方向的学习和研究奠定基础。

本书可作为应用型本科院校及高职高专院校计算机及相关专业的操作系统课程的教材,也可作为从事计算机专业工作人员的参考书。

图书在版编目(CIP)数据

计算机操作系统/蔡爱杰,龚丹主编.—哈尔滨:
哈尔滨工业大学出版社,2010.8
ISBN 978-7-5603-3048-8

Ⅰ.①计…　Ⅱ.①蔡…　②龚…　Ⅲ.①操作系统
Ⅳ.①TP316

中国版本图书馆 CIP 数据核字(2010)第 130359 号

策划编辑　赵文斌　杜　燕
责任编辑　费佳明
出版发行　哈尔滨工业大学出版社
社　　址　哈尔滨市南岗区复华四道街 10 号　邮编 150006
传　　真　0451 - 86414749
网　　址　http://hitpress.hit.edu.cn
印　　刷　黑龙江省地质测绘印制中心印刷厂
开　　本　787mm×1092mm　1/16　印张 18　字数 415 千字
版　　次　2010 年 8 月第 1 版　2010 年 8 月第 1 次印刷
书　　号　ISBN 978 - 7 - 5603 - 3048 - 8
定　　价　32.80 元

序

　　哈尔滨工业大学出版社策划的"应用型本科院校规划教材"即将付梓,诚可贺也。

　　该系列教材卷帙浩繁,凡百余种,涉及众多学科门类,定位准确,内容新颖,体系完整,实用性强,突出实践能力培养。不仅便于教师教学和学生学习,而且满足就业市场对应用型人才的迫切需求。

　　应用型本科院校的人才培养目标是面对现代社会生产、建设、管理、服务等一线岗位,培养能直接从事实际工作、解决具体问题、维持工作有效运行的高等应用型人才。应用型本科与研究型本科和高职高专院校在人才培养上有着明显的区别,其培养的人才特征是:①就业导向与社会需求高度吻合;②扎实的理论基础和过硬的实践能力紧密结合;③具备良好的人文素质和科学技术素质;④富于面对职业应用的创新精神。因此,应用型本科院校只有着力培养"进入角色快、业务水平高、动手能力强、综合素质好"的人才,才能在激烈的就业市场竞争中站稳脚跟。

　　目前国内应用型本科院校所采用的教材往往只是对理论性较强的本科院校教材的简单删减,针对性、应用性不够突出,因材施教的目的难以达到。因此亟须既有一定的理论深度又注重实践能力培养的系列教材,以满足应用型本科院校教学目标、培养方向和办学特色的需要。

　　哈尔滨工业大学出版社出版的"应用型本科院校规划教材",在选题设计思路上认真贯彻教育部关于培养适应地方、区域经济和社会发展需要的"本科应用型高级专门人才"精神,根据黑龙江省委书记吉炳轩同志提出的关于加强应用型本科院校建设的意见,在应用型本科试点院校成功经验总结的基础上,特邀请黑龙江省9所知名的应用型本科院校的专家、学者联合编写。

　　本系列教材突出与办学定位、教学目标的一致性和适应性,既严格遵照学科体系的知识构成和教材编写的一般规律,又针对应用型本科人才培养目标及与之相适应的教学特点,精心设计写作体例,科学安排知识内容,围绕应用讲授理论，做到"基础知识够用、实践技能实用、专业理论管用"。同时注意适当融入新理论、新技术、新工艺、新成果，并且制作了与本书配套的 PPT 多媒体教学课件，形成立体化教材，供教师参考使用。

"应用型本科院校规划教材"的编辑出版，是适应"科教兴国"战略对复合型、应用型人才的需求，是推动相对滞后的应用型本科院校教材建设的一种有益尝试，在应用型创新人才培养方面是一件具有开创意义的工作，为应用型人才的培养提供了及时、可靠、坚实的保证。

希望本系列教材在使用过程中，通过编者、作者和读者的共同努力，厚积薄发、推陈出新、细上加细、精益求精，不断丰富、不断完善、不断创新，力争成为同类教材中的精品。

黑龙江省教育厅厅长

2010 年元月于哈尔滨

前　　言

　　计算机科学与技术的不断发展,使得计算机的应用已经渗透到工业生产、经贸交流以及社会生活的各个方面,随着应用层面的不断加深,人们对计算机所能提供的功能有了更多更苛刻的要求。从历史源头上看,计算机硬件系统产生并投入应用之后,才出现了操作系统,但是操作系统作为发挥计算机硬件系统功能、改造计算机硬件系统性能的第一层次的系统软件,在计算机系统中起着举足轻重的作用,操作系统的设计技术和实现技术必定深刻影响当代以至未来计算机的应用和发展。

　　计算机操作系统是计算机科学技术及相关专业必修的专业基础课程,为了使学生更好地学习操作系统的基础原理和透彻理解在操作系统的管理与组织之下计算机系统的动作过程,本书的编者总结多年教学经验,参考相关教材、专著,力图使本教材呈现如下特点:一是注重操作系统学科知识体系的系统性、实用性和先进性,既致力于传统的、具有通用性质的操作系统基本概念、基本技术、基本方法的阐述,又融合现代操作系统最新技术发展和应用的讨论;二是将操作系统的理论知识与操作系统的具体实践相结合起来,选择了具有代表性的 Windows 操作系统、Linux 操作系统作为实例进行讲解,使操作系统成熟的知识理论、设计原理与当代最具代表性的具体实例的实现技术相辅相成,十分有益于学生深入理解操作系统的整体概念和牢固掌握操作系统设计实现的精髓。

　　本书的编写力图达到以下三个层次的学习目标:第一层次是建立操作系统与计算机硬件和其他软件之间的联系,使学生能够掌握操作系统是什么、它有什么职能和任务;第二层次的目标是通过分析操作系统职能、任务,阐述在进行操作系统软件设计时应该考虑哪些问题、实现的原则与理论,同时在任务驱动之下,培养学生分析问题和解决问题能力;第三层次是在前两个层次的基础上,一方面从专业的角度上通过本课程的学习,为后续进行复杂的、综合性的实用软件设计提供系统的过程指导,另一方面,培养学生一个外延性的能力,即通过详细讨论操作系统各部分管理目标、管理任务、管理方法,帮助学生形成管理思维。

　　本书共分9章,第1章为概述,初步了解操作系统全貌;第2章至5章详细介绍操作系统的四大资源管理职能,即处理器管理、存储管理、设备管理和文件管理;在详细阐述了基本的管理职能之后,在第6章、第7章则分别以 Windows 操作系统和 Linux 操作系统为例,分析前面各章所学知识在实际系统中的运用,使学生能够对具体实现时遇到的更多细节问题有所体会;第8章简要叙述了现代操作系统一些新的概念,最后,在第9章介绍了有关操作系统安全的知识。

　　本书第1、3章由龚丹编写,第2、4章由蔡爱杰编写,第5章由邓琨编写,第6章至第9章分别由张振蕊、付强、姚璐、王会英编写,徐红梅、于剑光、孙海龙、姜晓巍也参与了组织材料和整理书稿的过程。

　　尽管本书经过了作者的反复讨论和推敲,但限于水平,难免有不妥之处,希望读者提出宝贵意见。作者电子邮箱为 pcgong1001@yahoo.com.cn。

编者

2010 年 5 月

目　　录

第 *1* 章

操作系统导论

随着计算机的发展和普及,计算机的应用已经渗透到社会生产和生活的各个领域,若使计算机的作用得以发挥必须为其配置操作系统。那么什么是操作系统,从其产生至今经过哪些发展变化、具有哪些功能和特性呢? 本章将阐明这些最基本的问题。

【学习目标】

1.理解操作系统在计算机系统中所处的地位,熟练掌握操作系统的概念、功能和特性。

2.了解操作系统的发展历史。

3.掌握不同类型操作系统的设计目标、特点和适用场合。

4.理解并掌握操作系统的体系结构。

5.了解操作系统的人机界面。

【知识要点】

操作系统的概念、功能、特性;操作系统的类型;操作系统的体系结构。

1.1 操作系统的概念

在认识操作系统、分析其功能之前,必须对计算机系统结构和功能逻辑有一定的认识,因此本节会首先对计算机系统特别是底层的硬件知识进行概述,引出操作系统的特性和涉及的设计问题,以便在学习过程中抓住其前后关系。

1.1.1 计算机系统

从一般用户的角度来看,计算机是这样一种现代化的电子设备:它有一个很重要的部分称为主机,并且连接着一些负责输入与输出的设备,能帮助人们处理事务、进行高速又精确的数据计算与统计、储存资料,还可以娱乐,与网络连接后还可以共享大量的资源和信息。但是从专业人员的角度,则会突破一般用户所“见到”的计算机。

计算机系统是由硬件和软件两大部分组成,它们是计算机系统的资源。计算机的硬件部分是计算机系统赖以工作的实体,主要由处理器、主存储器、输入/输出模块等部件组成,并由系统总线实现部件间的互联,如图 1.1 所示。

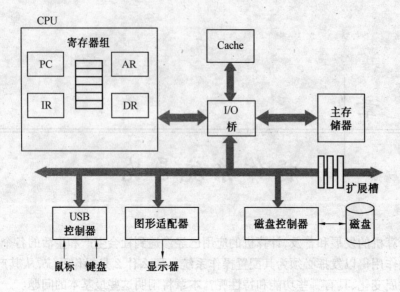

图 1.1　典型计算机系统硬件组成

(CPU:中央处理单元;PC:程序计数器;IR:指令寄存器;AR:地址寄存器;DR:数据寄存器;

Cache:高速缓冲存储器;I/O:输入/输出;USB:通用串行总线)

1.处理器和几种主要的寄存器

处理器是计算机中最核心的部件,控制计算机的操作及执行数据处理功能,在单处理器的系统中通常指中央处理单元(CPU)。处理器中包括一组存取速度极快的寄存器,如:

(1)数据寄存器(DR):用于暂存指令执行过程中需要或产生的数据。

(2)地址寄存器(AR):包含指令和数据的主存储器地址。

数据寄存器和地址寄存器可以是通用的,对程序员也是可见的,可通过编程引用,减少对主存储器的访问,提高执行速度。

(3)程序计数器(PC):保存下一条指令的地址,处理器每取指一次则自动递增。

(4)指令寄存器(IR):保存处理器即将执行的指令的内容。

(5)程序状态字(PSW)寄存器组:包含条件码和其他状态信息。

程序计数器、指令寄存器和程序状态字寄存器组只能由控制模式(也称操作系统模式)下的某些机器指令访问。

不同的机器有不同的寄存器结构,此处仅列出了通常情况下指令执行所必需的,其他的还有中断寄存器组、栈指针寄存器等,在此不一一列举。

2.主存储器和高速缓冲存储器

寄存器是计算机系统中访问速度最快的存储部件,但它的容量极其有限,因此处理器执行的指令和处理的数据在拷贝到相应寄存器之前是保存在主存储器,简称主存(也称内部存储器,简称内存)中的,而操作结果,包括一些中间结果也将从寄存器拷贝到主存储器中暂存,主存储器在容量上有明显优势,但是存取速度与处理器的执行速度不相匹配,为了提高存取速度,调和寄存器与主存储器在容量和速度(包括价格)上的矛盾,引入了高速缓冲存储器(Cache)。处理器与高速缓存之间以字节传送,而高速缓存与主存储器之间以块为单位存取,这样做一方面使处理器摆脱了主存储器的速度制约,另一方面频繁访问的数据刚好暂存于高速缓存中(称为命中)时,则极大地提高了访问和执行的速度。

　　计算机系统中的容量更大但同时存取速度也相对更慢的存储部件是辅助存储器,简称辅存(也称外部存储器,简称外存),如硬盘、磁带,以及光盘等可移动存储设备,它们主要用来永久保存海量信息。寄存器、高速缓存、主存储器和辅助存储器共同构成了计算机系统的存储层次结构,如图1.2所示,对它们的选取、组织和利用是操作系统设计时必须考虑的问题之一。

图1.2　存储器层次结构图

3.指令执行过程

　　从处理器的角度看,程序实际上是按一定顺序排列的指令集合,处理器的工作就是不断重复地从存储器中取指令并执行指令,一条指令从取出到执行完毕称为一个指令周期,在指令周期内,可能涉及数据的输入/输出(I/O),为了提高处理器的利用率,在处理I/O时,允许当前指令中断(这只是发生中断的典型事件之一,有关中断的内容将在后续章节中详细介绍),处理器转去执行其他指令,指令执行过程如图1.3所示,中断处理完成后再恢复原指令的执行,中断发生时CPU现场的保存以及中断结束后的恢复由操作系统完成。

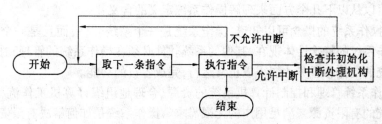

图1.3　处理器执行指令过程

　　以上介绍了计算机系统中主要的硬件部件,在没有任何软件支持时称其为裸机,它们构成了计算机系统的物质基础,而实际运行的计算机是经过若干层次的软件改造后的。简单地说,计算机软件就是计算机所运行的程序集合,用于指挥计算机系统按指定要求进行工作。计算机软件包括系统软件和应用软件。系统软件有操作系统、汇编和编译程序、连接装配程序、其他系统实用程序与工具等;应用软件则是依不同需求编制的程序,如Office办公软件、影音播放软件等。这样,完整的计算机系统可以描述为如图1.4所示的结构。

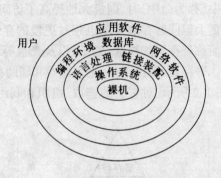

图 1.4　完整的计算机系统构成

　　软件多种多样,功能各异,它们的存在使得用户可以轻松地指挥计算机为自己服务。而在所有的软件中,操作系统是最接近硬件的,它不仅是用户与计算机之间的媒介,更是所有的其他软件的支撑平台,是构成基本计算机系统必不可少的系统软件。

1.1.2　操作系统的概念

　　从图 1.4 可以看出,由裸机开始,向上呈现了一种层次结构,直至计算机的使用者。用户不必直接与硬件打交道,而是从各种应用软件那里得到服务,满足需求;而各种应用软件包括数据库系统和网络工具不必受限于编制语言,在语言处理程序的帮助下获得了语言的透明性和编制方法的灵活性,通过链接和装配工具形成一个个待运行的程序,接下来程序执行所需的、硬件部件所能提供的输入、处理(计算)和输出功能都以操作系统为媒介,在操作系统的控制和管理下各得其所。

　　现在,我们正式为操作系统下一个定义,操作系统(Operating System)是控制和管理计算机系统硬件资源和软件资源的系统软件,它合理地组织计算机工作流程,是用户与计算机之间的接口。

　　我们可以从以下几个方面来理解操作系统定义的含义:

　　(1)从操作系统的概念可以知道,操作系统是一个系统软件,而且是一个特殊的系统软件。操作系统的特殊性体现在,其他的系统软件必须在操作系统的管理和控制下,并得到操作系统的支持和服务才能得以正常运行,完成各自的功能。

　　(2)操作系统管理和控制计算机系统的资源、合理地组织计算机工作流程,就是要用计算机系统的有限资源来满足用户的无限需求。操作系统是如何解决有限资源与无限需求这一对矛盾的呢?操作系统需要采用一些合理、公平的方法与策略进行分配资源、回收资源,使得硬件的功能发挥得更好、利用率更高,使得用户合理共享资源、防止各用户间的干扰,从而计算机系统能够高效地工作。

　　(3)操作系统是用户与计算机之间的接口,它给用户提供了一个方便、友好的操作的平台。用户无需了解硬件的特性,就可以通过操作系统提供的命令或图形界面来完成自己的操作。

1.1.3　操作系统的功能

　　操作系统的功能可以分为以下三个方面。

1.用户和用户程序与计算机之间的接口

前面我们已经学习到计算机系统的典型硬件构成,并简单认识了处理器执行指令的逻辑过程,操作系统的存在,可以使用户不用关心计算机的这些硬件细节,对于一般应用者来说处理器如何执行指令也无需知道,他们只要知道自己想要做的,而如何"做"则由各种软件来完成;如果用户是一名程序员,了解一定的处理器逻辑是必要的,但你需要做的也仅是组织好自己的指令集合,也就是编写程序,至于程序的解释、对硬件的指挥全部交给系统软件就可以了。

各种软件程序是如何运行的呢? 运行一个程序前,操作系统会做许多准备工作,申请空闲的主存空间,把指令和数据装入其中,申请 I/O 设备及其他资源;程序运行中,操作系统随时监控,进行控制转移和分配资源,在多用户及多道程序的环境下,还要进行访问安全控制;程序运行结束后操作系统回收各种资源并进行记录。

所以说,无论是用户还是用户程序都是通过操作系统提供的方便、统一、透明的接口来使用计算机的。

2.资源管理

一台计算机就是一组资源,从资源管理的角度看,操作系统主要有四大功能:

(1)处理器管理。在单道串行作业时,处理器只为一个作业所使用,对处理器管理十分简单,但是在引入多道程序设计后,操作系统必须合理组织多个作业,按照一定的调度算法分配和回收处理器,不同的实施策略表现出不同的操作系统;在多处理器的系统中,处理器的管理还要负责多个处理器之间的平衡。

(2)存储管理。主要指主存储器的管理,负责为程序分配空间、进行地址变换以及运行结束后回收空间,除此之外,为了尽可能多地接纳用户提交的作业任务,提高系统中各种资源,特别是处理器的利用率,同一时刻主存中会存放多道程序,也包括操作系统自身的相关模块,所以存储管理还必须保证系统程序与用户程序、用户程序与用户程序之间都不会发生冲突,各个作业的程序空间受到保护,互不干扰;为节省空间占用,要支持对公共的程序段的共享;当用户作业所需的主存空间超过系统所能提供的数量时,提供必要的主存扩充技术,如虚拟存储等。

(3)文件管理。文件管理可以分为硬资源和软资源两方面的管理。硬资源包括辅助存储器、磁带、光盘等存储设备,外围海量存储设备是供长期保存用户程序和数据的,为有效利用存储空间和方便存取,对存储空间要进行适当的组织管理、分配和回收,而对程序、数据等软资源,要为用户提供按名存取、文件目录、文件读写、检索、修改以及解决文件的共享、保密和保护。

(4)设备管理。计算机系统中常常配置多种外围设备,各自功能和输入输出的特性都不同,要在一个系统中协同工作,必须由操作系统对这些设备进行管理,涉及分配和回收、启动及故障处理等,为提高系统的并行性,引入虚拟设备技术和缓冲;设备管理中还要求实现设备的独立性,来减少用户使用设备的技术负担,也可以提高用户程序的通用性。

3.控制和协调程序的运行

也许你也曾试过一边进行文档编写、一边听音乐,一边玩游戏、一边聊天,在一台计算机上呈现了多个程序同时运行的情形,这么多个程序是如何相安无事地在一个系统环境中同时活动的呢？犹如世界各国进行国际经济贸易交流时，需要一个规则制定者和监督管理者——世界贸易组织（WTO），而计算机系统中由操作系统承担这样的功能。

事实上，即使计算机系统中只有一个应用程序在运行，或者一个程序也没有运行（当然这是用户的感觉，操作系统本身也是一种程序，它的某些模块以及其他一些系统软件一直在运行中），也离不开操作系统的控制和协调。五花八门、功能各异的用户程序都是由某种高级语言编写的（通常情况是这样的），要由操作系统完成翻译工作，使其能够被处理器读懂；程序执行过程中需要输入或输出时，由操作系统接收这种申请并决定是否支持，不论是否申请成功，都将发生执行路线的转移，或是转到相应的处理上，或是中止当前程序，这其中要进行转移前的现场保护、调度新程序执行及现场恢复都需要操作系统的控制和协调。

操作系统的组织协调工作主要有进程调度、中断管理、进程通信、死锁对策等。

1.1.4　操作系统的特性

操作系统实质上就是一组程序模块的集合，与所有软件一样由某种程序设计语言编写，并储存于存储设备上，装载入主存储器后为处理器提供指令。但是操作系统作为用户和用户程序与计算机之间的接口，管理着计算机系统中的软、硬件资源，控制并协调其他程序的执行，它还必须具备以下特性。

1.并发性

并发指的是在操作系统中存在许多同时的或平行的活动。例如，输入输出活动和计算活动的并行；又如，在主存中同时存在几道用户程序，它们在处理器上交替运行等。由并发而引起的一些问题是：要能从一个活动转向另一个；保护一个活动使其不受另外一些活动的影响；有相互依赖的活动之间能相互协调、实施同步并进行信息交换。

2.共享性

系统中存在的各种并发活动要共享系统软、硬件资源，之所以这样做有四个理由：

（1）从经济上考虑。计算机系统的价格仍然很昂贵，资源共享是提高经济效益的一种比较合理的解决方法。

（2）当若干程序员协同工作开发软件时，可能需要互相使用他人拥有的软件资源。

（3）许多用户往往要同时使用某一资源，特别是系统软件。例如，某种语言的编译程序、文本编辑程序等。为了节省存储空间，提高工作效率，可以使这些用户共享这些资源，而不是向每个用户提供一个副本。

（4）几个用户要求运行不同的程序，但可能要使用相同的数据。

与共享有关的问题有资源分配、对数据的同时存取、不同的活动要能同时执行一个程序以及必要的保护等。

3.不确定性

如果同一程序在同一数据集上运行，则不论今天或每天，产生的结果应该是相同的。从这个意义上来说，操作系统应该是确定的。但是同样一个程序在同一数据集上运行，这次需要三分钟，下一次则可能需要三分半钟。同一组程序 pr_1、pr_2、pr_3，它们一起提交操作系统运行，这次可能 pr_1 先完成，然后 pr_2、pr_3；下一次却可能是 pr_2，然后是 pr_1、pr_3。从这个意义上看,操作系统的工作又带有某种不确定性。

系统外部表现的不确定性是有其内部原因的。系统内进行的各种活动错综复杂,与这些活动有关的事件,例如从外部设备来的中断、输入、输出请求,程序运行时发生的故障等,发生的时间是不可预测的。由这些事件组成的事件序列数量巨大,它们可能发生的时间同样也是不能预测的。所以操作系统需要处理的就是不确定的事件序列。如果考虑不周、设计不当,则操作系统在处理某一事件序列时可能工作正常,在处理另一事件序列时则出错。而且这种错误很难复现,同样带有不确定性。

4. 虚拟性

在计算机系统中的硬件实体确定的前提下,操作系统应该为用户提供方便且有效的方式来使用计算机,并尽可能通过操作系统的改造获得更强的功能。比如,通过虚拟存储管理使得主存的容量理论上可达到主存与辅存的容量之和,通过虚拟机技术使得一台计算机呈现为多台计算机,利用分时技术多个普通终端用户可以同时获得高性能主机的服务等。

5. 可扩展性

操作系统应该具有可扩展的能力,即在构造操作系统时,应该允许在不妨碍服务的前提下有效地开发、测试和引进新的系统功能,适应新的硬件资源的管理需求和用户的应用需求。

1.2　操作系统的发展历史

操作系统发展也遵循着从无到有、由简到繁的规律,其根本动因是需求,计算机硬件系统性能的提升则是操作系统向前发展的物质前提。

1.2.1　人工操作阶段

计算机为人们提供计算功能的历史可追溯到 20 世纪 40 年代后期,而第一个操作系统则出现于 20 世纪 50 年代中后期,也就是说有大约 10 年的时间程序员都是直接与计算机硬件打交道的,这一时期也正是计算机自身发展的第一阶段——电子管时代。在电子管计算机时期,计算机运算速度慢,没有操作系统,甚至没有任何软件,从事计算的机器置于一个控制台上,控制台上设有触发器、显示灯、输入和输出设备。在上机运行前,用户要花费大量的时间做准备,其中最具代表性的就是将机器语言编制的程序通过打孔的方式"录入"到纸带上,在上机运行时则独占计算机系统的全部资源:先把程序纸带(或卡片)装到输入机上,然后启动输入机把程序和数据送入计算机,接着通过控制台开关启动程序运行。如果出现错误使程序停止,将由指示灯提示,程序员检查处理器寄存器和主存储器,确定错误原因并修改、重新执行(要注意的是,大多数时候修改和重新执行将在相当长的时间以后作为一个全新的任务从头操作);如果计算完毕,打印机输出计算结果,用户取走并卸下纸带。

虽然操作过程繁琐,但是电子管计算机仍然是当时将人从大量的数值计算中解脱出来的先进设备,由于电子管计算机的造价昂贵,为避免一个用户(或用户程序)长时间占用机器,用户对机器的使用都是通过一个硬件计时表预订好的,这样就出现若一个用户在其签约的时间内提前完成,剩下的时间计算机只能闲置,若没能在预订的时间内完成,程序也必将强制停止的问题;另一方面,由于没有操作系统或其他任何软件,程序的编译、链接到执行每一步都将涉及安装或拆卸纸带或卡片组,大量的人工操作速度慢而且错误率高。在寻求解决方法的过程中,首先开发了一些包括公用函数库、链接器、调试器的公用软件,对所有用户来说都是可用的,提供公共服务的思想是操作系统发展中不可或缺的一环。为进一步摆脱人工操作、实现作业的自动调度,出现了批处理系统。

1.2.2 早期的批处理系统

在计算机发展的早期阶段,由于没有任何用于管理的软件,在计算机的执行系统中有两个核心:CPU 和人。一个用户交付的作业由许多作业步组成,任何一步的错误操作都可能导致该作业从头开始。为降低错误操作带来的消耗,解决的办法是配备专门的计算机操作员,程序员不再与机器直接打交道,但是其本质上还属于人工操作,特别是在 20 世纪 50 年代末,当计算机进入晶体管时代时,CPU 的执行速度已经不是"熟练"这种模糊的词汇能够匹配的,摆脱人工操作的束缚,尽可能提高 CPU 的利用率成为十分迫切的任务。

这种称为批处理的解决方案,其中心思想是操作员把用户提交的作业分类,把一批中的作业编成一个作业执行序列,每一批作业将有专门编制的监督程序自动依次处理。早期的批处理可分为两个阶段,即联机批处理和脱机批处理。

1. 联机批处理

图 1.5 给出了联机批处理的模型图,慢速的输入输出(I/O)设备是和主机直接相连的。

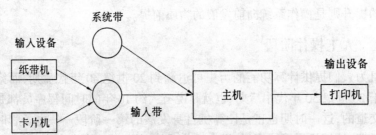

图 1.5 联机批处理系统模型图

程序员提供的程序、数据和作业说明书仍然被做成纸带或卡片组,接下来操作员会有选择地把若干作业合成一批,通过输入设备(纸带输入机或读卡机)把它们存入磁带;监督程序读入一个作业并从磁带调入需要的汇编程序或编译程序,将用户作业源程序翻译成目标代码,链接装配程序把编译后的目标代码及所需的子程序装配成一个可执行程序后启动执行,执行完毕后输出计算结果;再读入一个作业,重复前面的步骤;一批作业完成,处理下一批作业。

在理解这一批处理系统之前,引入一种特殊的程序设计语言,即作业控制语言(JCL),作业中的指令和监督程序中的指令均是以这种语言的基本形式给出的。监督程序是常驻于主存中的,它运行在用户程序之上。处理器从监督程序处获得指令,从作业序列中读入一个作业,也同样从监督程序那里获得指令由用户程序开始处执行;如果用户程序需要编译、装配等,也是在监督程序的指示下,加载相应的子系统到主存中执行,直至整个用户程序运行结束或因错停止,处理器则再返回到监督程序那里接收新的指令。

从这个过程可以看出,监督程序完成了许多在原来的人工操作时代手工完成的作业步,减少了人为错误,使得高速且昂贵的 CPU 在更多的时间处于工作状态。在监督程序控制下的联机批处理系统中必须要注意以下问题:

(1)在"繁忙"的工作中,CPU 所执行的指令,一方面来源于监督程序,另一方面来自用户程序,这也是后来的操作系统模式中系统模式和用户模式的前身,为保证两种模式,主要是系统模式的正确执行,引出了主存特定区域的保护问题。

(2)在一个用户作业被处理的过程中,主存中(除监督程序常驻区域外)不仅仅会出现用户程序,还有一些必要的公共子系统,这些子系统进入主存带来了主存的共享与扩充的问题。

可见,这种联机批处理方式解决了作业自动转接,避免了作业转接期间的人工操作,提高了 CPU 的利用率,但是在作业的输入和执行结果的输出过程中,主机 CPU 仍处在停止等待状态,这样慢速的输入输出设备和快速主机之间仍处于串行工作,CPU 的时间仍有很大的浪费。

2.脱机批处理

要将 CPU 从对慢速的输入输出设备的等待中解脱出来,就要由专门的设备来处理输入输出操作,即增加一台不与主机直接相连而专门用于与输入输出设备打交道的卫星机。卫星机的功能是:

(1)输入设备通过它把作业输入到输入磁带。

(2)将输出磁带上的作业执行结果输出到输出设备。

这样,主机不是直接与慢速的输入输出设备打交道,而是与速度相对较快的磁带机发生关系。主机与卫星机可以并行工作,二者分工明确,以充分发挥主机的高速度计算能力。因此脱机批处理和早期联机批处理相比大大提高了系统资源的利用率和 CPU 的效率。

脱机批处理系统的发展中,还有两项重要的硬件技术起到了重要的作用。

(1)中断技术。中断技术使得处理器的控制权在监督程序和用户程序之间的切换更为灵活。

(2)通道技术。通道被设计为一种专门处理 I/O 操作的设备,负责 I/O 设备和主机之间的信息传输,并且可以独立于 CPU 工作,使得主机 CPU、通道、I/O 设备都处于并行状态,大大提高了系统资源的利用率。

监督程序的功能得到了扩展,它不仅完成了基本的作业调度,还负责控制 I/O 设备、处理中断等,逐渐走向计算机系统管理和控制的核心角色,也可以正式称其为操作系统了。最具代表性的早期批处理系统是 20 世纪 60 年代初的 IBSYS。早期脱机批处理系统的模型如图 1.6 所示。

但是从用户作业的角度看,早期的批处理系统仍然是串行的,即用户作业要按顺序一个一个地被处理,这样对于计算型的作业是可以接受的,但对于以 I/O 为主的作业,则又会导致 CPU 的空闲,因此,操作系统的发展进入了下一个关键的时期——多道程序批处理系统。

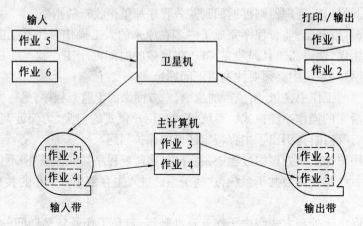

图 1.6　脱机批处理系统模型图

1.2.3　多道程序批处理系统

20 世纪 50 年代末到 70 年代中期,是计算机硬件系统高速发展的时期,随着处理器运算速度的不断提高,与外围 I/O 设备之间的速度差异更加明显,考虑到当前正在运行的程序可能因为执行输入或输出而放弃处理器的使用权,如果此时主存中恰好有另一道程序需要处理器的计算服务,则可以立即调度该作业,使其获得处理器的使用权,这样处理器无须等待前一道程序的 I/O 全部完成就能够转去处理下一道程序,第二道程序放弃处理器后,还可以调度第三道程序等,除非系统中不再引入新的程序,否则处理器可以始终处于运行中,大大提高了处理器的利用率,这种设计称为多道程序设计技术。

首先来看一个例子,两个相同的作业,依次要执行 15 s 计算、10 s 输入、15 s 计算、10 s 输出这 4 个环节,图 1.7 给出了这两个作业分别在串行执行和并行执行时的时序图,并将执行过程中相关数据作了统计对比,见表 1.1。

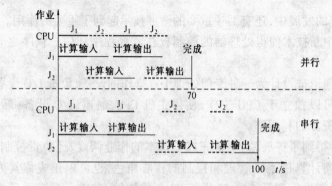

图 1.7　两个作业的串行与并行时序对比图

表 1.1　串行与并行执行的数据对比

	单道串行方式	多道并行方式
总运行时间	100 s	70 s
CPU 工作时间	60 s	60 s
CPU 利用率	60%	85%
平均周转时间	75 s	62.5 s

从图 1.7 和表 1.1 的对比可以看出,多道程序并行的方式下两个作业总运行时间为 70 s,比串行方式节省 30 s,虽然 CPU 的工作时间相同,但由于在并行方式下减少了 CPU 的等待时间,所以 CPU 的利用率提高,同样处理两个作业,但所需总时间缩短,使作业的平均周转时间减少,增加了整个系统的作业吞吐量。多道程序设计技术已经成为现代操作系统的主要解决方案,中断仍然是支持多道程序批处理系统的重要技术,还有直接存储器访问(DMA)的硬件支持,另外引入多道程序设计后,操作系统的设计要解决更复杂的调度命题和主存保护以及资源争用问题。

1.2.4　分时系统

批处理方式下,特别是多道程序批处理系统中,用户作业和系统资源以较高的并行度运行,资源的利用率和作业的吞吐量空前提高,但是问题是只有等到该批作业全部处理结束,用户才能得到计算结果,再根据计算结果做出相应决定,这种处理方式显然不适合经常需要用户参与的交互性强的作业。

交互性强的作业需要经常由用户发出指令给计算机系统,用户从看到输入提示,到做出判断和输入指令,总的反应时间通常是几秒到十几秒(不涉及复杂判断),从用户看来这段时间很短,但 CPU 的速度是每秒执行百万至千万条指令(主要指当代主流的微型机,2009 年 10 月亮相的我国自主研发的"天河一号"巨型机峰值处理速度可达每秒千万亿条指令),因此秒级的空闲时间对于 CPU 来说是巨大的浪费,在 20 世纪 50、60 年代,晶体管计算机的 CPU 速度虽然只有每秒几十万次,但是当时计算机是体积庞大、造价昂贵的奢侈品,闲置状态是不能够容忍的。因此,既能保证计算机效率,又能方便用户使用,成为一种新的追求目标。20 世纪 60 年代中期,计算机软、硬件技术的发展使这种追求成为可能,产生了分时系统。

所谓分时技术,是指多个用户可以共享一个主机的 CPU 时间。在分时系统中,一个主机同时连接多个终端,主机时间被划分成很小的时间片,每一个时间片为一个终端服务,依次轮转,由于时间片很小,不论主机当前正在为某一个终端用户服务还是某用户端处于等待输入输出的阶段,CPU 都会在时间片到时马上转到下一终端处找新的工作,但对于用户来说,感觉是一人独占专用计算机。

分时系统需要重点解决的就是合理的时间片划分,以及提高监督程序的执行效率,以便减小轮转时的开销,为用户提供尽可能满意的响应时间。

第一个分时操作系统是 20 世纪 60 年代初由麻省理工学院开发的 CTSS。多用户分时操作系统已经成为当今计算机操作系统中最普遍使用的一类操作系统。

1.2.5 实时系统

从第三代计算机系统开始,计算机的性能和可靠性有了很大提高,造价亦大幅度下降,导致计算机应用越来越广泛。计算机用于工业过程控制、军事实时控制、实时事务处理等领域,形成了各种实时操作系统。

实时系统要求计算机对于外来信息能以足够快的速度进行处理,并在被控对象允许的时间范围内做出快速响应,其响应时间要求在秒级、毫秒级甚至微秒级或更小。近年来,实时操作系统正得到越来越广泛的应用,除了传统的用于大型实时工业过程控制和实时事务处理外,非 PC 机和 PDA(个人数字助理)等新设备的出现,更加强了这一趋势。

实时系统支持连续的人机对话和联机处理,需要运用冗余措施,因此系统资源的利用率要相对批处理系统和分时系统低,但也以此换来快速响应和高可靠性。

1.2.6 通用型操作系统

随着计算机系统应用领域的不断扩展和深入,对操作系统的功能需求也出现多样化,促进了多道批处理系统、分时系统、实时系统的不断改进和完善,在此基础上,出现了通用操作系统。通用型操作系统可以同时兼有多道批处理、分时、实时处理的功能,或其中两种以上的功能。例如,将实时处理和批处理相结合构成实时批处理系统,在这样的系统中,首先保证优先处理任务,插空进行批作业处理,通常把实时任务称为前台作业,批作业称为后台作业;将批处理和分时处理相结合可构成分时批处理系统,在保证分时用户的前提下,没有分时用户时可进行批量作业的处理,同样,分时用户和批处理作业可按前后台方式分别处理。

20 世纪 60 年代中期开始,国际上开始研制大型通用操作系统,这一时期也是软件设计领域遇到最大瓶颈并发生变革的阶段,在追求大型、综合、通用的软件系统时,必须解决其可靠性、可维护性、可理解性和开放性等方面的问题。以微内核、对称多处理、面向对象、分布式、嵌入式和网络计算等为主要特征的现代操作系统研究课题在大规模和超大规模集成电路计算机时代始终在寻求更大的突破。

在操作系统的发展进程中,必须提及的就是 UNIX 操作系统。UNIX 是一个通用的多用户分时交互型的操作系统,它首先建立的是一个精干的核心,而其功能却足以与许多大型的操作系统相媲美,在核心层以外可以支持庞大的软件系统。目前广泛使用的各种工作站级的操作系统如 SUN 公司的 Solaris、IBM 公司的 AIX 等都是基于 UNIX 的操作系统。当前小型商用和家用操作系统中最流行的 Windows 系列操作系统,其主要原理也是基于 UNIX 系统的。开放源码发展中最知名的 Linux 系统也是从早期的 UNIX 系统演变而成的。

从以上的操作系统发展历史来看,尽管在计算机硬件性能低下时出现的早期操作系统已经陆续被淘汰,但整个操作系统发展过程中的许多核心的思想和解决方案为当前正广泛使用的操作系统乃至未来操作系统的设计奠定了理论基础。

1.3 操作系统的类型

计算机系统的硬件结构不同以及应用环境不同,应配置不同类型的操作系统,才能实现不同的目标。操作系统主要分为批处理系统、分时操作系统、实时操作系统、网络操作系统和分布式操作系统等5种类型。

1.3.1 批处理系统

批处理系统是外围 I/O 设备、海量存储设备的发展和高速存取技术的产物,它出现的最早、应用历史最久,乃至现代仍然有广泛的市场。图 1.8 为典型的多道批处理系统模型图。

批处理系统具有以下的特点:

(1)作业成批提交、自动启动。

(2)宏观上并行,微观上串行。

(3)作业吞吐量大,系统资源利用率高。

(4)作业从提交到运行结束无需用户参与。

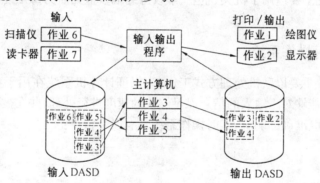

图 1.8 典型的多道批处理系统模型图
(注:DASD——直接存取存储设备)

多道批处理系统的优点就是最大程度地提高系统资源的利用率和作业的吞吐量,但是缺点就是没有交互性,用户提交作业后就失去了控制权,往往要等待一个较长的周转时间后才得到最终的结果,因此,多道批处理系统主要适用于计算工作量大、响应时间要求低且人工干预少的场合。

1.3.2 分时操作系统

分时系统中一台高端主机可以连接多个普通的终端,如图 1.9 所示。每个终端的用户都可以同时访问主机,但他们的共同需求就是经常向计算机发出指令、并在自己能够容忍的时间段内得到主机的响应。

分时操作系统具有以下特点:

(1)多路用户同时联机,交互操作。终端用户可以方便地随时监控自己的作业的运

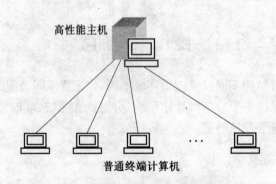

图 1.9 分时操作系统模型

行,在需要时发出指令,共享主机也有利于用户之间的协作。

(2)用户"独占"计算机。由于人的反应速度与主机的处理速度比起来很慢,在设计合理的分时系统上,终端用户完全感觉不到与别人分享主机而带来的延迟,就像自己独占高性能的主机一样。

(3)经济性好。由于各终端的处理需求都不是很高,分享主机时间的技术使得不必配备更多的专用计算机,就能完成多用户的同时处理请求,在经济性上有很大优势。

分时操作系统主要适用于机关、企业、学校等终端多但无需为每个终端配置较高性能的场合。

1.3.3 实时操作系统

实时操作系统主要以联机处理方式工作,为保证计算机系统在用于各种实时性要求高的控制场合时,能够对于输入的信息以足够快的速度进行处理,并在被控对象允许的时间范围内做出快速、准确的响应,实时操作系统具有以下特点:

(1)响应及时。

(2)安全可靠。

(3)引入冗余措施。

典型的实时系统还有航空订票、银行业务等,嵌入式系统日益普及后,诸如移动通信、遥感探测等也要求快速准确的响应,因此在可移动的智能终端上也要配备特殊的实时操作系统。

1.3.4 网络操作系统

20 世纪 60 年代美国国防部高级研究计划署在实施网络互联计划时,可能没有预料到计算机网络的发展会如此迅速,用信息爆炸来形容网络带给我们的变化是非常贴切的。不同地区、不同类型、不同语言的计算机系统互联后,要求操作系统相应的增加诸如网络管理、通信、资源共享、系统安全和其他网络服务等内容。

网络操作系统最主要的特点是资源共享,在网络中常设有一台(或多台,根据规模而定)计算机承担服务器的任务,统一管理网络中的资源,支持网内其余计算机的共享。其应用模型如图 1.10 所示。当前,网络普及程度已经相当高,几乎任何一台计算机都有联网需求,所以网络操作系统或其部分功能模块是主流操作系统中必然包含的内容。

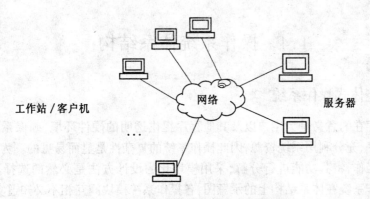

图 1.10 网络操作系统应用模型

网络操作系统的最主要的特点就是共享资源,在实现资源共享时,网络内的计算机角色不是对等的,分为资源管理者和资源使用者两类。

1.3.5 分布式操作系统

计算机系统互联起来后,除了能够实现信息交换和资源共享外,还希望在物理上分布的具有自治功能的计算机系统能够协作以完成任务,要实现任务的协作,就要求在操作系统中增加能够实现系统操作统一性的内容,一种办法是设置一个"超级"系统,协调全网各计算机的任务分配,显然这样做会导致安装"超级"系统的计算机违背了协作的初衷,而且任务分配的原则也不易掌握;另一种办法是在每台计算机上安装分布管理程序,根据任务量和空闲状态自动平衡负载,这样系统内没有明显的主从管理关系,组织在一起即是分布式系统。分布式系统的模型如图 1.11 所示。

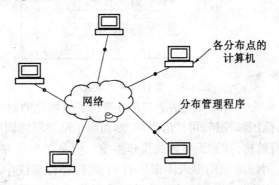

图 1.11 分布式操作系统模型

分布式操作系统的特点是:

(1)分布性。各计算机在地理位置上的布局是分散的。

(2)协同性。网络中的计算机看似彼此独立,但事实上却有分工、有协作,共同完成一项服务任务,因此分布式系统也可以看做是实现了一种广义的资源共享,即各计算机彼此协作,互为可共享的资源。

(3)平等性。通过在各台计算机上安装分布管理程序,网络中所有计算机没有主从之分,在协作的过程中角色是对等的。

1.4 操作系统体系结构

1.4.1 整体式操作系统

操作系统存在的意义是为用户以及其他程序提供透明的硬件环境,确保系统内的一切活动正确有序,充分利用系统资源,因此操作系统的复杂性是显而易见的。为了简化操作系统的设计工作,将其功能进行分解,采用模块化的设计方法是必然的选择。图 1.12 给出了最初操作系统在体系结构上的示意图,各操作系统模块间互相不必知道实现细节,通过定义良好的接口按需要可以互相调用。

按处理器当前处理的是用户程序还是系统模块可以将处理器的工作模式分为用户模式和系统模式两种。用户模式也称为用户态,即处理器正在执行用户程序中的指令,一旦用户程序需要输入/输出或其他服务时,会通过发出陷入指令,将处理器的控制权交付操作系统,即处理器执行系统模块中的指令,称为系统模式或管态,根据用户提出的请求调用相应的系统模块,需要其他模块继续服务时再调用另一个系统模块,全部服务完成后再返回到用户模式继续运行用户程序。

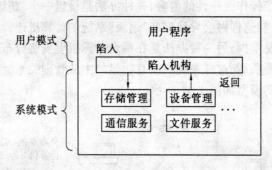

图 1.12 整体式操作系统

虽然已经将操作系统中不同管理功能的部分进行了模块化的划分,有利于开发过程的组织分工、明确诊断范围和校错、可扩展性好,然而由于模块间的调用不受任何约束,这种系统结构也就是没有结构,被称为整体式操作系统。但是随着计算机系统底层硬件变得越来越强大和通用,用户的应用要求不断丰富和多样,操作系统中要不断增加新的模块,其大小和复杂性随之增加,仅有模块化的设计是不够的,因此出现了分层的操作系统结构。

1.4.2 分层操作系统

回顾一下前面介绍的计算机系统的结构,从底层硬件到终端用户,由低向高自然形成了一种层次结构。我们应该有一个最基本的常识,计算机是由一系列的电路及器件组成的,在这些对象上的操作实际上只有开和关、通和断,其执行速度是几十亿甚至几百亿分之一秒,再向上抽象——处理器(也就是集成电路),事实上处理器可以做的运算操作只有累加、逻辑,控制功能也只有加载和保存,时间量度为几十亿分之一秒级;逐级向上,达到程序的层次时将涉及存储、设备 I/O、通信和文件等,设计和实现的复杂性不断加大,而同时越来越完备的、易用、通用的功能是用户希望获得的,到用户的层次时,操作的时间量度已经达到秒级。据此,操作系统按照其复杂性、时间量度和抽象级进行分层设计,则是一种更好的选择。图 1.13 给出了分层操作系统的结构图,下层屏蔽细节,向相邻的上层提供调用接口,明确了各层次的功能,虽然直观看来模块间的调用增加了限制,要带来开销,但由于不同层次间的时间量度的差异使得这一开销不会影响到程序执行的速度,更重要的是层与层之间的隔离,使得系统的安全性得到了保证。

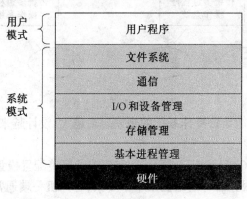

图 1.13　分层操作系统

1.4.3　虚拟机

典型的多道程序设计系统是在进程的级别上分享计算机系统资源的,即系统内同时驻留多道程序,根据执行的需要并发了多个进程(有关进程的概念在第 2 章中详细阐述),大家看到的是同一个计算机系统,先"抢到"资源的进程将资源数量逐渐变少后,有些进程则很遗憾地被告知无资源可用,而实际上被抢占的资源真的在工作中吗? 答案是不一定。与这样传统的多道程序设计不同,虚拟机系统首先将一台实际的计算机(简称实机)经过软件改造虚拟为多台计算机,这种系统的核心被称为虚拟机监控程序(如 VM370),它向上层用户提供若干台虚拟机,每台虚拟机都与实机相同(但不包含文件系统),在实机上能够运行的操作系统以及其他程序在虚拟机上也可以运行。虚拟机上的用户程序发出申请操作系统服务的请求时,由称为会话监控系统(CMS)的模块收集,从虚拟机用户的角度看就已经由用户模式转入系统模式运行,但实际上,此时(这里指的是虚拟机用户的时域)的读写磁盘或是所需的服务功能是在虚拟机上模拟的,真正的输入/输出、设备驱动等则由 VM370 去具体执行。这样,实机与虚拟机在两个层面上支持多道程序同时运行,对于系统资源利用率的提高更有利。虚拟机系统结构如图 1.14 所示。

1.4.4　C/S 及 B/S 模式

从虚拟机中我们可以获得启发,实际上操作系统提供的所有服务中,有些是为把裸机变为可用所必需的,而有些则是为了使计算机功能更强、使用更方便而扩展的,为了管理越来越丰富的硬件资源(包括网络资源)和应对越来越苛刻的用户,仅用"加"的思路来完

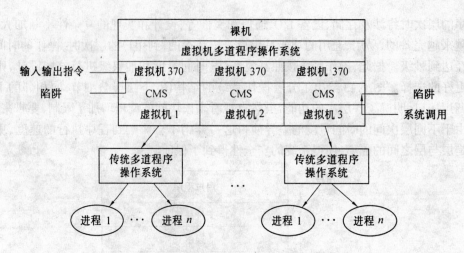

图 1.14　虚拟机体系模型

善操作系统的功能只能导致操作系统的规模越来越大、设计越来越复杂,因此设计者开始考虑为操作系统"瘦身"。

客户机/服务器(Client/Server,简称 C/S)模式的环境配置模型图如图 1.15 所示,在这种环境中有客户机、服务器和网络三个基本要素,客户机一端通常是普通的微型机或工作站,运行应用程序级的任务,包括友好、方便的操作界面;服务器端则性能配置较高,运行系统服务级的任务,典型的是数据库服务。在客户机和服务器上运行的操作系统有所不同,他们遵守相同的通信协议即可完成两端的交互,客户机发送服务请求等待服务器应答,服务器收到服务请求后,如接受请求则完成该服务将结果传送给客户机作为响应,拒绝请求也会给予拒的响应,这样两端各有专攻,通过处理"发送"和"接收"减轻了操作系统的负担。

图 1.15　C/S 模式工作模型

而浏览器/服务器(Browser/Server,简称 B/S)模式则将应用程序级的任务进一步从终端上剥离,任何一个有相应网络权限的终端,不必安装某应用程序,只要配置有浏览器(如 Internet Explorer),输入该应用程序提供方的网址即可,比如在 IE 地址栏中输入百度搜索引擎的地址,输入感兴趣的字词,搜索处理的结果就会呈现在用户面前。

1.4.5　微内核

微内核是近年来操作系统设计中备受关注的概念,其基本原理是,只有最基本的操作系统功能才放在内核中,非基本的服务和应用程序在微内核之上构造,并在用户模式下执行。

微内核结构用一种水平分层的结构代替了传统的纵向分层,如图 1.16 所示。

采用微内核结构后,运行在用户模式下的所有核外进程(进程的概念尚未介绍,在这里可以简单地理解为"程序的执行")都是通过微内核传递消息来实现交互的,微内核验证信息、传递信息并授权访问硬件,可以说这种瘦身设计将处理"收发"应用到了极致。微内核同时也具有更好的扩展性,当需要增加或修改一个功能时,只涉及其自身,对外提供一个统一接口即可,对微内核没有影响。小的内核也更便于测试和跟踪,便于确保代码的质量。因此,采用微内核结构可以获得灵活性更强、可靠性更高的操作系统。

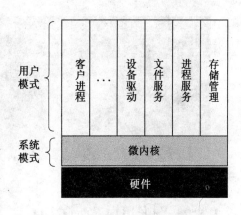

图 1.16 微内核结构原理图

此外,微内核也有利于分布式系统的实现,将分布式系统中所有的进程和服务分配唯一的标识符,那么请求服务的进程只需在发送消息时给出所请求服务的标识符,而不必不知道该服务具体由哪一个机器执行。

微内核结构也更适于支持运用面向对象思想设计操作系统。软件工程理论发展至今,运用发展的眼光对待被处理的对象已经得到系统设计人员的普遍认可,将最基本的操作系统功能置入微内核,而其他所有服务以及更新都允许逐渐加载,对于构造个性化的操作系统是非常有利的,而 UNIX 正在努力这样做。

需要说明的是对微内核结构还在探讨阶段,还没有统一的"微"标准,目前还没有真正投入使用的微内核操作系统。

1.5 人机界面

不论操作系统本身功能多么丰富、强大,向用户提供的界面是否"友善"则是其成功的关键,计算机系统的用户可以分为应用级的用户和开发级的用户,不同的用户对人机界面要求也是不同的,主要有命令控制界面、图形用户界面和应用程序接口。

1.5.1 命令控制界面(CI)

裸机是不会想用户之所想、急用户之所急,主动为用户提供任何服务的,需要由用户主动将命令发布出来,因此操作系统为用户提供的人机接口很直接地体现为命令控制界面,命令具有专门的格式,可以是一条,也可以是多条的组合(批处理形式或用户程序),MS-DOS 是典型的提供命令控制界面的操作系统,如图 1.17 所示,采用问答的交互方式使用户得到计算机的服务,在某种意义上说,用户认为计算机有多方便、好用取决于他所能熟练掌握的命令有多少。这种人机界面虽然在很多操作系统中还留用,但是由于对专业技术要求较高,仅专业人员才会使用它。

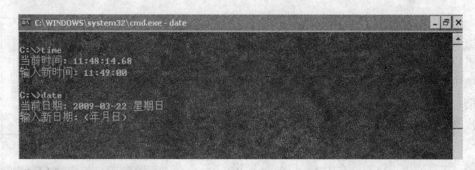

图 1.17　MS-DOS 的 CI

1.5.2　图形用户界面(GUI)

　　事实上图形用户界面也是命令控制界面,只不过是将不便记忆的、枯燥的命令加上了图标、文本等资源,用户通过这样的人机界面不必经过专门的训练即可轻松地命令计算机为自己服务了,随着计算机硬件性能的不断提升,图形用户界面不但可以设计得更加友好而且提供了更丰富的视觉享受,有兴趣的读者可以搜索 Windows 3.x 系列的操作系统的资料图片与当前广泛使用的 Windows 2000、Windows XP 以及 Windows Vista 的界面进行比较,会有更深刻的体会。在家用或商用中所占市场份额比较大的操作系统主要是 Windows 系列和 Linux 系列,Macintosh OS 由于机型的限制应用不如前两者广泛。图 1.18 和图 1.19分别展示的是 Windows XP 和 RedHat Linux 的用户界面,在外观上虽然各有独特的设计,但共性的特点就是控制命令的图形化和对功能的合理分类和组织,仅需轻点鼠标即可畅享操作系统及其他软件带给用户的完善服务。

图 1.18　Windows XP 的 GUI

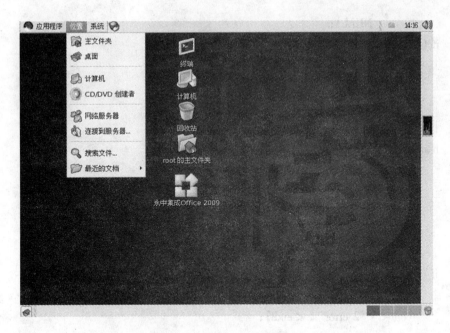

图 1.19 RedHat Linux 的 GUI

1.5.3 应用程序接口(API)

应用程序接口也称为系统调用,是提供给编程人员的一种接口,通过应用程序接口编程人员可以在源程序一级动态请求和释放系统资源,调用系统中已有的系统功能,在操作系统的中断处理机构服务下来完成那些与机器硬件部分相关的工作以及控制程序的执行速度等。

系统调用功能有 6 类:设备管理、文件管理、进程控制、进程通信、存储管理和线程管理。

【例 1.1】 文件管理系统调用的应用。

```
# include "iostream. h"
# include "windows. h"
void main( )
{
    HANDLE handle1, handle2;
    unsigned long bufsize = 1024, filesize, retsize;
    char buff[1024];

    handle1 =  :: CreateFile("1. txt",
            GENERIC_ READ,
            0,
            NULL, OPEN_ ALWAYS,
            FILE_ ATTRIBUTE_ NORMAL,
```

```
                NULL);
        if (INVALID_HANDLE_VALUE = = handle1)
        {
              cout < < "1 error" < < endl;;
              return;
        }
        handle2 = ::CreateFile("2.txt",
                  GENERIC_WRITE,
                  0,
                  NULL,CREATE_ALWAYS,
                  FILE_ATTRIBUTE_NORMAL,
                  NULL);
        if (INVALID_HANDLE_VALUE = = handle2)
        {
              cout < < "2 error" < < endl;;
              return;
        }
        ::GetFileSize(handle1,&filesize);
        while (1)
        {
              ::ReadFile(handle1,buff,bufsize,&retsize,NULL);
              ::WriteFile(handle2,buff,retsize,&retsize,NULL);
              if (bufsize! = retsize) break;
        }
        ::CloseHandle(handle1);
        ::CloseHandle(handle2);
        cout < < "Complete" < < endl;
  }
```

本例是在 Windows 平台上,利用"文件"相关的系统调用实现将磁盘上文件 1.txt 读入并写到磁盘上另一个文件 2.txt 中,在 Visual Studio 6.0 开发环境中测试通过。如果是致力于从事程序开发的人员可以查询相应工具手册,详细了解不同的操作系统提供的应用程序接口的使用方法。

小　结

操作系统虽然本质上也是一种软件,但它是计算机系统中最重要而且是必不可少的系统软件,操作系统从无到有,从简到繁,已经发展成为裸机之上完成计算机软、硬件资源管理和程序控制的最重要的角色,为用户使用计算机提供了友善的接口,无论何种类型的操作系统,其设计的目标都是合理组织和控制系统内所有工作的流程,最大限度地发挥计算机系统资源的作用,方便用户使用。

随着硬件技术、软件技术和用户需求的不断变化,操作系统经历了整体式、分层式、客户机/服务器模式等体系结构上的变化,并正在向微内核结构发展,操作系统的设计者始终在寻找构造更具灵活性、可扩展性好、安全性更高的操作系统。

操作系统是一种复杂大型系统软件。从它的知识体系结构来看,操作系统是计算机技术与管理技术的结合。在学习中要注意以下几点:

(1)学习操作系统要从宏观和微观两方面把握。在宏观上要认识操作系统在计算机系统中的地位,清楚操作系统的整体结构;微观方面应掌握操作系统是如何管理计算机的各种资源的(进程、处理器、存储器、文件、设备),理解有关概念、原理及技术。

(2)操作系统是计算机技术与管理技术的结合,学习时可以联想日常生活中熟悉的管理示例反复体会操作系统的管理方法(即实现高效率管理的方法和技巧),以加深对问题的理解。

习 题

1.计算机系统的硬件由哪几部分组成?

2.计算机系统的存储体系是如何设置的?

3.什么是操作系统? 它与其他软件有什么异同点?

4.操作系统有哪些特性?

5.操作系统有哪些类型,各自的特点是什么?

6.网络操作系统与分布式操作系统有什么异同点?

7.操作系统中为什么要引入多道程序设计技术?

8.虚拟机多道程序设计与传统的多道程序设计技术有什么区别?

9.试分析为什么处理器的执行模式要分为用户模式和系统模式两种。

10.计算机系统的用户可以分为哪几类? 操作系统分别为各类用户提供何种人机界面?

11.一个计算机系统,有一台输入机和一台打印机,现有两道程序投入运行,且程序 A 先开始做,程序 B 后开始运行。程序 A 的运行轨迹为:计算 50 ms、打印 100 ms、再计算 50 ms、打印 100 ms,结束。程序 B 的运行轨迹为:计算 50 ms、输入 80 ms、再计算 100 ms,结束。试说明:

(1)两道程序运行时,CPU 有无空闲等待? 若有,在哪段时间内等待? 为什么会等待?

(2)程序 A、B 有无等待 CPU 的情况? 若有,指出发生等待的时刻。

12.在单 CPU 和两台 I/O(I_1、I_2)设备的多道程序设计环境下,同时投入三个作业运行。它们的执行轨迹如下:

Job_1:I_2(30 ms)、CPU(10 ms)、I_1(30 ms)、CPU(10 ms)、I_2(20 ms)

Job_2:I_1(20 ms)、CPU(20 ms)、I_2(40 ms)

Job_3:CPU(30 ms)、I_1(20 ms)、CPU(10 ms)、I_2(10 ms)

如果 CPU、I_1 和 I_2 都能并行工作,优先级从高到低为 Job_1、Job_2 和 Job_3,优先级高的作业可以抢占优先级低的作业的 CPU,但不抢占 I_1 和 I_2。试求:

(1)每个作业从投入到完成分别所需的时间。

(2)从投入到完成 CPU 的利用率。

(3)I/O 设备利用率。

第 2 章

进程与处理器管理

在多道程序设计的情况下,主存中同时存在几个相互独立的程序,这些程序在系统中既交叉地运行,又要共享系统中的资源,这就会引起一系列的问题,主要包括:如何正确反映各程序在运行时的活动变化规律和状态变化、对资源的竞争、运行程序之间的通信、程序之间的合作与协同及其如何合理分配处理器等。近年来又设计出各种各样的多处理器系统,处理器管理就更加复杂。为了实现处理器管理的功能,操作系统引入了进程(Process)的概念,处理器的分配和执行都是以进程为基本单位;随着并行处理技术的发展,为了进一步提高系统并行性,使并发执行单位的粒度变细,操作系统又引入了线程(Thread)的概念。对处理器的管理最终归结为对进程和线程的管理。

【学习目标】

1.理解程序并发运行引起的问题,掌握进程的定义和特征,熟练掌握进程的状态转换及其管理方法。

2.理解进程同步与互斥的含义,熟练掌握 P、V 原语实现的同步与互斥控制,了解进程的高级通信机制。

3.理解处理器管理的目标和任务,掌握处理器调度的分类和基本原则;熟练掌握进程调度的方法及效率分析。

4.理解死锁的含义,掌握死锁预防、死锁避免和死锁检测与解除的方法。

5.了解线程的概念和特征,理解线程、进程与程序的区别。

【知识要点】

进程及其特征;进程状态;进程控制块;同步与互斥;P、V 操作;进程通信;处理器调度;常用进程调度算法及效率分析;死锁及死锁预防、避免和解除;线程。

2.1 进程的引入

2.1.1 程序并发运行带来的问题

我们知道,一个程序要想运行,就必须将它装入到计算机的主存储器中,并且占有处理器后才能得以运行;而且程序在运行过程中还需要启动外部设备来输入、输出数据。早期操作系统采用的是单道程序设计方式,即一次仅允许一道程序进入主存储器中。主存中的程序独占了计算机系统的所有资源,但却无法充分利用系统中的这些资源,如主存中的程序进行输入/输出操作时,CPU 就只能空转,以等待输入/输出操作的完成,而当 CPU 运行程序时,输入/输出设备又无事可做,使得处理器和输入/输出设备使用忙闲不均,致使系统性能较差。为了进一步提高资源的利用率和系统吞吐量,在 20 世纪 60 年代中期引入了多道程序设计技术。采用多道程序设计技术,让几个程序同时进入主存并发运行,有的程序在接受处理器的服务、有的程序在与外部设备传输信息,使处理器与外部设备可以并发工作,从而使得系统的工作效率大大提高。

在没有引入多道程序设计的概念之前,系统内一次仅有一个在运行的程序。一个程序运行结束,下一个程序才能开始运行,这就是单道程序设计环境下的程序的顺序运行。图 2.1 对程序运行的顺序性做出了解释。假定有 A、B、C 三个程序,每个程序都是前后占用 CPU 运行一段时间,中间要求打印输出。具体是:程序 A 所需时间为(4,2,3),程序 B 所需时间为(5,4,2),程序 C 所需时间为(3,3,4)。不难看出,三道程序总共需要 30 个时间单位的运行时间,才能执行完毕。从横坐标上看,在时间区间(4~6)、(14~18)以及(23~26)中,CPU 为了等待打印结束,在那里空闲等待。

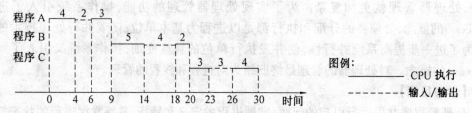

图 2.1　单道程序设计环境的程序运行特性

程序的顺序运行表明,顺序环境下在计算机系统中只有一个程序在运行,这个程序运行时独占使用系统中的一切资源,没有其他竞争者与其争夺资源与共享资源,且其运行不受外界影响。系统具有如下特点:

(1)程序运行的顺序性。一个程序在处理器上的运行是严格按顺序进行的,即每个操作必须在下一个操作开始之前结束。

(2)程序运行环境的封闭性。程序一旦开始执行,其计算结果不受外界的影响,当程序的初始条件给定之后,其后的状态只能由程序本身确定,即只有本程序才能改变它。

(3)计算过程的可再现性。程序运行的结果与初始条件有关,而与运行时间、运行速度无关。即只要程序的初始条件相同,它的执行结果是相同的,不论它在什么时间执行,也不管计算机的运行速度如何。这样当程序中出现了错误时,往往可以重现错误,以便进行分析。

单道顺序程序设计的顺序性、封闭性和再现性给程序的编制、调试带来很大方便,其缺点是处理器与外围设备及外围设备之间不能并行工作,资源利用率低,计算机系统效率不高。

在多道程序设计环境下,主存中允许有两个或两个以上的程序并行运行,这些程序的运行在时间上是重叠的,一个程序的运行尚未结束,另一个程序的执行已经开始,这就是程序的并发运行。如图 2.2 所示,A、B、C 三个程序同时在系统中做交替运行,这三个进程在运行时间上出现了重叠。如:当 A 在(4~6)时间段做打印操作时,B 就可以占用 CPU 进行运行,使 CPU 不再处于空闲的状态,即处理器与外围设备可以并行工作,从而有效地提高系统资源的利用率和提高了系统的吞吐量。

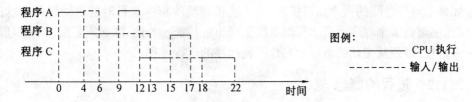

图 2.2　多道程序设计环境的程序运行特性

多道程序设计环境下,若干个程序同时在系统中运行,而系统中仅有的一个处理器,只能供它们轮流地使用着,所以使得每个程序的运行都不是一贯到底的。从宏观上看这些程序是并行运行的,而微观上它们是串行运行的,形象地描述并发运行程序的运行方式是"走走停停"的。多道程序设计环境下,程序并发运行虽然提高了系统的处理能力和资源的利用率,但它也带来了一些新的问题,产生了与顺序运行不同的特征:

(1)程序运行环境失去了封闭性。多个程序共享系统资源,资源的使用状态受到了并发程序的共同影响,且并发运行程序是交替运行的,每个程序的向前推进并非是由自身确定,它是与系统当时所处的环境有关,具有一定的随机性。

(2)程序与计算不再一一对应。在程序的并发运行时,可能有多用户共享使用同一个程序,但处理(计算)的对象却是不同的。请看下面的例子。

【例 2.1】　在多用户环境下,可能同时有多个用户调用 C 语言的编译程序,这就是典型的一个程序对应多个用户源程序的情况,如图 2.3 所示。

分析:如果有 N 个用户的 C 语言源程序在系统中并发运行,就要调用 N 次 C 语言的编译程序。N 个 C 语言的源程序就是同一个 C 语言编译程序的处理对象,C 语言的编译程序在各个用户的源程序的区域里为其编译源程序,并为各用户生成不同的目标程序。由此,C 语言的编译程序会同时呈现出 N 种不同的状态,但 C 语言的编译程序自身根本无法描述这 N 种状态。

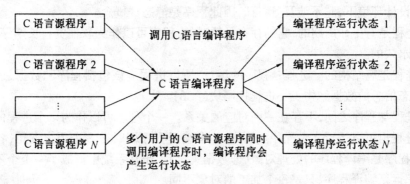

图 2.3　多个用户同时调用一个程序

(3)程序并发运行的相互制约。当系统中有多道程序在同时运行时,这些程序之间要共享系统的资源,程序之间即有合作(通信)的关系,也有争夺资源(竞争)的关系,因而并发运行的程序之间会产生一种相互制约(本章的后续内容中将做详细介绍)。

多道程序设计系统中程序的并发活动,导致程序对资源的共享与竞争,使得系统内的程序运行状态不再像单道程序设计那么简单、直观,这些并发活动就会千变万化、极为复杂。如果不对"程序"的概念加以扩充,就不能正确反映程序执行时的活动规律和状态变化、就无法刻画多个程序共同运行时系统呈现出的特征。为此,就必须要引进一个新的概念——进程,以便从变化的角度动态地研究程序的运行过程。

2.1.2 进程的概念

进程是用来描述多道程序设计系统中程序的并发活动的,那么什么是进程呢?

尽管进程是操作系统的最基本、最重要的概念之一,但时至今日对它的定义还不唯一。我国操作系统领域的专家,综合各方面的论点,给出以下的定义:进程(Process)是具有独立功能的程序关于某个数据集合上的一次运行活动。

如何来理解这个定义呢?

现在我们用一个例子来比喻程序和进程这两个概念。绝大多数的人都坐过火车,不知道大家注意到了没有,我们熟知的火车,到了火车站之后就被叫做列车了。火车和列车只是对一个事物的不同叫法,还是两个完全不同的概念呢? 其实我们应该这样的认识:火车是一种载人或载物的交通工具,而把已经从某个始发站发出但还没到达终点站的正在行驶中的火车称为列车。对于火车而言,它是静止的,它具有运输人或货物的功能;而对列车而言,它是动态的,它包括火车及火车上的人或物,并要把车上的人或物送到目的地。在此我们可以把火车比喻成程序,把列车比喻成进程,列车要运输的人或物就是程序运行时要处理的数据集;所以说程序是静止的,进程是动态的。进程包括程序及程序处理的数据集,进程能得到程序的处理结果。

由于进程是程序的一次执行过程,因此程序是进程赖以存在的基础。没有程序,也根本谈不上进程。这就是说,进程与程序之间有一种必然的联系,但进程又不等同于程序,它们是两个完全不同的概念,它们之间有如下几个方面的联系与区别:

(1)进程是程序在处理器上的一次运行的过程,是动态的概念;程序是指令的集合,在多道程序设计环境下,它不涉及"运行",因此程序是静态的概念。

(2)进程是有生命周期的,它的存在是暂时的;程序可以作为软件资料长期保存,程序的存在是永久的。

(3)进程是有结构的。进程是程序的运行,所以进程应该包括程序和数据,还包括记录进程状态信息的数据结构——进程控制块(PCB)。

(4)进程与程序之间,不存在一一对应的关系。一个程序可以作为多个进程的运行程序,一个进程也可以运行多个程序。例如,一个编译程序同时被多个用户调用,各个用户程序的源程序是编译程序的处理对象(即数据集合)。于是系统中形成了一个个不同的进程,它们都运行编译程序,只是每个加工的对象不同。

(5)进程可以生成其他进程,而程序不能生成新的程序。

在计算机系统中,进程不仅是最基本的并发运行的单位,而且也是分配资源的基本单位。在系统中同时有多个进程存在,但归纳起来可以把进程分为两大类:系统进程和用户进程。系统进程是完成操作系统功能的进程,系统进程起着资源管理和控制的作用;而完成用户功能的进程则称为用户进程。

2.1.3　进程的基本特征

进程与程序相互间既有一定的联系,但又是两个完全截然不同的概念。进程具有以下基本特征。

1. 动态性

进程强调的是程序的一次“运行”过程。当系统要完成某一项工作时,它就“创建”一个进程,以便能去运行事先编写好的、完成该工作的那段程序。程序执行完毕,完成了预定的任务后,系统就“撤销”这个进程,收回它所占用的资源,因而进程是动态产生,动态消亡的。进程有其生命周期,所以它是一个动态的概念。

2. 并发性

为了描述程序在并发系统内运行的动态特性才引进了进程,没有并发就没有进程。在一个系统中,同时会存在多个进程。这些并发运行的进程与它们对应的多个程序同时在系统中运行,轮流占用 CPU 和各种资源,任何进程都可以同其他进程一起向前推进。

3. 独立性

进程是 CPU 调度的一个独立单位,即每个进程的程序都是相对独立的顺序程序,可以按照自己的方向和速度独立地向前推进。

4. 交互性

指进程在执行过程中可能与其他进程产生直接或间接的关系。

5. 制约性

由于进程是系统中资源分配和运行调度的单位,因此在对资源共享和竞争中,必然会相互制约,影响了各自向前推进的速度,且向前推进的速度是不可预知的。

6. 结构性

进程是有结构的,它由程序、数据、进程控制块(PCB)组成。程序规定了进程所要运行的任务,数据是程序的处理对象,而控制结构中含有进程的描述信息和控制信息,是进程组成的关键部分。

2.2　进程状态和管理

2.2.1　进程状态及其转换

进程的“动态”性,体现在它是有生命周期的。进程在“生命”期间的活动规律是:运行—暂停—运行。这个活动规律就体现在进程的各种状态之间的相互转换。事实上,进程在其生命期内至少具有三个基本状态。

1.进程的三种基本状态

(1)就绪(Ready)状态。已经准备就绪、具备运行条件,一旦得到 CPU 的控制权,就立即可以运行的进程,这些进程所处的状态为就绪状态。可有多个进程处于此状态,操作系统将它们组成一个队列,被称为就绪队列。

(2)运行(Run)状态。当进程由调度/分派程序调度/分派后,得到 CPU 控制权,它的程序正在运行,该进程所处的状态为运行状态。在单处理器环境中某一时刻,在系统中仅能有一个进程处于此状态,这也就是所谓的并发运行的进程在微观上是串行运行的。

(3)阻塞(Blocked)状态。有时也称等待态、挂起态、封锁态、冻结态、睡眠态。阻塞状态是进程因等待某种事件的发生而暂时不能运行的状态,即使 CPU 空闲,该进程也不可运行。系统中可有多个进程同时处于此状态,操作系统将它们按等待原因的不同组成不同的等待队列,这些队列被称为阻塞队列。

进程在生命消亡前处于且仅处于这三种基本状态之一。

2.进程的三种基本状态的转换

在进程运行过程中,由于进程自身进展情况及外界环境的变化,进程的状态不是固定不变的,而是在不断地变换。进程三种基本状态可以依据一定的条件相互转换,如图2.4所示。

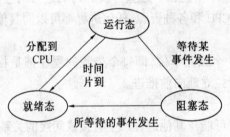

图 2.4 三种基本状态相互转换

(1)就绪—运行(进程调度)。当 CPU 空闲时,调度程序在就绪队列中选择一个新的进程,使其得到 CPU 的控制权,进程开始运行。此时,进程就从就绪状态转换为运行状态。

(2)运行—就绪(时间片到)。运行进程用完了系统分配的时间片,运行进程被迫中断运行,进程回到就绪队列之中,处于就绪状态。此时,进程就从运行状态转换为就绪状态。

(3)运行—阻塞(服务请求,如请求 I/O 等)。正在运行的进程需要的某种条件未得到满足,就不能继续地运行下去,进程就要放弃对 CPU 的控制权,如需要输入/输出操作,在完成要输入/输出操作之前,该进程无法运行下去,它只好放弃 CPU 的控制权,该进程进入阻塞队列。此时,进程的状态就由运行状态转换为阻塞状态。

(4)阻塞—就绪(服务完成/事件来到)。处于阻塞的进程所申请的服务完成或等待的事件发生了,例如完成了输入/输出操作,系统就将该进程由阻塞队列出队,进入到就绪队列中。此时,进程的状态由阻塞状态转换为就绪状态。

2.2.2 进程的描述——进程控制块

一个进程创建后,它要在某个数据集上完成对应的程序的运行。进程在其生命期内是从一个状态转换到另一个状态,走走停停,停停走走地向前推进,直至消亡。系统是如何找到这些进程? 如何来刻画一个进程在各个不同时期所处的状态? 如何来描述一个进程和其他进程以及系统资源的关系呢? 系统是采用了一个与进程相联系的数据块,称其为进程控制块(Process Control Block)来记录进程的外部特征,描述进程的动态变化过程,以实现对进程进行管理和控制的。

1.进程控制块(PCB)的概念

所谓进程控制块(PCB),就是描述进程与其他进程、系统资源的关系以及进程在各个不同时期所处的状态的数据结构。

2.进程控制块的作用

操作系统是通过 PCB 来对并发运行的进程进行控制和管理的。具体表现如下:

(1)创建进程,就是创建 PCB,PCB 是系统感知进程存在的唯一标志。

(2)进程与 PCB 是一一对应的,每一个进程都有自己的进程控制块。

(3)PCB 集中地反映了一个进程的动态特征。

(4)在进程并发运行时,由于资源共享,带来各进程之间的相互制约。为了反映这些制约关系和资源共享关系,是根据 PCB 中的信息对进程实施有效的管理和控制的。

3.进程控制块(PCB)的内容

随操作系统的不同,PCB 的格式、大小以及内容也不尽相同。一般来说,在 PCB 中大致应包含如图 2.5 所示的 4 个方面的信息。

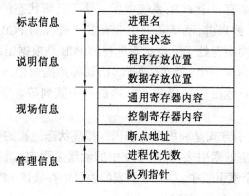

图 2.5 PCB 所包含的信息

4.进程队列

在多道程序设计系统中有多少个进程,就有多少个 PCB。在单处理器的情况下,一次只能让一个进程运行,其他的进程要么处于就绪、要么处于阻塞状态。操作系统要管理、控制好进程,就必须首先组织好 PCB。如图 2.6 所示,系统把所有 PCB 组织在一起,并把它们放在主存的固定区域,就构成了 PCB 表。PCB 表的大小决定了系统中最多可同时存在的进程个数,称为系统的并发度。

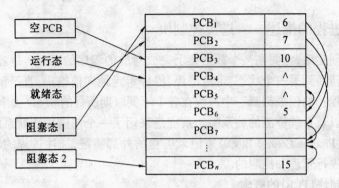

图 2.6　PCB 表示意图

为了方便管理,系统又把处于相同状态的进程按照一定的次序放在一起,就分别组成了"就绪队列"、"运行队列"和"阻塞队列"。这些队列主要采用以下几种组织方式:线性方式、链接方式和索引方式。

(1)线性方式。组织形式简单、易于实现,如图 2.7 所示。具体的实现方法与优缺点,请读者根据数据结构的知识自行分析。

PCB$_1$	PCB$_2$	PCB$_3$	PCB$_4$	...	PCB$_{n-2}$	PCB$_{n-1}$	PCB$_n$

图 2.7　PCB 线性队列结构示意图

(2)链接方式。链接方式是常采用的方式,不同状态的进程分别链接组成自己的队列,如图 2.8 所示。在单处理器的情况下,任何时刻系统中都只有一个进程处于运行状态,因此运行队列中只能有一个 PCB;系统中所有处于就绪状态的进程的 PCB 排成一队,称其为"就绪队列"。一般来讲,就绪队列中会有多个进程的 PCB 排在里面,它们形成处理器分配的候选对象,而所有处于阻塞状态进程的 PCB 是根据阻塞的原因排在不同的队列中,但每一个队列都称为一个"阻塞队列"。比如等待磁盘输入/输出的进程的 PCB 排成一个队列,等待打印机输出的进程的 PCB 排成一个队列等。所以,系统中可以有多个阻塞队列。

(3)索引方式。索引方式是利用索引表记载相应状态进程的 PCB 地址。系统对应进程的不同状态,建立相应的索引表,如图 2.9 中的就绪索引表、阻塞索引表。相同状态进程的 PCB 组织在同一个索引表中,每个索引表的表目中存放该 PCB 的地址。各个索引表在主存中的起始地址存放在专用指针单元中。

2.2.3　进程的控制与管理

系统中的众多进程构成了一个族系。开机时,首先引导操作系统,把它装入主存,之后产生第一个进程(被称为"0"号进程)。由它开始进行繁衍,父进程创建子进程,子进程再创建子进程,从而形成一棵树形的进程族系。

进程是有生命周期的,操作系统由内核负责控制和管理进程的产生、运行和消亡的整个过程。进程的生命过程是通过对它们的控制操作来实现的。操作系统的进程控制操作

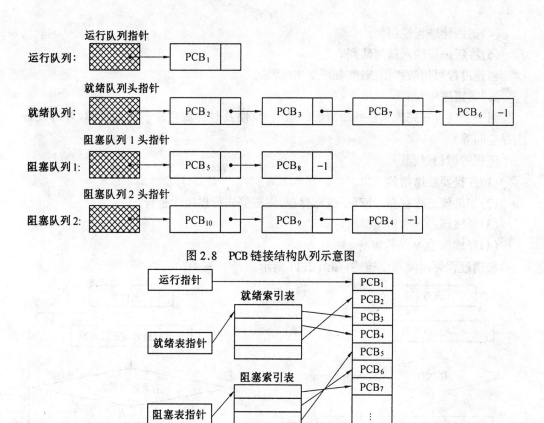

图 2.8　PCB 链接结构队列示意图

图 2.9　PCB 索引队列结构示意图

主要有:创建进程、撤销进程、挂起进程、恢复进程、改变进程优先级、封锁进程、唤醒进程、调度进程等,对进程的这些操作称为进程控制。

　　进程控制操作的实现也有相应的程序,被处理的对象就是 PCB,即也体现为进程,操作系统如何保证这种特殊进程在执行时的绝对正确呢? 这需要进程控制操作在执行时要以一个整体出现,不可分割。也就是说,一旦启动了这些进程的程序,就要保证做完,中间不能插入其他程序的执行序列。在操作系统中,把具有这种特性的程序称之为"原语"。系统通常总是利用屏蔽中断的方法,来保证原语操作的不可分割性,即在启动"原语"程序时,首先关闭中断,任务完成后,再打开中断。下面简略对"创建进程"原语和"撤销进程"原语的功能做一描述。

1."创建进程"原语

　　父进程借助于创建原语来创建进程。由于创建一个进程的主要任务是形成进程的控制块 PCB,所以调用者必须提供 PCB 中的相关参数,以便在创建时填人。

　　进程的创建原语的操作过程:

　　(1)申请空白 PCB。

　　(2)填写 PCB。

　　(3)为新进程分配资源。

(4)初始化进程控制块。

(5)将新进程插入就绪队列。

创建过程可用流程图描述,如图 2.10 所示。

2."撤销进程"原语

当一个进程在完成其任务后应予以撤销,以便及时释放它所占用的资源(外部设备、主存空间等)。

进程的撤销过程:

(1)查找要被撤销的 PCB。

(2)如果该进程存在,且有子进程存在,则需要先行撤销子进程。

(3)释放该进程所占全部资源。

(4)释放该 PCB 结构本身。

撤销过程可用流程图描述,如图 2.11 所示。

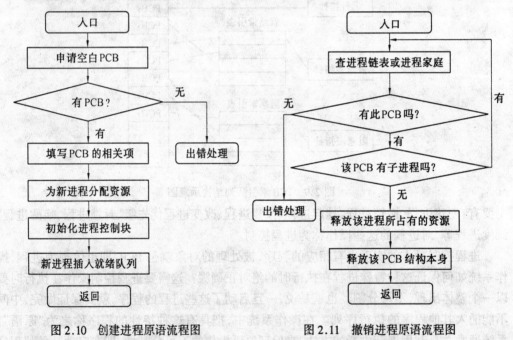

图 2.10　创建进程原语流程图　　　　图 2.11　撤销进程原语流程图

2.3　进程同步与通信

在多道程序的环境中,系统中并发运行的多个进程之间可能是无关的,也可能是有交往的。如果一个进程的运行不影响其他进程的运行,且与其他进程的向前推进的情况无关,即它们是各自独立的,则说明这些并发进程之间是无关的。而如果一个进程的运行依赖于其他进程的向前推进的情况,或者一个进程的运行可以影响着其他进程的运行结果,则说明这些并发运行的进程之间是有交往的。有交往的并发进程一定会共享某些资源,而它们各自在向前推进的过程中,往往是要竞争共享资源的。并发进程运行的相对速度不仅受自身或外界因素的影响,而且受进程调度策略的限制。若不能控制并发进程的相对速度,则它们在竞争共享资源时可能会产生与时间有关的错误。无论是竞争资源还是时间错误,都将会引起一系列的矛盾,因而产生了并发进程间的错综复杂的相互制约的关系。进程间的相互制约的关系势必会影响到进程运行速度的快慢,影响到进程运行的顺利与否,甚至会影响到进程运行结果的正确性。

进程同步是操作系统管理共享资源和避免并发进程产生与时间有关的错误的一种手段,进程同步包括进程的互斥和进程的同步两个方面。

进程间除了要实现同步外,有时还要交换更多的信息,操作系统设置了专门的通信机制来管理进程间的通信。

2.3.1 进程的互斥

1.进程的互斥引例

无论在日常生活中还是在计算机系统中,有很多公共资源,这些公共资源在使用时往往要求是独占使用的(如公交汽车的座位、打印机等)。对于这类公共资源在使用时若不加以管理和控制,将会出现很多问题。

【例 2.2】 大家熟悉的学校里的教室,它们就是学校提供给学生的一种共享资源。若一个教室可以供全校所有班级的同学来使用,但在同一个时间里,该教室仅能被一个班级来占用。如果在同一个时间里 A 班和 B 班或更多的班级同时使用某个教室,势必就会发生很多不必要的矛盾。

【例 2.3】 在多道程序运行的系统中,有两个并行运行的进程 A 和 B,两者共用一台打印机。在它们使用打印机的过程中,可能出现同时要进行打印输出操作。在这种状况下,若不加以控制,两个进程的输出结果可能交织在一起,很难区分。

【例 2.4】 飞机航班售票系统有 n 个售票处,每个售票处通过终端访问系统的公共数据区,以便完成旅客提出的订票请求。由于各售票处旅客订票的时间以及要求购买的机票日期和航班都是随机的,因此可能存在有若干个旅客在不同的售票处几乎同时提出购买同一日期同一班次机票的要求。这样,每一个售票处所运行的程序都要对公共数据区的变量 X(X 表示机票数量)进行访问和操作,X 显然是它们的共享变量。若不加以控制,会造成一张机票同时卖给多个旅客的严重后果。

以上所说的"教室"、"打印机"和"X"都属于共享资源,而且是独占的共享资源。独占的共享资源在使用时出现错误,其根本原因是对共享资源使用不受限制,当进程交叉使用了共享资源时就造成了错误。为了使并发进程能正确地运行,必须对独占的共享资源的使用加以限制。

2.进程的互斥

进程的互斥是指并发进程在竞争共享资源时,任何时刻最多只允许一个进程去使用,其他欲使用该资源的进程必须等待,直至使用者释放了该资源后才能让另一个进程去使用,即并发进程对于共享资源的使用,必须是排他的、互斥的。

进程的互斥使并发进程对资源的竞争产生了相互制约的关系,从而有效地对独占的共享资源的使用加以限制。但是具有这种关系的进程,各自所要完成的任务都不以对方

的工作为前提,相互之间没有什么依赖,各自单独运行都是正确的。因此,这是进程间的一种间接制约关系,具有以下特点:

(1)互斥进程彼此在逻辑上是完全无关的。

(2)它们的运行不具有时间次序的特征。

操作系统通过对独占的共享资源实行互斥的使用,来解决并发进程出现"系统资源的竞争"问题。独占的共享资源的互斥使用是如何实现的呢? 为了能够清楚地描述进程的互斥,引入了临界资源和临界区两个概念。

3.临界资源与临界区

(1)临界资源。所谓临界资源(Critical Resource)是指一次仅允许一个进程使用的资源。

临界资源实际上就是上述所说的独占的共享资源。计算机系统中的临界资源很多,如输入机、打印机、磁带机等物理设备,称为硬临界资源,还有公用变量、数据、表格、队列等软临界资源。

(2)临界区。所谓临界区(Critical Section)是指在每个进程中访问临界资源的那段程序,简称 CS 区。

显然,进程的互斥就是对于临界资源的互斥使用,这可以通过限定并发进程进入相关临界区的时机来实现,即两个或两个以上的进程不能同时进入同一临界资源的临界区。

【例2.5】 在图 2.12 中,进程 A、进程 B 和进程 C 是并发运行的,且它们在运行过程中都要访问临界资源 Q。其中 AB 段、CD 段、EF 段就是它们访问临界资源 Q 的临界区(CS)。当进程 A 运行 AB 段代码时,进程 B 不能运行 CD 段代码,进程 C 也不能运行 EF 段代码,这样就实现了临界资源 Q 的互斥的使用。

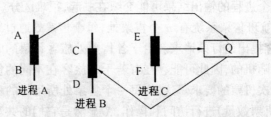

图 2.12 并发进程访问临界资源示意图

(3)临界区的管理准则。临界区的管理准则如下。

① 当有若干进程同时要用到同一个临界资源时,每次至多允许一个进程进入临界区,其余的进程必须等待。

② 任何一个进入临界区运行的进程必须在有限的时间内退出临界区,即任何进程都不能无限制地在自己的临界区内逗留。

③ 不能强迫一个进程无限地等待进入它的临界区,即有进程退出临界区时应该让另一个等待进入临界区的进程进入它的临界区运行。

对临界区管理可以解决进程互斥问题,如果能够提供一种方法来实现这些相关的管理,则就可以实现进程的互斥。实现临界区管理的方法有很多,具体的方法将在后续内容中(2.3.3节)详细介绍。

2.3.2　进程的同步

1.进程的同步引例

【例 2.6】　公交车的司机和乘务员为了能够保证将乘客安全、准确地送到目的地,他们在工作时必须是相互配合、相互协作地为乘客服务。司机到站,将车停稳后,通知乘务员打开车门,上下乘客;乘客上下车完成后,乘务员关好车门后,再通知司机可以开车。乘务员在没得到司机开门的消息时不能随意打开车门;司机在没有得到乘务员的开车消息时不能随意启动开车。如果司机和乘务员不这样相互制约,就会出危险的事故。

【例 2.7】　为了把一批原始数据记录加工成当前需要的数据记录,需要创建两个进程,即进程 A 和进程 B。进程 A 负责启动输入设备不断地读数据记录,每读入一个数据记录就交给进程 B 去加工,直至所有数据记录都处理结束。为此,系统设置了一个容量能够存放一个数据记录的缓冲器,进程 A 把读入的数据记录存入缓冲器,进程 B 从缓冲器中取出数据记录加工,如图 2.13 所示。

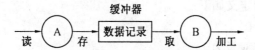

图 2.13　进程协作示意图

进程 A 和进程 B 是两个并发进程,它们共享缓冲器,如果两个进程不互相制约的话就会造成错误。当进程 A 的运行速度快于进程 B 运行速度时,可能进程 A 把一个数据记录放入缓冲器后,进程 B 还没取走之前进程 A 又把新读入的一个数据记录放入缓冲器,造成数据记录的丢失;反之,进程 B 的运行速度快于进程 A 运行速度时,会造成进程 B 重复地取同一个数据记录进行加工。

尽管进程 A 和进程 B 是采用互斥的使用方式使用共享缓冲器的,但仍然会发生错误。引起这些错误的根本原因是有协作关系的进程 A 与进程 B 之间运行速度不协调。只有当两个进程按一定的速度运行时才能正确地工作,即 A、B 两个进程必须同步。这个错误可以采用互通消息的办法来控制各自的运行速度,来保证相互协作的进程正确地工作。

2.进程同步的概念

进程的同步(Synchronization)是指并发进程之间存在的一种制约关系,一个进程的运行依赖其他进程的运行情况,即一个进程在没有收到其他进程的消息时必须等待,直至另一进程送来消息后才继续运行下去。

同步是进程间共同完成一项任务时直接发生相互作用的关系,具有以下特点:

(1)同步进程间具有合作关系,在逻辑上有某种联系。

(2)在执行时间上必须按一定的顺序协调进行。

2.3.3　进程同步机制

并发进程之间互斥与同步的相互制约关系都是要在时间顺序上对并发进程的操作加以某种限制。对于互斥的进程而言,它们各自单独运行时都是正确的,只要是互斥地进行,至于哪个进程先进入或后进入临界区是无所谓的,但在临界区内它们不能混在一起交替运行。而对于同步的进程则不同,各进程单独运行会产生错误,它们必须相互配合共同向前推进;各合作进程对共享资源的那部分操作必须严格地遵循一定的先后顺序。由此可见,互斥与同步对操作的时间顺序所加的限制是不同的,也可以说,进程之间的互斥是一种特殊的同步关系,而系统中用来实现进程间互斥与同步的机制就称为进程同步机制。从实现控制的机制方面来说,进程同步机制可分为硬件机制和软件机制。在此,主要介绍两种软件机制。

1. 加锁机制

解决进程互斥的最简单的办法是加锁。对每个临界区设置一把"锁",就可以解决并发进程互斥进入临界区的问题。

(1)加锁机制原理。通过为每个临界区或其他互斥资源设置一个布尔变量作为锁,用来代表某个临界资源的可用状态。例如,布尔变量 W,其值为 0 时表示临界资源未被使用,处于可用状态(开锁);其值为 1 时表示临界资源正被使用,处于不可用状态(加锁)。

加锁原语 Lock(w)定义如下:

① 测试 w 是否为 0。

② 若 w 为 0,则将 w 设为 1。

③ 若 w 为 1,则返回到①。

整个操作是一条原语,即不可以中断,中间也不允许其他进程来改变 W 的状态。

(2)加锁/开锁伪代码。

① 加锁 Lock(w)　　　　　　　② 开锁 Unlock(w)

Lock(w)　　　　　　　　　　　Unlock(w)

L: if w = 1 then goto L　　　　w : = 0;

else w : = 1;

(3)加锁机制存在的问题。利用加锁/开锁原语可以很方便地实现进程的互斥,但是当某个进程进入临界区后,其他进程一旦想进入就要不断测试锁的状态,直到锁的状态为0,才可进入临界区。这样就会使得 CPU 出现"忙等"状态,造成 CPU 的时间浪费,使得系统效率降低。

2. 信号量与 P、V 操作

1968 年,荷兰人 Dijkstra 给出了一种解决并发进程间互斥与同步关系的通用方法。他定义了一种名为"信号量"的变量,并且规定在这种变量上只能做所谓的 P 操作和 V 操作(P、V 是荷兰语"发信号"和"等待"两个词的首字母)。信号量是表示资源的物理量,是一个与队列有关的整型变量,其值仅能由 P、V 操作来改变。这样,系统就可以通过信号量取不同的初值以及在其上做 P、V 操作,就能够实现进程间的互斥、同步,甚至用来管理资源的分配。

(1)信号量与 P、V 操作的定义。所谓"信号量",也称信号灯,是由一个具有非负初值的整型变量和一个指向 PCB 队列的指针组成的数据结构。其中整型变量代表信号值,当多个进程都在等待同一个信号量时,它们就排成一个等待队列,由信号量指针作为该队列的头指针,队列中的进程处于阻塞状态,如图 2.14 所示。

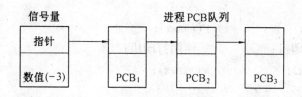

图 2.14　信号量的一般结构

在一个信号量 S 上,只能做规定的两种操作:P 操作,记为 P(S) 和 V 操作,记为 V(S),也仅能由这两个操作才能改变 S 的值。P、V 操作的具体定义如下。

1)信号量 S 上的 P 操作定义。当一个进程调用 P(S)时,应该顺序做下面两个不可分割的动作:

① S = S - 1,即把当前信号量 S 的取值减 1。

② 若 S≥0,则调用进程继续运行;若 S<0,则调用进程由运行状态变为阻塞状态,到与该信号量有关的队列 Q 上排队等待,直到其他进程在 S 上执行 V 操作将其释放为止。

信号量 S 代表系统的资源,若 S 为正值表示可用资源的数量,而 P(S)操作是申请一个物理资源,所以做 S - 1 操作,若 S - 1 操作后 S 值仍然大于等于 0,表示系统可以满足申请的需求,所以申请资源的进程继续运行;若 P(S)操作后,S 的值小于 0,则表示进程的申请没有得到满足,进程就只好进入阻塞状态,并被插入到相应的队列中等待。

2)信号量 S 上的 V 操作定义。当一个进程调用 V(S)时,应该顺序做下面两个不可分割的动作:

① S = S + 1,即把当前信号量 S 的取值加 1。

② 若 S>0,则调用进程继续运行;若 S≤0,则先从与该信号量有关的队列 Q 上摘下一个等待进程,让它从阻塞状态变为就绪状态,到就绪队列里排队,然后调用进程继续运行。

做一次 V(S)操作意味着释放一个资源,因此对信号量 S 做加 1 操作。S 加 1 操作后,若 S 的值大于 0,说明没有进程在等待该资源;而 S 值为负值时,它的绝对值表示的是等待此资源的进程数,所以,在 V(S)操作后,S 的值小于等于 0 时,表示有进程在等待该资源,执行 V(S)操作的进程将从等待该资源的队列中唤醒一个等待进程,然后自己继续执行后面的操作。

综上所述,在解决互斥问题时,如果把信号量 S 的初始值,理解为是系统中某种资源的数目,那么,在它的上面做 P 操作,即是申请一个资源;在它的上面做 V 操作,即是释放一个用完的资源。与该信号量有关的队列,是资源等待队列。信号量的值与相应资源的使用情况有关,信号量的值仅由 P、V 操作改变,P、V 操作都是原语操作,且 P、V 操作必须成对出现。

【例 2.8】　用信号量实现两个进程共享一台打印机实现进程的互斥示例。

设信号量 mutex 表示打印机,其初值为 1,表示打印机可用(也可理解为有一台打印机)。Pa( )、Pb( )表示 A、B 两个进程,两个进程及其临界区代码可按下述形式组成:

　　Pa( )　　　　　　　　Pb( )
　　{　　　　　　　　　　{

```
    ……                  ……
    P(mutex);            P(mutex);
    使用打印机;          使用打印机;
    V(mutex);            V(mutex);
    ……                  ……
    }                    }
```

两个进程 Pa()、Pb()并发运行时,mutex 的取值可以为 1、0、−1。若 mutex = 1 时,表示没有进程使用打印机;若 mutex = 0 时,表示一个进程正在使用打印机;若 mutex = −1 时,表示一个进程正在使用打印机,而还有一个进程正在等待使用打印机。mutex 的初始状态为 mutex = 1,当 A 进程先进入临界区时,执行了 P 操作,mutex − 1 = 0,此时 B 进程要进入临界区时,也执行了 P 操作,mutex − 1 = −1,小于 0,不符合进入临界区的条件,因此 B 进程进入等待队列,直到 A 进程退出临界区时,执行 V 操作,使得 mutex 的值由 −1 变为 0,唤醒在等待队列中的 B 进程,让它进入临界区。这就实现了并发进程对临界资源的互斥使用。

P、V 操作不仅能够实现两个进程的互斥问题,对于多个进程也是正确的。利用信号量实现互斥的一般模式为:

```
    进程 P₁            进程 P₂            ……            进程 Pₙ
    ……                ……                               ……
    P(mutex);          P(mutex);                        P(mutex);
    临界区             临界区                            临界区
    V(mutex);          V(mutex);                        V(mutex);
    ……                ……                               ……
```

【例 2.9】 用信号量实现三个进程分工协作完成读入数据、加工处理和打印输出的同步示例。

设 R、C、和 P 分别为输入数据进程、加工处理进程和输出数据进程。三个进程分工协作完成输入数据、加工处理和输出数据任务。在整个工作流程中的协作关系如图 2.15 所示。

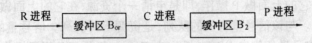

图 2.15　同步使用缓冲区示意图

从图中可以看出,这三个进程之间是两两同步关系,合作完成从输入到输出的工作任务。操作系统要确保这三个进程在执行次序上协调一致,需要控制在没有输入完一块数据之前不能加工处理,同时没有加工处理完一块数据之前不能打印输出,每个进程都要接收到其他进程完成一次处理的消息后,才能进行下一步工作。

以 R 进程和 C 进程同步为例:R 进程和 C 进程共享一个缓冲区 B₁,R 进程的任务是将数据输入到缓冲区 B_1 中,但要规定它只能在缓冲区 B_1 无数据或数据已被取出处理的情况下,R 进程才可以再向缓冲区 B_1 中输入数据;否则,R 进程就要进入到阻塞状态,等待 C 进程将缓冲区 B_1 中的数据全部取走的唤醒信号,R 进程才能继续向缓冲区 B_1 输入数据。C 进程的任务是从缓冲区 B_1 中取数据进行处理,但能不能取数据就要考虑缓冲区 B_1 的情况,即缓冲区 B_1 是满还是空。若是缓冲区为满时,C 进程就可以取数据进行处理;否则,C 进程就要等待 R 向 B_1 中输入数据,使之为满之后,C 进程才能继续取数据进行处理。依此类推,可以找出 C 和 P 两个进程之间的同步制约关系。

一般来说,处理进程的同步需要两个信号量,一个用于协调合作进程的推进速度,一个用于临界区的互斥。R 进程和 C 进程的同步,需要两个信号量来解决缓冲区 B_1 的协调操作问题;而 C 进程和 P 进程同步,也需要两个信号量来解决缓冲区 B_2 的协调操作问题。因此,共需要 4 个信号量。本题中"处理进程"的算法有一些难度,因为它需要协调两个缓冲区的工作,考虑的因素比较多,算法也相对复杂些。

设 4 个信号量及初值为:

① B_1 empty——缓冲区 B_1 空信号,初值为 1。

② B_1 full—— 缓冲区 B_1 满信号,初值为 0。

③ B_2 empty——缓冲区 B_2 空信号,初值为 1。

④ B_2 full—— 缓冲区 B_2 满信号,初值为 0。

各进程的执行步骤如下:

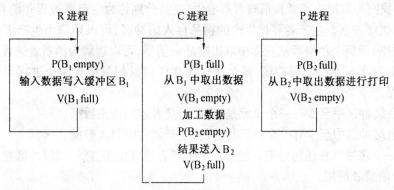

其中,同步过程为:

(1)R 进程要向缓冲区 B_1 中输入数据,先做 $P(B_1 empty)$ 操作 $B_1 empty - 1 = 0$,说明目前缓冲区 B_1 为空状态,可以向缓冲区 B_1 中输入数据;当 R 进程输入的数据占满缓冲区 B_1 时,做 $V(B_1 full)$ 操作 $B_1 full + 1$,唤醒 C 进程,自己进入阻塞状态,等待被唤醒。

(2)C 进程被唤醒,做 $P(B_1 full)$ 操作 $B_1 full - 1 = 0$,意味着缓冲区 B_1 为满状态,可以从中取数据,当把缓冲区 B_1 中的数据取空后,做 $V(B_1 empty)$ 操作 $B_1 empty + 1$,唤醒 R 进程可以继续向缓冲区 B_1 输入数据;同时 C 进程将取出的数据进行加工处理,做 $P(B_2 empty)$ 操作 $B_2 empty - 1 = 0$,将处理好的数据送往缓冲区 B_2 中;然后再做 $V(B_2 full)$ 操作 $B_2 full + 1$,唤醒 P 进程,自己进入阻塞状态,等待被唤醒。

(3)P 进程被唤醒,做 $P(B_2 full)$ 操作 $B_1 full - 1 = 0$,意味着缓冲区 B_2 为满状态,可以将其中的数据输出,当所有数据输出完毕后,做 $V(B_2 empty)$ 操作 $B_2 empty + 1$,唤醒 C 进程,自己进入阻塞状态,等待被唤醒。

请思考,4 个信号量的初值均为 0 时的同步情况。

值得注意的是,在使用 P、V 操作实现进程的同步时,需要特别当心 P 操作的顺序,否则容易造成死锁;而 V 操作是释放资源的,因此,它的顺序不需介意。

3. 几个典型的互斥、同步问题的实例

以下给出的几个问题都是在操作系统中被广泛讨论和分析的著名同步和互斥问题,对于它们的分析和理解,能够在我们解决同步和互斥问题时给予很大的启发。

【例 2.10】 生产者 – 消费者问题。

问题描述:有 m 个生产者$(P_1, P_2, \cdots, P_m)$和 k 个消费者$(C_1, C_2, \cdots, C_k)$共享 n 个仓库$(m, k, n$ 均大于 1),每个生产者都要把各自生产的物品存入仓库中,而每个消费者都可以从仓库中取出物品去消费,如图 2.16 所示。生产与消费的速度要均衡,避免出现"供不应求"或"供大于求"的状况,请用 P、V 操作对这些生产者和消费者进行管理。

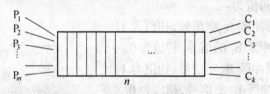

图 2.16 生产者 – 消费者问题

分析:我们可以把生产者和消费者都看做进程,分别称为生产者进程和消费者进程;仓库可以看做缓冲区。生产者要把生产的物品存入缓冲区,可以理解为生产者进程向缓冲区写入数据;而每个消费者从仓库中取出物品去消费,可以理解为消费者进程从缓冲区中读出数据;对于 n 个共享缓冲区,每个缓冲区在任何时刻只能有一个进程可对其进行操作,即满足如下条件:

(1) n 个缓冲区中至少有一个单元是满的,消费者才能读出数据。

(2) n 个缓冲区中至少有一个单元是空的,生产者才能写入数据。

(3) 任一空缓冲区在任何时刻只能有一个生产者进程使用,任一满缓冲区在任何时刻只能有一个消费者使用。

根据上述分析,生产者 – 消费者之间既存在同步关系,也存在互斥关系。为了实现进程能互斥地进入临界区,可以设置如下三个信号量(semaphore):

(1) mutex:互斥信号量,初值为 1,表示没有进程进入临界区;

(2) full:表示放有产品的缓冲区数目,初值为 0;

(3) empty:表示可利用的缓冲区数目,初值为 n。

以下是解决问题的算法描述:

```
semaphore mutex = 1;
semaphore full = 0;
semaphore empty = n;
{
    { //生产者
```

```
        ……
        P(empty);
        P(mutex);
          ……
          //送产品入仓库
          ……
        V(mutex);
        V(full);
    }
    //消费者
        ……
        P(full);
        P(mutex);
          ……
          //从仓库取产品
          ……
        V(mutex);
        V(empty);
    }
}
```

【例 2.11】　哲学家进餐问题。

问题描述:五个哲学家围坐在一张圆桌周围,每个哲学家面前都有一碗面条,右手边有一支筷子。众所周知,需要两支筷子才能把面条夹住。哲学家在餐桌旁有两种活动:吃饭和思考(这只是一种抽象)。

分析:当一个哲学家感觉饥饿时,他就试图去取他左边和右边的筷子,每次拿一把,不分次序。如果成功地获取了两支筷子,他就开始吃饭,吃完饭后放下两支筷子继续思考。问题是怎样能够保证每个哲学家饥饿时就能够拿到两支筷子吃饭,不至于饿死。这就要防止出现这样的情况,即可能在某一个瞬间,所有哲学家都同时拿起左筷子,看到右筷子不可用,又都放下左筷子,等会儿又同时拿起左筷子,如此永远重复下去,使得所有的进程都在运行,但又都无法向前推进。

参考代码如下:

```
# define N 5                //哲学家数目
# define LEFT (i-1)%N       //i 的左邻居号
# define RIGHT (i+1)%N      // i 的右邻居号
# define THINKING 0         //哲学家正在思考
# define HUNGRY 1           //哲学家想取筷子
# define EATING 2           //哲学家正在吃饭
typedef int semaphore;      //信号量
```

```
    int state[N];              //记录每个人状态的数组
    semaphore mutex = 1;       //临界区互斥信号量
    semaphore s[N];            //每个哲学家一个信号量
    void philosopher(int i)    //i 为哲学家编号,0 ~ N - 1
    {
        while( TRUE ) {        //无限循环
            think( );          //哲学家正在思考
            take_sticks(i);    //取用两只支筷子或阻塞
            eat( );            //进餐
            put_sticks(i)      //把两把叉子同时放回桌子上
    }

    void take_sticks(int i)    // i 为哲学家编号,0 ~ N - 1
    {
            down(&mutex);       //进入临界区
            state[i] = HUNGRY ; //记录哲学家的饥饿情况
            test(i);            //试图得到两支筷子
            up(&mutex);         //离开临界区
            down(&s[i]);        //如果得不到筷子则阻塞
    }

    void put_sticks(int i)     // i 为哲学家编号,0 ~ N - 1
    {
            down(&mutex);         //进入临界区
            state[i] = THINKING ; //哲学家进餐结束
            test(LEFT);           //看一下左邻居现在是否能进餐
            test(RIGHT);          //看一下右邻居现在是否能进餐
            up(&mutex);           //离开临界区
    }

    void test(int i)
    {
            if (state[i] = = HUNGRY && state[LEFT]! = EATING && state[RIGHT]! =
EATING)
                { state[i] = EATING ;
                up(&s[i]);
                }
    }
```

以上的同步控制程序对于任意位哲学家的情况都能获得最大的并行度,其中使用了一个数组 state 来跟踪一个哲学家是在吃饭、思考还是正在试图拿筷子。一个哲学家只有在两个邻居都不在进餐时才允许转移到进餐状态。该程序使用了一个信号量数组,每个信号量对应一位哲学家,这样在所需要的筷子被占用时,想进餐的哲学家就可以被阻塞。

每个进程将 philosopher 作为主代码运行。

哲学家进餐问题对于多个进程互斥地访问有限资源这一类控制问题的建模有参考价值。

【例 2.12】　理发师在空闲中的睡眠问题。

问题描述:理发店里有一位理发师、一把理发椅子和 n 把供等候理发的顾客坐的椅子。如果没有顾客,理发师便在理发椅子上睡觉,当一个顾客到来时,他必须叫醒理发师,如果理发师正在理发时又有顾客来到,而如果有空闲的等待椅子,刚到的顾客就坐下来等待,如果没有空闲的等待椅子,他就离开。

要求:为理发师和顾客各编写一段程序来描述他们的行为,但不能带有竞争条件。

设三个信号量:customers,用来记录等候理发的顾客数(不包括正在理发的 m 顾客);barbers,记录正在等待顾客的理发师数,为 0 或 1;mutex,用于互斥。

以下是解决问题的算法描述:

```
# define CHAIRS 5                    //等候的顾客准备椅子数
typedef int semaphore;
semaphore customers = 0;             //等候服务的顾客数
semaphore barbers = 0;              //等候服务的理发师数
semaphore mutex = 1;               //互斥信号
int waiting = 0;                    //还没理发的等候顾客
void barbers(void)
{
    while(TRUE) {
        down(customers);            //如果顾客数是 0,则睡觉
        down(mutex);                //要求进程等候
        waiting = waiting - 1;      //等候顾客数减 1
        up(barbers);                //一个理发师现在开始理发
        up(mutex);                  //释放等候
        cut_hair();                 //理发(非临界区操作)
    }
}

void customers (void)
{
    down(mutex);                    //进入临界区
    if (waiting < CHAIRS)           //如果没有空位置,则离开
    { waiting = waiting + 1;        //等候顾客数加 1
    up(customers);                  //如果必要,唤醒理发师
    up(mutex);                      //释放访问等候
    down(barbers);                  //如果 barbers 为 0,则睡觉
```

```
    get_haircut();                        //坐下等候服务
}
else
    | up(mutex);|                         //店里人满,离开
}
```

2.3.4　进程通信

在多道程序设计系统中,并发进程之间必须保持一定的联系,才能协调完成任务。在以上几节的讨论中,我们看到为了保证安全地共享资源,必须交换一些信号来实现进程的互斥与同步。进程之间互相交换信息的工作称之为进程通信 IPC(InterProcess Communication)。

并发进程间可以通过 P、V 操作交换信息,所以可以把 P、V 操作看做是进程之间的一种通信方式,但是以这种方式传递的信息量是有限的,通信的效率也很低,使用起来也不方便,因而称之为低级通信。如果要在进程间高效地传递大量信息,就需要有专门的通信机制来实现,由专门的通信机制来实现进程间的交换信息的方式就称为进程间的高级通信方式。

进程间高级通信的方式很多,在此简单介绍三种,即消息传递、管道文件方式和共享主存。

1.消息传递

消息传递模式分两大类:消息缓冲(直接通信)和信箱通信(间接通信)。

(1)消息缓冲(直接通信)。在消息缓冲方式下,在主存中开设缓冲区,发送进程将消息送入缓冲区,接收进程接收缓冲区传递来的消息。企图发送或接收消息的每个进程必须指出消息发给谁或从谁那里接收消息,可用 send 原语和 receive 原语来实现进程之间的通信。这两个原语定义如下:

send(P,消息):把一个消息发送给进程 P;

receive(Q,消息):从进程 Q 接收一个消息;

这样,进程 P 和 Q 通过执行这两个操作而自动建立了一种联结,并且这一种联结仅仅发生在这一对进程之间。

消息可以有固定长度或可变长度两种。固定长度便于物理实现,但使程序设计增加困难;而消息长度可变使程序设计变得简单,但使物理实现复杂化。

一个进程可以与多个进程通信,它可以向多个进程发送消息,也可以接受多个不同的相关进程发来的消息。如果进程在一段时间内收到多个消息而来不及处理,就可以将这些消息组织成消息队列。对于消息队列的管理属于临界区的管理。

(2)信箱通信(间接通信)。采用信箱通信(间接通信)方式时,进程间发送或接收消息通过一个信箱来进行,消息可以被理解成信件,每个信箱有一个唯一的标识符。当两个以上的进程有一个共享的信箱时,它们就能进行通信。

一个进程也可以分别与多个进程共享多个不同的信箱,这样,一个进程可以同时和多个进程进行通信。在间接通信方式"发送"和"接收"原语的形式如下:

send(A,信件):把一封信件(消息)传送到信箱 A;

receive(B,信件):从信箱 B 接收一封信件(消息);

信箱是存放信件的存储区域,每个信箱可以分成信箱特征和信箱体两部分。信箱特征指出信箱容量、信件格式、指针等;信箱体用来存放信件,信箱体分成若干个区,每个区可容纳一封信。

信箱有如下使用规则:

① 若发送信件时信箱已满,则发送进程被置为"等信箱"状态,直到信箱有空时才被释放。

② 若取信件时信箱中无信,则接收进程被置为"等信件"状态,直到有信件时才被释放。

2.管道(Pipe)文件方式

管道文件也称共享文件方式,它是基于文件系统,利用一个打开的共享文件连接两个相互通信的进程,文件作为缓冲传输介质,如图 2.17 所示。一个写进程从管道一端写入数据,称为写者;另一个读进程从管道另一端读出数据,称为读者。写者和读者按先进先出的方式传送数据,由管道通信机制协调二者动作,提供同步、互斥等功能。

管道的作用类似于消息缓冲区进行消息通信,但它们有三个明显的不同点:

(1)管道是以文件为传输介质,因此可以进行大量的数据传输,消息则适用于少量数据的传输。

(2)管道是以字符流的方式读写,而消息通信是以消息为单位的。

(3)管道是以先写进的先被读出(FIFO)方式工作,而消息通信则不是。

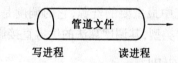

写进程   读进程

图 2.17　管道文件方式的通信

为了协调双方的通信,管道通信机制必须提供三个方面的协调能力:

(1)互斥。读写进程必须互斥地使用管道,而不能同时使用。

(2)同步。当写进程写入的数据达到系统限定的最大量时,写进程便进入睡眠等待,直到读进程取走数据后再把它唤醒。当读进程读空管道时也进入睡眠等待,直到写进程将消息写入管道后,才将其唤醒。

(3)对方是否存在。即通信只有在确定对方存在时才能进行。

管道通信的不足之处在于,它只能用于连接具有共同祖先的进程(如父子进程),而对于网络环境下的进程通信则不适合。

3.共享主存

共享主存的基本思想是在相互通信的进程间设有公共主存区域,一组进程向该公共主存中写数据,另一组进程从公共主存中读数据,通过这种方式实现两组进程间的信息交换。如图 2.18 所示,主存中开辟一个共享存储区,诸进程通过该区实现通信。

系统为传递消息的进程提供了两个高级通信原语 send 和 receive:

send——当要进行消息传递时执行;

receive——当接收者要接收消息时执行。

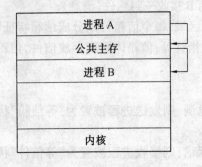

图 2.18　共享主存的信息传递

　　这段共享主存由一个进程创建,但多个进程都可以访问。共享主存是最快的通信方式,它是针对其他进程间通信方式运行效率低而专门设计的。它往往与其他通信机制(如信号量)配合使用,来实现进程间的同步和通信。

2.4　处理器调度

　　调度是操作系统的基本功能,几乎所有的计算机资源在使用之前都要经过调度。调度的目的就是要将系统中的有限资源合理地分配给有需求的进程,以便维持系统能够正常、稳定地运行。不合理的调度则有可能加剧进程对资源的竞夺,致使资源利用率低,甚至会导致死锁的发生(死锁在 2.5 节介绍)。所以,调度问题是操作系统设计的一个中心问题。处理器作为计算机系统中最主要的资源,它的调度是操作系统中最核心的调度。其调度策略决定了操作系统的类型,其调度算法的优劣直接影响整个系统的性能。

2.4.1　处理器的调度级别

　　处理器调度是操作系统的主要功能之一。它的调度任务是按一定的调度策略,动态地把处理器分配给处于就绪队列中的某一个进程,以使之运行。一般来说,处理器调度可分为三个级别,分别是高级调度、中级调度和低级调度。

1.高级调度

　　高级调度又称作业调度。其主要功能是根据一定的算法,从输入的一批作业中选出若干个作业,为它们分配必要的资源,如主存、外设等,为它们建立相应的用户作业进程和为其服务的系统进程(如输入、输出进程),最后把它们的程序和数据调入主存,等待进程调度程序对其执行调度,并在作业完成后作善后处理工作。

2.中级调度

　　中级调度又称交换调度。为了使主存中同时存放的进程数目不至于太多,有时就需要把某些进程从主存中移到辅存上,以减少多道程序的数目,为此设立了中级调度。特别在采用虚拟存储技术的系统或分时系统中,往往增加这一级的调度。所以中级调度的功能是在主存使用情况紧张时,将一些暂时不能运行的进程从主存对换到辅存上等待。当主存有足够的空闲空间时,再将合适的进程重新换入主存,等待进程调度。引入中级调度的主要目的是为了提高主存的利用率和系统吞吐量。它实际上就是存储器管理中的对换功能(参见 3.3 节)。

3.低级调度

低级调度又称进程调度。其主要功能是按照某种调度策略从进程的就绪队列中选择一个进程,让它占用处理器;也可以说进程调度是把处理器分配给了一个被选中的进程,所以有时也把进程调度称为"处理器调度"。执行低级调度功能的程序称为进程调度程序,由它确定多个进程使用处理器的原则,确定什么时间将处理器给哪一个进程,并确定使用的时间,最终实现处理器在进程间的切换。进程调度的运行频率很高,在分时系统中往往几十毫秒就要运行一次。在一般类型的操作系统中都必须有进程调度,进程调度是操作系统中最基本的一种调度。

这三级调度中,本课程重点介绍作业调度和进程调度。

2.4.2　作业与作业调度

1.作业概述

大家都知道,我们在使用计算机运算或处理信息时,往往是先将自己想做的处理过程用某种程序设计语言表达出来,也就是编制源程序,然后把源程序和初始数据输入到计算机系统,经过编译、链接、运行等步骤后,得到处理结果。作业就是用户在一次计算过程中,或者一次事务处理过程中,要求计算机系统所做的全部工作。以上所说的对于源程序的编译、链接、运行就是用户要求计算机系统所做的全部工作。作业由程序、数据和作业说明书构成。

一般情况下,一个作业可划分成若干个部分,每个部分称为一个作业步。例如编译、链接、运行就是三个作业步。作业在运行期间,各作业步之间存在着相互联系,往往上一个作业步的结果作为下一个作业步的输入,下一个作业步能否顺利执行,取决于上一个作业步的结果是否正确。

在批处理系统中,常把一批作业安排在输入设备上,然后按某种调度算法将这批作业读入系统中进行相应处理,从而形成一个作业流。

犹如一个进程有生命周期一样,从作业提交给系统,到作业运行完毕被撤销,就是一个作业的生命周期。在此期间,作业随着自己的向前推进,随着多道程序系统环境的变化,其状态也在发生着变化。作业在整个生命周期中存在着四种状态,即提交状态、后备状态、运行状态和完成状态。提交状态是一个作业从输入介质上进入系统,又被系统加以组织排列到磁盘上开辟的一块空间(这块空间称为输入井,用于存放后备作业,包括程序、数据、作业说明书和作业控制块)中的一个后备作业队列的过程;当作业的全部信息被收纳到辅存后,系统就要为该作业创建一个作业控制块 JCB(Job Control Block),然后系统就把作业控制块加入到后备队列中等待作业调度程序的调度,此时的作业处于后备状态;一个后备作业被调度程序选中调入后,给其分配必要的资源,建立一组相应的进程,此作业就进入到运行态,处于运行态的作业以进程的方式参与多道程序系统的并发活动,它可以被进程调度程序选中而在处理器上运行,并在进程的状态转换过程中,以走走停停的方式直到结束;当作业运行结束或因发生错误而中途终止时,就进入到完成状态。作业在运行过程中,由一个状态转换到另外一个状态,其转换过程如图 2.19 所示。

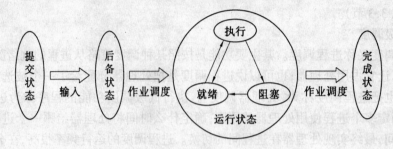

图 2.19　作业的状态与状态的转换

创建一个进程时,要开辟一个进程控制块 PCB,以便随时记录进程在动态变化过程中的相关信息。同样地,在把一个作业提交给系统时,系统也要开辟一个作业控制块 JCB,它是存放作业控制和管理信息的数据结构。表 2.1 给出了 JCB 中可能包含的信息,这些信息有的来自作业说明书,有的则会在运行过程中不断发生变化。作业控制块因作业的建立而创建,当作业完成时,系统将它的控制块从现行作业队列中删除,同时收回作业所占资源。同样,JCB 的是作业存在的唯一标志,它是作业调度和资源分配的依据。

表 2.1　JCB 中包含的信息

用户名	作业名
作业类别	作业现行状态
主存需求量	作业优先数
外设类型与需求数量	
作业提交时间	
作业运行时间(估计)	
作业控制块(JCB)指针	
其　　他	

作业和进程是两个完全不同的概念,二者之间存在着以下的关系:
(1)作业是任务实体,进程是完成任务的执行实体。
(2)没有作业任务,进程无事可干,没有进程,作业任务没法完成。
(3)作业的概念更多地用在批处理操作系统中,而进程则可以用于各种多道程序设计系统。

2.作业调度与进程调度的比较

从 2.4.1 节的论述中,我们已经对作业调度和进程调度有了一个初步的了解。具体地说,作业调度的主要任务是完成作业从后备状态到执行状态和从执行状态到完成状态的转换,其职责是从后备作业队列中按一定的算法选择一个或几个作业装入主存,此时系统为该作业创建一个进程,若有多个作业被装入主存,则系统将相继创建多个进程,这些进程都处于就绪状态。进程调度的实质则是实现处理器在进程间的切换,其调度的职责就是选择当前可占用处理器的进程,进程运行中由于某种原因引起状态发生变化而让出处理器时,进程调度就再选择另一个作业的进程去运行,如图 2.20 所示。

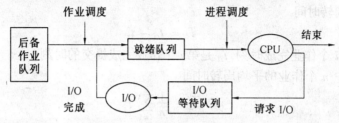

图 2.20 作业调度与进程调度的比较

从图 2.20 中可以看出,作业调度与进程调度协调工作完成了处理器调度,二者相互配合才能实现多道作业的并行运行。

处理器的三级调度中,重点在作业调度和进程调度,尤其是进程调度。我们通常把作业调度又称为宏观调度,进程调度又称为微观调度。二者有如下的区别与联系:

(1)区别

① 调度对象不同。作业调度的对象是作业;进程调度的对象是进程。

② 调度对象的数据结构不同。作业调度使用的数据结构是 JCB;进程调度使用的数据结构 PCB。

③ 调度任务不同。作业调度是根据一定的原则从后备作业队列中选择适当的作业,为它分配必要的资源,如主存、外设等,并将其调入主存准备投入运行;而进程调度是根据一定的原则选择一个就绪状态的进程给其分配 CPU,实现 CPU 在进程间的切换。

(2)联系

作业调度是对使用处理器的"顾客"进行预分配;进程调度是对使用处理器的"顾客"进行具体分配。

2.4.3 调度算法的性能评价标准

从用户的角度出发,总希望自己的作业提交后能够尽快地被选中,并投入运行。从系统的角度出发,它既要顾及到用户的需要,还要考虑系统效率的发挥。这就是说,在确定调度算法时,需要兼顾以上两个方面的问题。

1.确定调度算法时应考虑的因素

(1)公平对待后备作业队列中的每一个作业,避免发生无故或无限期地延迟一个作业的执行,使各类用户感到满意。

(2)使进入主存的多个作业,能均衡地使用系统中的资源,避免出现有的资源没有作业使用、有的资源却被多个作业争抢的"忙闲"不均的情形。

(3)力争在单位时间内为尽可能多的作业提供服务,提高整个系统的吞吐能力。

2.调度算法的若干标准

(1)面向用户的标准

1) 周转时间短。作业周转时间是指从作业提交时刻到作业完成时刻这段时间的时间间隔。它包括作业在后备队列中等待时间、进程在就绪队列、阻塞队列等待时间和在 CPU 上执行的时间之和。进程周转时间是相应作业周转时间中去掉作业在后备队列中的等待时间。对于每个用户来说,总希望自己作业的周转时间(T_i)尽可能的小,从系统的角度,希望作业的平均周转时间尽可能的小。

①作业周转时间

$$T_i = t_{ci} - t_{si} \qquad (2.1)$$

其中,t_{ci} 是第 i 个作业完成时刻,t_{si} 是第 i 个作业完成提交的时刻。

②系统中 n 个作业的平均周转时间

$$\overline{T} = \frac{1}{n}\sum_{i=1}^{n} T_i \qquad (2.2)$$

其中,n 为作业数,T_i 为第 i 个作业的周转时间。

平均周转时间可以比较不同调度算法对相同作业流的调度性能。

③将作业的周转时间与作业在 CPU 上实际执行的时间一并考虑,称为作业的带权周转时间

$$W_i = \frac{T_i}{R_i} \qquad (2.3)$$

其中,T_i 为第 i 个作业的周转时间,R_i 为第 i 个作业的实际运行时间。

④作业的平均带权周转时间

$$\overline{W} = \frac{1}{n}\sum_{i=1}^{n} W_i \qquad (2.4)$$

其中,n 为作业数,W_i 为第 i 个作业的带权周转时间。

平均带权周转时间可以比较某种调度算法对不同作业流的调度性能。

2)响应时间快。在交互系统中对用户的请求应尽快地给予应答。

3)截止时间的保证。

4)优先权准则。

(2)面向系统的标准

1)系统吞吐量高。在单位时间内让更多的进程完成工作,提高单位时间的处理能力。

2)处理器利用率好。前面我们已经指出,计算机系统中最宝贵的资源是处理器,应使其达到最高的使用效率。处理器的利用率可从 0% 到 100%。在实际的系统中,一般的处理器的利用率从 40%(轻负荷系统)至 90%(重负荷系统)。

3)各类资源的平衡利用。不同类型的操作系统对调度性能要求的侧重点也不同,例如:批处理系统追求的是周转时间要短和带权周转时间要小;分时系统和实时系统要求响应时间要快。

综上所述,调度原则就是要公平、合理,使用户满意,同时要提高系统的吞吐量及系统资源的利用率,因此对调度算法性能的评价要兼顾以上两个方面。

2.4.4 处理器的调度算法

处理器的调度算法有很多种,如先来先服务、最短作业优先、最高响应比优先、定时轮转法、优先数法和事件驱动法等。在使用这些算法对进程进行调度时,有两种占用处理器的方式,即可剥夺式(可抢占式 Preemptive)和不可剥夺式(不可抢占式 Nonpreemptive)。

(1)可剥夺方式。当一个进程正在运行时,系统可以基于某种原则,剥夺已分配给它的处理器,将处理器分配给其他进程使用。剥夺原则主要有:优先权原则、短作业(短进

程)原则、时间片原则等。

(2)不可剥夺方式。进程调度程序一旦把处理器分配给某进程后便让它一直运行下去,直到进程完成或发生某事件而阻塞时,才把处理器分配给另一个进程。

本课程只介绍以下几种常用的调度算法。

1.先来先服务调度算法(FCFS)

先来先服务(First Come First Service)调度算法的基本思想是:以作业(或进程)到达就绪队列的先后次序为标准来选择占用处理器的进程。一个进程一旦占有处理器,就一直使用下去,直至正常结束或因等待某事件的发生而让出处理器。采用这种算法时,系统管理就绪队列的方式是把新到达的进程的进程控制块是排在就绪队列的队尾;调度程序总是把 CPU 分配给就绪队列中的第一个进程使用。图 2.21 是先来先服务调度算法的示意图。

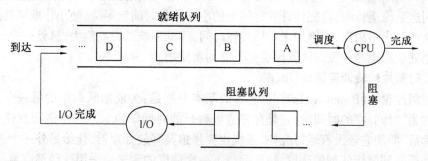

图 2.21 先来先服务调度算法示意图

假定在单 CPU 条件下有 3 个作业,编号分别为 1、2、3,每个作业需要的 CPU 处理时间分别为 10、4、3。作业到来的时间是按作业编号顺序依次到达的(即后一个作业比前一个作业迟到一个时间单位)。采用 FCFS 调度算法执行这些作业时,它们的运行顺序如图 2.22 所示。

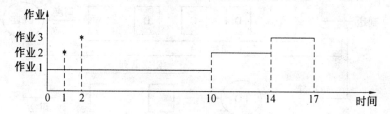

图 2.22 FCFS 调度作业的运行顺序图

根据图 2.22 和 2.4.3 节的公式,可以计算出 3 个作业的平均周转时间和平均带权周转时间等,如表 2.2 所示。

从表 2.2 可以看出,FCFS 调度算法比较适合于长作业(进程),而不利于短作业(进程)。因为短作业(进程)运行时间短,如果在运行过程中它等待时间过长,它的带权周转时间就会很长。

表 2.2　FCFS 调度算法性能

作业	到达时间	运行时间	完成时间	周转时间	带权周转时间
1	0	10	10	10 − 0 = 10	10/10 = 1.0
2	1	4	10 + 4 = 14	14 − 1 = 13	13/4 = 3.25
3	2	3	14 + 3 = 17	17 − 2 = 15	15/3 = 5
平均周转时间			$(10 + 13 + 15)/3 \approx 12.67$		
平均带权周转时间			$(1.0 + 3.25 + 5)/3 \approx 3.08$		

先来先服务算法具有一定的公平性,容易实现,但没考虑作业的特殊性和资源利用率。FCFS 策略是属于不可抢占的策略,表面上看它对所有的作业都公平,实际上在有大作业到达系统运行时,可能使计算时间短的小作业长时间地等待,使小作业周转时间变长造成这些用户不满意,也增加了平均周转时间,降低系统的吞吐能力;另外,一个作业长时间占用处理器也会导致系统其他资源不能均衡使用。

2.时间片轮转调度算法(RR)

时间片轮转(Round Robin)调度算法的基本思想是:为就绪队列中的每一个进程分配一个称为"时间片"的时间段,它是允许进程运行的时间单位。当一个进程在使用完一个时间片后,即使它还没有运行完毕,系统也要强迫其释放处理器,让给另外一个进程使用,并让其返回到就绪队列的队尾,排队等待下一次调度的到来。采用这种调度算法时,对就绪队列的管理与先来先服务完全相同。主要区别是进程每次占用处理器的时间由时间片决定,而不是只要占用处理器就一直运行下去,直到运行完毕或为等待某一事件的发生而自动放弃,如图 2.23 所示。

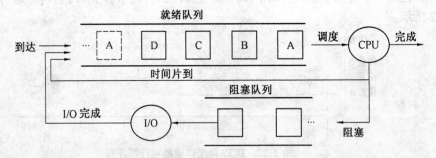

图 2.23　时间片轮转调度算法示意图

假定在单 CPU 条件下有 3 个作业,编号分别为 1、2、3,每个作业需要的 CPU 处理时间分别为 10、4、3。它们到来的时间是按作业编号顺序依次到达的,但彼此相差时间很短,可以近似认为是"同时"到达。采用 RR 调度算法运行这些作业(时间片假设为 1)时,它们的运行顺序如图 2.24 所示。

根据图 2.24,可以计算出 3 个作业的周转时间和带权周转时间等,如表 2.3 所示。

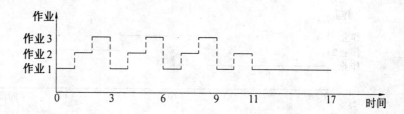

图 2.24　RR 调度作业的运行顺序图

表 2.3　RR 调度算法性能

作业	到达时间	运行时间	完成时间	周转时间	带权周转时间
1	0	10	17	17 − 0 = 17	17/10 = 1.7
2	0	4	11	11 − 0 = 11	11/4 = 2.75
3	0	3	9	9 − 0 = 9	9/3 = 3
平均周转时间			$(17 + 11 + 9)/3 \approx 12.33$		
平均带权周转时间			$(1.7 + 2.75 + 3)/3 \approx 2.48$		

RR 调度算法是一种剥夺式的调度算法,主要用于进程调度。在采用 RR 调度算法时,时间片的长短对其调度的性能有很大的影响。若时间片太短,CPU 在进程之间的切换会很频繁,这将增加系统的开销,使系统的总体性能降低。若时间片太长,它将退化成 FCFS 算法。

3. 优先数调度算法

优先数调度算法基本思想是:优先选择就绪队列中优先级最高的进程占用处理器。

优先级根据优先数来决定,确定优先数的方法有静态优先数法和动态优先数法。静态优先数法是在进程创建时指定优先数,在进程运行时优先数不变,而动态优先数法是在进程创建时创立一个优先数,但在其生命周期内优先数可以动态变化。

仍然以前面所假定的在单 CPU 条件下有 3 个作业为例,编号分别为 1、2、3,作业到来的时间是按作业编号顺序依次到达的(即后一个作业比前一个作业迟到一个时间单位)。3 个作业的优先数分别为 2、3、5,且 5 的优先级最高,采用非抢占式优先数调度算法执行这些作业时,它们的运行顺序会是怎样呢?

作业 1 先到达因无其他作业竞争,所以作业 1 先运行,由于采用非抢占的优先数调度算法方式,所以直到作业 1 运行完成后,在作业 2、3 中按优先级高低选择其一,作业 3 比作业 2 的优先级高,所以接着作业 3 运行,最后作业 2 运行,如图 2.25 所示。

根据图 2.25,可以计算出 3 个作业的周转时间和带权周转时间等,如表 2.4 所示。

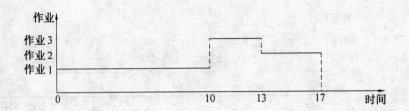

图 2.25 优先数调度作业的运行顺序图

表 2.4 非抢占式优先权调度算法性能

作业	到达时间	运行时间	完成时间	周转时间	带权周转时间
1	0	10	10	10 − 0 = 10	10/10 = 1.0
2	1	4	13 + 4 = 17	17 − 1 = 16	16/4 = 4.0
3	2	3	10 + 3 = 13	13 − 2 = 11	11/3 ≈ 3.67
平均周转时间			(10 + 16 + 11)/3 = 12.33		
平均带权周转时间			(1.0 + 4.0 + 3.67)/3 = 2.89		

4.多级反馈队列调度算法

多级反馈队列调度算法,它是时间片调度算法与优先数调度算法的结合,如图 2.26 所示。

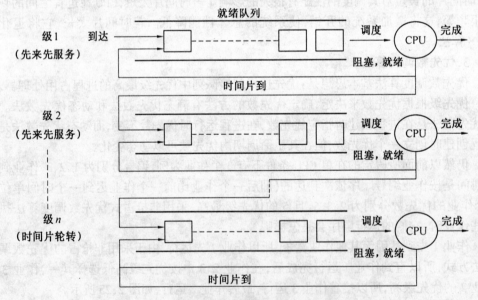

图 2.26 多级反馈队列调度算法示意图

这种调度算法的思想是,把系统中的所有进程分成若干个具有不同优先级别的组,同一组的进程都具有同样的优先级别,并且把每组进程组织成一个先进先出的队列。在设计时,按优先级别越高的组中的进程应得时间片越短的原则分配时间片。在调度时,进程调度程序每次都从优先级别高的就绪队列的队首选择就绪进程。当在高优先级别的队列中找不到就绪进程时,才到低优先级别的就绪进程队列中选取。

2.4.5 进程调度的实现与进程的调度时机

1.进程调度的实现

在时间片轮转调度算法中讲到,如果时间片选择太小会导致系统开销增加,这是什么原因引起的呢? 这可以通过进程调度的调度过程来解释,进程调度的实现过程有以下三个步骤:

(1)保存现场。当有进程因某种原因(如:时间片用完或等待 I/O)要放弃处理器的控制权时,进程调度程序需要把它的现场信息保留起来。

(2)选择进程。根据一种调度算法,从就绪队列中选择一个进程,把它的状态从就绪态改为运行态,并准备把处理器分配给它。

(3)恢复现场。为选中的进程恢复现场信息,并把处理器的使用权交给该进程,从而使它接着上次间断的地方继续运行。

从以上叙述可知,进程调度的过程就是一个中断过程。处理器每进行一次进程切换都要先执行上述三个步骤的操作,因此,不当的调度策略可以造成进程切换过于频繁,因而造成系统开销增加。

2.进程的调度时机

进程的调度是由进程状态的变换引起的。当一个进程由运行状态变换为另一种状态时,它就会让出处理器控制权,而由另外一个进程占用处理器,此时就会出现一次进程的调度时机。进程的调度时机与引起进程调度的原因以及进程调度的方式有关,引起进程调度主要有以下几个原因:

(1)任务完成。当一个进程运行完毕,或由于某种错误而终止运行,该进程会主动释放处理器的控制权。

(2)等待资源。当一个进程在运行中由运行态转到阻塞态时,它进入等待状态(等待I/O),不得不放弃处理器的控制权。

(3)运行到时。在分时系统中,当前进程使用完所规定的时间片,不得不放弃处理器的控制权。

(4)优先级。当有一个优先级更高的进程就绪(可抢占式),当前运行的进程不得不放弃处理器的控制权。

2.5 死 锁

大家都有过交通堵塞的经历。处在交通十字路口上的车辆,若司机们不按交通规则行驶,就会导致所有的车辆都无法正常通行,因而陷入到一种尴尬的局面——交通堵塞。进入到堵塞的车辆,又都在企盼着其他的车辆把路让出来自己先通过,但谁也不愿意这样做,结果造成了相互间的无休止地等待,最后进入到了一种"僵局",这就是生活中的死锁现象。一个有多道程序设计的计算机系统,是由一个有限数量以及有多个进程竞争使用的资源组成的系统。由于系统提供的资源数比要求使用资源的进程数少,或者是若干个进程要求资源的总数大于系统提供的资源数,这就使得进程间会出现竞争资源的现象。如果对进程的竞争资源管理不当、或对资源的分配不当、或诸进程推进速度巧合,就会使系统中的某些进程陷入相互等待无法继续工作的地步,致使系统陷入到死锁状态。

系统发生死锁的现象不仅会浪费大量的系统资源,甚至会导致整个系统崩溃,带来灾难性后果。所以,死锁的问题必须在理论和技术上都要给予高度重视。

2.5.1 死锁的定义与产生的原因

1.死锁的定义

死锁(Dead Lock)是指一组进程中,每个进程都无限等待被该组进程中另一进程所占有的资源,因而无限期地僵持下去的局面,若无外力的介入,这些进程都将永远不能再向前推进,这种现象称为进程死锁。

2.产生死锁的原因

产生死锁的根本原因就是资源有限且操作不当。

(1)系统资源不足。系统提供的资源数目太少,远远满足不了并发进程对资源的需求。

(2)进程推进顺序不当。死锁一定是系统资源不足的,但是资源不足不一定就造成死锁。只有在对有限的资源分配不当时,会出现进程之间相互等待资源又都不能向前推进的情况,因而造成进程相互封锁的危险时,才能导致死锁的发生。

例如:用方框代表资源,圆圈代表进程,如果画一条由资源到进程的有向边,则表示把该资源分配给了这个进程;如果画一条由进程到资源的有向边,则表示该进程申请这个资源,这样的图就是所谓的"资源分配图"。图2.27(a)表示将资源R分配给了进程A使用,即进程A现在占用资源R;图2.27(b)表示进程B要申请使用资源S。在图2.27(c)中,表示现在已把资源T分配给了进程D,进程D申请使用资源U,资源U已经分配给了进程C,进程C申请使用资源T。这表明在资源T、U与进程C、D之间出现了循环等待的情形:进程C占用着资源U,想要资源T;资源T已被进程D占用,它却想要被进程C占用的资源U,这样一来,进程C、D都无法运行下去,造成进程相互封锁的危险。这一对进程出现进程之间相互等待资源又都不能向前推进的情况,进入死锁状态。

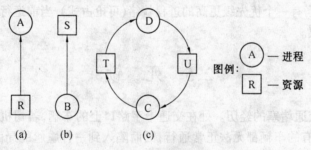

图2.27 资源分配图

由上述例子可以得到关于死锁的一些结论:

(1)死锁状态下,至少有两个进程参与了死锁。

(2)参与死锁的进程至少有两个已经占有资源。

(3)参与死锁的所有进程都在等待资源。

(4)参与死锁的进程是当前系统中所有进程的子集。

2.5.2　死锁产生的必要条件

系统产生死锁必定同时保持 4 个必要条件。

1. 互斥条件(Mutual Exclusion)

所谓互斥条件就是要求进程应互斥地使用资源,任一时刻一个资源仅为一个进程独占,当某进程请求一个已被占用的资源时,它被置成等待状态,直到占用者释放资源。互斥条件涉及资源是否是共享的,即进程对它所需要的资源是否进行排他性控制。

如打印机就是一种互斥资源,当一台打印机已经被一个进程占有,其余想用该打印机的进程必须等待,直到使用打印机的进程归还它之后才能使用。

2. 占有和等待条件(Hold and Wait)

占有和等待条件也称为部分分配条件。一个进程请求资源得不到满足而等待时,不释放已占有的资源,即一个进程在申请新的资源的同时保持对原有资源的占有。

如一个进程在占用了读卡机后,还要申请打印机,但打印机正在被别的进程使用,该进程在不释放读卡机的情况下,等待打印机。

3. 不剥夺条件(No Preemption)

占有和等待条件也称为部分分配条件。资源申请者不能强行的从资源占有者手中夺取资源,资源只能由占有者自愿释放,即任何一个进程不能抢夺其他进程所占用的资源,已被占用的资源只能由占用者自己来释放。

4. 循环等待条件(Circular Wait)

存在一个进程等待队列 $\{P_1, P_2, \cdots, P_n\}$,其中 P_1 等待 P_2 占有的资源 R_2,P_2 等待 P_3 占有的资源 R_3,……,P_n 等待 P_1 占有的资源 R_1,形成一个进程等待环路。其中,每一个进程分别等待它前一个进程所持有的资源,造成永远等待,如图 2.28 所示。

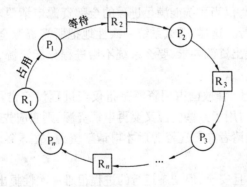

图 2.28　循环等待示意图

请注意,以上 4 个条件也不是完全独立的。其中,"循环等待条件"就包含了"占有和等待条件",但是"占有和等待条件"存在时并不一定存在"循环等待条件",两者既不完全独立,也不是等价的。

2.5.3 解决死锁问题的几个策略

死锁是由于进程竞争互斥使用的资源且又互不相让形成的,解决死锁问题可以采用不允许死锁发生和允许死锁发生的两种策略。

不允许死锁发生的策略是事先消除死锁隐患,杜绝死锁发生,它又分为静态策略和动态策略。静态策略是要设计在进程运行之前合适的资源分配算法,使进程运行之后不会产生死锁;动态策略是要设计进程在运行过程中允许进程动态申请资源,而又不会产生死锁的资源分配算法。

允许死锁发生的策略是允许死锁发生,一旦有死锁发生采取一定的应对措施来解除死锁。

具体用以下三种方法来解决死锁问题。

1.死锁的预防

死锁的预防属于不让死锁发生的一种静态策略。我们已经知道,若死锁的 4 个必要条件同时存在,系统必然会发生死锁。死锁预防的基本思想是要求进程申请资源时必须要遵循某种资源分配策略,从而打破死锁的 4 个必要条件之中的一个或多个,来确保系统不进入死锁状态,就可以预防死锁的出现。

(1)条件 1(互斥条件)。要使互斥使用资源的条件不成立,唯一的办法是允许进程共享资源,但是,在计算机系统中大多数资源都必须互斥使用,这是由于资源本身固有的特性决定的。所以,要破坏"互斥使用资源"很难实现。

可以采用相应的技术,如利用假脱机技术,即用可共享使用的设备模拟非共享的设备。

(2)条件 2(占有和等待条件)。要使占有和等待条件的条件不成立,经常有两种办法:

① 静态分配资源。静态分配也称预分配资源,它是指每一个进程在开始运行前就申请它所需要的全部资源,仅当系统能满足进程的全部资源申请要求且把资源分配给进程后,该进程才能开始运行。这样,要么系统一次性地把所需资源全部分配所需进程,该进程在运行期间不会再提出资源要求;要么系统不给进程分配资源,让进程等待,从而预防了死锁的发生。

② 释放已占用资源。释放已占用资源是指仅当进程没有占用资源时才允许它去申请资源,如果进程已经占用了某些资源又要再申请资源,则它应先归还所占资源后再申请新资源。这种策略是申请者在归还资源后才申请新资源,故不会出现占有了部分资源再等待其他资源的情况。

死锁的预防即简单且安全,但动态运行的进程很难一次性提出全部资源的要求,而且往往会因为只有一种资源不被满足就会让进程等待使得系统效率较低;这种方法也可以使资源使用不均衡,造成资源严重浪费。

(3)条件 3(不剥夺条件)。为了使这个条件不成立,我们可以约定如果一个进程已经占用了某些资源又要申请新资源,而新资源不能满足(已经被其他资源占用)必须等待时,系统可以抢夺该进程已占有的资源。但这种策略不是对所有资源都适用,如打印机就不能采用抢夺方式,否则会造成使用混乱。

此方法属于动态策略。它减少了资源被长时间独占且闲置的状态,可以提高资源的利用率,但是要进程放弃已占用且未用完的资源可能要付出很大的代价。由于动态策略实现起来比较复杂,因而会增加系统的开销。

(4)条件 4(循环等待条件)。通过有序资源分配法,可以破坏环路条件。把系统的所有资源排列成一个序列,对每个资源给一个确定的编号,规定任何进程申请两个资源以上的资源时,总是先申请小编号的资源,再申请大编号的资源。

例如,如图 2.28 所示的情况,当 $n=2$ 时,进程 P_1,使用资源的顺序是 R_1,R_2;进程 P_2,使用资源的顺序是 R_2,R_1;若采用动态分配有可能形成环路条件,造成死锁。

采用有序资源分配法:R_1 的编号为 1,R_2 的编号为 2;P_1:申请次序应是:R_1,R_2;P_2:申请次序应是:R_1,R_2,也就是说 P_2 未得到 R_1,也不可能占有 R_2,这样就破坏了环路条件,预防了死锁的发生。

打破循环等待条件也属于动态策略,它提高了资源的利用率和系统的吞吐量。但是,为系统中的各类资源分配序号会影响用户的编程习惯和编程思路,也会限制添加新型设备的方便性。

2.死锁的避免

采用了以上讨论的预防死锁的资源分配策略,可以保证系统就不会形成死锁。但是,在这些可以预防死锁的资源分配策略中,有的只适用于对某些资源的分配,有的会影响资源的使用效率。为了克服这些问题,我们也可以不提前预防,当估计到可能发生死锁时,设法避免死锁的发生。死锁的避免属于不让死锁发生的一种动态策略。与预防死锁相反,死锁的避免允许系统中同时存在 4 个必要条件,如果能掌握并发进程中与每个进程有关的资源动态申请情况,做出明智和合理的选择,仍然可以避免死锁的发生。

死锁的避免不是通过对进程随意强加一些规则,而是通过对每一次资源动态申请进行认真的分析来判断它是否能安全地分配,即当一个进程提出资源请求时,假定分配给它,并检查系统是否仍处于安全状态。如果安全,则满足它的请求;否则,推迟它的请求。一个古典的测试方式是银行家算法(Banker's Algorithm)。

先体会一下实际生活中,银行家和顾客之间的借贷行为:银行家把一定数量的资金供多个用户周转使用,当顾客对资金的最大申请量不超过银行家现金时就可以接纳一个新顾客,顾客可以分期借款,但借款的总数不能超过最大申请量;银行家对顾客的借款可以推迟支付,但使顾客总能在有限的时间里得到借款;当顾客得到需要的全部资金后,他一定能在有限时间里归还所有资金。

采用银行家算法分配资源时,要测试进程对资源的最大需求量,如果系统现有的资源可以满足它的最大需求量时,就满足进程的当前申请,否则推迟分配。这样,操作系统能保证所有进程在有限时间内得到需要的全部资源,则称系统处于安全状态,否则系统就处于不安全状态。不安全状态可能引起死锁,银行家算法是在能确保系统处于安全状态时才把资源分配给申请者。

银行家算法的问题是计算量大,效率较低。

3.死锁的检测与恢复

检测与恢复是一种方法,是属于允许死锁发生的策略。它的基本思想是操作系统不断监视系统进展情况,判断死锁是否发生,一旦死锁发生则采取专门的措施,解除死锁并以最小的代价恢复操作系统运行。系统设有专门的机构,当死锁发生时,该机构能够检测到死锁发生的位置和原因,并能通过外力破坏死锁发生的必要条件,从而使得并发进程从死锁状态中恢复出来。

死锁的检测可以通过画当前的资源分配图,来检测在某些进程间是否已经构成了死锁。比如系统中有 A ~ G 共 7 个进程,有 6 个资源 r ~ w。当前的资源所属关系为:

(1)进程 A 已得到资源 r,需要资源 s。

(2)进程 B 不占有任何资源,需要资源 t。

(3)进程 C 不占有任何资源,需要资源 s。

(4)进程 D 已得到资源 u 和 s,需要资源 t。

(5)进程 E 已得到资源 t,需要资源 v。

(6)进程 F 已得到资源 w,需要资源 s。

(7)进程 G 已得到资源 v,需要资源 u。

此时的资源分配图如图 2.29(a)所示。可以看出,在进程 D、E、G 之间存在一个循环等待的环路,如图 2.29(b)所示,它们处于死锁状态。

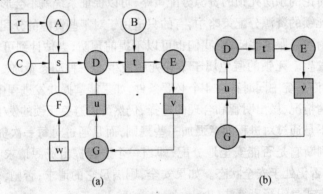

(a)　　　　　　　　　　　　(b)

图 2.29　一个带有环路的资源分配图

检测出死锁,就要将其消除,使系统得以恢复。最为简单的解决办法是删除环中的一个或若干个进程,释放它们占用的资源,使其他进程能够继续运行下去。再有一种较为复杂的方法是周期性地把各个进程的执行情况记录在案,一旦检测到死锁发生,就可以按照这些记录的文件进行回退,让损失减到最小。

2.6　线　程

在 20 世纪 80 年代中期,线程的概念被引入到操作系统的设计中,它是比进程更小的能独立运行的基本单位。操作系统引入进程的目的是为了使多个程序并发执行,以改善资源利用率及提高系统的吞吐量。进程有两个基本属性:(1)进程是一个可拥有资源的独立单位;(2)进程是可以独立调度和分派的基本单位。因为进程是一个资源拥有者,所以在进程的创建、撤销和切换中,系统必须为之付出较大的时空开销。因而,在系统中所设置的进程数目不宜过多,进程切换的频率也不宜过高,也就限制了并发程度的进一步提高。基于上述原因,操作系统的设计者们想到,将进程的两个属性分开进行处理,即对作为调度和分派的基本单位,不同时作为独立资源分配的单位,以使之轻装运行,引入了线程的概念;而进程仍然是拥有资源的基本单位,不频繁地对之进行切换。

2.6.1　线程的概念

1.什么是线程(Thread)

线程是一个 CPU 调度单位,是进程中的一个执行路径。

可以这样来理解线程:线程是进程的一个实体,是 CPU 调度和分派的基本单位,它是比进程更小的能独立运行的基本单位。线程自己基本上不拥有系统资源,只拥有一点在运行中必不可少的资源(如程序计数器,一组寄存器和栈),但是它可与同属一个进程的其他的线程共享进程所拥有的全部资源。

2.线程的结构

线程和进程一样,也是有结构的。它是由线程 ID、程序计数器、寄存器集合和堆栈组成。

3.线程的状态

同一进程中的多个线程之间可以并发执行。由于线程之间的相互制约,致使线程在运行中也呈现出间断性。相应的,线程也同样有就绪、阻塞和执行三种基本状态,有的系统中线程还有终止状态等。

2.6.2　进程和线程的比较

进程与线程有如下的联系和区别。

(1)进程与线程都是动态概念,它们的生命周期是短暂的。

(2)线程是进程的一个组成部分。

(3)进程不再是基本的调度单位,系统以线程作为调度单位,真正运行的是线程。

(4)多进程是并发的,多线程也是并发的。

(5)进程拥有资源,线程没有自己独有的资源,它共享所依附进程的资源。

(6)进程有多种状态,线程也有多种状态。

(7)进程的创建、调度、撤销都需要较大的时空开销,而进程的多个线程都在进程的地址空间活动,线程的通信、切换所要的系统开销相对较小。

可见,线程与进程有许多相似之处,所以往往把线程又称为"轻量级进程"(LightWeight Process,LWP)。在采用线程技术的操作系统中,进程和线程的根本区别是把进程作为资源分配单位,而线程是调度和运行单位。

小　结

进程是操作系统中最基本、最重要的概念之一。在计算机系统中,进程不仅是最基本的并发执行的单位,而且也是分配资源的基本单位。引入进程这个概念,对于我们理解、描述和设计操作系统具有重要意义。

进程是程序在并发环境中的执行过程。进程最根本的属性是动态性和并发性。要注意进程与程序的区别,以及对进程的五个基本特征:动态性、并发性、独立性、制约性、结构性的理解。

一个进程实体通常由程序、数据和进程控制块(PCB)这三部分组成。进程控制块是进程组成中最关键的部分,每个进程有唯一的进程控制块。进程的动态、并发等特征是通过 PCB 表现出来的,操作系统根据 PCB 对进程实施控制和管理。

为了对所有进程进行有效的管理,常将各进程控制块(PCB)用适当的方式组织起来。一般说来,进程控制块(PCB)有以下几种组织方式:线性方式、链接方式和索引方式。

进程有三个基本状态:运行态、就绪态和阻塞态。在一定的条件下,进程的状态将发生转换。

进程作为有"生命期"的动态过程,对它们的实施管理主要包括:创建进程、撤销进程、挂起进程、恢复进程、改变进程优先级、封锁进程、唤醒进程、调度进程等。

并发运行的进程之间既相互独立,又有信息交换。根据进程间交换信息量的多少,分为高级进程通信和低级进程通信。进程的同步与互斥是指进程在推进时的相互制约关系,属于低级进程通信。一般来说同步反映了进程之间的协作关系,往往指有几个进程共同完成一个任务时在时间次序上的某种限制,进程相互之间各自的存在及作用,通过交换信息完成通信。进程互斥体现了进程之间对临界资源的竞争关系,这时进程相互之间不一定清楚对方进程的情况,往往指多个任务多个进程间的竞争制约,因而使用更广泛。

我们用信号量(Semaphore)及 P、V 操作来实现进程的同步和互斥。生产者 - 消费者问题是经典的进程同步和互斥问题。

一般来说,处理器调度可以分为三级调度:高级调度、中级调度和低级调度,这是按调度层次进行分类的。其中,高级调度又称为作业调度,低级调度又称为进程调度。进程调度是操作系统中最核心的调度,其调度策略决定了操作系统的类型,其调度算法优劣直接影响整个系统的性能。重点理解进程调度的功能、进程调度算法以及进程调度的时机。

死锁是指多个进程循环等待他方占有的资源而无限期地僵持下去的局面。计算机系统产生死锁的根本原因就是资源有限且操作不当。一种原因是竞争资源引起的死锁,另一种原因是由于进程推进顺序不合适引发的死锁。

产生死锁的 4 个必要条件是:互斥条件,不可抢占条件,占有且申请条件,循环等待条件。如果在计算机系统中同时具备这 4 个必要条件时,那么会发生死锁。一般来讲,解决死锁的方法分为死锁的预防、避免、检测与恢复 3 种。

习　题

1.操作系统中引入"进程"的主要目的是什么?

2.何谓进程?其特征是什么?

3.进程与程序有何联系与区别?

4.进程有几种基本状态?下列进程状态的转换中,哪些可以转换,哪些不可以转换?请说明原因。

(1)就绪→阻塞。

(2)运行→就绪。

(3)就绪→运行。

(4)阻塞→就绪。

5.进程控制块是描述进程状态和特性的数据结构,谈谈你对它的理解。

6.临界资源、临界区的概念是什么?使用临界区有哪些原则?

7.并发运行的进程之间有哪些制约关系,其含义是什么?它们有何不同?

8.假定进程 A 和进程 B 需要互斥地使用某临界区,那么可不可以说进程 A 或进程 B 处于临界区内时就是不可中断的?为什么?

9.何谓信号量?信号量的物理意义是什么?如何给它们设置初值?

10.信号量与程序设计时用的普通变量有什么区别?P、V 操作本身是如何定义的?

11.何谓死锁?产生死锁的根本原因是什么?

12.阐述预先静态分配法是如何进行死锁预防的。

13.为什么说不能通过破坏"互斥条件"来预防死锁?

14.在公共汽车上,司机和售票员的工作流程如图 2.30 所示。为保证乘客的安全,司机和售票员要密切配合协调工作。请用 P、V 操作来实现司机和售票员之间的同步。

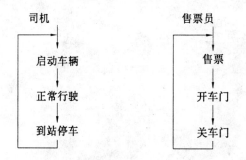

图 2.30　司机和售票员的同步工作流程

15.现有 4 个进程:R_1,R_2,W_1 和 W_2,它们共享可以存放一个数的缓冲区 B。进程 R_1 每次把从键盘上读入的一个数存到缓冲区 B 中,供进程 W_1 打印输出;进程 R_2 每次把从磁盘上读一个数存放到缓冲区 B 中,供进程 W_2 打印输出。试用 P、V 操作协调 4 个并发进程的工作。

16.处理器的调度级别分为几级?各级调度的功能是什么?

17.假定执行表中所列作业,作业号即为作业到达的顺序。五个作业依次在时刻 0 按次序 1、2、3、4、5 进入单处理器系统。

(1)分别用先来先服务调度算法、时间片轮转算法及非抢占优先权调度算法(优先数 4 为最高)画出各作业的执行先后次序图;

(2)计算每种情况下作业的平均周转时间和平均带权周转时间。

作业号	执行时间	优先数
1	10	2
2	1	4
3	2	2
4	1	1
5	5	3

18.有 R_1(2个)、R_2(1个)两类资源和两个进程 P_1、P_2,两个进程均以申请 R_1、申请 R_2、申请 R_1、释放 R_1、释放 R_2、释放 R_1 顺序使用资源,求可能达到的死锁点,并画出此时的资源分配图。

19.一台计算机共 8 台磁带机,由 N 个进程共享,每个进程最多要 3 台,问 N 为多少时不会有死锁,为什么?

第 *3* 章

存储器管理

计算机系统中的存储器可以分为主存储器和辅助存储器两种。主存储器可被处理器直接访问,而辅助存储器与处理器之间只能够在输入输出控制系统的管理下,进行信息交换,因此主存储器是计算机系统中的一种极为重要的资源。在操作系统中,把管理主存储器的部分称为"存储管理"。主存储器的存储空间一般分为两个部分:一部分是系统区,存放操作系统以及标准子程序等;另一部分是用户区,存放用户程序和数据等。在多道程序设计环境下,主存储器要在有限的存储空间主存放系统程序和多个用户程序,能否合理地使用主存,会在很大程度上影响到整个计算机系统的性能。操作系统的存储管理主要是对主存储器中的用户区域以及主存的扩展和延伸的后援存储器进行管理。

【学习目标】

1.理解计算机系统的存储体系,掌握操作系统存储管理的目的和任务。

2.理解并掌握各种存储管理方法的管理思想和手段,熟练掌握相应的地址重定位方法、辨析其优缺点。

3.了解覆盖与对换技术的原理。

4.理解虚拟存储管理技术的原理,熟练掌握页式虚拟存储管理的管理思想和手段、地址重定位机构及计算方法、常用页面置换策略及其效率分析。

5.理解虚拟存储管理中相关的软件策略。

【知识要点】

存储管理的目的和任务;绝对地址、相对地址与地址重定位;覆盖与对换技术;分区式存储管理;分页式存储管理;分段式存储管理;虚拟存储管理技术;请求分页式虚拟存储管理;页面置换。

3.1 存储器管理概述

操作系统的存储器管理主要指对主存储器的管理,为更好地支持多道程序设计,会将辅助存储器也纳入管理范畴,那么实现存储管理的目的是什么? 存储管理要完成哪些任务呢?

3.1.1　存储器管理的目的

计算机的用户对存储器的需求归纳起来只有两点,一是够用,二是安全。

计算机系统的存储器件常常存在这样一个有趣但尴尬的规律,存取速度越快,单个存储单元的价格越高,虽然我们总是希望计算机呈现出的速度越快越好,但从造价上考虑计算机系统中不可能配置海量的高性能存储器件,因此,实际的计算机系统往往配置的是分级的存储体系(参见1.1节)。事实上"处理器只能识别主存储器中的信息"是基于主存储器支持的存取速度与处理器的运算速度较为匹配。显然,按照前面我们提到的速度与价格之间的规律,配置主存时必须在容量和造价间作好取舍。至此,我们明确了一件事,用户对主存容量的要求总是贪婪的,而实际的主存容量相对而言则是极有限的,存储器管理部分必须设计并采用必要的技术,尽量满足用户程序对存储空间的需求。

此外,在多道程序设计环境下,主存储器中同时存放多个用户程序(也包括操作系统自身的模块)和相关的数据,存储管理就必须保证它们在各自的空间中安全地存储,不会被非法访问甚至遭到破坏。

从操作系统的资源管理者角度来看,存储器管理的目的是有效地组织和管理存储空间、提高存储器的利用率。比如在多道程序设计的前提下,主存必须划分为多个区域,以便同时存放多道程序,主存的划分、区域的分配和回收都由存储器管理完成;当某些存储空间中的信息是多个用户程序都需要时,支持共享是提高存储器效率的必然选择。

3.1.2　存储器管理的任务

为了达到上述管理目的,存储器管理的任务主要有以下5个方面。

1.主存分配与回收

存储器管理中最基本的任务就是按用户的要求,为作业分配相应的存储空间以便运行,当运行结束时及时将分配出去的空间回收。为充分利用主存空间,尤其是在多道程序设计的环境中,最关键的工作之一就是选取适当的存储划分原则,不同的划分原则下,主存分配和回收方法以及为具体实现时系统所要维护的数据结构也不同,如分页、分段或段页结合的存储方案。

2.地址映射

地址映射也称地址变换,或重定位。用户编写的程序经过编译器编译后都会形成各自从0编排的一维或多维地址空间,因此为保证在装入主存时处理器能从正确的位置取出指令或数据,存储管理要完成用户地址空间中的地址与主存存储空间地址的变换,地址变换可以在程序执行前就完成,也可以一边执行根据需要再进行变换,即静态重定位和动态重定位,不同的方法所需的系统硬件结构和软件方法也不同。

3.主存保护

在多道程序设计环境中,主存中同时驻留多道作业或者说多个进程,为了确保它们彼此之间在空间访问上不互相干扰,或是出现非法访问造成不可预知的错误,要求系统必须具备主存保护的功能。主存保护的方法主要有上下界保护法和键保护法。

(1)上下界保护法。也称为界地址法,是利用2个专门寄存器分别保存当前进程的主存起始地址(上界)和结束地址(下界),当有地址访问发生时,主存保护机构自动进行合法性检查,如图3.1所示。

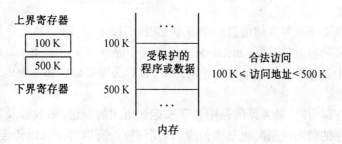

图3.1 上下界主存保护法示意图

(2)键保护法。键保护法是指作业装入主存的同时就根据它的权限赋予一个键值,当地址访问发生时,主存保护机构对作业持有的键值与其欲访问的主存区域的键值相比较,相同则是合法的,否则将拒绝,如图3.2所示。

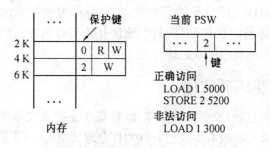

图3.2 键保护主存保护法示意图

4.信息共享

在多道环境中各作业之间有存储区被保护的需求,也有共享的需求,即当多个作业需要使用相同的一部分程序或数据时,只存储同一个副本支持共享地使用它,显然比为每个作业存储一个副本更合理,存储管理部分必须在不破坏存储保护机制的基础上,授权相关作业对主存共享区域进行访问。

5.主存扩充

主存容量有限并不意味着系统中运行的用户作业要绝对受制于主存的容量,已经实现了多种存储管理技术向用户呈现比实际主存要大得多的地址空间,这些技术都是借助了大容量的辅助存储器,如覆盖、对换和虚拟存储器等,必须相应地解决主辅存之间的信息传输,特别是虚拟存储管理中,涉及读取、放置、替换、驻留集管理等多种策略的设计问题。

3.2 重定位

被装入主存储器是程序可以执行的前提,但是被装入到主存的哪个位置不是由用户决定的,将由操作系统提供的存储器管理服务模块根据一定的分配策略来确定,因此用户程序中要访问的程序段或是数据的地址必须根据实际存储位置来重新定位。

3.2.1 绝对地址与相对地址

1.绝对地址

主存储器是由一系列存储信息的物理单元组成,按字节(Byte)从0开始顺序编址,地址上限受主存实际容量的限制(如128 M,256 M,1 G等,1 M = 1 024 Bytes,1 G = 1 024 M),主存储器的每个存储单元的地址称为绝对地址,也称为物理地址和主存地址。

2.相对地址

各种软件在编写时,最常见的是用名字来标识所用的变量、函数以及其他标号,发生函数调用和程序的转向控制时也是用相应的名字进行,所以对于高级语言的程序员来说没有地址的概念,而处理器必须知道它的指令从哪里取、数据从哪里读再往哪里写,即必须有明确的地址,这种名空间到地址空间的转换由编译程序完成,通过编译源程序中的变量、函数等被依次分配适当的地址,并将各个被调用的函数嵌入到被调用点,就形成了目标文件,每一个目标文件都是从0开始编址的,因为此时并不能知道它将被装入主存的哪个位置,地址的上限由该文件自身的需要决定,所以称为相对地址,也称为逻辑地址(注意:有的地方对相对地址的解释是"从某个地址开始相对偏移的地址",本书不具体区分"某个地址",约定为目标程序的0地址)。

3.2.2 地址空间与重定位

目标文件再经过链接形成可执行程序,以后备作业的形式等待被调度装入主存中以便运行,所以将目标文件的相对地址空间称为作业地址空间,而主存储器中的绝对地址空间称为存储空间。

一个作业在被装入主存时不会刚好存放于存储空间的0号位置(事实上也不可能,因为存储空间的低地址端有一部分为操作系统的常驻部分),所以在作业地址空间中要访问的任意位置,要经过适当的修改才能访问到正确的地址,这种将作业地址空间中要访问的地址变换为实际访问的存储空间中地址的过程就叫地址重定位,简称重定位,也称为地址映射。如图3.3所示,作业A的地址空间是0~1 KB,而它被装入到主存空间中1~2 K的位置上,因此,作业地址空间中的地址都要加上1 KB才是正确的。

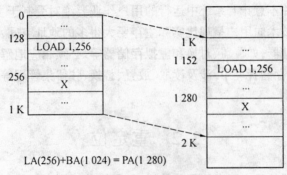

LA(256)+BA(1 024) = PA(1 280)

图3.3 地址重定位示例

地址的重定位可以分为静态重定位和动态重定位两种。

1.静态重定位

如果作业被装入主存时立即进行相对地址到绝对地址的变换,则称为静态重定位。参考图 3.3 中的示例,实施静态重定位就是将作业地址空间中的逻辑地址 LA,依次增加该作业装入主存后所分得的空间首地址 BA,得到实际要访问的物理地址 PA。

静态重定位也可以支持不连续的存储分配(分页、分段等),此时每一个分离的存储区域要分别保存其物理空间始址 BA,但这样做通常意义不大。

这种重定位的优点就是方法简便,不需要额外的硬件支持,不影响作业的执行速度。但缺点也是很明显的,首先,它必须要求程序在执行前完成全部的链接工作,否则无法得到正确的物理地址,其次作业在装入后不允许再移动,无法实现虚拟存储等主存扩充技术,不利于多道程序设计。

2.动态重定位

动态重定位是指作业装入主存时并不立即进行逻辑地址到物理地址的变换,而是 CPU 执行到具体的指令时,再把该指令中访问的逻辑地址修改为实际的物理地址,并继续执行,因此地址的重定位是在程序执行过程中动态完成的。

这种重定位的方法会延误指令的执行,因此通常要增加硬件机构,如一个或多个基址寄存器、逻辑地址寄存器、加法器等,在较复杂的系统中还可能开辟有多个缓冲以提高定位的速度。但是动态重定位的优点更有利于多道程序设计:

(1)程序执行前不要求全部装入主存,因为计算物理地址的工作是在执行某一指令时才做的,这是主存扩充技术实现的基础。

(2)允许作业在主存中改变位置,甚至是多次在主、辅存间交换。

(3)更适于实现不连续的存储分配。

3.3　存储器管理技术

为了在多道程序环境下,尽可能地增加系统的吞吐量,提高主存的利用率并实现主存扩充,最主要的策略就是允许作业在部分装入主存的情况下即可启动运行,而随着运行需要再将仍处于辅存中的程序或数据调入主存,具体的技术有覆盖和对换以及虚拟存储管理,本节介绍前两种管理技术,虚拟存储管理将在 3.8 节介绍。

3.3.1　覆盖技术

先来看一个基本的程序结构示例,它包含有 5 个子模块,相互调用关系及占用空间大小如图 3.4 所示。

从前面所学的有关进程的知识可知,在单 CPU 的环境中,同一时刻只会有一条指令正在执行,换句话说只有一个进程正处于执行阶段,因此,从整个作业的角度来看,在一个时间段内不会有所有的程序模块和数据模块均被使用,不妨就利用模块之间的组织关系,将那些在一段时间内不可能同时被访问的部分分配同一块主存区,按执行顺序先被执行的先进入占用该区域,当它执行完毕就把后续的段落调入,覆盖掉之前的内容。

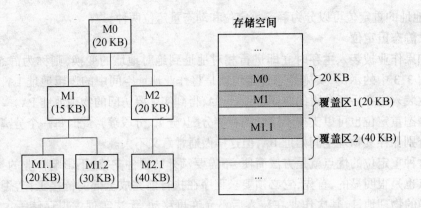

图 3.4　覆盖技术示意图

从图 3.4 中所示的实例可以看出,利用覆盖技术后,在主存中占用 80 KB 的空间可以运行总大小 145 KB 的程序,节省了主存空间,也就能够使得更多的程序在主存中同时驻留,从用户的角度来看,就达到了主存扩充的效果。

但是,覆盖技术有一定的缺点。第一,覆盖的顺序要由程序员来设计,这意味着程序员必须完全清楚整个程序的结构,这不单单是增加了程序员的工作负担,对于开发较大型软件系统来说做到这点是非常困难的;另一方面覆盖方法不能灵活地适应程序自身的变化,如果程序发生变化,比如模块间的调用顺序更换或模块本身需要更多的空间时往往要全部重新设计。

3.3.2　对换技术

对换技术是另一种主存管理技术,与覆盖技术以程序自身的逻辑模块为单位进行主辅存之间的交流不同,对换是以进程为单位,当有新的进程请求进入主存又没有空闲空间可供使用时,则选择主存中不活跃的进程将其换出到辅存中专门开辟的对换区。如图3.5所示,主存中依次进入了 P_1、P_2、P_3、P_4,当 P_5 要求进入时无可供分配的空间,此时 P_2 进程处于非活跃状态(阻塞或是由于某种原因而挂起),则将 P_2 换出(非活跃进程可能有多个,选择时还要考虑空间等因素),允许 P_5 进入,P_6 的情形与 P_5 相同,随着进程的推进,其他进程结束或进入非活跃状态后,还可以将 P_2、P_3 等再换入回主存继续执行。

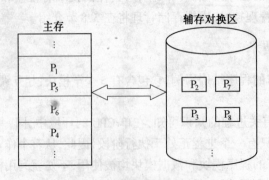

图 3.5　对换技术示意图

对换技术的优点：

(1)利用对换技术实现了主存扩充，因为存放进程的区域扩展到了辅存的对换区中。

(2)加快了作业的周转，提高了处理器的利用率。虽然进程仍然要被装入主存才能够执行，但辅存对换区的帮助使得主存中可以“集中精力”存放活跃进程，使它们能够更快地被调度执行。

(3)置换范围是全局的，适应性更好。对进程换入换出的选择范围不是单个程序的局部区域，而是整个系统的全局范围。

(4)利用对换技术最突出的优点在于进程的换入与换出是由系统根据进程和存储空间的状态自动完成的，对于程序员来说是不可见的。

但是对换技术对作业周转速度的提升并不总是一致的，从单个进程的角度看，进程在执行过程中不能始终处于主存中，被换出到辅存后再次进入必须经过一段时间的排队等候，将会推迟进程的下一步操作；从系统效率的角度看，如果选择换入/换出的进程不当，可能导致进程的频繁进出主存，出现所谓的“抖动”现象，即处理器消耗了过多的时间解决换入/换出操作，相对地减少了供给进程本身执行所需的服务时间，处理器的效率反而下降。

3.4　分区管理技术

分区管理是将主存空间按一定大小划分成多个分区，一个分区存放一个作业，区域的划分有固定式分区、可变式分区和可重入式分区三种。

3.4.1　固定式分区管理

固定式分区管理是指将主存空间预先划分成若干边界固定，但大小不等的区域，每个区域供一个作业占用。系统建立一张分区表，记录分区的使用情况，如图3.6所示。

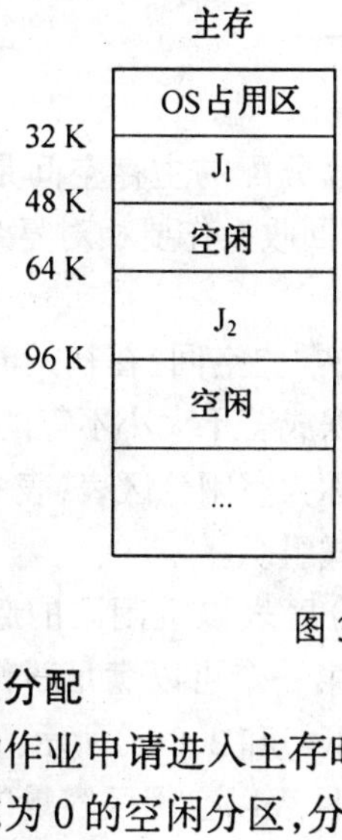

分区表

分区号	起始地址	大小	空闲/占用	作业号
0	32 K	16 KB	1	J_1
1	48 K	16 KB	0	
2	64 K	32 KB	1	J_2
3	96 K	32 KB	0	
		…　…		

图3.6　固定式分区管理示意图

1.分区的分配

当有新的作业申请进入主存时，操作系统按照作业申请空间的大小在分区表中查找一个空闲标志为0的空闲分区，分配之并将该标志改为1，将作业号同时记录，以便跟踪。

2.分区的回收

当某作业运行结束时,操作系统将收回它所占用的空间,即将该作业所占用空间的空闲标志改为 0。

由于每一个分区可以装入一个作业,所以,固定式分区管理方案支持了多道程序运行,但是这种简单的管理方案有如下的缺点:

(1)主存储器的内部碎片较多,降低了主存利用率。

由于作业独占一个分区,当分区大小超过作业大小时剩余的空间也不能再被利用,称为内部碎片,平均看来每个分区将有一半的碎片,整个主存中碎片量约为

$$内部碎片 = \frac{分区数 \times 分区平均大小}{2}$$

(2)可同时运行的作业道数受分区个数限制。

(3)大作业(超过最大分区容量的)无法运行。

3.4.2　可变式分区管理

可变式分区管理方案仍然是以分区为基础,每一个分区存放一个作业,但与固定式分区不同的是,不再事先对主存进行区域的划分,而是当有作业申请进入主存时,由系统根据当时主存的使用情况划分一个与作业大小相等的空闲区域供其使用,如图 3.7 所示。

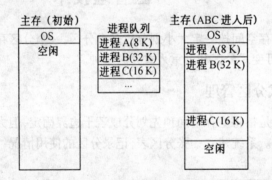

图 3.7　可变分区存储管理示意图

由图 3.7 可以看出,可变式分区管理中,为每个进程分配的主存空间是它所申请的大小,因此不存在内部碎片的问题,但此时分区的分配与回收操作要相对复杂一些。

1.分区的分配

在可变分区管理方案中,主存空间(不含操作系统的常驻空间)在初始时就是一个大的空闲区,随着进程进入分配、退出释放,主存空间被割据成若干大小不等的区域,为完成对主存空间的管理和分区分配,系统维护一个数据结构称为空闲分区表,表中记录空闲分区的起始地址和大小,空闲分区表可以按照以下两种方式组织。

(1)最先适应(First Fit)分区分配算法。此时,空闲分区表以空闲区的起始地址由低到高排序,有新的作业申请空间时,从头开始查找,找到第一个可以满足新作业空间需要的则分配之。First Fit 空闲分区表的形式和算法如图 3.8(a)和 3.8(c)所示。

(2)最佳适应(Best Fit)分区分配算法。此时,空闲分区表以空闲区容量的大小由小到

大排序,有新的作业申请空间时,也是从空闲分区表的起始处开始查找,由于空闲区按大小排序,最先找到的能够满足作业要求的空闲区也是所有空闲区中最适合的,因此称为最佳适应分区分配。Best Fit 空闲分配表的形式如图 3.8(b)所示,算法过程可参考 First Fit,差别主要在于分区排序方法不同和分区调整时的操作。

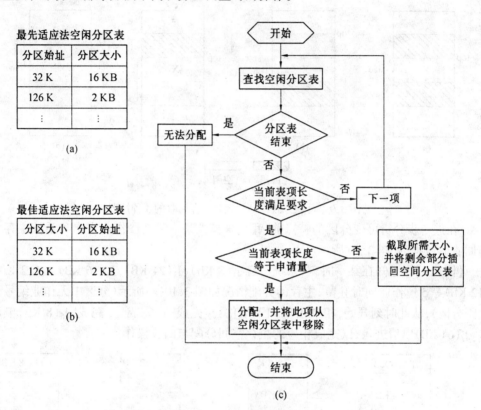

最先适应法空闲分区表

分区始址	分区大小
32 K	16 KB
126 K	2 KB
⋮	⋮

(a)

最佳适应法空闲分区表

分区大小	分区始址
32 K	16 KB
126 K	2 KB
⋮	⋮

(b)

图 3.8 最先适应分区分配算法流程

　　最佳适应分区分配算法在理论上可以更充分地利用主存空间,但是在具体实现时不如最先适应法简便,因为空间地址由低到高排序是主存空间编址的自然属性,空闲区调整简便,但按照空闲区大小排序时,由于数值变化不确定,对分区表的调整要更多的开销,具体对比可参见例 3.1。

2.分区的回收

　　当做业完成要释放出所占用的空间,操作系统完成回收工作。对分区的回收有 4 种不同的情况,具体的操作也有所不同。

　　(1)回收分区既无上邻空闲分区也无下邻空闲分区,如图 3.9(a)所示,此时空闲分区表(以最先适应分区分配算法为例,下同)增加一项,记录新回收分区起始地址和大小。

　　(2)回收分区有上邻空闲分区但无下邻空闲分区,如图 3.9(b)所示,此时需要将新回收分区与其上邻合并,修改空闲分区表中上邻空闲分区的大小即可。

　　(3)回收分区有下邻空闲分区但无上邻空闲分区,如图 3.9(c)所示,此时的合并操作有两步,一是用新回收分区的起始地址更新空闲分区表中该下邻空闲区的起始地址,二是更新该下邻空闲区的大小。

(4)回收分区既有上邻空闲分区也有下邻空闲分区,如图3.9(d)所示,此时的合并操作将致使空闲分区表减少一项,留用新回收分区的上邻起始地址,并将其大小更新为三者之和。

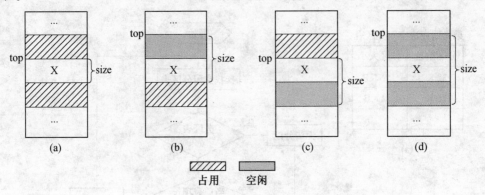

图 3.9　可变分区存储管理时主存回收的 4 种情况

在进一步分析可变分区的特点前,我们来模拟某一时间段作业进出和系统主存分配与回收的过程,如图 3.10 所示。

【例 3.1】　已知在某一时刻,系统内有 J_1(8 KB)、J_2(24 KB)、J_3(16 KB)、J_4(12 KB)、J_5(12 KB)等 5 道作业同时驻留,主存的分配情况如图 3.10(a)所示(分区中无作业编号的为空闲分区),从此时刻开始,相继出现如下事件:J_2 完成、J_4 完成、J_3 完成、J_6(8 KB)申请进入、J_7(64 KB)申请进入,试完成相应的主存空间分配与回收操作。

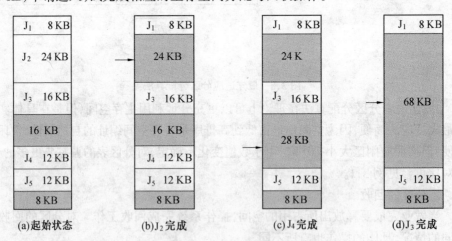

图 3.10　可变分区存储管理示例过程模拟 1

从设定的起点状态开始,依次发生 J_2 完成、J_4 完成和 J_3 完成三个事件,每个作业完成时都要进行分区的回收工作,J_2 释放独立空闲分区,因此会在空闲分区表上新增一项,登记该分区的始地址和大小;J_4 上邻空闲分区,当释放此空间时将与其上邻空闲分区发生合并,修改原空闲分区表中的邻接分区项,始地址不变、大小为二者之和;J_3 退出时上下均邻接空闲分区,因此也将有合并操作,留用原空闲分区表中上空闲区的始地址、分区大小为三者之和,同时空闲分区表中项目减少一项。为对比最先适应法和最优适应法的分区表调整过程,图 3.11 中依次给出了这一过程中分区表的变化,数字下方带有下划线为变化项。

<table>
<tr><th></th><th colspan="2">最先适应法 (FF)</th><th colspan="2">最佳适应法 (BF)</th></tr>
<tr><td rowspan="3">起点</td><td>分区始址</td><td>分区大小</td><td>分区大小</td><td>分区始址</td></tr>
<tr><td>48</td><td>16</td><td>8</td><td>88</td></tr>
<tr><td>88</td><td>8</td><td>16</td><td>48</td></tr>
<tr><td rowspan="4">J₂ 完成</td><td>分区始址</td><td>分区大小</td><td>分区大小</td><td>分区始址</td></tr>
<tr><td>8</td><td>24</td><td>8</td><td>88</td></tr>
<tr><td>48</td><td>16</td><td>16</td><td>48</td></tr>
<tr><td>88</td><td>8</td><td>24</td><td>8</td></tr>
<tr><td rowspan="4">J₄ 完成</td><td>分区始址</td><td>分区大小</td><td>分区大小</td><td>分区始址</td></tr>
<tr><td>8</td><td>24</td><td>8</td><td>88</td></tr>
<tr><td>48</td><td><u>28</u></td><td><u>24</u></td><td><u>8</u></td></tr>
<tr><td>88</td><td>8</td><td><u>28</u></td><td><u>48</u></td></tr>
<tr><td rowspan="3">J₃ 完成</td><td>分区始址</td><td>分区大小</td><td>分区大小</td><td>分区始址</td></tr>
<tr><td>8</td><td><u>68</u></td><td>8</td><td>88</td></tr>
<tr><td>88</td><td>8</td><td><u>68</u></td><td><u>8</u></td></tr>
</table>

图 3.11　可变分区分配示例之分区表变化 1

在这一阶段来看,最先适应和最佳适应的区别不是很明显,但已经可以体会出,最优适应法在寻找邻接分区和调整分区表时要比最先适应开销大。

接下来,再陆续发生 J_6(8 KB)申请进入、J_7(64 KB)申请进入两个事件,此时主存分配和分区表变化如图 3.12 和图 3.13 所示。

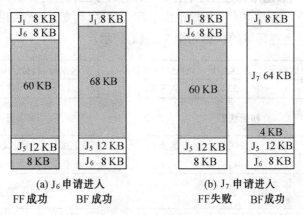

(a) J₆申请进入　　　　　　(b) J₇申请进入
FF成功　　BF成功　　　　FF失败　　BF成功

图 3.12　可变分区存储管理示例过程模拟 2

在这一阶段,两种分配方法出现了显著的不同,J_6 请求进入时,虽然它只要求 8 KB 的空间,但根据最先适应法的算法规则,它也会从低地址端寻找合适的分区,剩余部分则会调整填入空闲分区表,最优适应法则会寻求尺寸上更适合的一个;而当 J_7 请求进入时,最先适应法会报告无法分配,最优适应则可以接收。

最先适应法 (FF)　　　　　　　　　　　最佳适应法 (BF)

J6 请求进入

分区始址	分区大小
8	60
88	8

分区大小	分区始址
68	8

J7 请求进入

分区始址	分区大小
8	60
88	8

分区大小	分区始址
4	72

图 3.13　可变分区分配示例的分区表变化 2

目前看来可变分区存储管理方案与固定分区方式相比,虽然管理上增加了一定的复杂性,但取得三方面的优势:

(1)不会产生内部碎片,因为各作业所占用的空间就是它所需要的大小。

(2)可同时运行的作业的道数不再有分区个数的限制,更有利于多道程序设计。

(3)较大作业也有了运行的机会。

但是,从上面的示例也可以看出,随着作业的进入和退出,本来连续的大空闲区很快被分割成了多个分散的小的空闲区,有些甚至不能满足任何新作业在空间上的要求,而无法分配出去,把这种不能分配给任何作业的存储"零头"称为外部碎片。我们来看下面的一个例子。

【例 3.2】　假设某系统主存容量 128 KB,操作系统占用 32 KB,初启状态时的空闲分区表如图 3.14(a)所示,设作业最小为 8 KB,试运用最先适应分区分配算法模拟事件序列:J_1(16 KB)进入、J_2(48 KB)进入、J_3(30 KB)进入、J_1 完成、J_4(10 KB)进入的主存分配与回收过程。

在模拟作业进入和退出的过程中,主要是对空闲分区表进行更新,如题意按照最先适应分配算法,空间分区表按空闲区始地址由小到大排序,其变化过程如图 3.14(a)~(f)所示,全部事件结束后主存区域的状态如图 3.15(a)所示。

First Fit 空闲分区表更新过程

分区编号	分区始址	分区大小
1	32 K	96 KB

(a) 初始状态

分区编号	分区始址	分区大小
1	48 K	80 KB

(b)J_1 进入

分区编号	分区始址	分区大小
1	96 K	32 KB

(c)J_2 完成

分区编号	分区始址	分区大小
1	126 K	2 KB

(d)J_3 进入

分区编号	分区始址	分区大小
1	32 K	16 KB
2	126 K	2 KB

(e)J_1 进入

分区编号	分区始址	分区大小
1	42 K	6 KB
2	126 K	2 KB

(f)J_4 进入

图 3.14　可变分区产生外部碎片的示例

在不断的主存分配与回收过程中,空闲分区表中当前留有两个容量较小的空闲分区项,而且位置分散,如图 3.15(a)所示,由于系统中最小作业为 8 KB,这两个空闲分区都不能满足系统可接纳作业的最低容量需求,因此若有 J5(8 KB)要求进入,虽然总的空闲分区容量为 8 KB,但是按照当前的分配算法 J_5 的请求将被拒绝,而这两个空闲分区也将永远得不到利用,也就是外部碎片。

外部碎片总量也不可小视,所以可变分区管理在主存的利用率上也是存在缺憾的。可变分区存储管理的另一个缺点就是对空闲分区表的维护开销比较大。

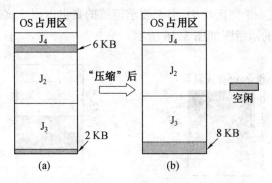

图 3.15　外部碎片与压缩

3.4.3　可重定位分区分配

外部碎片的存在是可变分区管理的主要弊端,可以使用"压缩"技术进行改进,即由操作系统不断调整作业的位置,使其始终连续地占据主存的一端,而另一端则整理成整块的空闲区,如图 3.15(b)所示,这样作业在装入主存后是可以移动的,因此也将这种改进的可变分区管理方法称为可重定位的分区分配。Windows 系统自带的磁盘碎片整理程序就是"压缩"技术最直观的例子。

无疑,这样做的代价是增加了大量作业移动开销。

以上的三种分区管理方案在地址映射方面都比较简单,即作业地址空间中要访问逻辑地址只需加上其装入主存时所占用的物理分区的首地址就是实际访问的物理地址(参见 3.2.2 图 3.3)。此外,可重定位的分区分配方案比较适合采用动态重定位方法,因为作业装入后可能多次移动,不适宜用静态重定位的方法一次性完成全部地址转换工作,而另外两种分区方案则没有要求。

3.5　分页存储管理

采用分区管理方案时,碎片的存在造成了存储空间的浪费,外部碎片虽然可以通过压缩技术得到改善,但这样又增加了主存的管理开销,所以根本的办法是要寻找另一种效率更高的存储管理方法。从分区管理的基本原理可以看出,它要求逻辑上连续的作业装入主存时也必须占用连续的区域,因此从克服这一局限性出发,出现了分页存储管理方案。

3.5.1 基本原理

采用分页存储管理是指将作业地址空间和存储空间按相同的尺寸进行相等大小的划分(大小一般为 2 的方幂),对作业地址空间划分后称为逻辑页,简称页,用户作业的起始页是从 0 开始编号,作业的大小不一,有时不能刚好为页大小的整数倍,所以划分到最后一页时不足一页也按一页处理;对存储空间进行划分后形成一个个相等大小的物理块,简称块,从 0 开始编号,主存储器件的容量是确定的,所以块的数量也是一定的。当有作业装入主存时,一页装入一个空闲块中,但不要求连续的页也占用连续的块。分页存储管理空间划分和作业装入的示意图如图 3.16 所示。

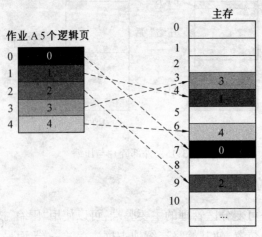

图 3.16　分页存储管理原理图

3.5.2 存储空间的分配与回收

页式存储管理时存储空间的分配以块为单位,操作系统为每一个作业维护一张页表,记录作业页装入哪一个物理块,如图 3.17 所示。由于页与块大小相等,因此消除了外部碎片,仅在作业的最后一页才可能存在约为页尺寸一半大小的页内碎片,对存储空间的浪费已经大大减少。此外,主存空间的管理开销也很低,仅需以块号作索引,记录其分配状态,作业完成释放物理块后,将其状态置为空闲,不需要再对空闲区域的大小及始址进行管理。

页表

页号	块号
0	7
1	4
2	9
3	3
4	6

图 3.17　作业 A 的页表

3.5.3 分页系统中的地址映射

分页式存储管理方案提高了主存的利用率,而且分配与回收工作的开销也较小,但是在进行地址映射时要比分区式管理复杂得多。分页式系统的地址映射机构由硬件和软件两部分构成。

软件部分即作业的页表,作业装入时也将其页表存放在主存中,其入口保存在页表基址寄存器中;硬件部分除页表基址寄存器外还有地址转换硬件,如图3.18所示。

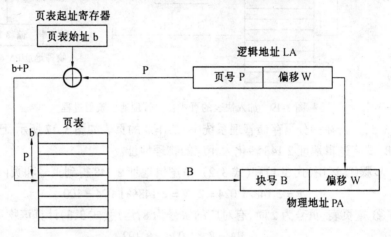

图3.18 页式存储管理地址映射机构及过程

作业地址空间中任一逻辑地址 LA 变换为物理地址 PA 的过程如下。

(1)将 LA 拆分为页号 P 和页内偏移量 W

$$P = LA / SIZE \tag{3.1}$$

$$W = LA \% SIZE \tag{3.2}$$

其中 SIZE 代表页尺寸。

(2)查询页表,即页号 P 与页表基址相加,得到该页的页表项,若发生越界错误则执行第4步;若为合法页号,则从对应页表项中取出物理块号 B,计算该块的起始地址 BA

$$BA = B \times SIZE \tag{3.3}$$

(3)计算物理地址 PA 并返回

$$PA = BA + W \tag{3.4}$$

(4)报告非法地址错误,转相应处理,返回。

通过上面的描述可见,在页式存储管理时为完成一次指令或数据的读取,要两次访问主存,第一次查询页表,第二次才是真正的取指令或数据,为了加快地址变换的速度,常常加入联想页表。联想页表是一种硬存储器件,查找速度快,所以也称为快表,相对地,原页表称为慢表。加入快表后,地址映射工作的过程在上述第2步时有变化,不再单一地查询慢表,而是同时查询快表,快表如果未命中(未有记录当前被转换地址相应的 P、B),则按原过程执行,并将该慢表项存入快表,如果快表命中,则直接执行第3步形成物理地址。加入联想页表的地址映射过程如图3.19所示。

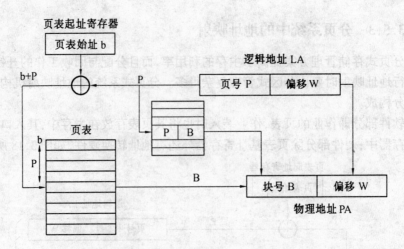

图 3.19　加入快表的页式存储管理地址映射过程

【例 3.3】　若在一分页存储管理系统中,某作业的页表如图 3.17 所示,已知页面大小为 1 024 B,试将逻辑地址 2 148 转化为相应的物理地址。

解　步骤① 运用(式 3.1)和(式 3.2),由逻辑地址 2 148 得到页号和页内偏移量

$$P = 2\ 148/1\ 024 = 2 \quad W = 2\ 148 \% 1\ 024 = 100$$

步骤② 查页表,页号为 2 时,有对应的块号为 8,运用(式 3.3)计算该物理块的始址

$$BA = 8 \times 1\ 024 = 8\ 192$$

步骤③ 运用(式 3.4),则待求的物理地址为

$$PA = 8\ 192 + 100 = 8\ 292$$

实际应用中用户作业地址和主存物理地址都是以十六进制数表示的,并且,上述地址变换的数学运算过程将被地址硬件机构以二进制数的形式执行计算,我们再来看一个例子。

【例 3.4】　设某页式存储系统页大小为 2 KB,主存 64 KB,现有作业 A(8 KB)装入主存,页表见图 3.20 中所示,试将逻辑地址 0x0ABC 转换为实际访问的物理地址。

分析:

本题中,作业总长度为 8 KB,包含 2^{13} 个地址单元,即有效的逻辑地址由 13 位二进制数构成,其中,页大小为 2 KB(2^{11}),即页内编址由 11 位二进制数表示,作业共分 4 页(2^2),即页号由 2 位二进制数构成。

解　预先的处理工作:将十六进制表示的逻辑地址转换成二进制地址,即

$$0x0ABC_{(16)} = 0000\ 1010\ 1011\ 1100_{(2)}$$

地址映射工作:

步骤① 通过逻辑地址拆分出页内偏移和页号,即逻辑地址的 0 ~ 10 位(低位起为 0 位)为页内偏移量 W(也称页内地址),11 ~ 12 位为逻辑页号 P。

步骤② 查页表,即从页表基址寄存器中获得页表首项地址,与页号 P 相加,找到第 P 项,得到对应的物理块号 B。

步骤③ 将块号与页内偏移相"加",即物理地址的 0 ~ 10 位对应页内偏移量,11 ~ 15

位对应块号。最后将二进制地址转换为十六进制表示,故实际访问的物理地址为
0x22BC。

　　计算过程如图 3.20 所示。

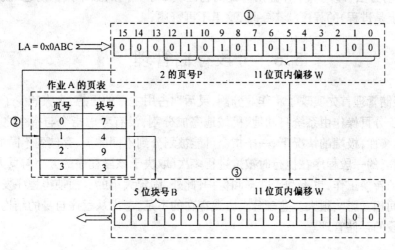

图 3.20　页式存储管理地址映射实例模拟

3.5.4　页的共享与保护

1.页的共享

　　在同一时间段,主存中运行着多道作业,如果它们之间有公共的部分,那么没有必要
为每一个作业在主存中保存一个重复的副本,允许作业用共享的方式使用这些公共部分
则更有利于主存利用率的提高。在共享的要求上需要注意区分数据页共享和程序页共享
的问题。对于数据页,各作业可以各自编排不同的页号;但是程序页则不同,程序页中各
指令存在顺序执行或跳转到某处执行的相对定位问题,为确保可以映射到正确的物理地
址,必须要求各作业用相同的页号共享程序段,如图 3.21 所示。

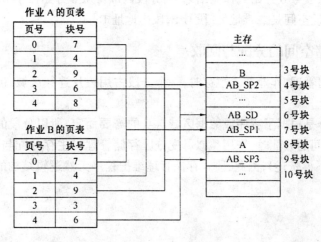

图 3.21　页的共享
(A:作业 A 占用;B:作业 B 占用;SP:共享的程序段;SD:共享的数据段)

2.页的保护

由于作业被分为多页且装入主存的互不连续的区域中,所以对页的保护适用保护键(见3.1.2所述)方法,即同一个作业所分配的物理块赋予相同的数字锁,"钥匙"被存储于该作业(实际上是进程)的程序状态字里,这里不再赘述。

3.6 分段存储管理

分页的存储管理首先实现了将作业分割、灵活地占用主存的思想,大大减少了碎片的数量,但是由于分页操作由系统自动地、机械地完成分割,没有考虑指令与指令之间可能存在的逻辑连续性,极端的情况下,一条指令可能被划分到不同的页、存储到不同的块中,导致相关度很高的一段程序在执行时被迫进行多次(取决于该段程序的大小与页大小)查页表、重定位的转换工作,也不利于共享和保护;此外,固定大小的页面使得程序发生变化时,页与页之间相互影响很大。鉴于分页方式存在的不足,考虑从程序自身的结构特征出发,出现了分段的存储管理。

3.6.1 基本原理

从程序设计的观点来看,最典型的程序结构就是模块化的,每一个模块具备一定的功能,如主程序、子程序和数据区等,在使用这些模块时也是整个地(通过模块的名字)调用或访问,简单地按照一维线性的排列方式和机械的页面划分方式使得一个相对独立、完整的模块被存储在不同的区域内,又或者是两个不同模块的指令或数据被存储在一个区域内,显然这种"混乱"是对于程序设计人员在逻辑上经过周密分析、合理组织起来的模块的一种破坏,尤其是那些公共的程序段或数据段更是如此。

因此,在分段管理系统中,对作业地址空间的看法不再是一维线性的,而是先从程序自身的结构特征出发,每一组在逻辑上紧密相关的信息,如子程序、数据区等各形成一个分段,分别编号,从段号0开始到作业结束,而分段内部再从0开始按字节编址,到本段结束,即整个作业地址空间是二维地址[段号S,段内地址D]。

3.6.2 存储空间的分配与回收

运用段式存储管理,作业装入主存时,一个分段占用一片连续区域,但各段可以不连续,如图3.22所示。

由于段的划分是根据子程序或数据区域自身的需要而定,所以分段的长度是不固定的,在进行存储空间的分配时,采用类似可变分区存储管理时主存分配与回收的方法(见3.4.2所述,此处不再赘述),因此,段式存储管理维护程序天然逻辑结构的代价是产生了一定的外部碎片。

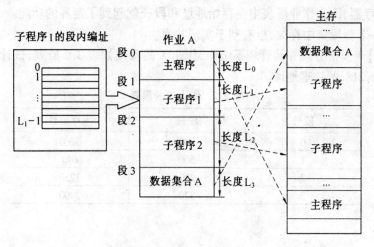

图 3.22　段式存储管理原理图

3.6.3　地址转换与存储保护

1.地址转换

系统为每一个作业维护一个数据结构称为段表,随作业装入主存,设段表基址寄存器保存该段表地址,由于各分段的长度不固定,逻辑地址与物理地址之间不再像分页时存在一致的对应关系,因此,段表结构中要记录段号、段长和该段分配得到的主存空间的起始地址。任一逻辑地址 LA 的重定位过程如下:

(1)从逻辑地址中提取段号 S 和段内地址 D。

(2)查找段表,得到 S 段的物理主存起始地址 SA。

(3)段内地址 D 与 S 段长 L 比较,超出 L 为非法地址,结束,否则执行第 4 步。

(4)物理主存起始地址 SA 与段内地址 D 相加,得到实际要访问的物理地址 PA,结束。

段表的形式和地址映射过程如图 3.23 所示。

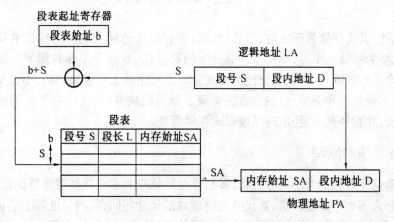

图 3.23　分段存储管理的地址映射过程

2.存储保护和共享

段式存储管理系统通常采用界地址保护方法(参见 3.1.2)实现主存保护,但无需另设上下限寄存器,因为作业段表中主存始地址和段长就起到了定界的功能。

此外,一个分段集中存放,也有利于实现共享。

【例3.5】 设某分段存储管理系统中,作业X的段表如表3.2所列,试计算逻辑地址[2,560]和[0,218]的物理地址。

表3.2 作业X的段表

段号	段长	主存始址
0	200	3000
1	500	640
2	800	1250
3	320	2400

分析:

分段存储管理中逻辑地址为2维,即[段号,段内地址],因此在地址映射时首先将段号与段表基址相加得到对应的段表项目,进而取得该段在主存的起始地址,接下来,若段内地址未越界(通过比较段内地址和段长来判断),则可以直接将主存始址和段内地址相加得到物理地址。

解答:

① 第一个待求逻辑地址[2,560]

由段表可知,2号段的主存始址为1250,段内地址250不超过段长800,未越界,则所求物理地址为560 + 1250 = 1810。

② 第二个待求逻辑地址[0,218]

由段表可知,0号段的主存始址为3000,但段内地址218超过段长200,即该地址为非法地址,地址映射中止。

3.7 段页式存储管理

在介绍段页式存储管理之前,简要回顾分页和分段的优缺点。两种技术都实现了作业分割、化整为零装入主存,提高了存储分配的灵活性、有利于主存利用率的提升。分页的方法消除了外部碎片,但机械分割的方式破坏了程序的天然逻辑结构,不便支持程序的动态变化、不便共享和保护;分段的方法克服了分页的缺点,但又出现了外部碎片。考虑取二者之长,并弥补其不足,出现了段页式存储管理。

3.7.1 基本原理

主存储空间按相同大小等分为物理块,作业地址空间首先按其逻辑特征划分为段,再将段内划分为等大小的逻辑页,页尺寸与物理块的尺寸相同,段内地址若不是页尺寸的整数倍,最后剩余的不足一页的部分仍然按一页处理,这样作业地址空间中形成了三维的逻辑地址[段号,段内页号,页内偏移]。

3.7.2　存储空间的分配与回收

在进行存储空间的分配时,首先以段为单位为其分配主存,再以页为单位装入物理块。因此,从作业的角度看,采用的是分段技术,满足逻辑上的结构关系要求、动态变化要求、便于保护和共享的要求,再从主存的角度看,则采用了分页技术,满足了消除碎片、提高主存利用率的要求。

3.7.3　地址映射

段页式存储管理的地址映射需要由系统维护两张表:段表和页表,硬件部分设有段表基址寄存器、联想页表和地址转换硬件,其映射过程如图 3.24 所示。

①由逻辑地址 LA 提取段号 S、页号 P、页内偏移 D。

②联想页表命中则转⑤;段号 S 与段表基址相加,若越界报告错误,结束。

③查询段表,取得页表基址。

④页号 P 与页表基址相加,读取页表项,取得物理块号 B。

⑤由块号 B 定位物理块首地址,与页内偏移 D 相加得物理地址 PA,结束。

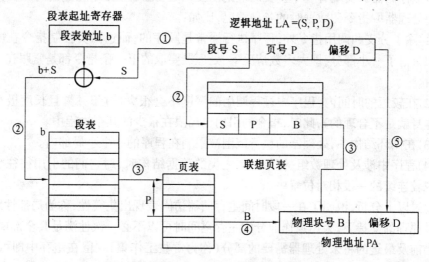

图 3.24　段页式存储管理的地址映射过程

3.8　虚拟存储器管理

前面我们用 5 节(3.3 至 3.7)的篇幅介绍了基本的存储器划分原则和存储管理技术,它们的相继出现满足了不同时期计算机硬件系统性能、用户需求和软件技术的发展和变化,但是用户的需求总是无限的,同时随着计算机技术应用的逐渐广泛,处理的事务也日益复杂,需要在计算机系统中运行更多更大的程序,主存的容量成为制约计算机系统服务能力的关键,介绍覆盖与对换技术时,我们已经体会到充分利用辅存可以扩充主存,但它们也有各自的缺点,图 3.25 列出了覆盖与对换技术的主要优缺点,在用户需求提升及硬件性能增强的前提下,需要的是软件技术的革新,强强联合,结合优势,互补不足。

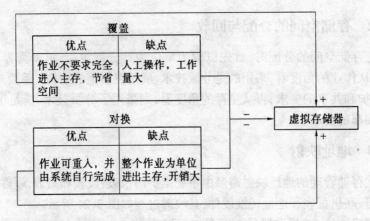

图 3.25　主存扩充技术的革新

3.8.1　虚拟存储器的概念与特征

1.虚拟存储器的概念

虚拟存储器的实现有一个重要的理论前提,那就是局部性原理。我们可以分析程序执行中处理器取指令和数据时的各种情况,比如:

(1)除了分支和调用指令外,程序执行通常是顺序的,而这两类控制指令在所有程序指令中只占了一小部分,即大多数情况下,处理器要取的下一条指令都是紧跟在上一条指令之后。

(2)在较短的时间内,程序中过程调用的深度不会很大(过于频繁且长度极小的过程调用本身就是不合理的),此时,指令的引用也局限在很少的几个过程中。

(3)在循环结构中,处理器的执行范围被限制在程序的一个小局部内。

(4)程序中涉及处理数组、记录序列之类的数据结构时,对它们的引用往往也是在相邻的或较连续的一段相对位置中。

通过以上分析,说明了在一段时间主存储器访问表现出集簇性,称为局部性原理。在局部性原理的支持下,为用户作业分配主存空间时可以不必一次性满足其全部要求,只要保证当前及最近的将来处理器需要的部分(称为常驻工作集)驻留在主存中即可,而其余部分则是借助辅存存储。由于这些工作对用户是不可见的,所以从用户作业的角度来看,无论其需求如何,系统都为其分配了与其作业地址空间一致的存储空间,因此称为虚拟存储器。

作业在实际执行时才将需要的部分装入主存,节省的空间不仅可以供更多作业使用,而且主存中都是活跃的进程,处理器的利用效率是很高的,所以虚拟存储器的实现不仅突破了主存容量对用户作业在空间上的制约,而且充分利用系统中的各种资源,特别是硬件资源的效率得到大幅提升,是操作系统设计过程中最重要的贡献之一。

虚拟存储器的实现由硬件和系统软件两部分共同完成。硬件部分除了必要的存储器件主存和辅存外,最关键的就是中断机构;系统软件要完成的则是在基本存储管理基础上,利用中断在主存和辅存间进行信息对换,实现作业工作集的维护。

2.特征

从以上虚拟存储器的基本概念可见,虚拟存储器有以下特征:

(1)虚拟扩充。通过将辅存纳入存储管理,对用户作业来说可供分配的存储空间从主存扩大到了辅存,获得了海量扩充,但辅存仍然只是一个存储的"仓库",作业还必须进入真正的主存才能运行,即主存的速度、辅存的容量,所以这是一种虚拟的扩充。

(2)部分安装。在虚拟存储器管理技术下,利用局部性原理,作业不必全部装入主存即可启动运行,在整个运行过程中,驻留在主存中的通常是作业的一部分。

(3)离散分配。一个作业进入主存后,在作业地址空间中连续的部分不必在主存中也连续分配空间,因此,更有利于充分利用主存空间,作业的逻辑连续性由专门的数据结构(如页表或段表等)来维护。

(4)多次对换。根据运行的需要,当主存空间有限时,操作系统会将作业中已经装入主存的部分换出到辅存,将辅存中当前需要的部分调入主存,而且这种对换工作从整个系统环境来看,是持续发生的。

3.8.2　请求分页式虚拟存储管理技术

1.请页式虚存管理的基本原理

请求分页是最典型的虚拟存储管理方案,在基本的分页管理(参见 3.5 节)基础上,做了一些改进。

(1)作业执行前不一次性分配所需全部主存,而只装入初启所需的一个或几个页面。

(2)增加缺页中断机构,当访问的页面不在主存时报告缺页错误;并由缺页中断处理例程进行调页;在不再增加分配给作业的物理块数时,要选用某种页面置换算法进行淘汰。

(3)作业页表增加了描述页面状态的信息位,如存在位和修改位。当页面存在位为 1时表示在主存中,反之将发生缺页中断;当页面修改位为 1 时表示在其装入主存后被修改,因此该页被置换时要重新写出辅存,相反则不需此项操作。

那么在作业执行过程中,究竟装入哪些页,装入多少页呢? 工作集模型理论为我们解释了这个问题。

工作集模型认为,每个作业在任何一个时间段 Δt,都存在一个页面子集 $H(t)$,其中包含了作业当前需要频繁访问的一组页面。根据局部性原理,这个子集不会很大。但是如果这个子集不全部在主存,将会发生频繁的调页。这个子集就称为该进程在时刻 t 的工作集。页式虚拟存储管理系统应该时时力图积累并保持进程的工作集在主存中。

显然,工作集的大小是随着时间变化着的,因此分配给作业的物理块数应该也是可变的,这里称其为页框数 M,它恰好能够容纳当时的工作集。工作集及其大小随时间变化,它们可以在作业执行过程中,被工作集尺寸计算程序动态地确定,大体过程是:

(1)装入作业的第一页,让作业运行。

(2)发生页面故障时,增大 M,调入新页,积累工作集。

(3)当缺页率趋于稳定(比如小于某个阈值)时,便完成了这一时段的工作集积累。此时主存的页面便是这一时段的工作集。

(4)此后若继续有页面故障,不再增加页框数,而要先淘汰某个页后再调入。同时不断地计算缺页率。

(5)当页面故障率超过某个阈值时,继续增大分配的页框数,以便调整工作集尺寸,积累新的工作集。

从以上的叙述可见,请页式的虚拟存储方案实现起来是比较复杂的,为了获得局部性原理支持下的工作集维护,以及由此带来的诸多好处,需要硬件和软件共同完成,如图3.26所示,所幸的是这些工作都是系统完成的。

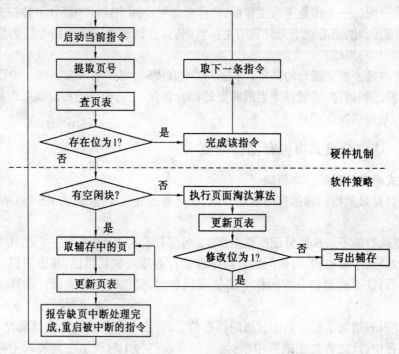

图 3.26　请页式虚拟存储管理下指令的执行过程

【例 3.6】　某虚拟存储器的用户空间共有 32 个页面,每页 1 KB,主存 16 KB。假定某时刻系统为用户的第 0、1、2、3 页分配的物理块号为 5、10、4、7。而该用户作业的长度为 6 页,试将十六进制的虚拟地址 0A5C、103C、1A5C 转换成物理地址。

分析:由题意可知,作业共 6 页,即作业地址空间合法范围为 0x0000 ~ 0x1800,并且作业前 4 页已经装入主存,即逻辑地址 0x0000 ~ 0x1000(16 进制)可以按照基本分页管理地址映射方法计算物理地址。页大小 1 K,由 10 位二进制数表示页内偏移量,页数 6,由 3 位二进制数表示。

解

LA1:0x0A5C(16) = 0000 1010 0101 1100(2),PA1 = 0x125C,过程如图 3.27 所示。

LA2:逻辑地址 0x103C 所在页尚未装入主存,无法计算。

LA3:逻辑地址 0x1A5C 超出有效的作业地址空间,是非法地址,不计算。

请页式的虚拟存储管理是在缺页中断的驱动之下实现的,因此也可以说它存在一个缺点,就是当要访问的页不在主存时去依次执行中断、处理和恢复工作,对指令的执行是

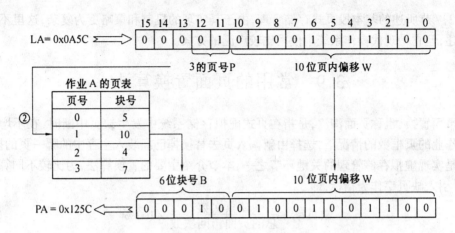

图 3.27 例 3.6 请页式虚拟存储管理地址映射实例模拟

一种延误,而另外一种基于分页的虚拟存储管理——预约式页式存储管理方案,则力图避免这种不足。预约式与请页式的区别在于,由系统估计最近的将来作业执行所需的页面集,将其事先调入,这样要访问的页是永远在主存中的,只是这种方案实现起来意义不大,因为对未来的估计往往是不准确,反而造成更大的开销。

2.二级页表结构

对于大型作业,页表本身也可以按照分页管理的方式进行存储。

如一个支持 32 位寻址的系统,页尺寸为 4 KB,那么 4 GB 的作业由 2^{20} 页组成,每个页表项占 4 B,则该作业页表需要 2^{22} B 即 4 MB 的空间,可分 2^{10} 页,在虚存管理技术下,这个庞大的页表不必要完全装入主存,而是像作业一样,将页表自身也划分为页后,每一页映射到一个页表项上,则只需 2^{12}(4 KB),1 页的空间,如图 3.28 所示。

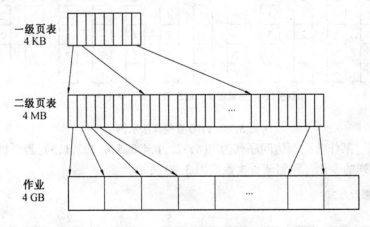

图 3.28 二级页表结构

3.其他虚存管理技术

最后要说明的是,另外还有两种虚拟存储管理方案:请求分段和段页式虚存。请求分段是在基本的分段式存储管理的基础上的改进,利用局部性原理,工作集的维护是以作业的逻辑段为单位的。

段页式虚存管理则是请页式和请段式的综合,对于段页式结合的管理方案的优点可参见 3.7 节所述的基本段页式存储管理,由于其实现的机制和策略更为复杂,这里不作具体叙述,但它是现代操作系统中使用比较广泛的方案。

3.9　常用的页面置换算法

页面置换,也称页面淘汰,是指在页式虚拟存储系统中发生缺页中断时,在不增加分配给作业的页框数的情况下,选择由新调入页去替换掉已经装入主存中的哪一页的操作,它也是实现虚拟存储管理的关键环节之一,本节介绍主要的置换算法,为比较不同算法的性能,引入缺页率作为指标,即

$$缺页率 = \frac{缺页次数}{总的页面访问次数} \times 100\% \tag{3.5}$$

3.9.1　先进先出置换法

先进先出(FIFO)的置换方法即选择最先进入主存的页面进行置换(或称淘汰)。实现时,系统将作业的常驻页面集维护成先进先出的队列,新调入的页加在队尾,需要置换时取队头页面。

【例 3.7】 作业 A 在某一时间段内的页面访问序列为 P(2,3,2,1,5,2,4,5,3,2,5,2),页框数为 3,则页面访问过程中缺页率、页面工作集队列更新过程如图 3.29 所示。

先进先出的置换方法实现起来简便,但是它的推论是最先进入主存的页面不会再用到,没有考虑到有些“先期”进入的页面可能在将来还会频繁使用到,因此它存在一个严重的缺陷就是有的情况下,增加分配给作业的页框数,缺页率反而更大,称为先进先出异常。

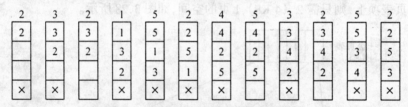

缺页次数 9　总页面访问的次数12 缺页率为75%

图 3.29　FIFO 置换算法示例

【例 3.8】 某作业页面访问序列为 P(4,3,2,1,4,3,5,4,3,2,1,5),当页框数为 3 和 4 时,页面集队列的变化过程和缺页次数如图 3.30 所示。

页框数为3时:

缺页次数 9　总页面访问的次数12 缺页率为75%

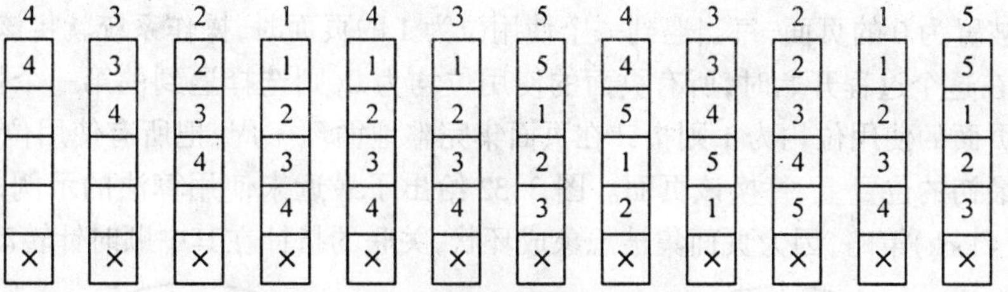

4 3 2 1 4 3 5 4 3 2 1 5
4 3 2 1 1 1 5 4 3 2 1 5
4 3 2 2 2 1 5 4 3 2 1
4 3 3 3 2 1 5 4 3 2
4 4 4 3 2 1 5 4 3
× × × × × × × × × × × ×

缺页次数10 总页面访问的次数12 缺页率为 83%

图 3.30　FIFO 置换方法出现的异常

从本例可以看出，在页框数为 3 时，作业 A 的缺页率为 75%，而页框数增加到 4 时，缺页率反而变大，为 83%，即出现先进先出异常现象。

3.9.2　最近最久未使用置换法

最近最久未使用(LRU)置换法是指当有页面需要被淘汰时，选择在最久的过去使用过的页，此时，作业的页面集被维护为后进先出的栈，新调入页从栈顶压入，栈底的页自动被淘汰。为保证栈底的页一定是最近最长时间没被使用的，页面访问过程中即使未发生缺页中断系统也将调整栈中的页面顺序，以保证最近被使用的页面在栈顶一侧。

【例 3.9】　作业 A 在某一时间段内的页面访问序列为 P(2,3,2,1,5,2,4,5,3,2,5,2)，页框数为 3，则使用最近最久未使用置换法时页面访问过程中缺页率、页面工作集更新过程如图 3.31 所示。

2 3 2 1 5 2 4 5 3 2 5 2
2 3 2 1 5 2 4 5 3 2 5 2
2 3 2 1 5 2 4 5 3 2 5
3 2 1 5 2 4 5 3 3
× × × × × × ×

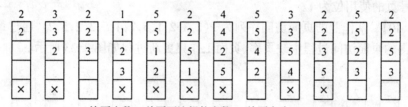

缺页次数 7 总页面访问的次数12 缺页率为 58%

图 3.31　LRU 置换算法示例

LRU 算法不会出现所谓的先进先出时的异常情况(验证工作可自行完成)，因为此算法置换时推论最近最长时间以来没被使用的页面被淘汰，根据局部性原理所说明的集簇倾向，在最近的过去一直被闲置不用的页通常也是最近的将来最不可能被使用的；但是 LRU 算法在实现起来开销要比先进先出大得多。

3.9.3　最近未使用置换法

LRU 算法获得了比较好的页面调度效率，但是它要比 FIFO 算法复杂且开销大，最近未使用算法试图以较小的开销接近 LRU 的性能。

最近未使用策略需要给每一个已装入主存的页面关联一个使用位，当某一页首次装入主存中时，置其使用位为 1；当该页随后被访问到时，它的使用位也置为 1。为执行页面淘汰，候选的页面集合被看成一个循环缓冲区，并且有一个指针与之关联。当一页被替换时，该指针被置成指向下一页面。当需要替换一页时，操作系统扫描候选页面集合，以查找使用位被置为 0 的页面,每当遇到一个使用位为 1 的页面时,操作系统就将该位重新置为 0;如果在这个过程开始时,所有页面的使用位均为 0,则选择遇到的第一个页面替换;如果所有页面的使用位均为 1 则指针在页面集完整地循环一周,把所有使用位都置 0,并且停留在最初的位置上,替换该页面。图 3.32 给出了最近未使用算法的示例,该策略也称为时钟(Clock)策略,因为页面集被想象成环状,关联的指针在其中顺时针转动。

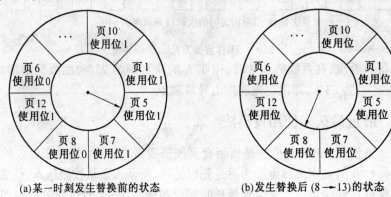

(a)某一时刻发生替换前的状态   (b)发生替换后 (8→13)的状态

图 3.32　最近未使用(时钟)算法示意

　　某一时刻,进程 A 候选页面集的关联指针指向主存中的 5 号页,当有新页 13 要求进入时,当前指针位置的使用位为 1 则将其置 0,指针指向下一位置,下一位置的 7 号页使用位也为 1 则再次置 0,再指向下一位置,此时 8 号页使用位为 0,则将新页 13 调入置换 8 号页,且 13 号页的使用位为 1。

　　【例 3.10】　某作业的页面访问序列为 P(2,3,2,1,5,2,4,5,3,2,5,2),通过最近未使用算法获得的页面访问过程中缺页率、页面工作集更新过程如图 3.33 所示。

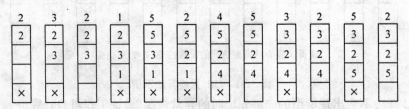

缺页次数 8 总页面访问的次数12 缺页率为 67%

图 3.33　Clock 置换算法示例

　　时钟算法还有一种改进的方案,即将页面的使用位 U 和修改位 M 同时应用,这样每个页面在主存中会有 4 种状态:

　　(1)U = 0,M = 0——最近未被访问,也未被修改。

　　(2)U = 1,M = 0——最近被访问,但未被修改。

　　(3)U = 0,M = 1——最近未被访问,但被修改过。

　　(4)U = 1,M = 1——最近被访问,也被修改过。

　　此时,时钟算法可以按下面的步骤执行:

　　(1) 从指针的当前位置开始,扫描候选页缓冲区。在这次扫描过程中,对 U 位不做任何修改,选择遇到的第一个 U、M 同时为 0 的页用于替换。

（2）如果第一步失败，则重新扫描，查找 U＝0、M＝1 的页。选择遇到的第一个这样的页用于替换。在这个过程中，对每个跳过的页的 U 位置 0。

（3）如果第二步失败，指针将回到它的最初位置，并且集合中所有页的使用位均为 0。重复第一步，并且，如果有必要，重复第二步。

增加监视修改位的时钟算法示意图如图 3.34 所示。

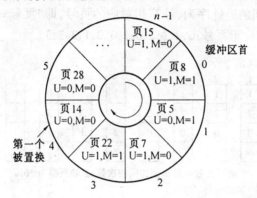

图 3.34 增加修改位的时钟算法

在不考虑新装入页的情况下，图 3.34 中被置换的页面依次为 14,28,5,15,8,7,22。

3.9.4 最佳置换法

最佳置换法（OPT）意即获得最好的页面置换性能，最佳置换算法在页面淘汰时选择主存中永远不会用到的页面或者在最久的将来才会用到的页面，此时的作业页面集维护为随机存取的数组，新调入页直接替换被选中淘汰的页。

【例 3.11】 作业 A 的页面访问序列为 P(2,3,2,1,5,2,4,5,3,2,5,2)，页框数为 3，使用最佳置换法时页面访问过程中缺页率、页面工作集更新过程如图 3.35 所示。

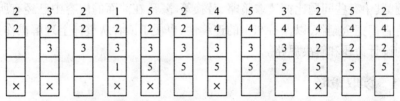

缺页次数 6 总页面访问的次数 12 缺页率为 50%

图 3.35 OPT 置换算法示例

以上的例 3.7、3.9、3.10、3.11 是对相同的页面访问序列 P(2,3,2,1,5,2,4,5,3,2,5,2)采用不同的置换算法，验证结果会发现，OPT 算法的缺页率是最低的，但问题在于，OPT 是一种无法实现的策略，因为要求系统必须知道将来的事件，显然这是不可能的；因此，OPT 算法作为一种标准来衡量其他算法的性能，在相同条件下越接近 OPT 算法的效率则表示该算法越好。

【例 3.12】 假设有一系统采用请求分页的虚拟存储管理，当有一用户程序，它访问其地址空间的字节地址序列为：70、305、215、321、56、140、453、23、187、456、378、401。若主存大小为 384 B,页大小为 128 B,试按 FIFO 算法和 LRU 算法,分别计算缺页率。

分析:

题中已知的是逻辑地址,故首先要将逻辑地址转换为逻辑页号,且已知页大小为 128 B,页框数为 3。

解答:

① 由作业地址空间的地址序列,计算相对应的页号,即"页号 = 逻辑地址/页尺寸",得字节访问序列依次对应于页号:0、2、1、2、0、1、3、0、1、3、2、3。

② FIFO 算法

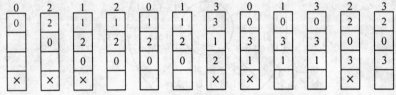

缺页次数 6 总页面访问的次数 12 缺页率为 50%

③ LRU 算法

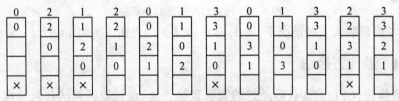

缺页次数 5 总页面访问的次数 12 缺页率为 42%

3.10 虚拟存储管理中的软件策略

本节集中讨论在存储管理(主要是支持虚拟存储后)部分,有关操作系统软件设计中涉及的问题,其中有些问题比如读取策略、替换策略等,在前面的内容中已经有所介绍,但本节不会将它们完全删除,以保持知识的连续性,也便于读者从整体上理解操作系统在存储管理上的设计命题和解决思路。

3.10.1 读取策略

读取策略用来解决页装入的时机问题,常用的方法有请求式分页和预约式分页两种。二者的区别在于即将装入主存的页,是不是由缺页错误激发。虽然从直接的理解角度,请求式分页刚好装入的是需要的页,比预约是分页更能降低下一步发生缺页错误的几率,但是预约式也有其自身的优点,它考虑到大多数辅存设备在寻道时间和传输上的合理延迟,如果某作业的页连续地存放在辅存的一个区域中(事实上大多数时候确实如此),一次性读取连续多个页比隔一段时间再重新寻道回来读取一页更为经济。

因此,两种读取策略是可以综合使用的,在作业的启动初期,采用预约式,连续装入多个页保证启动的顺利,而当做业执行一段时间后再采用请求式。

3.10.2　放置策略

放置策略解决页装入到主存的哪个位置,在前面我们学过了最先适应分配和最优适应分配,就是解决放置问题的,通常放置策略不是系统设计的重点问题,和系统采用的页式、段式或段页结合的存储管理方案关系也不大,在硬件地址变换机构引入的情况下,如何放置对访问速度的影响都不大。

3.10.3　替换策略

常用的替换策略已经在 3.9 节中做了较详细的介绍,它也是实现主存扩充必须具备的策略,图 3.36 给出了先进先出、最近最久未使用、时钟算法和最优置换算法的一个粗略性能对比,但要注意的是任何一种替换策略都不能绝对的评价为优或是差,因为越是设计精良的算法,通常在它实施起来时开销也随之增大。

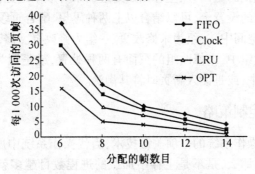

图 3.36　页面置换算法的对比

3.10.4　驻留集管理策略

在介绍局部性原理时,对驻留集的思想已经介绍过,在众多的管理策略当中,目标就是维护当前作业所需的部分刚好以驻留集的形式存储于主存中。驻留集管理策略有两个方面,一方面是确定当前作业驻留集的大小,从置换策略中我们也学习到,并非驻留集越大,缺页错误率越低,作业的类型不同所表现出来的局部性也不同,因此当前操作系统中驻留集大小的分配有固定分配和可变分配两种,固定分配策略比较适合系统中作业类型相对统一,而可变分配策略则适应性更好一些。再次强调的是,"好一些"也带来更多的系统开销。

驻留集管理涉及的第二方面是实施替换策略的范围,即要淘汰一页时,仅在发生页错误的作业自身的驻留集范围内选择还是在整个系统的范围内选择。

最易于实现也是应用最多的是可变分配和全局范围的组合方式,但是由于在全局范围内选择淘汰的页,其合理性不容易确定,因此可变分配、局部范围的组合更具价值。

3.10.5　清除策略

一个被选中置换的页在交出其占用的空间前是不是一定要将它写回到辅存保存起来呢? 答案是不一定,只有那些被装入主存后被修改过的页才需要执行写回操作,因此清除策略是指确定何时将已经修改过的页写回辅存的策略。

清除策略有两类——请求式清除和预约式清除。请求式清除是指当某页被选中置换时,如果它被修改过(通过查看页面的修改位)则立即将其写回辅存,预约式清除是多个已修改页在需要用到它们所占据的空间之前成批地写回辅存。

请求式清除是一种比较直接的策略,以发生缺页为驱动,欲读入新页就要置换已经装入的页,若该页被修改过,则先执行写回操作。但是这种策略下,读入和写出是成对出现的,当一个发生缺页的进程提出读入新页请求而主存中没有空闲页框时,它必须等待被淘汰的页写出、新页读入两次磁盘读写操作均完成才能够从缺页故障中恢复,这可能导致后续执行的延缓以及处理器利用率的下降。

预约式清除考虑到连续的磁盘读写操作可以节省磁盘调度的时间而提高读写效率,但是通常情况是页面往往是在被置换前才被修改,辅存的传送速度相对于主存的访问速度要慢得多,即使是成批的写回,从主存以及处理器来看效率还是低下的。

所以,在清除策略的设置上,可以结合以上两种思想、配合页缓冲区,将用于置换的页存入在两组缓冲页面空间中,一组为未修改页、一组为修改页。修改组周期性地执行写出操作,并移动到未修改组中,未修改组的页面有两种处置,或是因为被访问而回到主存其所在进程占据的空间中,或是读入新页时将其淘汰。

3.10.6 加载控制策略

多道程序设计是操作系统的一项关键技术,当代操作系统中所有的设计问题都是为多道程序设计服务的,那么,是不是主存中加载的进程数目越多就一定越好呢? 图 3.37 为主存中加载的进程数目与处理器使用率之间的关系曲线。

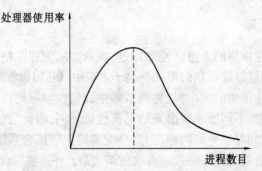

图 3.37　多道程序设计中进程数目和处理器使用率的关系曲线

这条曲线反映出,如果某一时刻主存中进程数太少,则活跃进程数也少,处理器将消耗一定的时间执行对换;而某一时刻进程数太多,必然导致每个进程所分配的空间较小,不能有效地维持必要的驻留集,缺页次数增多,处理器又将花费大量时间去处理缺页故障。不管是哪一种情况,处理器的工作效率都不是理想的,因此,对加载进程数量要进行一定的控制,3.8.2 小节中关于工作集模型的理论就隐含了加载控制策略,其他加载控制策略读者可以查阅相关文献。

小　结

　　存储管理是操作系统中最重要的任务,所有用户程序若想执行必须被映射到物理的主存空间中,为了支持多道程序设计,存储管理的设计者总是在追求更好的办法,保证在主存中活跃更多的进程,分区、分页、分段等存储管理方案的实现都是在这方面的成绩,同时也考虑到了主存中信息的保护和共享问题;但是随着用户对计算机处理能力的要求不断提高,主存的容量成为一个发展的瓶颈,主存扩充技术成为存储管理中最关键的突破口,覆盖和对换技术给设计人员很大的启发,但它们也存在各自的缺憾,基于局部性原理的虚拟存储器概念是主存扩充技术的革命性贡献,与基本的存储管理方案相比,它最关键的是放置策略和置换策略,并增加了中断机构及中断处理,请页式虚拟存储管理方案最有助于理解虚存技术,实际应用中则以段页式虚拟存储更为广泛。

习　题

　　1. 简述存储管理的基本功能。
　　2. 叙述计算机系统中的存储器层次,为什么要配置层次式存储器?
　　3. 什么是逻辑地址(空间)和物理地址(空间)?
　　4. 何谓地址转换(重定位)? 有哪些方法可以实现地址转换?
　　5. 分区存储管理中常用哪些分配策略? 比较它们的优缺点。
　　6. 什么是"压缩"技术? 什么情况下采用这种技术?
　　7. 若采用最先适应方式管理可变分区,试画出分配和释放一个存储区的算法流程。
　　8. 什么是存储保护? 分区存储管理中如何实现分区的保护?
　　9. 试比较分页式存储管理和分段式存储管理。
　　10. 什么是虚拟存储器? 列举采用虚拟存储技术的必要性和可行性。
　　11. 试述虚拟存储器与辅助存储器之间的关系。
　　12. 试述请求分页虚拟存储管理的实现原理。
　　13. 分页虚拟存储管理中有哪几种常见的页面淘汰算法?
　　14. 试述存储管理中的碎片,各种存储管理中可能产生何种碎片。
　　15. 采用页式存储管理的存储器是否就是虚拟存储器,为什么? 实现虚拟存储器必须要有哪些硬件/软件设施支撑?
　　16. 为什么在页式存储管理中实现程序共享时,必须对共享程序给出相同的页号?
　　17. 在段式存储器中实现程序共享时,共享段的段号是否一定要相同? 为什么?
　　18. 叙述段页式存储器的主要优缺点。
　　19. 在可变分区存储管理下,按地址排列的主存空闲区为:10 K、4 K、20 K、18 K、7 K、9 K、12 K 和 15 K。对于下列的连续存储区的请求:(1)12 K、10 K、9 K;(2)12 K、10 K、15 K、18 K。试问:使用最先适应算法、最佳适应算法,哪个空闲区被使用?
　　20. 设有一页式存储管理系统,向用户提供的逻辑地址空间最大为 16 页,每页 2048

字节,主存总共有 8 个块。试问逻辑地址至少应为多少位? 主存空间有多大?

21. 在一分页存储管理系统中,逻辑地址长度为 16 位,页面大小为 4 096 字节,现有一逻辑地址为 2F6AH,且第 0、1、2 页依次存在物理块 15、18、21 号中,问相应的物理地址为多少?

22. 在一个请求分页虚拟存储管理系统中,一个程序运行的页面走向是:1、2、3、4、2、1、5、6、2、1、2、3、7、6、3、2、1、2、3、6。分别用 FIFO、OPT 和 LRU 算法,对分配给程序 3 个页框、4 个页框、5 个页框和 6 个页框的情况下,分别求出缺页中断次数和缺页中断率。

23. 请页式存储管理中,进程访问地址序列为:10,11,104,170,73,305,180,240,244,445,467,366。试问:(1)如果页面大小为 100,给出页面访问序列。(2)进程若分得 3 个页框,采用 FIFO 和 LRU 替换算法,分别求缺页中断率。

24. 有矩阵:int array[100][100];元素按行存储。在一虚存系统中,采用 LRU 淘汰算法,进程分得 3 个页框,每页可以存放 200 个整数。其中第 1 页存放程序,且假定程序已在主存。

程序 A:
```
FOR ( i=1 ; i< = 100 i+ + )
        FOR ( j=1; j< = 100; j+ + )
        A[i][j] = 0;
```

程序 B:
```
FOR ( j=1 ; j< = 100; j+ + )
        FOR ( i=1; i< = 100; i+ + )
        A[i][j] = 0;
```
分别就程序 A 和 B 的执行进程计算缺页次数。

第 **4** 章

设备管理

　　"设备"泛指计算机系统中的外部设备,即除了 CPU 和主存以外的其他的所有设备。在计算机系统中,外部设备是整个系统中的重要组成部分。现代的计算机系统的外部设备种类繁多、特性各异,而且操作方式往往相差甚大,这就使得不同设备需要不同的设备处理程序,所以设备管理成了操作系统最复杂、最具多样性的部分。对于设备管理的好坏,会直接影响到整个系统的效率,因而设备管理是操作系统的重要和基本的组成部分。操作系统实施设备管理要基于两个层面,即设备和用户。对于设备而言,设备管理就是要合理地分配和使用设备,提高设备的工作效率;而对于用户而言,设备管理就是要使用户能够方便且一致地使用各种设备。在多道程序设计环境下,设备管理应考虑三方面的问题:一是对于设备本身,有一个如何有效利用的问题;二是对于设备和 CPU,有一个如何发挥并行工作能力的问题;三是对于设备和用户,有一个如何方便使用的问题。因而,设备管理要力求使用户在不必了解具体设备的物理特性情况下,能便于设备的扩充和更新,能为用户提供一个透明的、易于扩展的通用接口,控制设备和 CPU 之间进行 I/O 操作;实现某些设备的共享,提高设备的利用率;实现外围设备和其他计算机部件之间的并行操作,充分发挥系统的并行工作能力,进一步提高系统效率;防止用户错误地使用外围设备,从而提高外围设备和系统的可靠性和安全性。本章介绍操作系统为实施设备管理而运用的设备管理策略和设备管理的相关技术。

　　【学习目标】

　　1.理解操作系统的设备管理目标和功能,掌握计算机系统中各类设备特性。

　　2.理解设备 I/O 的工作过程,掌握设备独立性的概念和设备分配的原则及技术。

　　3.掌握设备 I/O 过程中数据传输的方式及特点,理解并掌握中断的含义和处理过程。

　　4.理解设备 I/O 过程中设备驱动的工作过程。

　　5.掌握设备管理技术,包括缓冲技术、虚拟设备技术。

　　6.掌握磁盘调度的方法及其特点,理解磁盘读/写的实现流程。

　　【知识要点】

　　设备管理的目标和功能;设备的分类;设备独立性;设备分配;数据传输方式;中断技术;设备处理;缓冲技术;虚拟设备的实现;磁盘调度。

4.1 概　述

4.1.1　设备管理的目标和功能

设备管理实际上是对计算机系统中除了 CPU 和主存以外的其他的所有设备的管理。对于这些品种繁多、功能各异的外部设备,操作系统要达到如下的管理目标以及实现相应的功能。

1.设备管理的目标

(1)提高外围设备的使用效率。提高设备的使用效率主要从两个方面来讲,一个方面是合理地分配各种外部设备,同时要尽量地提高外部设备和 CPU 以及外部设备之间的并行工作能力,使系统中的各种设备尽可能地处于忙碌状态;另一方面要均衡系统中各设备的负载,最大限度地发挥所有设备的潜力。

(2)为用户提供方便、统一的界面。为用户提供方便就是要让用户在使用设备时与设备的类型、型号无关,并且与具体设备的物理特性无关;统一的界面就是对不同的设备能够有统一的操作方式。这两点都是要求操作系统去实现在用户编制程序时,使用逻辑设备名,由系统实现从逻辑设备到物理设备(实际设备)的转换,而用户能独立于具体物理设备方便地使用设备。这就是所说的设备无关性或设备独立性。例如,无论系统中配置的打印机是什么类型的、是哪个厂家出品的,对于用户使用的方法都是一致的,使用户完全不用考虑物理设备之间的差别。

2.设备管理的功能

为实现上述目标,设备管理应具有以下功能。

(1)设备分配与回收。在多道程序设计环境中,多个用户进程往往需要同时使用一个设备。用户申请使用设备时,只需要指定设备类型,而无须指定具体物理设备,系统的设备分配程序会根据一定的分配策略及当前的请求与设备分配的情况,在相同类别设备中,选择一个空闲设备,并将其分配给一个申请进程;当设备被使用完毕后应及时回收,以待另行分配。

(2)控制和实现真正的 I/O 操作。现代计算机系统都有独立系统的通道结构,它能完成主存储器和外部设备之间的信息传送。有了通道后,只要处理器发出启动通道工作的命令,通道接收后就自行控制外设与主存之间的信息传送,处理器继续执行程序。为了完成该功能,设备管理程序应具有三个功能:一是通道程序控制,即根据用户提出的 I/O 要求构成相应的通道程序(或称 I/O 程序),提供给通道去执行;二是启动指定设备进行 I/O 操作;三是对通道发来的中断请求作出及时响应及处理。

(3)缓冲区管理。由于处理器的处理速度往往比外部设备传输数据的速度高出一个至几个数量级。处理器与外设工作速度不匹配,大大降低了处理器的工作效率。为解决这一矛盾,通常是在主存中设立一些缓冲区。设备管理程序应具有对缓冲区进行管理的功能。

(4)实现虚拟设备。为了提高独占设备的利用率,可以将其模拟成共享设备来使用。

设备管理程序应具有对此进行管理的功能。

4.1.2　设备的分类

设备管理是整个操作系统中最具多样性和复杂性的部分,这主要是因为连接于计算机系统的外围设备种类繁多、功能和特性千差万别,常见的有显示器、键盘、打印机、磁带机、磁盘机、光盘、激光打印机、绘图仪、鼠标、图形数字化仪器、声音输入输出设备等。对于这些输入输出设备可以按下述不同的角度进行分类。

1.按设备的从属关系分类

(1)系统设备。在操作系统生成时已登记于系统中的各种标准设备,如键盘、显示器、打印机和磁盘驱动器等。

(2)用户设备。在操作系统生成时并未登记于系统的非标准设备,如绘图仪、扫描仪、图形数字化仪器等。由于用户设备是系统的非标准设备,所以对于用户来说,需要向系统提供使用该设备的有关程序(如设备驱动程序等);对于系统来说,需要提供接纳这些设备的手段,以便将它们纳入系统的管理。比如对于 MS-DOS,可以在 CONFIG.SYS 文件中,通过使用命令 DEVICE,把特定的设备驱动程序装入到主存,以便把某一个设备(如 A/D、D/A 转换器,CAD 所用专用设备等)配置到计算机中。而当今主流的操作系统都提供了直观的图形化的设备驱动程序安装向导。

2.按信息交换的单位分类

(1)块设备(Block Device)。存取信息是以数据块为单位来组织和传送的设备,典型的块设备是磁盘,每个盘块的大小为 512 B ~ 4 KB。磁盘设备的基本特征是其传输速率较高,通常每秒钟为几兆位;另一特征是可寻址,即对它可随机地读/写任一块;此外,磁盘设备的 I/O 常采用 DMA 方式。块设备属于有结构设备,这类设备用于存储信息。

(2)字符设备(Character Device)。存取信息是以字符为基本单位的设备,典型的字符型设备是终端、打印机。字符设备属于无结构设备,这类设备用于数据的输入和输出。

3.按传输速率分类

按传输速度的高低,可将 I/O 设备分为三类。

(1)低速设备。这是指其传输速率仅为每秒钟几个字节至数百个字节的一类设备。属于低速设备的典型设备有键盘、鼠标器、语音的输入和输出等设备。

(2)中速设备。这是指其传输速率在每秒钟数千个字节至数万个字节的一类设备。典型的中速设备有行式打印机、激光打印机等。

(3)高速设备。这是指其传输速率在数百千个字节至数十兆字节的一类设备。典型的高速设备有磁带机、磁盘机、光盘机等。

4.按设备的分配特性分类

这种分类方式可将 I/O 设备分为如下三类。

(1)独占设备。指一次只允许一个进程使用的设备,这类设备大多数为低速输入、输出的字符型设备,如打印机、用户终端等。这种设备的特点是:一旦把它们分配给某个用户进程使用,就必须等这些进程使用完毕后,才能重新分配给另一个用户进程使用,否则不能保证所传送信息的连续性,或会出现混乱不清、无法辨认的局面,如图 4.1(a)所示。

也就是说,独占设备的使用具有排他性。

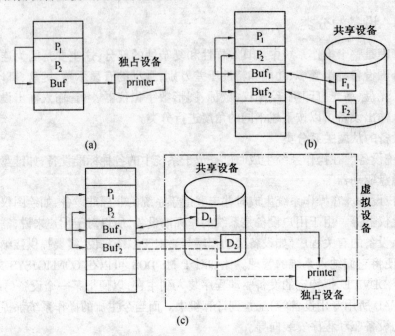

图 4.1　按设备的分配特性对设备的分类

(2)共享设备。一次可以允许多个进程同时使用的设备,典型的共享设备是磁盘,如图 4.1(b)所示。这种设备的特点是:可以由几个用户进程交替地对它进行信息的读或写操作。从宏观上看,它们在同时使用,因此这种设备的利用率较高。

(3)虚拟设备。独占设备的使用特性制约了并发进程的向前推进,因此引入了虚拟设备的概念。所谓虚拟设备就是利用在可共享的设备(如磁盘)上开辟专门用于输入输出的数据区域,并在软件的支持下,使每个区域的信息可以连续地,不依赖于产生信息的进程,经一台独占设备实行物理的输入输出,如图 4.1(c)所示。由于这种共享设备在实际上是根本不存在的,所以把它们称为"虚拟设备"。

虚拟设备的实质是将慢速的独占设备"改造"成多个用户可共享的设备,以此来提高设备的利用率。

5. 按设备的使用特性分类

这种分类方式可将 I/O 设备分为如下两类。

(1)存储设备。存储设备是计算机用于长期保存各种信息、又可以随时访问这些信息的设备,磁盘(硬盘、软盘)、光盘和磁带等都是存储设备的典型代表。这些输入/输出设备都是以数据块为单位来传送信息的,属于块设备。

(2)输入/输出设备。输入设备是计算机"感知"或"接触"外部世界的设备,如键盘;用户通过输入设备把信息送到计算机系统内部。输出设备是计算机"通知"或"控制"外部世界的设备,如打印机;计算机系统通过输出设备把计算机的处理结果告知用户。这些输入/输出设备都是以单个字符为单位来传送信息的,属于字符设备。

4.2 输入/输出的工作过程

当用户提出一个输入/输出操作请求后,系统是如何处理的呢? 由于各个操作系统的设备管理实现技术各不相同,因此只能通过以下几个步骤来粗略地描述系统输入/输出的工作过程。

4.2.1 I/O 请求的提出

输入/输出请求来自用户作业进程。比如在某个进程的程序中使用系统提供的 I/O 命令形式为

READ (input, buffer, n);

其命令的含义是要求通过输入设备 input,读入 n 个数据到由 buffer 指明的主存缓冲区中。编译程序会将源程序里的这一条 I/O 请求命令翻译成相应的硬指令,通过这些指令系统可以获得操作系统中管理 I/O 请求的程序入口地址,并且调用此输入/输出管理程序,以及获取在哪个设备上有输入请求、输入数据存放的缓冲区起始地址和输入数据的个数。

4.2.2 对 I/O 请求的管理

操作系统是通过输入/输出管理程序的管理和控制来完成用户的 I/O 操作的。输入/输出管理程序的基本功能主要有两个,一是从用户程序那里接受 I/O 请求;二是把 I/O 请求交给设备驱动程序去具体完成,因此起到一个桥梁的作用。其大致的工作过程如下:

首先接受用户对设备的操作请求,并把发出请求的进程由原来的运行状态改变为阻塞状态。管理程序根据硬指令提供的参数信息,让该进程的 PCB 到与这个设备有关的阻塞队列上去排队,等候 I/O 的完成。如果当前设备正处于忙碌状态,也就是设备正在为别的进程服务,那么现在提出 I/O 请求的进程只能在阻塞队列上排队等待;如果当前设备空闲,那么管理程序验证了 I/O 请求的合法性(比如不能对输入设备发输出命令,反之不能对输出设备发输入命令等)后,就把这个设备分配给该用户进程使用,再调用设备驱动程序,去完成具体的输入/输出任务。

在整个 I/O 操作完成之后,控制由设备驱动程序返回到输入输出管理程序,由它把等待这个 I/O 完成的进程从阻塞队列上摘下来,并把它的状态由阻塞变为就绪,送到就绪队列排队,再次参与对 CPU 的竞争。

因此,设备的输入/输出管理程序需要完成三个任务:接受用户的 I/O 请求,组织管理输入/输出的进行,以及输入/输出完成后的善后处理。

4.2.3 I/O 请求的实现

在操作系统的设备管理中,是由设备驱动程序来具体实现 I/O 请求的,所以有时也把设备驱动程序称为输入/输出处理程序。设备驱动通过使用有关输入/输出的特权指令来与设备硬件进行交往,来实现用户的输入/输出操作要求。在从输入/输出管理程序手中

接过控制权后,设备驱动程序就读出设备状态,确认该设备完好可用后,就直接向设备发出 I/O 硬指令。在多道程序系统中,设备驱动程序一旦启动了一个 I/O 操作,就让出对 CPU 的控制权,以便在输入/输出设备忙于进行 I/O 时,CPU 能脱身去做其他的事情,从而提高处理器的利用率,且实现了处理器和外设并行工作。

4.2.4 I/O 操作的处理

在设备完成一次输入/输出操作之后,是通过中断来告知 CPU 的。当 CPU 接到来自 I/O 设备的中断信号后,就去调用该设备的中断处理程序。中断处理程序首先把 CPU 的当前状态保存起来,以便在中断处理完毕后,被中断的进程能够继续运行下去。中断处理程序的工作就是按照指令参数的指点进行数据的传输。比如原来的请求是读操作,那么来自输入设备的中断,表明该设备已经为调用进程准备好了数据,于是中断处理程序就根据相应指令参数所提供的输入数据存放的缓冲区起始地址,把一个数据放到缓冲区的当前位置处。当一个数据放到缓冲区之后,要修改当前缓冲区地址参数,使其指向下一个存放数据的单元,同时要修改记录传输数据个数的参数,使其减 1。如果减 1 之后该参数不等于 0,说明还需要设备继续输入,因此又去调用设备驱动程序,启动设备再次输入;如果减 1 之后该参数等于 0,说明用户进程要求的输入数据已经全部输入完毕,于是从设备驱动程序转到输入/输出管理程序,进行 I/O 请求的善后工作。

以上只是给出了完成一个 I/O 请求所涉及的主要工作过程,以及每一个阶段要做的主要工作。由于各个操作系统的设备管理实现技术不尽相同,因此这只能是一个粗略的框架。

4.2.5 I/O 软件

从 I/O 请求到 I/O 操作的处理都是在各种 I/O 软件的管理、控制、支持下实现的。归纳起来 I/O 软件是由 4 个层次构成的,如图 4.2 所示。4 层软件由低到高的排列顺序为中断处理程序、设备驱动程序、I/O 管理程序(与设备无关的操作系统软件,即 I/O 系统软件)和用户层软件,且这 4 层软件的层与层之间存在着一定的相互关系,其中较低层软件要使较高层软件具有独立于硬件的特性,较高层软件则要向用户提供一个友好的、清晰的、简单的、功能更强的接口。

在设计 I/O 系统软件时的一个关键理念就是设备独立性。设备独立性可以使用户在编写使用软盘或硬盘上文件的程序时,无需为不同的设备类型而修改程序就可以使用。I/O 系统软件的主要功能:

(1)执行所有设备的公有操作。这些公有操作包括:

① 对独立设备的分配与回收。

② 将逻辑设备名映射为物理设备名,进一步可以找到相应物理设备的驱动程序。

③ 对设备进行保护,禁止用户直接访问设备。

④ 缓冲管理,即对字符设备和块设备的缓冲区进行有效的管理,以提高 I/O 的效率。

⑤ 差错控制。由于在 I/O 操作中的绝大多数错误都与设备无关,故主要由设备驱动程序处理,而设备独立性软件只处理那些设备驱动程序无法处理的错误。

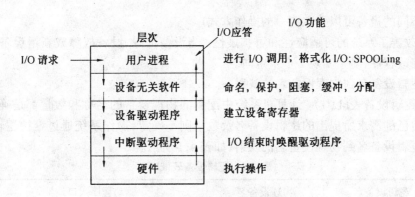

图 4.2 输入/输出系统软件的 4 个层次

(2)向用户层(或文件层)软件提供统一接口。无论何种设备,它们向用户所提供的接口应该是相同的。例如,对各种设备的读操作,在应用程序中都使用 read;而对各种设备的写操作,也都使用 write。

4.3 设备的管理

4.3.1 设备的绝对号和相对号

1.设备独立性的概念

为了提高操作系统的可适应性和可扩展性,在现代操作系统中都毫无例外地实现了设备独立性(Device Independence),也称为设备无关性。其基本含义是:应用程序独立于具体使用的物理设备,如图 4.3 所示。

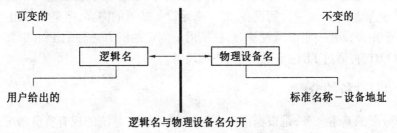

图 4.3 设备独立性的概念示意

为了实现设备独立性而引入了逻辑设备和物理设备这两个概念。在应用程序中,使用逻辑设备名称来请求使用某类设备;而系统在实际执行时,还必须使用物理设备名称。因此,系统须具有将逻辑设备名称转换为某物理设备名称的功能,这非常类似于存储器管理中所介绍的逻辑地址和物理地址的概念。

在实现了设备独立性的功能后,可带来以下几方面的好处:

(1)设备分配时的灵活性。用户申请使用设备时,只需要指定设备类型,而无须指定具体物理设备,系统根据当前的请求,及设备分配的情况,在相同类别设备中,选择一个空闲设备,并将其分配给一个申请进程。

(2)设备使用的统一性。由于用户程序中使用的是逻辑设备,与具体物理设备无关,因此对不同的设备可以采取统一的操作方式。

(3)改善了系统的可适应性和可扩展性。当设备忙碌、设备故障或新增设备时,用户都不必修改程序,易于实现 I/O 重定向。

2.逻辑设备名到物理设备名的映射

(1)逻辑设备表(LUT)。计算机系统中配置的物理设备的名称和数量都是确定的,但用户按自己的需求所提出的逻辑设备名及数量则不确定,操作系统通过维护逻辑设备表来完成逻辑设备名到物理设备名的映射,如表 4.1 所示。

表 4.1　逻辑设备表(LUT)

逻辑设备名	物理设备名	驱动程序入口地址
0	2	2000
1	3	3000
2	2	2000
3	5	5000

当用户进程中以逻辑设备名提出设备申请时,操作系统会将此逻辑设备名登记进逻辑设备表,其后,是系统根据实际设备情况,将物理设备名及其驱动程序入口地址填写在相应表项中。若该物理设备空闲,则可执行用户所要求的 I/O 操作,若非空闲,则提出申请的用户进程被加入该设备的等待队列中。

通常,一个物理设备会与多个逻辑设备名相对应,只有操作系统才知道这样的"混乱",对于用户进程来说,完全是透明的。

(2)LUT 的设置问题。在单用户的计算机系统中,操作系统仅设置一个全局的逻辑设备表,每个进程通过此表来访问设备,即可满足设备映射的需要,但是在多用户的系统中,则是每一个用户设置一张逻辑设备表,在某用户创建的所有进程的 PCB 中都有指针指向该用户的 LUT,再通过 LUT 指向不同的物理设备。

4.3.2　设备的分配

设备分配的基本任务,是根据用户进程的 I/O 请求、系统的现有资源情况以及按照某种设备分配策略,为之分配其所需的设备。如果在 I/O 设备和 CPU 之间,还存在着设备控制器和 I/O 通道时,还须为分配出去的设备分配相应的控制器和通道。

为了实现设备分配,系统中应设置设备控制表、控制器控制表等数据结构,用于记录设备及控制器的标识符和状态。据这些表格可以了解指定设备当前是否可用,是否忙碌,以供进行设备分配时参考。在进行设备分配时,应针对不同的设备类型而采用不同的设备分配方式。对于独占设备(临界资源)的分配,还应考虑到该设备被分配出去后,系统是否安全。设备使用完后,还应立即由系统回收。

1.设备分配时应考虑的因素

设备的固有属性是影响设备分配原则和策略的重要因素,如独占型设备,由于一次只能允许一个进程占用,且该进程放弃之前不可挪作他用,在分配不合理时,有可能延误进程的执行,甚至出现死锁;而共享型设备在分配时则没有这方面的限制。

2.分配原则

(1)静态分配。即当一个作业(或进程)运行时,根据作业要求的设备,系统如果能满足,则将其要求的设备全部分配给它,然后开始运行,运行完成释放其占用的所有设备。

这种分配方式的优点是系统绝不会出现死锁,缺点是设备利用率太低。

(2)动态分配。动态分配方法是在作业(或进程)运行的过程中,需要使用设备时,就向系统申请,系统根据某种分配原则进行分配。

这种方法的优点是设备的利用率高,缺点是系统有出现死锁的可能。

3.设备分配算法

与进程调度相似,动态设备分配也要采取适当的分配策略,如先来先服务算法、优先级高者优先算法等。

(1)先来先服务算法。当设备可用时,先分配给最先提出申请的进程使用。

(2)优先级高者优先算法。在设置优先级的系统中,可以采用优先级高优先分配算法,可以保证"紧迫"的任务及时得到服务,优先级相同时则按先来先服务的策略分配。

4.设备分配的安全性

从前面的讲述可以看出,对于共享设备,不论采用静态分配还是采用动态分配都不会出现死锁,而对于独占设备,采用动态分配有可能造成死锁。

5.常用的设备分配技术

(1)独享分配。适用于资源条件较宽松的情况下的独占型的设备,一次只能让一个进程占用。采用静态分配原则,在作业调度一级执行。

(2)共享分配。适用于共享设备,一般指存储设备,如磁盘,同时允许多个进程使用。既可采用静态分配原则,在作业调度一级执行,也可采用动态分配原则,在进程调度一级执行。

(3)虚拟分配。为用户进程分配磁盘或其他可共享的辅存设备上代替独占设备那部分区域,从用户进程来看已经获得所需的设备,但实际的I/O操作还需要在其他软件的支持下实现,因此,称为虚拟分配。虚拟分配有利于提高系统资源的利用率和系统的多道并发能力。

4.4　数据传输的方式

用户在作业程序中提出输入/输出请求,目的是要实现数据的传输。数据传输,或发生在I/O设备与主存之间,或发生在I/O设备与CPU之间。所谓"数据传输的方式",就是讨论在进行输入/输出时,I/O设备与CPU谁做什么的问题。随着计算机硬件的发展,随着高智能I/O设备的出现,数据传输的方式也在向前推进,I/O设备与CPU的分工越来越合理,使得整个计算机系统的效率得到了更好的发挥。

4.4.1　设备控制器

I/O设备一般由机械与电子线路两部分组成。为了使设计模块化、具有通用性,也为了降低设备成本,通常总是把这两部分分开:机械部分称为设备本身,电子部分称为"设备控制器(或适配器)"。设备控制器上有供插接用的连接器,通过电缆与设备内部相连。由于设备控制器是电子设备,工作速度快,因此很多设备控制器可以连接 2 个、4 个、甚至 8 个相同类型的设备。

每种 I/O 设备都要通过一个控制器和 CPU 相连。例如磁盘通过磁盘控制器和 CPU 连接,打印机通过打印机控制器和 CPU 连接。控制器是通过自己内部的若干个寄存器与 CPU 进行通信的。有用作数据缓冲的数据寄存器;有用作保存设备状态信息供 CPU 对外部设备进行测试的状态寄存器;还有用来保存 CPU 发出的命令以及各种参数的命令寄存器。为了标识这些寄存器,有的计算机系统把它们作为常规存储器地址空间的一个部分来对待;有的计算机系统则给予它们专用的 I/O 地址。

由于是设备挂接在控制器上,因此要让设备做输入/输出操作,操作系统总是与控制器交往,而不是与设备交往。操作系统把命令以及执行命令时所需的参数一起写入控制器的寄存器中,以实现输入/输出。在控制器接受了一条命令后,就可以独立于 CPU 去完成命令指定的任务。图 4.4 给出了微型机和小型机采用的连接 CPU、存储器、控制器和 I/O 设备的单总线结构模型。大、中型机是采用与此不同的结构模型,它们使用专门的 I/O 计算机——I/O 通道。

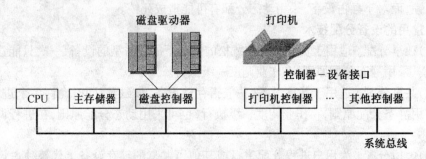

图 4.4 CPU 与控制器之间的单总线结构

设备完成所要求的输入/输出任务后,要通知 CPU。早期采用的是"被动式",即控制器只设置一个完成标志,等待 CPU 来查询,这对应于数据传输的程序 I/O 控制方式。随着中断技术的出现,开始采用"主动式"的通知方式,即通过中断主动告诉 CPU,让 CPU 来进行处理。由此就出现了数据传输的"中断"控制方式、"直接存储器存取(DMA)"控制方式以及"通道"控制方式。

4.4.2 数据传输的 I/O 控制方式

1. 程序 I/O 方式

程序 I/O 方式是由用户进程来直接控制主存或 CPU 和外设之间的信息传送,即控制者是用户进程。当用户进程需要数据时,它通过 CPU 发出启动设备的命令,然后,用户进程进入"忙"等待状态,在等待时间内,CPU 不断地用一条测试指令检查描述外围设备工作状态的设备控制器的状态寄存器。而外设只有将数据传送的准备工作做好之后,才将该寄存器置为完成状态。从而,当 CPU 检测到控制状态寄存器为完成状态之后,设备开始往主存或 CPU 传送数据。反之,当用户进程需要向设备输出数据时,也必须同样发送了启动设备命令后,一直等到设备准备好之后才能输出数据。

在程序 I/O 方式中,由于 CPU 的高速性和 I/O 设备的低速性,致使 CPU 的绝大部分时间都处于等待 I/O 设备完成数据 I/O 的循环测试中,造成对 CPU 的极大浪费。在该方式中,CPU 之所以要不断地测试 I/O 设备的状态,就是因为在 CPU 中无中断机构,使 I/O 设备无法向 CPU 报告它已完成了一个字符的输入操作。

显然,程序 I/O 方式下,CPU 和外设只能串行工作,且 CPU 在一段时间内只能和一台外围设备交换信息,设备与设备之间也不能并行工作,所以该方式只适用于早期 CPU 执行速度较慢且外围设备较少的系统。

2.中断驱动 I/O 控制方式

为了减少程序循环测试方式中 CPU 进行测试和等待所花费的时间,为了提高系统并行处理的能力,利用设备的中断能力来参与数据传输是一个很好的方法。这时,一方面要在 CPU 与设备控制器之间连有中断请求线路;另一方面要在设备控制器的状态寄存器中增设“中断允许位”。

实际上,在 I/O 设备输入每个数据的过程中,无须 CPU 干预,因而可使 CPU 与 I/O 设备并行工作。仅当一个数据输入完成时,才需 CPU 花费极短的时间去做些中断处理。可见,这样可使 CPU 和 I/O 设备都处于忙碌状态,从而提高了整个系统的资源利用率及吞吐量。例如,从终端输入一个字符的时间约为 100 ms,而将字符送入终端缓冲区的时间小于 0.1 ms。若采用程序 I/O 方式,CPU 约有 99.9 ms 的时间处于忙等待中。采用中断驱动方式后,CPU 可利用这 99.9 ms 的时间去做其他事情,而仅用 0.1 ms 的时间来处理由控制器发来的中断请求。可见,中断驱动方式可以成百倍地提高 CPU 的利用率。

3.直接存储器访问(DMA)I/O 控制方式

直接存储器存取方式即是通常所说的 DMA(Direct Memory Access)方式,主要适用于一些高速的 I/O 设备,如磁带、磁盘等。这些设备传输字节的速率非常快,如磁盘的数据传输率约为每秒 200 000 字节。也就是说,磁盘与存储器传输一个字节只需 5 μs,因此,对于这类高速的 I/O 设备,如果用执行输入输出指令的方式(即程序循环测试方式)或完成一次中断一次的方式来传输字节,将会造成数据的丢失或是传输速度得不到充分利用。DMA 方式传输数据的最大特点是能使 I/O 设备直接和主存储器进行成批数据的快速传输。

(1)DMA 控制方式的引入。引入中断驱动 I/O 控制方式后,CPU 可以在设备工作期间作其他的服务,设备做好输入或输出一个字符的准备后即以中断的方式,请求 CPU 的干预,即中断驱动 I/O 方式时 CPU 被打断的频率是一字符一次,但是当一次传送的信息较大时,这种高频率的中断也是对 CPU 的浪费,事实上,也是完全没有必要的,因为成批传送数据时,仅在传送开始和结束时才需要 CPU 的干预。

故而,引入直接存储器访问的 I/O 控制方式,该方式的基本思想是:

① 数据传输的基本单位是数据块,即在 CPU 与 I/O 设备之间,每次传送至少一个数据块。

② 所传送的数据是从设备直接送入主存的,或者相反。

③ 仅在传送一个或多个数据块的开始和结束时,才需 CPU 干预,整块数据的传送是在控制器的控制下完成的。

可见,DMA 方式较之中断驱动方式,又是成百倍地减少了 CPU 对 I/O 的干预,进一步提高了 CPU 与 I/O 设备的并行操作程度。

(2)DMA 控制器的组成。为了实现在主机与控制器之间成块数据的直接交换,必须在 DMA 控制器中设置如下 4 类寄存器:

① 命令/状态寄存器 CR。用于接收从 CPU 发来的 I/O 命令或有关控制信息,或设备的状态。

② 地址寄存器 AR。在输入时,它存放接收数据的主存区域的起始地址;在输出时,它存放待输出数据在主存的源地址。

③ 数据寄存器 DR。用于暂存从设备到主存,或从主存到设备的数据。

④ 数据计数器 DC。存放本次 CPU 要读或写的字(节)数。

DMA 控制器的结构及 I/O 控制工作原理如图 4.5 所示。

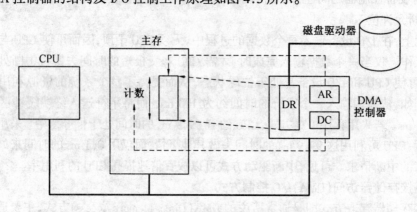

图 4.5 DMA 控制器结构及工作原理图

(3)DMA 控制方式的工作过程。采用 DMA I/O 控制方式时,一个数据块传送的过程如图 4.6 所示。

4.I/O 通道控制方式

(1) I/O 通道。实际上,I/O 通道(I/O Channel)是一种特殊的处理器。它具有执行 I/O 指令的能力,并通过执行通道(I/O)程序来控制 I/O 操作。但 I/O 通道又与一般的处理器不同,主要表现在以下两个方面:

① 其指令类型单一,这是由于通道硬件比较简单,其所能执行的命令,主要局限于与 I/O 操作有关的指令。

② 通道没有自己的主存,通道所执行的通道程序是放在主机的主存中的,换言之,是通道与 CPU 共享主存。

在大、中、小型计算机中一般称为通道,在个人计算机系统中采用微通道,即 DMA 控制器。

(2) 通道类型。一个系统中可设立三种类型的通道,即字节多路通道、数组多路通道和选择通道,如图 4.7 所示。

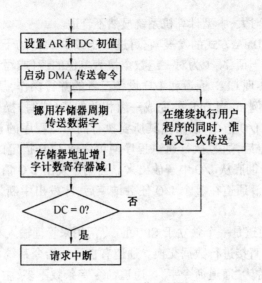

图 4.6　DMA 工作流程图

① 字节多路通道(Byte Multiplexor Channel)。以字节为单位传送数据,它主要用来连接大量的低速设备,如终端、打印机等。

② 数组多路通道(Block Multiplexor Channel)。以块为单位传送数据,它具有传送速度高和支持分时操作不同的设备等优点。数组多路通道主要用来连接中速块设备,如磁带机。

③ 数组选择通道(Block Selector Channel)。以块为数据传送单位,并且也支持分时操作不同的设备。但选择通道一次只能执行一个通道指令程序,所以选择通道一次只能控制一台设备进行 I/O 操作,不过,这样带来了传送速度高的特点,因而,它被用来连接高速的外部设备,如磁盘机。

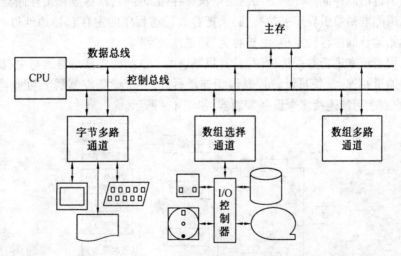

图 4.7　通道类型和结构

(3)I/O 通道控制方式的引入。DMA 方式能够满足高速数据传输的需要,但它是通过"窃取"总线控制权的办法来工作的。在它工作时,CPU 被挂起,所以并非设备与 CPU 在并行工作。这种做法对大、中型计算机系统显然不合适。

I/O 通道方式是 DMA 方式的发展,它可进一步减少 CPU 的干预,即把对一个数据块为单位的读(或写)的干预,减少为对一组数据块为单位的读(或写)及有关的控制和管理的干预。同时,又可实现 CPU、通道和 I/O 设备三者的并行操作,从而更有效地提高整个系统的资源利用率。例如,当 CPU 要完成一组相关的读(或写)操作及有关控制时,只需向 I/O 通道发送一条 I/O 指令,以给出其所要执行的通道程序的首地址和要访问的 I/O 设备,通道接到该指令后,通过执行通道程序便可完成 CPU 指定的 I/O 任务。这样,I/O 通道方式能够使 CPU 彻底从 I/O 中解放出来。当用户发出 I/O 请求后,CPU 就把该请求全部交由通道去完成。通道在整个 I/O 任务结束后,才发出中断信号,请求 CPU 进行善后处理。

(4)通道程序。通道是一个独立于 CPU 的、专门用来管理输入/输出操作的处理器,它控制设备与主存储器直接进行数据交换。通道有自己的指令系统,为了与 CPU 的指令相区别,通道的指令被称为"通道命令字"。通道命令字条数不多,主要涉及控制、转移、读、写及查询等功能。

通道命令字的格式一般为操作码、主存地址、计数、通道程序结束位 P 和记录结束标志 R。如:

write 0 0 250 1850

write 1 1 250 720

是两条把一个记录的 500 个字符分别写入到主存地址 1850 开始的 250 个和 720 开始的 250 个单元中的命令字。

若干通道命令字构成一个"通道程序",它规定了设备应该执行的各种操作和顺序。在 CPU 启动通道后,由通道执行通道程序,完成 CPU 所交给的 I/O 任务。通常,通道程序存放在通道自己的存储部件里。当通道中没有存储部件时,就存放在主存储器里。这时,为了使通道能取到通道程序去执行,必须把存放通道程序的主存起始地址告诉通道。存放这个起始地址的主存固定单元,被称为"通道地址字"。

当采用通道来进行数据传输时,计算机系统的 I/O 结构应该是通道与主机相连,设备控制器与通道相连,设备与设备控制器相连。另外,一个设备控制器上可能连接多个设备,一个通道上可能连接多个设备控制器,如图 4.8 所示。

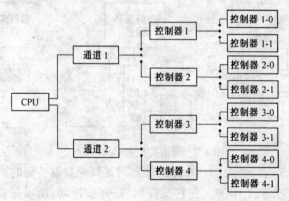

图 4.8 带有通道的 I/O 结构

4.4.3 I/O 中断的处理

除了程序 I/O 控制方式之外,有利于 CPU 和外设工作效率提高的各种 I/O 控制方式,都引入了中断,中断对于操作系统的意义远不止 I/O 的控制。

1.中断的基本概念

中断指的是相对于 CPU 当前正在执行的程序而言,系统内发生任何异步的或例外事件时,由系统自动保存现行的 CPU 状态,使 CPU 转去执行相应的事件处理程序,待处理完毕后再返回原来被中断处继续执行或调度新的进程执行等一系列过程。

引发中断的例外事件称为中断源;中断源向 CPU 发出的请求中断的处理信号称为中断请求,而 CPU 收到中断请求后转到相应的事件处理程序称为中断响应。

但是,CPU 不是任何情况下都能响应中断,有时,为了保证某些程序执行的封闭性,需要通过将 CPU 当前的程序状态字 PSW 中的中断允许位清除,即执行关中断,当被保护程序执行完毕时,再重新设置该位,即开中断。开中断和关中断都是硬件完成的,是一种完全禁止中断的保护措施;有时还可以通过设置中断屏蔽触发器来屏蔽某些中断请求。

不是所有的中断请求都可以屏蔽或禁止,可以理解为对于具有最高优先级的中断请求,CPU 必须立即做出响应,如电源故障。

2.中断的分类

从中断源的角度可以将中断分为外中断和内中断两类。

外中断是指来自处理器和主存以外的中断,如 I/O 设备中断、外部信号中断(如按 ESC 键)、时钟中断以及程序调试中断。狭义的中断就是指这些外中断。

内中断主要指的是处理器和主存内部产生的中断,一般称为陷阱,如程序运算错误(非法地址、溢出、除数为零等)、特权指令、分时系统中的时间片中断以及从用户态到核心态的切换等。

陷阱和中断有以下的区别:

(1)陷阱通常由处理器正在执行的现行指令引起,而中断则是由与现行指令无关的中断源引起的。

(2)陷阱处理程序提供的服务为当前进程所用,而中断处理程序提供的服务则不是为了当前进程的。

(3)CPU 在执行完一条指令之后,下一条指令开始前响应中断,而在一条指令执行中也可以响应陷阱。

此外还有一种软中断,与中断和陷阱是硬中断不同,软中断是通信进程之间用来模拟硬中断(陷阱和中断)的一种信号通信方式。软中断在接收到中断请求后的处理方式与硬中断相同,只是接收中断请求的进程不一定刚好是占用处理器的。

3.中断的作用

中断的引进最初是为了使 CPU 摆脱外设的拖累,使 CPU 与外设可以异步地、并行地工作。CPU 在做了必要的准备后,只要启动外设,让外设独立地工作,CPU 就可以立即去做别的事情。此后当外设做完了 CPU 交代的工作,或遇到障碍,才以中断方式向 CPU 报告。故中断管理是设备管理的一部分。

中断对于操作系统还有其他特殊的意义,系统中许多功能的实现都与中断有关。比如:

(1)利用时钟(时间片到期)中断,才得以实现分时轮转调度。

(2)增加并利用缺页中断,才得以实现主存的虚拟分页存储。

(3)利用中断机构,才使得可以增加一系列由操作系统实现的系统调用,扩充系统功能,提供用户程序使用。

(4)中断机制对于实现进程之间的通信也是必不可少的。

4.中断处理过程

CPU 响应中断并转去中断处理的过程如图 4.9 所示。

(1)CPU 检查响应中断的条件是否满足,即是否有来自于中断源的中断请求、CPU 当前是否允许中断,如果不能满足则不进行中断处理。

(2)关中断,使其进入不可再次响应中断的状态。

(3)保存被中断进程的现场。

(4)分析中断原因,并调用相应的中断处理程序。

(5)执行中断处理程序。

(6)中断处理程序执行完毕,恢复被中断进程的现场(或调度新进程)。

(7)开中断,CPU 继续执行。

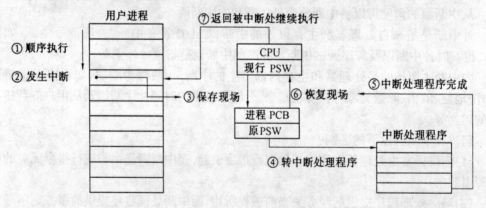

图 4.9 中断处理过程

4.5 设备处理

设备处理程序又称为设备驱动程序。所谓设备驱动程序是驱动物理设备和 DMA 控制器或 I/O 控制器等直接进行 I/O 操作的子程序的集合。与设备密切相关的代码放在设备驱动程序中,每个设备驱动程序处理一种设备类型。设备驱动程序的基本任务是用于实现 CPU 和设备控制器之间的通信,即由 CPU 向设备控制器发出 I/O 命令,要求它完成指定的 I/O 操作;反之由 CPU 接收从控制器发来的中断请求,并给予迅速的响应和相应的处理。

4.5.1　设备驱动程序的功能和特点

1.设备驱动程序的功能

(1)接收由 I/O 进程发来的命令和参数,并将命令中的抽象要求转换为具体要求,例如,将磁盘块号转换为磁盘的盘面、磁道号及扇区号。

(2)检查用户 I/O 请求的合法性,了解 I/O 设备的状态,传递有关参数,设置设备的工作方式。

(3)发出 I/O 命令,如果设备空闲,便立即启动 I/O 设备去完成指定的 I/O 操作;如果设备处于忙碌状态,则将请求者的 I/O 请求控制块挂在设备队列上等待。

(4)及时响应由控制器或通道发来的中断请求,并根据其中断类型调用相应的中断处理程序进行处理。

(5)对于设置有通道的计算机系统,驱动程序还应能够根据用户的 I/O 请求,自动地构成通道程序。

2.设备处理方式

(1)为每一类设备设置一个进程,专门用于执行这类设备的 I/O 操作。

(2)在整个系统中设置一个 I/O 进程,专门用于执行系统中所有各类设备的 I/O 操作。

(3)不设置专门的设备处理进程,而只为各类设备设置相应的设备处理程序(模块),供用户进程或系统进程调用。

3.设备驱动程序的特点

(1)驱动程序主要是指请求 I/O 的进程与设备控制器之间的一个通信和转换程序。

(2)驱动程序与设备控制器和 I/O 设备的硬件特性紧密相关,因而对不同类型的设备应配置不同的驱动程序。

(3)驱动程序与 I/O 设备所采用的 I/O 控制方式紧密相关。

(4)由于驱动程序与硬件紧密相关,因而其中的一部分必须用汇编语言书写。

4.5.2　设备驱动程序的处理过程

设备驱动程序的任务是接收来自与设备无关的上层软件的抽象请求,并执行这个请求。截止到设备驱动程序之前,在设备管理及整个操作系统以上的各层操作都是与具体物理设备无关的,有了设备驱动程序之后,则直接与设备控制器打交道,只有设备驱动程序才知道具体物理设备的控制器工作方式和相关参数的设置。其处理过程是:将用户进程的抽象请求转换为具体要求,检查 I/O 请求的合法性,了解设备状态是否是空闲的,了解有关的传递参数及设置设备的工作方式;然后,便向设备控制器发出 I/O 命令,启动 I/O 设备去完成指定的 I/O 操作。设备驱动程序的处理流程如图 4.10 所示。

设备驱动程序还应能及时响应由控制器发来的中断请求,并根据该中断请求的类型,调用相应的中断处理程序进行处理。对于设置了通道的计算机系统,设备处理程序还应能根据用户的 I/O 请求,自动地构成通道程序。

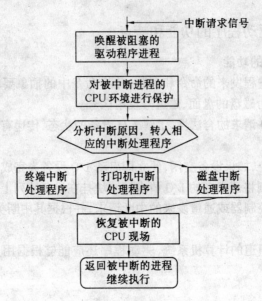

图 4.10　设备驱动程序的处理流程图

4.6　设备管理技术

4.6.1　缓冲技术

1.缓冲的引入

CPU 运行的高速性和 I/O 低速性间的矛盾自计算机诞生时起便已存在。而随着 CPU 速度迅速、大幅度的提高,使得此矛盾更为突出,严重降低了 CPU 的利用率。CPU 与各种外部设备在速度上差异很大,设备与设备之间的速度的差异也很大。此外,系统有时会产生大量的数据需要 I/O,有时又会很长时间没有 I/O,造成 I/O 负荷的不均匀。要解决这两个方面的问题就要引入缓冲的概念。

在 I/O 设备和 CPU 之间引入缓冲,则可有效地缓和 CPU 与 I/O 设备速度不匹配的矛盾,提高 CPU 的利用率,进而提高系统吞吐量。因此,缓冲及其管理是现代计算机系统中必不可少的技术,通过增加缓冲区容量还可以改善系统的性能。

缓冲是指两个设备传输速度不匹配时,实现平滑传输过程的一种手段。具体地,是指为缓和 CPU 与 I/O 设备之间速度差异造成的矛盾、平衡 I/O 负荷,在主存中开辟的专门区域,称为缓冲区。缓冲的作用:

(1)缓和 CPU 与 I/O 设备间速度不匹配的矛盾。

(2)减少对 CPU 的中断频率,放宽对 CPU 中断响应时间的限制。

(3)提高 CPU 和 I/O 设备之间的并行性。

(4)暂存的 I/O 信息还可以多次使用,让信息共享。

最常见的缓冲区机制有单缓冲机制、双缓冲机制(能实现双向同时传送数据)和公用缓冲池机制(供多个设备同时使用)。

2.利用缓冲进行 I/O 操作

缓冲的组织方式有单缓冲、双缓冲、环形缓冲和缓冲池 4 种。

(1)单缓冲。单缓冲是在设备和处理器之间设置一个缓冲器,设备和处理器交换数据时,先把被交换数据写入缓冲器,然后,需要数据的设备或处理器从缓冲器取走数据,如图 4.11 所示。

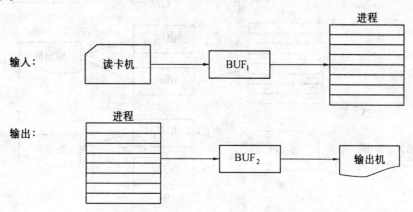

图 4.11 单缓冲工作示意图

由于缓冲器属于临界资源,即不允许多个进程同时对一个缓冲器操作,因此,尽管单缓冲能匹配设备和处理器的处理速度,但是,设备和设备之间不能通过单缓冲达到并行操作。

(2)双缓冲。系统设置两个缓冲区,BUF₁ 和 BUF₂,各进程使用这两个缓冲区,对缓冲区的使用可分为仅用作输入或输出的单向缓冲(如图 4.12(a)、图 4.12(b)),也可以既用于输入也用于输出的双向缓冲(如图 4.12(c)),采用双向缓冲时才能真正实现并行工作。

双向缓冲的工作过程:首先输入设备将数据送入 BUF₁,然后,申请 BUF₂,在向 BUF₂ 输入数据的同时,输出进程可从 BUF₁ 中取数据。同理,向 BUF₁ 输入与从 BUF₂ 中取数据可以并行。

(3)环形缓冲。在系统中设置若干缓冲区,并把这些缓冲区链接起来,这样若干个缓冲区就形成了一个环,故称环形缓冲,如图 4.13 所示。

工作过程:环形缓冲技术设置一个输入指针 in、一个输出指针 out 和一个开始指针 start。系统初始时,start = in = out。输入数据时,数据送入 in 所指缓冲区,in 沿当前缓冲区的 next 指针指向下一缓冲区,输出数据时,从 out 所指缓冲区取数据,out 沿当前缓冲区的 next 指针指向下一个缓冲区。显然,指针 in、out 有三种情况下会相等,一是初始状态下,in = out,此时能执行输入,二是一次输出操作结束后,out 指向"下一个"缓冲区,若此时 out = in,表明缓冲区空,只能执行输入,第三种情况则是一次输入结束后,in 指向"下一个"缓冲区,若此时 in = out,表明缓冲区满,只能执行输出操作。

(4)缓冲池。缓冲池由主存中一组缓冲区组成,由系统统一使用和管理,池中的缓冲区为系统中所有的进程共享使用既可用于输入,也可用于输出。

对于既可用于输入又可用于输出的公用缓冲池,其中至少应含有以下三种类型的缓冲区:①空闲缓冲区;②装满输入数据的缓冲区;③装满输出数据的缓冲区。

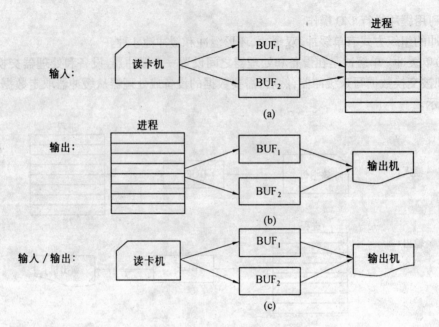

图 4.12 双缓冲工作示意图

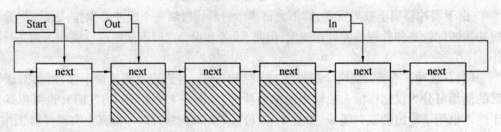

图 4.13 环形缓冲工作示意图

为了管理上的方便,可将相同类型的缓冲区链成一个队列,于是可形成以下三个队列:空缓冲队列 emQueue、输入队列 inQueue、输出队列 outQueue,如图 4.14 所示。

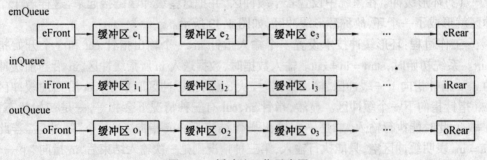

图 4.14 缓冲池工作示意图

4.6.2　虚拟设备的管理

1.为什么要提供虚拟设备

如前所述,独占型的设备制约申请使用该类设备的进程的向前推进,并有可能造成死锁,因此,考虑利用共享设备改造独占设备的特性。用户进程申请使用独占型设备时,先为其分配辅存中相应区域,由于辅存是可共享的块设备,因此多个进程可以同时被分配,而实际的 I/O 操作,则可以在专门软件的控制下在原进程之外并行地、独立地执行。虚拟设备技术改造了设备特性,将不可共享改造为可共享。

2.虚拟设备的实现

典型的虚拟设备技术是 SPOOLing 技术。

(1)什么是 SPOOLing。为了缓和 CPU 的高速性与 I/O 设备低速性间的矛盾而引入了脱机输入、脱机输出技术。该技术是利用专门的外围控制机,将低速 I/O 设备上的数据传送到高速磁盘上,或者相反。事实上,当系统中引入了多道程序技术后,完全可以利用其中的一道程序,来模拟脱机输入时的外围控制机功能,把低速 I/O 设备上的数据传送到高速磁盘上;再用另一道程序来模拟脱机输出时外围控制机的功能,把数据从磁盘传送到低速输出设备上。这样,便可在主机的直接控制下,实现脱机输入、输出功能。此时的外围操作与 CPU 对数据的处理同时进行,我们把这种在联机情况下实现的同时外围操作称为SPOOLing(Simultaneous Peripheral Operating On-Line),或称为假脱机操作。

(2)SPOOLing 系统的组成。SPOOLing 技术的基础是中断技术、通道技术和控制输入收存、输出发送的程序。控制程序有预输入程序、缓输出程序、井管理程序。SPOOLing 系统组成如图 4.15 所示。

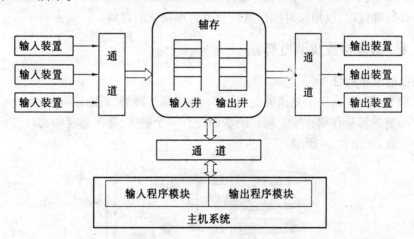

图 4.15　SPOOLing 系统的组成

① 预输入程序。预输入程序的任务是预先把作业的全部信息输入到磁盘的输入井中存放,以便在需要作业信息以及作业运行过程中需要数据时,都可以从输入井中直接得到,而无须与输入机交往,避免了等待使用输入机的情况发生。

② 缓输出程序。缓输出程序总是定期查看"输出井"中是否有等待输出的作业信息。

如果有,就启动输出设备(比如打印机)进行输出。因此,由于作业的输出信息都暂时存放在输出井中,输出设备有空就去输出,不会出现作业因为等待输出而阻塞。

③ 井管理程序。井管理程序分为"井管理读程序"和"井管理写程序"。当请求输入设备工作时,操作系统就调用井管理读程序,它把让输入设备工作的任务,转换成从输入井中读取所需要的信息;当做业请求打印输出时,操作系统就调用井管理写程序,它把让输出设备工作的任务,转换成为往输出井里输出。

(3)共享打印机。共享打印机技术已被广泛地用于多用户系统和局域网络中。当用户进程请求打印输出时,SPOOLing系统同意为它打印输出,但并不真正立即把打印机分配给该用户进程,而只为它做两件事:①由输出进程在输出井中为之申请一个空闲磁盘块区,并将要打印的数据送入其中;②输出进程再为用户进程申请一张空白的用户请求打印表,并将用户的打印要求填入其中,再将该表挂到请求打印队列上。

(4)SPOOLing系统的特点。

① 提高了I/O的速度。

② 将独占设备改造为共享设备。

③ 实现了虚拟设备功能。

4.7 磁盘I/O

计算机系统中外围设备种类繁多,前面各节从总体上阐述了设备管理工作所涉及的设备分类、设备分配与回收、I/O控制、设备处理等工作,从本质上看系统对所有外围设备的管理就是对它们与CPU及主存之间的信息交换的处理,即I/O,本节以磁盘为例,具体说明其I/O处理过程,以加深对操作系统设备管理功能的理解。

4.7.1 磁盘特性及调度算法

1.磁盘的基本特性

在物理上,磁盘(这里主要指硬盘)是由一叠呈扁平圆形、两面涂有磁性材料可存储信息的盘片构成的海量存储介质。每一个盘面配合一个磁头,磁头做径向移动,以存取不同磁道上的信息,如图4.16所示。

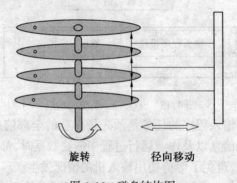

旋转　　　径向移动

图4.16　磁盘结构图

盘面编号 $0,1,2,\cdots$。盘面上的同心圆称为磁道,由外向内编号 $0,1,2,\cdots$;各盘面上相同磁道构成一个柱面,为了减少磁头的径向移动,信息通常集中存储于一个柱面上。在同一磁道上,有相同角度的扇区,从索引孔开始,以逆时针顺序编号 $1,2,3,\cdots$。因此,磁盘扇区是一个三维地址[柱面号,盘面号,扇区号]。

2.磁盘调度策略

在读写磁盘时,其速度由三部分构成:磁头定位时间、扇区定位时间和信息传输时间,其中磁头定位,即磁头臂做径向运动的时间,是读写速度的主要影响因素。在支持多道程序设计的系统中,磁盘读写是非常频繁的,因此,磁盘调度的策略对于提高整机速度来说就显得非常重要。常用的磁盘调度策略有先来先服务和电梯调度两种。

(1)先来先服务调度算法。即无论磁头在何位置,都会按照柱面请求序列的顺序提供服务。

先来先服务算法的优点是公平,在柱面请求位置相对集中或负荷小时较好;缺点是负荷大、柱面请求散步范围广且均匀时,磁头移动总量很大。

【例 4.1】　设磁盘共有 200 个柱面,磁头当前位置在 40 柱面上,有以下柱面请求队列:49、80、190、20、100、15、130、64、90,则运用先来先服务的调度算法时磁头移动总量是多少?

解　按照先来先服务的调度算法,磁头移动的路径如图 4.17 所示,其移动总量为

$$S = |49-40| + |80-49| + |190-80| + |20-190| + |100-20| +$$
$$|15-100| + |130-15| + |64-130| + |90-64| = 692$$

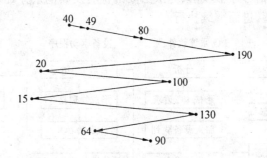

图 4.17　先来先服务磁盘调度算法示例

(2)电梯调度算法。与先来先服务不同,电梯调度让磁头在磁盘的直径方向上不断地来回扫描,并在扫描的过程中为输入输出请求提供服务。因为它很像电梯在楼层之间来回服务,故而得名。

【例 4.2】　与例 4.1 条件一致,在有 200 个柱面的磁盘上,磁头当前位置在 40 柱面上,有以下柱面请求队列:49、80、190、20、100、15、130、64、90,运用电梯调度算法时磁头移动过程如图 4.18 所示,并计算磁头移动总量是多少?

解答:

执行电梯调度有两种情况,一是当前磁头由里向外移动,则其路径如图 4.18(a)所示,移动总量为

$$S_1 = |15-40| + |190-15| = 200$$

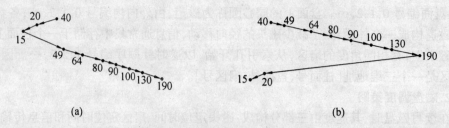

图 4.18　电梯磁盘调度算法示例

第二种情况是当前磁头由外向里移动,则其路径如图 4.18(b)所示,移动总量为

$$S_2 = |190 - 40| + |15 - 190| = 325$$

电梯调度算法避免了在移臂的过程中空操作,带来了移动总量的大幅降低,但同时,也可看出,电梯调度算法对磁头移动方向有很强的依赖,并且对在磁头附近但与磁头运动方向相反的请求会有很大的服务延迟,甚至会出现"饥饿"状态。

4.7.2　用户请示读/写磁盘的实现过程

从用户进程发出读/写的逻辑请求,到最终实现物理的 I/O,其过程如图 4.19 所示。用户程序通过系统调用命令,发出需要 I/O 的请求,进入等待状态,这一请求首先被 I/O 系统软件接收,验证其属于有效请求后,构成 I/O 请求项,加在相应设备的等待队列中,并通知设备驱动程序有待处理的请求;设备驱动程序检查设备空闲或上一任务结束时,从等待队列中摘下逻辑请求并将其转换为具体的物理命令,启动 I/O 同时阻塞其自身,直到设备控制器发回就位的信号才被唤醒,完成必要的检验及其他杂务处理后,发出 I/O 完成的信号,用户进程被唤醒,进而继续执行。

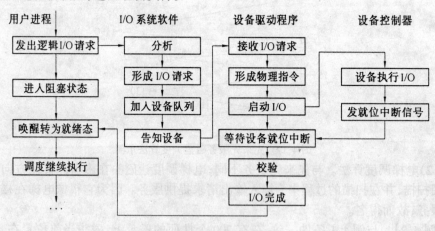

图 4.19　磁盘 I/O 过程示意

小　结

计算机系统中除 CPU 和主存外,其余硬件资源都称为设备,它们装配在计算机系统中,都要与 CPU 或主存进行信息交换,所以对设备的管理也就是对 I/O 操作的管理。

围绕 I/O 管理,首先区分了不同的设备类型,设备的种类虽然千差万别,但是通过设备管理的服务,应该实现设备的无关性,即用户程序能够独立于具体的物理设备,带来设备分配的灵活性和设备使用时的统一性。

设备管理中有三项关键的技术,其一是中断,中断不仅是在 I/O 的环节,使得 CPU 可以摆脱慢速外设的制约,整个计算机系统都是由中断驱动的;其二是缓冲技术,为了缓和 CPU 与外设之间的速度差异,在主存中为进程开辟了缓冲,用户进程产生信息需要输出时,暂存于缓冲,而不是直接向外设输出,反之,用户进程需要数据时也是先由外设输入暂存于缓冲区,所以 CPU 都是直接与主存打交道而不是外设;其三,为提高设备以及 CPU 的并行程度,独占设备改造为共享设备,引入了虚拟设备技术,虚拟设备利用可共享的块设备和专门软件,使得一次只能分配一个进程使用的独占设备,变成了每一个进程分配一个的共享设备。SPOOLing 是虚拟设备技术的典型代表。

用户提出的逻辑 I/O 请求,需要经过设备处理程序的解读,完成了从逻辑到物理的转换,并启动设备控制器最终实现物理 I/O。

磁盘是典型的 I/O 设备,本章最后以磁盘为例,说明设备 I/O 的过程,考虑到磁盘的特性,磁盘调度策略对磁盘读取速度及整机速度影响很大,电梯调度和先来先服务调度是两种典型的磁盘调度算法。

习　题

1. 叙述设备管理的基本功能。

2. 简述各种 I/O 控制方式及其主要优缺点。

3. 试述直接主存存取 DMA 传输信息的工作原理。

4. 大型机常常采用通道实现信息传输,试问什么是通道? 为什么要引入通道?

5. 外围设备分成哪些类型? 各类设备的物理特点是什么?

6. 叙述 I/O 中断的类型及其功能。

7. 叙述 I/O 系统的层次及其功能。

8. 为什么要引入缓冲技术? 其实现的基本思想是什么?

9. 简述常用的缓冲技术。

10. 什么是设备驱动? 设备驱动有什么功能?

11. 什么叫虚拟设备? 实现虚拟设备的主要条件是什么?

12. 什么是 SPOOLing? 什么叫输入井和输出井? SPOOLing 系统有什么好处?

13. 目前常用的磁盘驱动调度算法有哪几种? 每种适用于何种数据应用场合?

14. 设备分配中可能出现死锁吗,为什么?

15. 现有如下柱面请求队列:8,18,27,129,110,186,78,147,41,10,64,12;试用先来先服务算法计算处理所有请求移动的总柱面数。假设磁头当前位置在磁道100。

16. 上题中,分别按升序和降序移动,讨论电梯调度算法计算处理所有存取请求移动的总柱面数。

17. 有一具有 40 个磁道的盘面,编号为 0～39,当磁头位于第 11 磁道时,顺序来到如下磁道请求:磁道号:1,36,16,34,9,12;试用先来先服务算法 FCFS、电梯算法 SCAN,计算出它们各自要来回穿越多少磁道?

第5章

文 件 系 统

　　操作系统对于处理器、主存储器和设备的管理,所涉及的管理对象都是计算机系统中的硬件资源;计算机系统中还有一类资源,即软件资源。计算机系统中的软件资源主要包括各种系统程序、各种标准子程序、大量的应用程序以及各种类型的数据、文档等。这些软件资源通常是以文件(File)的形式"永久性"地保存在辅存上。计算机中的每个文件都有一个名称用来标识自己,称为文件名。用户在对文件进行操作时,不会愿意去考虑自己的文件以什么方式存放在辅存中(顺序式、链接式还是索引式);不会愿意去过问自己的文件具体存放在辅存的什么地方;也不会愿意去计算自己的文件需要占用多大的辅存空间。用户只希望能够通过最简单的方式找到所需要的文件,完成对它的操作。用户的一切不愿意都是由操作系统的"文件系统"来承担的。文件系统的目标就要方便用户,保证文件的安全,提高文件存取和检索的效率,有效管理辅存空间,提高资源利用率;其功能是实现文件的存取、检索、更新,文件存储空间的分配和回收,文件的共享和保护,向用户提供文件操作接口。

　　【学习目标】

　　1.理解文件系统的管理目标与操作系统其他部分管理目标的区别,掌握文件及文件系统的相关概念。

　　2.理解并掌握文件系统的管理思想和手段,包括:熟练掌握文件系统对文件目录的组织,文件系统的逻辑结构、物理结构,文件存储空间的管理方法,理解文件共享与保密的机制。

　　3.理解文件系统的实现过程。

　　【知识要点】

　　文件与文件系统;文件的分类;目录与目录的组织;文件的逻辑结构、物理结构;文件存储空间管理;文件的共享与保密。

5.1　概　述

5.1.1　文件与文件系统

1.文件

人们通俗地把文件理解为存储在辅助存储器中的程序或者数据,其实这是一种对于文件较为模糊的说法。所谓"文件",是一组带标识的、在逻辑上有完整意义的信息项的集合。

文件的标识即为文件名,一个文件的文件名是在创建该文件时给出的。文件名通常由用户给定,但对文件的具体命名必须遵循操作系统的命名规则,各个操作系统的命名规则不尽相同,如有的系统允许用不多于 8 个字母组成的字符串作为合法的文件名,有的系统则可接受 255 字符的文件名。通常,也允许文件名中出现数字和某些特殊的字符,但要依系统而定。操作系统以"按名存取"的方式,给用户提供了对文件的透明操作,即不必了解文件存放的物理机制和查找方法,只需给定一个代表某段程序或数据的文件名称,文件系统就会自动地完成对与给定文件名称相对应的文件的有关操作。"按名存取"满足了用户想通过最简单的方式找到所需要的文件,完成对其操作的要求。

信息项构成了文件内容的基本单位。一个信息项可以由单个字节或多个字节构成,即信息项可以是字符,也可以组成记录;而且各个记录的长度可以相等,也可以不等。信息项是构成文件内容的基本单位,文件的内容的具体意义则由文件的建立者和使用者解释。

一个文件占用辅存空间的大小,可以用"文件长度"来度量。

一般情况下,文件建立在存储器空间里,以便使文件能够长期保存。即文件一旦建立,就一直存在,直到该文件被删除或文件超过事先规定的保存期限。

文件是一个抽象机制,它提供了一种把信息保存在介质上,而且便于以后存取的方法,用户不必关心操作系统管理文件的细节。

2.文件系统

文件被存放在大容量的辅助存储器中。当用户需要使用时,就通过文件名把相应的文件读到主存才能对其操作。为了方便用户使用这些软件资源,操作系统提供了与文件管理有关的软件机构,即文件系统。所谓"文件系统",是指与文件管理有关的那部分软件、被管理的文件以及管理所需要的数据结构(如目录、索引表等)的总体。

它管理文件的存储、检索、更新,提供安全可靠的共享和保护手段,并且方便用户使用。

从用户的角度来看,文件系统主要是实现"按名存取",对文件进行存取控制。负责管理、控制用户建立文件、读写文件、修改文件、复制文件和撤销文件等操作。

从系统管理的角度来看,文件系统主要是实现文件存储空间的组织、分配以及文件的存储、检索、共享、保护等管理。

文件系统的作用是很多的。比如,在多用户系统中,可以保证各用户文件的存放位置不冲突,还能防止任一用户对存储空间的占而不用。文件系统既可保证任一用户的文件不被未经授权的用户窃取、破坏,又能允许在一定条件下由多个用户共享某些文件。

作为一个统一的文件管理机构,文件系统应具有下述功能:

(1)统一管理文件的存储空间,实施存储空间的分配和回收。

(2)实现文件从名字空间到辅存地址空间的映射,即实现文件的按名存取,以对用户透明的方式管理名字空间。

(3)实现文件信息的共享,并提供文件的保护和保密措施。

(4)向用户提供一个方便使用的接口(提供面向文件系统的操作命令,以及提供对文件的操作命令,如信息存取、加工等)。

(5)系统维护及向用户提供有关信息。

(6)保持文件系统的执行效率。文件系统在操作系统接口中占的比例最大,用户使用操作系统的感觉在很大程度上取决于对文件系统的使用效果。

(7)提供与I/O的统一接口。

5.1.2 文件的分类

为了有效、方便地管理文件,在文件系统中,常常把文件按其性质和用途的不同进行分类。

1.按文件的用途分类

文件的一种分类方法是按文件的用途把文件分为三类:

(1)系统文件。由操作系统和各种系统应用程序和数据所组成的文件。

该类文件只允许用户通过系统调用来访问它们,这里访问的含义是执行该文件。但不允许对该类文件进行读写和修改。

(2)库函数文件。由标准子程序及常用应用程序组成的文件。该类文件允许用户对其进行读取、执行,但不允许对其进行修改。如C语言子程序库、FORTRAN子程序库等。

(3)用户文件。用户文件是用户委托文件系统保存的文件。这类文件只能由文件的所有者或所有者授权的用户才能使用。用户文件可以有源程序、目标程序、用户数据文件、用户数据库等。

2.按文件的组织形式分类

文件的另一种分类方法是按文件的组织形式划分,例如,UNIX系列操作系统中文件的分类:

(1)普通文件。普通文件主要是指,文件的组织形式为文件系统中所规定的最一般格式的文件,例如由字符流组成的文件。普通文件既包括系统文件,也包括用户文件、库函数文件和用户使用程序文件等。

(2)目录文件。目录文件是由文件的目录构成的特殊文件。显然,目录文件的内容不是各种程序文件或应用数据文件,而是含有文件目录信息的一种特定文件。目录文件主要用来检索文件的目录信息。

(3)特殊文件。特殊文件在形式上与普通文件相同,也可进行查找目录等操作。但是特殊文件有其不同于普通文件的性质。比如,在UNIX系列系统中,输入输出设备被看做是特殊文件。这些特殊文件的使用是和设备驱动程序紧密相连的。操作系统会把对特殊文件的操作转换成为对应设备的操作。

3.其他常见的几种分类方式

文件分类的方式是多样的,这里继续列出几种常见的分类方式。

(1)按照信息的保存期限可划分为:临时文件,即保存临时性信息的文件;永久性文件,其信息需要长期保存的文件;档案文件,即保存在作为"档案"用的磁盘上、以备查证和恢复时使用的文件。

(2)按照文件的保护方式可划分为:只读文件、读写文件、可执行文件等。

(3)按照文件的逻辑结构可划分为:流式文件、记录式文件等。

(4)按照文件的物理结构可划分为:顺序文件(连续文件)、链接文件、索引文件等。

(5)按照文件的存取方式可划分为:顺序存取文件、随机存取文件等。

以上种种文件系统的分类目的是对不同文件进行管理,提高系统效率。

5.2　文件目录

现代计算机系统中,存储了大量文件,为了能有效管理这些文件,必须对它们加以妥善的组织。为了让用户方便地找到所需的文件,需要在系统中建立一套目录机制,就像图书馆中的藏书需要编目一样。文件目录的组织原则就是方便对目录进行快速检索。

5.2.1　文件目录的组成

文件系统的一个最大特点是"按名存取",用户只要给出文件的符号名就能方便地存取在辅存空间的文件信息,而不必关心文件的具体物理地址。而实现文件符号名到文件物理地址映射的主要环节是检索文件目录。系统为每个文件设置一个描述性数据结构——文件控制块 FCB(File Control Block),文件目录就是文件控制块的有序集合,即把所有文件控制块有机地组织起来,就构成了文件目录。随系统的不同,一个文件的 FCB 中所包含的内容及大小不尽一样,一般情况下,文件控制块中会包含如下的内容。

1.基本信息

(1)文件名。由文件的创建者(用户或程序)为自己的文件起的符号名,它是在外部区分文件的主要标识。很明显,在一个特定的目录中具有唯一性,即不同文件不应该有相同的名字,否则系统无法对它们加以区分。

(2)文件类型。例如文本文件、二进制文件、目标文件等。

(3)文件组织。系统所支持的不同组织形式。

2.地址信息

(1)起始地址。文件存放在辅存的起始物理地址(例如:磁盘号、柱面号、磁道号或在磁盘上的块号)。

(2)已使用大小。文件的大小,以字节、字或块来衡量。

(3)分配大小。文件的最大尺寸。

这是指明文件在辅存位置的信息。由于文件在磁盘上的存储结构可以不同,因此指明其在辅存上位置的信息也就不一样,但目的都是要使系统能够通过这些信息,知道该文件存放在哪些盘块上。这些信息对完成文件逻辑结构与物理结构之间的映射是有用处的。

3.存取控制信息

(1)文件主。拥有文件的控制权。文件主能授予和取消其他用户对文件的存取权和改变这些权限。

(2)访问控制。可包括有权限用户的用户名和口令。

(3)允许的操作。控制读、写、执行和在网上的传输等。

这些信息将规定系统中各类用户对该文件的访问权限,起到保证文件共享和保密的作用。

4.使用信息

(1)创建日期。文件首次存放在目录中的时间。

(2)读时间。最后一次读文件记录的时间。

(3)修改时间。最后一次更新、插入或删除记录的时间。

(4)备份时间。文件最后一次备份到其他存储介质的时间。

把文件的文件控制块汇集在一起,就形成了系统的文件目录,每个文件控制块就是一个目录项,其中包含了该文件名、文件属性以及文件的数据在磁盘上的地址等信息。用户在使用某个文件时,就是通过文件名去查所需要的文件目录项,从而获得文件的有关信息的。如果系统中的文件很多,那么文件的目录项就会很多,因此,一般常把文件目录视为一个文件,并以"目录文件"的形式存放在磁盘上。

5.2.2 文件目录结构

文件目录的组织与管理是文件系统中一个重要方面,一般有一级(单级)目录结构、二级目录结构和多级目录结构。

1.一级目录结构

在整个系统设置一张线性目录表,表中包括了所有文件的文件控制块,每个文件控制块都指向一个普通文件,如图5.1所示,这就是一级(单级)目录结构。

文件名	物理地址	文件说明	状态位
文件名1			
文件名2			
⋮			

图5.1 一级目录结构

一级目录结构是一种最简单、最原始的目录结构。该目录结构存放在存储设备的某固定区域。在系统初启时或需要时,系统将其调入主存,或部分调入主存。文件系统通过该表提供的信息对文件进行创建、搜索、删除等操作。例如,当建立一个文件时,首先从该表中申请一项,并存入有关说明信息;当删除一个文件时,就从该表中删去一项。

利用一级目录,文件系统就可实现对系统空间的自动管理和按名存取。例如,当用户进程要求对某个文件进行读写操作时,它调用相关的系统调用,通过事件驱动或中断控制方式进入文件系统,此时,CPU 控制权在文件系统手中。文件系统首先根据用户给定的文件名搜索一级文件目录表,以查找文件信息的物理块号。如果搜索不到对应的文件名,则失败返回(读操作时),或由空闲分配程序进行空闲块分配后,再修改一级目录表写操作时。如果已找到文件的第一个物理块块号,则系统根据文件所对应的物理文件的结构信息,计算出所要读写的文件信息块的全部物理块块号,然后系统把 CPU 控制权交给设备管理系统,启动有关设备进行文件的读写操作。

一级目录结构的优点是简单、方便、易实现。新建一个文件时,就在文件目录中增加一个文件控制块(目录项),把该文件的有关信息填入到 FCB 中,这样,系统就可以感知到这个文件的存在了;删除一个文件时,就从目录中删去该文件控制块的全部信息,并释放该文件控制块。因此管理起来是很方便的。

但是一级目录组织有以下缺点:

(1)限制了用户对文件的命名。一级目录表中,各文件说明项都处于平等地位,只能按连续结构或顺序结构存放,因此,文件名与文件必须一一对应,限制了用户对文件的命名,不能重名。如果两个不同的文件重名的话,则系统把它们视为同一文件。

(2)文件平均检索时间长。由于一级目录必须对目录表中所有文件信息项进行搜索,因而,搜索效率较低。

2.二级目录结构

有了文件目录后,就可实现文件的"按名存取"。当用户要求存取某个文件时,系统顺序查找目录项并比较文件名就可找到该文件的目录项。然后,通过目录项指出的文件信息相对位置或文件信息首块物理位置等,就能依次存取文件信息(继而执行文件信息的存取)。一级文件目录结构存在一个缺点是重名问题,它要求文件名和文件之间有一一对应关系,但在多用户的系统中,由于都使用同一个文件目录,一旦文件名用重,就会出现混淆而无法实现"按名存取"。如果人为地限制文件名命名规则,对用户来说又极不方便;二是难于实现文件共享,如果允许不同用户使用不同文件名来共享一个文件,则就要求这个共享文件具有不同的名字,这在一级目录中是很难实现的。为了解决上述问题,操作系统往往采用二级目录结构,使得每个用户有各自独立的文件目录。

在二级目录结构中,目录被分为两级。第一级称为主文件目录(Main File Directory,简称 MFD),给出了用户名和用户子目录所在的物理位置;第二级成为用户文件目录(User File Directory,简称 UFD,又称用户子目录),给出了该用户所有文件的 FCB。这样,由 MFD 和 UFD 共同形成了二级目录。二级目录的结构如图 5.2 所示。

当用户要对一个文件进行存取操作或创建、删除一个文件时,首先从 MFD 找到对应的目录名,并从用户名查找到该用户的 UFD。接下来的操作与一级目录时相同。

使用二级目录的优点是解决了文件的重名问题和文件共享问题,查找时间降低。缺点是增加了系统的开销。

由于查找二级目录首先从主目录 MFD 开始搜索,因此,从系统管理的角度来看,文件名已演变成为"用户名/用户文件名"。从而，即使两个不同的用户具有同名文件，系统也会把它们区别开来。再者，利用二级目录，也可以方便地解决不同用户间的文件共享问题。这只要在被共享的文件说明信息中增加相应的共享管理项和把共享文件的文件说明项指向被共享文件的文件说明项即可。

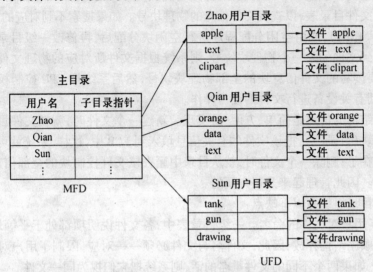

图 5.2 二级目录结构

另外，如果一级目录表的长度为 n 的话，则在一级目录时的搜索时间与 n 成正比；与一级目录相比，在二级目录时，由于 n 的目录已被划分为 m 个子集，则二级目录的搜索时间是与 $m+r$ 成正比的。这里的 m 是用户个数，r 是每个用户的文件的个数，一般我们有 $m+r \leqslant n$，从而二级目录的搜索时间要快于一级目录。

3.多级目录结构

把二级目录的层次关系加以推广，就形成了多级目录，又称树型目录，如图 5.3 所示。

在多级层次目录中，有一个根目录和许多分目录。分目录不但可以包含文件，而且还可以包含下一级的分目录。这样依次推广下去就形成了多级层次目录。

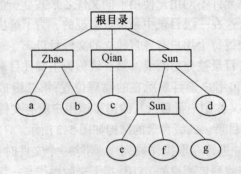

图 5.3 多级层次目录

根目录是唯一的，由它开始可以查找到所有其他目录文件和普通文件。根目录一般可放在主存中。从根节点出发到任一非叶节点(分目录)或叶节点(文件)都有且仅有一条路径,该路径上的全部分支组成了一个完全路径名。

多级目录结构的优点是便于文件分类,且具有下列优点:

(1)层次清晰。不同性质、不同用户的文件可以构成不同的子树,便于管理;不同层次、不同用户的文件可以被赋予不用的存取权限,有利于文件的保护。

(2)解决了文件重名问题。文件在系统中的搜索路径是从根开始到文件名为止的各子目录名组成,因此,只要在同一子目录下的文件名不发生重复,就不会由文件重名而引起混乱。

(3)查找搜索速度快。可为每类文件建立一个子目录,由于对多级目录的查找每次只查找目录的一个子集,因此,其搜索速度较一级和二级目录时更快。

多级目录结构的缺点是:查找一个文件按路径名逐层检查,由于每个文件都放在辅存,多次访问磁盘影响速度,结构相对比较复杂。

MS-DOS 2.0 以上版本采用树形目录结构。在对磁盘进行格式化时,在其上所建的一个目录,称为根目录,对于双面磁盘而言,根目录能存放的文件数为 512 个。但根目录除了能存放文件目录外,还可以存放子目录信息,而这些子目录又可以用来存放其他文件目录和子目录,以此类推,可以形成一个树形目录结构。子目录和根目录不同,可以看做一般的文件,可以像文件一样进行读写操作,它们被存放在盘上的数据区中,也就是说允许存放任何数目的文件和子目录。

5.2.3 文件目录操作

文件操作相对来说比较统一,而目录操作变化较大。这里介绍几种常用的目录操作。

(1)创建目录。目录是多个文件的属性的集合,创建目录就是在外部存储介质中,创建一个目录文件已备存取文件属性信息。

(2)删除目录。也就是从外部存储介质中,删除一个目录文件。通常而言,只有当目录为空时,才能删除。

(3)检索目录。要实现用户对文件的按名存取,这就涉及文件目录的检索。系统按步骤为用户找到所需的文件,首先,系统利用用户提供的文件名,对文件目录进行查询,以找到相应的属性信息,然后,根据这些属性信息,得出文件所在外部存储介质的物理位置,最后,如果需要,可启动磁盘驱动程序,将所需的文件数据读到主存中。

(4)打开目录。如果要访问的目录不在主存中,则需要打开目录,从辅存上读入相应的目录文件。

(5)关闭目录。当所用目录使用结束后,应关闭目录以释放主存空间。

目录实现的算法对整个文件系统的效率、性能和可靠性有很大的影响。下面讨论几个常用的算法。

1.线性表算法

目录实现的最简单的算法是线性表算法,每个表项由文件名和指向数据块的指针组成。当要搜索一个目录项时,可以采用线性搜索。这个算法实现简单,但运行很耗时。比如创建一个新的文件时,需要先搜索整个目录以确定没有同名文件存在,然后再在线性表的末尾添加一条新的目录项。

线性表算法的主要缺点就是寻找一个文件时要做线性搜索。目录信息是经常使用的。访问速度的快慢会被用户察觉到。所以很多操作系统常常将目录信息放在高速缓存中。对高速缓存中的目录的访问可以避免磁盘操作,以加快访问速度。当然也可以采用有序的线性表,使用二分搜索来降低平均搜索时间。然而,这会使实现复杂化,而且在创建和删除文件时,必须始终维护表的有序性。

假定用户给定的文件路径名实/usr/ast/mbox,则查找/usr/ast/mbox 文件的过程如图5.4 所示。其查找过程说明如下:

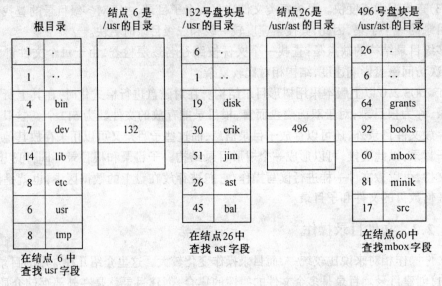

图 5.4 查找/usr/ast/mbox 的步骤

首先,系统应先读入第一个文件分量名 usr,用它与根目录文件(或当前目录文件)中各目录项中的文件名顺序地进行比较,从中找到匹配者,并得到匹配项的索引结点号 6,再从 6 号索引结点中得知 usr 目录文件放在 132 号盘块中,将该盘块内容读入主存。

接着,系统再将路径名中的第二个分量名 ast 读入,用它与放在 132 号盘块中的第二级目录文件名中各目录项的文件名顺序进行比较,又找到匹配项,从中得到 ast 的目录文件放在 26 号索引节点中,再从 26 号索引节点中得知/usr/ast 是存放在 496 号盘块中,再读入 496 号盘块。

然后,系统又将该文件的第三分量名 mbox 读入,用它与第三级目录文件/usr/ast 中各目录项中的文件名进行比较,最后得到/usr/ast/mbox 的索引结点号为 60,即在 60 号索引结点中存放了指定文件的物理地址。目录查询操作到此结束。如果在顺序查找过程中,发现有一个文件分量名未能找到,则应停止查找,并返回"文件未找到"信息。

2.哈希表算法

采用哈希表(Hash)算法时,目录项信息存储在一个哈希表中。进行目录搜索时,首先根据文件名来计算一个哈希值,然后得到一个指向表中文件的指针,即搜索的时间消耗与目录项的数量无关。这样该算法就可以大幅度地减少目录搜索时间,插入和删除目录项都很简单。哈希表的主要难点是选择合适的哈希表长度与适当的哈希函数,否则目录项冲突的情况增多,即两个文件名返回的哈希值一样的情形,搜索的效率又将退化为线性表算法时的效率。哈希表算法的逻辑过程如图 5.5 所示。

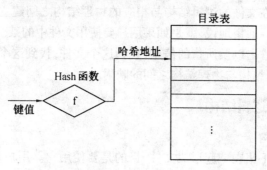

图 5.5　哈希表算法的逻辑过程

3.其他算法

除了以上方法外,还可以采用其他数据结构,如 B + 树。NTFS 文件系统就使用了 B + 树来存储大目录的索引信息。B + 树数据结构是一种平衡树。对于存储在磁盘上的数据来说,平衡树是一种理想的分类组成方式,这是因为它可以使得查找一个数据项所需的磁盘访问次数减到最少。B + 树的逻辑形式如图 5.6 所示,图中各结点中的数字表示由文件名确定的键值。在 B + 树中有两个头指针,一个为树形结构的根指针 root,一个为线性结构的头指针 sqt,在查找时既可沿 root 进行树形分支查找,也可以沿 sqt 进行线性查找。

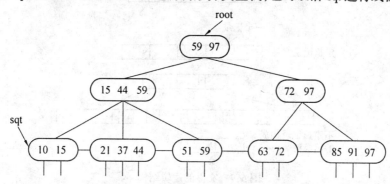

图 5.6　B + 树组织文件的逻辑形式

由于使用 B + 树存储文件,文件按顺序排列,所以可以快速查找目录,并且可以快速返回已经排好序的文件名。同时,因为 B + 树是向宽度扩展而不是深度扩展,NTFS 的目录检索时间不会随着目录的增大而增加。

5.3　文件的组织结构

所谓文件的组织结构,是指以什么样的形式去组织一个文件。用户总是从使用的角度出发去组织文件,而系统则总是从存储的角度出发去组织文件。因此,文件的组织结构有文件的逻辑结构(File Logical Structure)和文件的物理结构(File Physical Structure)两种。前者是从用户的观点出发组织的文件,所看到的是独立于文件物理特性的文件组织形式,是用户可以直接处理的数据及其结构,被称为文件的"逻辑结构";而后者则是从系统存储角度组织的文件,是文件在辅存上具体的存储结构,被称为文件的"物理结构"。文件系统的主要功能之一就是在文件的逻辑结构与相应的物理结构之间建立起一种映射关系,并实现两者之间的转换。通俗地说,就是如果用户要使用文件中的某个信息,那么系统就必须根据用户给出的文件名以及所指的信息,找到这个文件,找到这个文件里的那个信息。"找到",就是进行逻辑结构与物理结构之间的映射。

5.3.1　文件的逻辑结构

1.文件的逻辑结构

用户把数据信息汇集在一起形成文件,目的是要使用它。用户总是从使用方便的角度去组织自己的文件的,这样组织出来的文件。所谓文件的逻辑结构,就是从用户观点出发所见到的文件结构。一个文件的逻辑结构,就是该文件在用户面前呈现的结构形式。

文件逻辑结构是一种经过抽象的结构,所描述的是信息项在文件中的组织形式。如上面文件的分类所述,按照文件的逻辑结构分类,可以把文件分为流式文件和记录式文件两种。这就是说,文件的逻辑结构有两类,即流式和记录式;其中记录式又分为定长记录文件和不定长记录两种;不定长记录文件可以构成记录树,如图 5.7 所示。

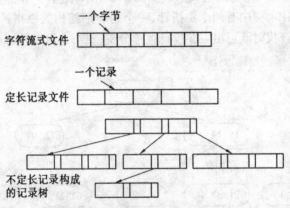

图 5.7　文件的逻辑结构

下面具体介绍字符流式文件和记录式文件。

(1)流式文件。如果把文件视为有序的字符集合,在其内部不再对信息进行组织划分,那么这种文件的逻辑结构被称为"流式文件"。在流式文件中,构成文件的基本单位是字符,流式文件是有序字符的集合,其长度为该文件所包含的字符个数,所以又称为字符流文件。流式文件无结构,用户可以方便地对其进行操作。源程序、目标代码等文件都属于流式文件。UNIX类系统采用的是流式文件结构。

对操作系统而言,字符流文件就是一个个的字节,管理简单,其内在含义由使用该文件的程序自行理解,因此,提供了很大的灵活性。

(2)记录式文件。如果用户把文件信息划分成一个个记录,存取时以记录为单位进行,那么这种文件的逻辑结构称为"记录式文件"。在记录式文件中,构成文件的基本单位是记录,记录文件是一组有序记录的集合。

记录是一个具有特定意义的信息单位,它由该记录在文件中的逻辑地址(相对位置)与记录名所对应的一主键、属性及其属性值所组成,可按键进行查找。在这种文件中,用户为每个记录顺序编号,称为"记录号"。记录号一般从 0 开始,因此有记录 0、记录 1、记录 2,……,记录 n。出现在用户文件中的记录称为"逻辑记录"。每个记录由若干个数据项组成。表 5.1 给出了一个具体文件的逻辑结构形式,它的每一个记录包含:"学号"、"姓名"、"班级"和"各科成绩"(其中又分"外语"、"数学"、"操作系统"等课程)各数据项。在记录式文件中,总要有一个数据项能够唯一地标识记录,以便对记录加以区分。文件中的这种数据项被称为主关键字或主键。比如,表 5.1 中的"学号"就是该文件的主关键字。要查找文件中的某个记录时,只要按主键字去搜索。

表 5.1　一个文件的逻辑结构示例

记录号	学号	姓名	班级	各科成绩			
				外语	数学	操作系统	…
0	981001	秦城冰	980701	86	93	90	…
1	981002	李伟业	980701	99	76	85	…
2	981003	袁中春	980701	77	94	85	…
⋮	⋮	⋮	⋮	⋮	⋮	⋮	⋮

记录式文件可分为定长记录文件和不定长记录文件两种。定长记录文件中各个记录长度相等,如表 5.1 所示就是定长记录文件;定长记录文件在检索时,可以根据记录号 i 及记录长度 L 就可以确定该记录的逻辑地址。不定长记录文件中各个记录长度不等,在查找时,必须从第一个记录起一个记录、一个记录地查找,直到找到所需的记录。

通常,用户是按照他的特定需要设计数据项、逻辑记录和逻辑文件的。虽然用户并不要了解文件的存储结构,但是他应该考虑到各种可能的数据表示法,考虑到数据处理的简易性、有效性和扩充性,考虑到某种类型数据的检索方法。因为对于用户的某种应用来说,一种类型的表示和组织方法可能比另一种更为合适,所以在设计逻辑文件时,应该考虑到下列诸因素:

(1)如果文件信息经常要增、删、改,那么,便要求能方便地添加数据项到逻辑记录中,添加逻辑记录到逻辑文件中,否则可能重新组织整个文件。

(2)数据项的数据表示法主要取决于数据的用法。例如,大多数是数值计算,只有少量作字符处理,则数据项以十进制数或二进制数的算术表示为宜。

(3)数据项的数据应有最普遍的使用形式。例如,数据项"性别",可用 1 表示男性,2 表示女性。在显示性别这一项时,需要把 1 转换成男性,2 转换成女性。如果性别采用西文的"M",和"F"或者中文的"男"和"女"分别表示男性和女性时,这种转换是不需要的。

(4)依赖于计算机的数据表示法不能被不同的计算机处理,但是字符串数据在两个计算机系统之间作数据交换时,是最容易的数据表示法。因而,这类应用尽可能采用字符串数据。

(5)所采用的高级程序设计语言,能不能支持所有的数据表示法。

2.设计文件的逻辑结构的原则

在文件系统设计时,选择何种逻辑结构才能更有利于用户对文件信息的操作呢?这里,我们列出通常情况下设计文件的逻辑结构应遵循的一些设计原则:

(1)易于操作。用户对文件的操作是经常的,而且是大量的。因此,文件系统提供给用户的对文件的操作手段应当方便,以使用户易学易用。

(2)查找快捷。用户经常需要进行对文件的查找或对文件内信息的查找,因此,设计的文件逻辑结构应简洁,以使用户在尽可能短时间内完成查找。

(3)修改方便。当用户需要对文件信息进行修改时,给定的逻辑结构应使文件系统尽可能少变动文件中的记录或基本信息单位。

(4)空间紧凑。应使文件的信息占据尽可能小的存储空间。

显然,对于字符流的无结构文件来说,查找文件中的基本信息单位,例如某个单词,是比较困难的。但反过来,字符流的无结构文件管理简单,用户可以方便地对其进行操作。所以,对基本信息单位操作不多的文件较适于采用字符流的无结构方式,例如,源程序文件、目标代码文件等。

5.3.2 文件的物理结构

文件系统往往根据存储设备类型、存取要求、记录使用频度和存储空间容量等因素提供若干种文件存储结构。用户看到的是逻辑文件,处理的是逻辑记录,按照逻辑文件形式去存储,检索和加工有关的文件信息,也就是说数据的逻辑结构和组织是面向应用程序的。然而,这种逻辑上的文件总得以不同方式保存到物理存储设备的存储介质上去,所以,文件的物理结构和组织是指逻辑文件在物理存储空间中的存放方法和组织关系。这时,文件被看做为物理文件,即相关物理块的集合。文件的存储结构涉及块的划分、记录的排列、索引的组织、信息的搜索等许多问题。因而,其优劣直接影响文件系统的性能。

有两类方法可用来构造文件的物理结构。第一类称计算法,其实现原理是:设计一个映射算法,例如线性计算法、杂凑(哈希)法等,通过对记录键的计算转换成对应的物理块地址,从而找到所需记录。直接寻址文件、计算寻址文件、顺序文件均属此类。计算法的存取效率较高,又不必增加存储空间存放附加控制信息,能把分布范围较广的键均匀地映射到一个存储区域中。第二类称指针法,这类方法设置专门指针,指明相应记录的物理地址或表达各记录之间的关联。索引文件、索引顺序文件、连接文件、倒排文件等均属此类。使用指针的优点是可将文件信息的逻辑次序与在存储介质上的物理排列次序完全分开,便于随机存取,便于更新,能加快存取速度。但使用指针要耗用较多存储空间,大型文件的索引查找要耗用较多处理器时间,所以,究竟采用哪种文件存储结构,必须根据应用目标、响应时间和存储空间等多种因素进行权衡折中。

文件在辅存上可以有三种不同的存放方式:连续存放、链接块存放以及索引表存放。对应地,文件就有三种物理结构,分别叫做文件的顺序结构、链接结构和索引结构,也叫做连续文件、串联文件和索引文件。

1.顺序结构

(1)顺序结构的原理。顺序结构又称连续结构,这是一种最简单的文件物理结构,它把逻辑上连续的文件信息依次存放到辅存连续编号的物理块中。也就是说,如果一个文件长 n 块,并从物理块号 b 开始存放,则该文件占据物理块号 $b,b+1,b+2,\cdots,b+n-1$,如图 5.8 所示。每个文件的目录项指出文件占据的总块数和起始块号即可。连续文件结构的优点是一旦知道了文件在存储设备上的起始地址和文件长度,就能很快地进行存取。这是因为文件逻辑块号到物理块号的变换可以非常简单地完成。

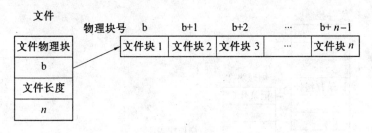

图 5.8　文件的顺序结构

由于这些物理块是连续的,所以这个文件的物理结构被称为顺序结构或连续文件。

(2)顺序结构的优缺点。顺序结构的好处是文件存取非常简单迅速。支持顺序存取和随机存取。

对于顺序存取,顺序结构的存取速度快。例如一个文件从物理块 b 开始,现在要存取该文件的第 i 块,只需存取物理块 $b+i-1$ 即可。对于磁盘来说,在存取物理块 b 后再存取 $b+1$,通常不需要移动磁头,即使需要也仅需移动一个磁道(从一个柱面的最后一个扇区移到下一个柱面的第一个扇区)。这样所需的磁盘寻道次数和寻道时间都是最少的。

顺序结构的缺点是文件不能动态增长。如果文件要动态伸缩,要么需要预留空间,要么需要对文件重新分配和移动。而且,预留空间的问题在于预留多大的空间?文件的创建者(程序或人)如何知道或确定要建立的文件的长度?更一般的情况是,一个输出文件的长度可能是难以确定的。

申请新的空闲空间时,如果该文件长 n 块,必须找到连续的 n 个空闲块,才能存放该文件,相对来说查找速度较慢。有可能出现找不到满足条件的连续的 n 个空闲块的情况,也不利于文件的插入和删除。

另外,随着文件不停地被分配和被删除,空闲空间逐渐被分割为很小的碎片,最终导致出现存储碎片,亦即总空闲数比申请的要多,但却因为不连续而无法分配。

一些早期的微机系统在软盘上采用连续分配。为了预防大量的空间变为存储碎片,系统采用了存储压缩技术。即用户必须运行一个压缩例程将盘上的整个文件系统拷到另一张软盘上,完全释放原盘上的空间,重新建立起一个大的连续空闲空间。然后,这个例程从这个大空间中分配连续空间,将文件拷回原盘。这种压缩技术的代价是时间。

解决上述问题的根本办法是采取不连续分配,下面介绍的分配方式都是不连续分配的。

2. 链接结构

(1)链接结构原理。存储文件的第二种方法是为每个文件构造磁盘块的链表,称为链接结构。使用这种结构的文件将逻辑上连续的文件分散存放在若干不连续的物理块中。

每个物理块都设有一个指针,指向其后续的物理块。

例如,一个文件有四个物理块组成,首块为7,其后依次是9,2,5,如图5.9所示,每块中都包括一个指向下一块的指针。这些指针是不能被用户使用的,甚至不为用户所知。如果每个扇区是512字节,一个盘块地址需要两个字节,则用户看到的块长,即逻辑块长,是510字节。

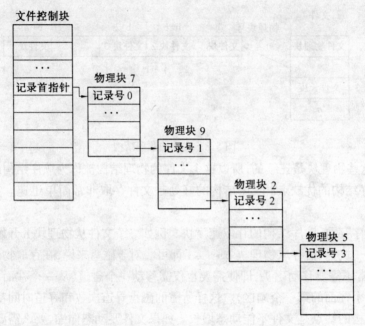

图5.9 文件链接结构

(2)链接结构的优缺点。链接结构的好处是存储碎片问题迎刃而解了,有利于文件动态扩充,有利于文件插入和删除,提高了磁盘空间利用率。

建立文件时,只需在设备目录中建立一个新目录条目,将该条目中的首块指针初始化为空,以说明现在该文件是空的,文件长度初始化为零。文件动态扩充时也很简单,从空闲空间信息中得到一个空闲块,将该块链到文件尾,并改变文件长度值即可。只要还有足够多的空闲块,就可以进行分配,文件可以一直增长。

链接分配算法的主要缺点是:

① 存取速度慢,不适于随机存取。例如,要找到一个文件的第 i 块,必须从该文件的首块开始沿着指针逐块读下去,每读一个指针就要读一个盘块,一共要读 i 块,才能得到文件的第 i 块。

② 磁头移动多,效率相对较低。由于不连续分配,一个文件的所有物理块在盘上是分散分布的。与连续分配相比,访问一个文件需要更多的寻道次数和寻道时间。

③ 存在可靠性问题,如指针出错等问题。链接结构的可靠性问题变得严重起来,如果某一个文件中的某一个盘块中的指针丢了,则该文件中该块后的所有盘块就都读写不到了。指针出问题的原因可能是操作系统软件的一个隐藏错误或磁盘硬件故障,例如读写错了或指针所在的盘面坏了。可以用双向链接,或者在每个块中存储文件名和相对块

号等办法改进。不过这些办法都不能根本解决问题,而且需要耗费更多的空间。

④ 链接指针要占用一定的空间。链接指针需要占用一定的空间。如果块长为 512 字节,指针为 2 字节,则指针占用了 0.39% 的空间。

3. 索引结构

(1)索引结构的原理。如果把每个磁盘块的指针字取出,放在主存的表或索引中,就构成文件的第三种物理结构,即索引结构。将每个文件的所有物理块的地址集中存放在称为索引表的数据结构中。其中的第 i 个条目指向文件的第 i 块。每个文件相应的目录条目中包括该文件的索引表地址,如图 5.10 所示。要读文件的第 i 块,只需从索引表的第 i 个条目中得到该块的地址就可读了。

建立文件时,索引表中的所有指针置空。当文件的第 i 块第一次被写时,从空闲空间信息中随意得到一个空闲块,将该块地址写入索引表的第 i 个条目。

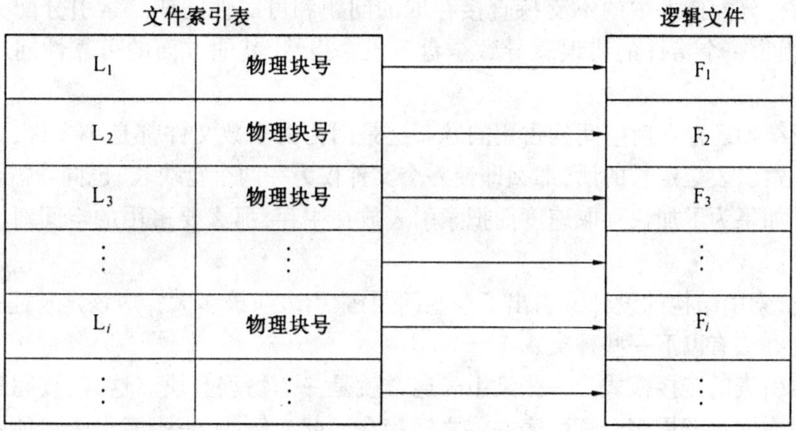

文件索引表		逻辑文件
L_1	物理块号	F_1
L_2	物理块号	F_2
L_3	物理块号	F_3
⋮	⋮	⋮
L_i	物理块号	F_i
⋮	⋮	⋮

图 5.10　索引文件结构

(2)索引文件结构的优缺点。索引文件结构保持了链接结构的优点,又解决了其缺点,其优点表现为:

① 索引结构文件既适于顺序存取,也适用于随机存取。这是因为有关逻辑块号和物理块号的信息全部保存在了一个集中的索引表中,而不是像链接文件结构那样分散在各个物理块中。

② 索引文件可以满足文件动态增长的要求,也满足了文件插入、删除的要求。

③ 索引文件还能充分利用辅存空间。

索引结构也存在一些缺点,比如较多的寻道次数和寻道时间,以及索引表本身增加了存储空间的开销等。

显然,如果文件很大,它的文件索引表也就较大。如果索引表的大小超过了一个物理块,那么必须决定索引表的物理存放方式。

(3)索引表的设计问题。如果索引表采用顺序结构存放,不利于索引表的动态增加。如果采用链接文件结构存放索引表,会增加访问索引表的时间开销。较好的一种解决办法是采用间接索引,也称多重索引。间接索引是指当对应逻辑文件较大,即所需物理块较多时,索引表表项所指的物理块中不存放文件信息,而是存放装有这些信息的物理块地址。这样就产生一级间接索引，我们还可以进行类似的扩充，即二级间接索引等。显然多重索引会降低文件的存取速度。

其实，大多数文件是不需要进行多重索引的。在文件较短时，可利用直接寻址方式找到物理块号而节省存取时间。在实际的文件系统中，有一种做法是把索引表的头几项设计成直接寻址方式，也就是这几项所指向的物理块中存放的就是文件信息；而索引表的后几项设计成多重索引，也就是间接寻址方式。

在索引结构文件中要存取文件时，需要至少访问存储设备二次以上。其中，一次是访问索引表；另一次是根据索引表访问在存储设备上的文件信息。这样势必降低了对文件的存取速度。一种改进的方法是，当对某个文件进行操作之前，系统预先把索引表放入主存。

索引结构分配技术保持了链接结构分配技术的优点，如没有存储碎片等，同时又解决了链接结构分配技术中的不支持直接存取的问题和可靠性问题。索引分配支持直接存取，不会因为一个指针的错误就导致全盘覆没。当然，其他方面的可靠性问题还是存在的。

索引结构还存在对空间的占用问题。这是因为大多数文件都是小文件，如果一个文件系统中索引表是定长的话，那么即使一个文件仅为一两个盘块长，也同样需要整个一张索引表。如果为了加快存取速度而把索引表放在主存，那么要占用的空间对主存来说是非常大的。

因此，索引结构的设计又引出了一些问题：索引表应该多大？应该定长还是变长？解决问题的办法有以下一些种类：

①索引表的链接模式。一张索引表通常就是一个物理盘块。这样，读写索引表比较简单。对大文件就用多个索引表并将之链接在一起。例如，一张索引表可能包括一个小小的块头指出文件名和一组前 N 个盘块的地址，最后一个地址是空（对于小文件）或是一个指向下一个索引表的指针（对于大文件）。这种模式下存取到文件尾部将需要读取所有索引表，对于大文件来说这可能需要读很多块。

②多重索引。这是上述索引表链接模式的一种改进，将一个大文件的所有索引表（二级索引）的地址放在另一个索引表（一级索引）中。这样，要存取文件中的某一块，操作系统使用一级索引找到二级索引，再用后者找到所要的数据盘块。这个方法可以扩展为三级索引或四级索引。如果一张索引表可放 256 个盘块地址指针，则两级索引允许文件可多达 65 536 个数据盘块。如果一个盘块大小为 1 KB，则这意味着文件最大长度为 67 108 864字节（64 MB）。

5.3.3 文件的存储

目前大量使用的文件存储介质是磁带和磁盘，在微型机上多数采用硬盘、光盘、U 盘及软盘。一盘磁带、一张软盘、一个磁盘或磁盘组都可以称为一卷。卷是存储介质的物理单位。对于磁带机和可卸盘组磁盘机等设备而言，由于存储介质与存储设备可以分离，所以，物理卷和物理设备不总是一致的，不能混为一谈。一个卷上可以保存一个文件或多个文件，即单文件卷和多文件卷，也可以一个文件保存在多个卷上或多个文件保存在多个卷上,即多卷文件和多卷多文件。

块是存储介质上连续信息所组成的一个区域,也叫做物理记录。块是主存储器和辅助存储设备进行信息交换的物理单位,每次总是交换一块或多块信息。决定块的大小要考虑到用户使用方式、数据传输效率和存储设备类型等多种因素。不同类型的存储介质,块的大小常常各不相同;对同一类型的存储介质,块的大小也可以不同。有些外围设备由于启停机械动作的要求或识别不同块的特殊需要,两个相邻块之间必须留有间隙。间隙是块之间不记录用户代码信息的区域。

文件的存储结构密切地依赖于存储设备的物理特性,下面介绍两类不同的文件存储设备。

1. 顺序存取存储设备

顺序存取存储设备是严格依赖信息的物理位置进行定位和读写的存储设备,所以,从存取一个信息块到存取另一个信息块要花费较多的时间。磁带机是最常用的一种顺序存取存储设备,由于它具有存储容量大、稳定可靠、卷可装卸和便于保存等优点,已被广泛用作存档的文件存储设备。

磁带的一个突出优点是物理块长的变化范围较大,块可以很小,也可以很大,原则上没有限制。为了保证可靠性,块长取适中较好,过小时不易区别是干扰还是记录信息,过大对产生的误码就难以发现和校正。

磁带上的物理块没有确定的物理地址,而是由它在带上的物理位置来标识。例如磁头在磁带的始端,为了读出第 100 块上的记录信息,必须正向引带走过前面 99 块。对于磁带机,除了读/写一块物理记录的通道命令外,通常还有辅助命令,如反读、前跳、后退和反绕等,以实现多种灵活的控制。为了便于对带上物理块的分组和标识,有一个称作"带标"的特殊记录块,只有使用"写带标"命令才能改写。在执行读出、前跳和后退时,如果磁头遇到带标,硬件能产生设备特殊中断,通知操作系统进行相应处理。

2. 直接存取存储设备

磁盘是一种直接存取存储设备,又叫随机存取存储设备。它的每个物理记录有确定的位置和唯一的地址,存取任何一个物理块所需的时间几乎不依赖于此信息的位置。目前多数使用活动臂磁盘,除盘组的上下两个盘面不用外,其他盘面用于存储数据。每个盘面有一个读写磁头,所有的读写磁头都固定在唯一的移动臂上同时移动。在盘面上的读写磁头轨迹称磁道,在磁头位置下的所有磁道组成的圆柱体称柱面,一个磁道又可被划分成一个或多个物理块。以常用的 IBM 3375 型移动臂磁盘机为例,典型技术指标为:一个盘组共 7 个盘片;柱面数 959 个,磁头数 12 个;盘组转速每分钟 2 400 转;移动臂最大定位时间 20.2 ms;磁道最大存储容量 35 616 字节。每个磁盘组为双驱动器,因而,一个盘组总存储容量约 800 M 字节。

文件的信息通常不是记录在同一盘面的各个磁道上,而是记录在同一柱面的不同磁道上,这样可使移动臂的移动次数减少,从而缩短存取信息的时间。为了访问磁盘上的一个物理记录,必须给出 3 个参数:柱面号、磁头号、块号。磁盘机根据柱面号控制移动臂作机械的横向移动,带动读写磁头到达指定柱面,这个动作较慢,一般称作"查找时间",平均需 20 ms 左右。下一步从磁头号可以确定数据所在的盘面,然后等待被访问的信息块旋转到读写头下时,按块号进行存取,这段等待时间称为"搜索延迟",平均要 10 ms。磁盘机实现这些操作的通道命令是:查找、搜索、转移和读写。

5.4 文件存储空间管理

文件存储空间是系统与多个用户共享的。用户对文件只要求按名存取,至于文件在辅存上具体的存放位置、存取如何实现,用户概不关心。这些方面都是由文件存储管理模块来统一管理的。系统将辅存空间分成若干个大小相等的物理块,以块为单位来交换信息。当一个新文件要写入时,需要在辅存空间找出一系列块号连续或不连续的空闲块以供分配。因此,需要对辅存的物理块进行管理,建立空闲块管理表,标出哪些是空块,哪些块正在使用,以便进行分配和回收。

辅存上记录信息的基本单位是块。块是辅存设备与主存之间进行信息交换的物理单位,每次总是把一块或几块(整数块)信息读入主存储区,或是把主存中数据写到一块或几块中。划分块大小应根据用户要求、存储设备类型、信息传输效率等多种因素来考虑。不同类型的存储介质,块的长度往往各不相同;对同一类型的存储介质,块的长度也可以不同。

例如,磁带上块的大小可以根据用户的要求划分,块长的变化范围可以很大,原则上没有限制,但是为了保证可靠性,块的长度应适中。块长过小时不易区分干扰信息,块长过大时对产生的误码难以发现和校正。一般来说,磁带上的分块长度为 10 ~ 32 768 B。对硬盘来说,物理地址是[柱面号,磁头号,扇区号]的形式,文件存取时按照磁盘本身特性,通常以一个或几个连续的扇区为一个盘块,现代操作系统一般以 512 ~ 4 096 B 为一块。

鉴于硬盘是目前系统中最常用的文件存储器,下面主要讨论硬盘上的文件空间管理。硬盘上的一个块,习惯称之为"磁盘块"或"盘块"。盘块的分配和回收,实际上主要是一个空闲块的组织和管理问题。下面介绍 3 种常见的空闲块管理方法。

5.4.1 空闲区表法

磁盘上连续的空闲盘块组成一个"空闲区",系统为磁盘上所有的空闲区建立一张"空闲区表",每个空闲区对应一个表项。每个表项应说明它的序号、包括的空闲块个数、第一个空闲块的块号等信息,再将所有空闲区按其起始块号递增的次序排列,见表 5.2。

表 5.2 空闲区表

区号	总块号	起始块号	状态
0	2	1	空闲
1	1	4	占用
2	2	7	空闲
⋮	⋮	⋮	⋮

任何时刻,空闲区表都记录下当前磁盘空间内可以使用的所有空闲块信息。当有文件请求分配存储空间时,系统依次扫描空闲区表,找到一个状态"空闲",且大小满足需求的空闲区进行分配,将首盘块地址和盘块数登记到文件的 FCB,并修改空闲区表的状态为"占用"。当用户撤销一个文件时,系统回收文件空间,扫描空闲区表,将释放的空闲区块按物理顺序插入表中,合并相邻空闲块,并将状态修改为"空闲"。

用空闲区表管理辅存空间,有点类似于主存的可变分区管理。值得说明的是,主存很少采用连续分配方式,但是在辅存管理上,由于它具有较高的访问速度,可减少访问磁盘的次数,所以在诸多分配方式中仍占有一席之地。

5.4.2　空闲块链表法

所谓空闲块链,就是将文件存储空间中所有空闲块顺序链接在一起,形成一个链表;链表中的每一结点记录一个空闲块的物理块号,同时记录下一空闲块的指针,这个由空闲块组成的链表称为"空闲块链表"。系统要增设一个空闲块链首指针,链表最后一个空闲块中的指针应该表明为结束,比如记为"−1"。在前面所说的文件物理结构中,串联文件就是这样组织的,只是现在的空闲块链中,每一块中没有实用的信息罢了,因此,有时也把磁盘空闲块链称为"空白串联文件"。使用这种管理方法,只要给出链首地址,就能查找到文件存储空间中所有的空闲块。

当有文件申请存储空间时,从链首依次取消一块或几块进行分配,并将分配的块号记入文件的索引文件、FCB 或 FAT 等结构;当有文件撤销时,将回收的空闲块插入到链中。链接顺序因系统而异,有的按空闲块的物理地址,有的按释放的先后顺序。盘块的分配和回收过程,都要通过查找和修改这个链表来实现。

使用空闲块链表的方法管理文件存储空间,查找速度比较慢。这是因为这个链存于辅存,需得到链接指针时,必须将之读入主存,每当在链上移去(分配)或插入(回收)空闲块时,需要做很多 I/O 操作,降低了整个系统的效率。

5.4.3　位图法

系统划出若干字节,为每个文件存储设备建立一张位图,位图中的一个位(bit)对应文件存储空间的一个物理块。若该位为 1,表示对应的块被占用,若该位为 0,表示对应物理块空闲。在进行存储空间的分配和回收时,只需要找到位图中相应的位,将 0 改为 1(分配)或将 1 改为 0(回收)即可。位图的大小由其对应的文件存储设备的容量决定。

根据位图进行盘块分配时,系统处理过程为:

(1)顺序扫描位图,从中找出一个或一组值为 0 的二进制位。

(2)将二进制位的字号(行号 i)、位号(列号 j)转换成对应的盘块号 b(假设字号 i、位号 j、盘块号 b 取值均从 0 开始)

$$b = iL + j（L 为字长,即每行的位数）$$

(3)将分配的块地址记入文件的 FCB,修改位图,将对应位置为 1。

根据位图对盘块进行回收时,系统处理过程为:

(1)将回收的盘块号转换成位图中的字号和位号(假设字号 i、位号 j、盘块号 b 取值

均从 0 开始)

$$i = b \text{ DIV } L （\text{DIV 表示整除}）$$
$$j = b \text{ MOD } L （\text{MOD 表示求余}）$$

(2)修改位图,将对应位置为 0。采用空闲区表法和空闲块链法进行存储空间的分配和回收,都需在文件存储区中查找空闲区表项或链接块号,必须启动外设通过 I/O 才能完成。采用位图法,由于位图占用空间很少,因而可将它保存在主存中,所以提高了空闲块的分配和回收的速度。

当用户要建立一个文件时,通过命令提出建立文件的要求,并给出文件名,文件管理系统就会自动检查是否重名,若重名,返回出错信息提示另给一个文件名;没有重名,文件管理系统给该文件建立 FCB,并根据辅存使用情况,找到合适的空闲块,将块号填入 FCB,将文件的 FCB 及文件体存放到辅存上。当用户要撤销一个文件时,只需通过命令提出撤销要求,并给出要撤销的文件名,文件管理系统就会自动地从目录中找到该文件的 FCB,将它从目录中清除,并把它占用的各个物理块标为空闲。

通过上述空闲块管理方法,文件管理系统可以自动找出合适的空闲块装入文件信息,直到整个文件存储空间装满为止,也可以将用户指定的文件从辅存上删除,而用户不需要了解辅存使用情况,也不必关心文件的具体存放位置、文件所需空间的分配方法等。

由此可以看出,文件存储空间的管理是文件管理系统的重要任务之一,有效地进行文件存储空间的管理,才能保证多个用户共享文件存储器,提高存储空间的利用率。

5.5 文件的共享、保护与保密

系统中的某些文件是提供给多个用户共享的,如编译程序文件、库函数文件等;有时一个项目组与开发项目过程中所形成的一些文档,也是供组内成员共享的,称这类文件为"共享文件"。文件管理系统应该提供一定的手段,使不同用户能通过不同的方式访问同一文件。这样,共享文件只在辅存上存放一个副本就可以了。

但是,文件的共享与安全有时是矛盾的。每一个用户都希望自己的文件能安全存放、快速存取,并且不被破坏,也不被非法窃取。这就需要文件管理系统在提供共享手段的同时,也提供一定的保护和保密措施。文件管理系统只有解决好文件的共享、保护与保密 3 个方面的问题,才能得到用户的信赖。

5.5.1 文件共享

文件共享是指一个文件可以让指定的某些用户共同使用。文件的共享不仅是不同用户完成共同任务时所必需的,而且还可以节省大量的存储空间,免除系统复制文件的重复性工作,减少访问辅存的次数。文件共享有两种形式:静态共享和动态共享。

静态共享,是多个用户通过信息文件指针的链接实现的。在多级目录管理中,这种共享是容易实现的。比如,用户 A 和用户 B 虽然使用不同的目录和不同的文件名,但在其FCB 中的物理地址是相同的,都指向文件存储空间中相同的一块信息,从而实现了不同用户的文件共享。

动态共享,是指系统中不同的用户或同一用户的不同进程并发地访问同一文件。这种共享关系只有当用户进程存在时才可能存在,一旦用户进程消亡,其共享关系也就自动消失。

共享文件的使用有两种情况:

(1)不允许同时使用。任何时刻只允许一个用户使用共享文件,即不允许两个或两个以上的用户同时打开一个文件。一个用户打开共享文件后,待使用结束关闭文件后,才允许另一个用户打开该文件。

(2)允许同时使用。允许多个用户同时使用共享文件,但系统必须实现对共享文件的同步控制。一般来讲,允许多个用户同时读共享文件,但不允许多个用户同时写共享文件,也不允许读者和写者同时使用共享文件,以保证文件信息的完整性。

1.静态文件共享

下面介绍 3 种实现文件静态共享的方法:绕弯路法、基于基本目录共享法和基于符号链共享法。

(1)绕弯路法。绕弯路法是早期操作系统采用的一种文件共享方法。在该方法中,每个用户有一"当前目录",用户的所有操作都是相对于这个当前目录的。若用户希望共享的文件在当前目录下,则查当前目录表即可得到文件的辅存地址,对文件进行访问;若不在当前目录下,则要通过一个"绕弯子"的路径,以查找文件的辅存地址。

比如,从当前目录出发"向上"访问其上一级目录表,从中得到共享文件所在的子目录。读出子目录进一步查找,如此一级级地查到文件所在目录表,最终获得其辅存地址。

(2)基于基本目录共享法。在文件管理系统中设置一个基本文件目录(BFD,Based File Directory),结构如图 5.8 所示。

每一个目录项对应一个文件(目录表也作为文件统一管理),记录文件的唯一标识 ID(整数)、文件的存取控制和管理信息、文件的物理地址等。其中,ID = 0 对应的是 BFD 文件;ID = 1 对应的是空闲文件目录(FFD, Free File Directory)文件;ID = 2 对应的是主文件目录(MFD, Master File Directory)文件,记录用户名及用户的 SFD 地址;ID = 3,4 分别对应两个用户的符号文件目录(SFD, Symbol File Directory)文件,记录属于某一用户的文件的符号名和 ID;其他的每个表项就对应一个一般的文件了。

在图 5.11 中,用户 Zhao 的文件 ab.exe 和用户 Wang 的文件 tt.ppt 在 BFD 中实际都对应了一个表项,它们都对应 ID 为 7 的同一个物理文件,这就是个共享文件。如果还有别的用户共享它,在其 SFD 中加上 ID 为 7 的表项即可。

(3)基于符号链共享法

这是在网络系统中常用的文件共享方法。用户 Wang 要共享用户 Zhang 的文件 file1,系统不是直接让 Wang 的目录项指向文件 file1 的索引结点,而是由系统创建一个 LINK 型的新文件 file1′,其内容是 file1 的路径名(包括网络地址和文件在本机上的路径)。当用户 Wang 发出访问该共享文件的请求去读 file1′时,操作系统将根据文件内容访问 file1,实现文件的共享。

这种共享方法不会出现"悬空指针",因为不管有多少用户通过符号链共享了文件 file1,只有文件主的目录项拥有指向 file1 索引结点的指针。但是,众多的 LINK 文件虽然

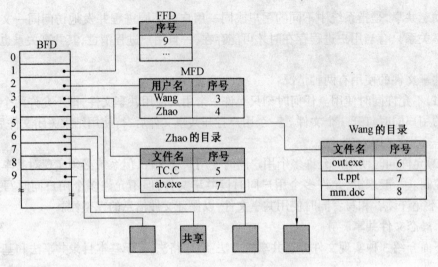

图 5.11　基于基本目录的文件共享

内容简单,但都各有自己的索引结点,加大了存储空间的开销。因此,这种共享方法在单机系统中不适用,但用于网络系统就很方便。

2.动态文件共享

文件在目录结构中的共享是一种静态的共享。当多个用户同时打开某一文件对其访问时,将在主存中建立打开文件结构,这时的共享成为打开文件结构的共享,这是一种动态的共享。文件管理系统中的打开文件结构由 3 个部分组成:进程打开文件表、系统打开文件表和文件的主存索引结点 inode。文件的类型、长度、时间、所有者和文件所在盘块号等信息都存放在主存索引结点中。

(1)进程打开文件表。每个进程都有一个进程打开文件表,其中每一项是一个指针,指向系统打开文件表。

(2)系统打开文件表。也叫打开文件控制块,进程打开每一个文件都对应系统打开文件表中的一个表项,表项中记录:

f_count:其值是指向该表项的进程数。

f_inode:指向文件主存索引结点 inode 的指针。

(3)文件的主存索引结点。f_count 的值是指向该索引节点的指针数 。

父进程创建子进程时,除状态、标识以及时间有关的少数控制项外,子进程基本上复制父进程的所有信息。子进程被创建后将拥有自己的进程打开文件表,其中的内容是复制父进程的。这时,对于父进程打开的所有文件,子进程都可以使用。也即是说,子进程与父进程共享父进程所打开的文件。在此以后,父、子进程可以并行运行,它们还可以各自独立地打开文件,但这些各自独立打开的文件不能共享。在图 5.12 所示的例子中,子进程 Son 从父进程 Fat 共享了两个继承过来的打开文件。之后父、子进程又各自打开一个文件,这两个文件就不能共享了。

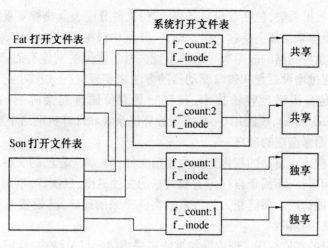

图 5.12　打开文件结构

5.5.2　文件保护

为了确保文件的安全,文件管理系统必须提供一定的保护与保密措施。文件保护是指防止硬件偶然故障或人为破坏所引起文件信息丢失。针对造成文件破坏的原因不同,系统采取的保护措施也有所不同。

1.防止系统故障造成的破坏

系统偶尔发生软件、硬件故障是难以避免的,当故障发生时,文件管理系统应提供一定的措施使文件尽可能地不被破坏。常用的措施如下:

(1)定时转储。定时转储即每隔一定的时间就把文件信息转储到其他介质上。当系统发生故障时,利用转储的文件,可把文件恢复到发生故障前某一时刻的状态。这样,仅丢失了自上次转储以来新修改或增加的内容。目前,很多操作系统(如 UNIX、Linux、Windows等)都采取了这种文件保护措施。

(2)建立副本。建立副本即把同一个文件重复存储到多个(种)存储介质上。当对某个存储介质保管不善而造成信息丢失时,或当某类存储设备故障而读不出文件时,就可用其他存储介质上备用的副本来替换。这种方法实现简单,但需占用很大的存储空间,且系统更新时需考虑同一文件多个副本之间数据一致性的问题。因此,这种方法一般用于小且极为重要的文件。

(3)后备系统。采用专门的大容量存储器作为后备存储器,如磁带机、磁盘机、光盘机等,将系统中大部分的数据进行备份,且每隔一定的时间重新进行一次备份。对安全性要求较高的大型系统和专用系统,一般都配备这样的后备系统。

(4)磁盘容错技术。磁盘是操作系统中使用最普遍的一种文件存储器,有时也会发生故障,从而影响文件读/写。比如有时磁盘表面部分区域磁性自然散失或不慎损坏,只是部分文件信息丢失;若是磁盘或驱动器故障,甚至会导致全部文件均遭破坏。磁盘容错(SFT, System Fault Tolerance)就是通过设置系统冗余部分的方法来提供文件保护。

SFT 分为三级容错措施。SFT－Ⅰ是低级磁盘容错技术,主要用于防止因磁盘表面发生缺陷所引起的数据丢失,包括双份目录表、双份文件分配表及热修复重定向和写后读校验等措施,现代操作系统都支持这一级。SFT－Ⅱ是中级磁盘容错措施,主要用于防止由磁盘驱动器和磁盘控制器的故障所导致的系统失常。常见的措施有磁盘镜像、磁盘双工等技术,也可以通过增设磁盘和磁盘驱动器的方法来实现,这一级多用于小、中型计算机系统。SFT－Ⅲ是高级磁盘容错技术,典型的是廉价磁盘冗余阵列(RAID,Redundant Arrays of Inexpensive Disk),广泛用于大、中型计算机系统和计算机网络中。

2.防止人为因素造成的破坏

每个用户都应该在自己的权限范围内使用文件,如:属于自己的文件可读、可写、可执行、可设置其访问属性;不属于自己但有权共享的文件只读、只执行;不属于自己且无权共享的文件一概不能访问。要防止人为因素给文件带来的破坏,需设置不同用户对不同目录、不同文件的使用权限。

(1)基于目录的存取权限。现代操作系统多采用树形目录结构,且限定了不同目录的使用权限。只有经过权限核准的用户,才能访问指定目录中的文件和子目录。

(2)基于文件的存取权限。与每个文件相关的用户分成3类:文件主、伙伴和一般用户。文件主是文件的创建者、拥有者;伙伴是指可以共享该文件的一组用户;一般用户是指除文件主、伙伴之外系统中的其他所有用户。

对不同身份的用户,规定对文件不同的使用权限。如:Linux系统中规定用户使用文件的权限是读、写、执行3种,且相互间没有隐含关系。因此,用3位二进制数就能够表示一类用户对某个文件的存取权限,3类用户共需9位二进制数就可以表示他们对这个文件的3种使用权限。当某个用户提出使用某个文件的请求时,系统先检查该用户是文件的哪类用户。通常文件主可对自己的文件执行一切操作。

(3)存取控制矩阵。用户对文件和目录的使用权,可以用一个二维矩阵的形式表示。二维矩阵的一维是所有用户,另一维是所有文件。对应矩阵元素则是用户对文件存取控制权。包括读 R、写 W 和执行 E,如表 5.3 所示。其中√表示允许,×表示禁止。当某个用户提出使用某个文件的请求时,系统按存取控制矩阵进行权限核对,只有在核对相符后才允许使用该文件。

表5.3 存取控制矩阵

文件权限	用户1权限			用户2权限			用户n权限		
	R	W	E	R	W	E	R	W	E
文件 A	√	×	√	√	√	√	√	√	√
文件 B	√	×	√	×	×	×	×	×	√
文件 C	√	√	√	√	√	√	√	√	√
文件 D	√	√	√	√	√	√	√	√	√

存取控制矩阵的方法虽然在概念上比较简单,但是,当文件和用户较多时,存取控制矩阵变得非常庞大,这无论是在占用主存空间的大小上,还是在为使用文件而对矩阵进行扫描的时间开销上都是不合适的。因此,在实现时往往采取某些辅助措施以减少时间和

空间的开销。

　　对文件实时存取控制的一种方法是二级存取控制,第一级,进行对访问者的识别,把用户按某种关系划分为若干组;第二级,进行对操作权限的识别。这样,所有用户组对文件权限的集合就形成了该文件的存取控制,见表 5.4。

表 5.4　二级存取控制

文件权限	系统用户组权限			开发用户组权限			远程用户组权限		
	R	W	E	R	W	E	R	W	E
文件 A	√	√	√	√	√	√	√	×	√
文件 B	√	×	√	×	×	√	×	×	×
文件 C	√	√	√	√	×	√	×	×	√
文件 D	√	√	√	√	×	√	√	×	√

5.5.3　文件保密

　　文件保密是指防止文件未经授权而被非法窃取。文件保护只要求文件信息不被破坏,而文件保密则要求文件不仅不被破坏而且还不能被非法盗用。规定文件的使用权限可以实现文件保护,也可以在一定程度上起到文件保密的作用。但是,文件使用权限可以由用户设定或修改,因而单靠这一方法不足以保障文件安全,下面介绍几种常用的保密措施。

1.设置口令

　　用户建立一个文件时,为其规定一个口令字,并将口令字也记录到文件目录中。当有用户申请使用该文件时,提示用户先给出口令字,文件管理系统进行核对,若与设定相符,则允许使用;否则,拒绝该用户的申请。设置了口令的文件,可以再通过存取控制矩阵来对不同的用户规定不同的访问权限;也可以直接设置不同的口令,对应用户不同的访问权限。

　　通过口令加密,使用方便,管理简单。但是,口令也是存放在文件目录中的,系统操作员容易获得,所以这种保密手段有漏洞可钻,可靠性不高,不适合严格的保密场合。

2.隐藏文件目录

　　把保密文件的文件目录隐藏起来,未经授权的用户不知道也看不到,因而也就不能使用这些文件。系统只能通过专门命令才能隐藏或解除隐藏这些文件目录。

3.加密与解密技术

　　文件加密的原理与电报密码类似。当用户存入文件时,按一定规则将文件信息加以变换,使其内容完全改变,这个过程叫加密。读出文件时,再经解密程序的处理将文件信息恢复原样。未经授权的用户不知道加密规则,即使进入到该文件,也无从得知文件的真正内容。

　　常用的加密方法有私有密钥、共有密钥、数字签名等。这几种文件保密方法比较可靠,安全性比较高。但是文件的存入和读出都要经过加密或解密程序的处理,增加了系统开销,降低了访问速度。

文件安全是系统安全的一个重要方面,有兴趣的同学可参阅有关书籍和资料,进一步了解文件共享、保护和保密等技术。

5.6 文件系统的实现

5.6.1 存取方法

前面已经介绍了文件记录的逻辑结构和物理结构。从用户使用观点来看,数据的逻辑结构仅涉及记录及其逻辑关系,数据独立于物理环境;从系统实现观点来看,数据被排列和存放到物理存储介质上。那么,输入的数据如何存储?要处理的数据如何检索?数据的逻辑结构和数据的物理结构之间怎样接口?谁来完成数据的成组和分解操作?这些都是存取方法的任务。存取方法是操作系统为用户程序提供的使用文件的技术和手段。

在有些系统中,对每种类型的文件仅提供一种存取方法。但像 IBM 系统能支撑许多不同的存取方法,以适应用户的不同需要,因而,存取方法也就成为文件系统中重要的设计问题了。文件类型和存取方法之间存在密切关系,因为,设备的物理特性和文件类型决定了数据的组织,也就在很大程度上决定了能够施加于文件的存取方法。

1.顺序存取

按记录顺序进行读/写操作的存取方法称顺序存取。固定长记录的顺序存取是十分简单的。读操作总是读出文件的下一个记录,同时,自动让文件记录读指针推进,以指向下一次要读出的记录位置。如果文件是可读可写的,再设置一个文件记录写指针,它总指向下一次要写入记录的存放位置,执行写操作时,将一个记录写到文件的当前末端。允许对这种文件进行前跳或后退若干个记录的操作。顺序存取主要用于磁带文件,但也适用于磁盘上的顺序文件。

对于可变长记录的顺序文件,每个记录的长度信息存放于记录前面的一个单元中,它的存取操作分两步进行。读出时,根据读指针值先读出存放记录长度的单元,然后,得到当前记录长后再把当前记录读出,同时,要修改读指针。写入时,则可把记录长度信息连同记录一起写到写指针指向的记录位置,同时,调整写指针值。由于顺序文件是顺序存取的,可采用成组和分解操作来加速文件的输入输出。

2.直接存取

很多应用场合要求以任意次序直接读写某个记录,例如,航空订票系统,把特定航班的所有信息用航班号作标识,存放在某物理块中,用户预订某航班时,需要直接将该航班的信息取出。直接存取方法便适合于这类应用,它通常用于磁盘文件。

为了实现直接存取,一个文件可以看做由顺序编号的物理块组成的,这些块常常被划成等长。作为定位和存取的一个最小单位,如一块为 1 024 字节或 4 096 字节,视系统和应用而定。直接存取文件对读或写块的次序没有限制,用户提供给操作系统的是相对块号,它是相对于文件开始位置的一个位移量,而绝对块号则由系统换算得到。

3. 索引存取

第三种类型的存取是基于索引文件的索引存取方法。由于文件中的记录不按它在文件中的位置，而按它的记录键来编址，所以，用户提供给操作系统记录键后就可查找到所需记录。

通常记录按记录键的某种顺序存放，例如，按代表键的字母先后次序来排列。对于这种文件，除可采用按键存取外，也可以来用顺序存取或直接存取的方法。信息块的地址都可以通过查找记录键而换算出。实际的系统中，大都采用多级索引，以加速记录查找过程。

5.6.2 文件的使用

前面详细讨论了文件的组织和管理，下面从用户使用文件的角度来讨论文件系统。用户通过两类接口与文件系统联系：第一类是与文件有关的操作命令或作业控制语言中与文件有关的语句，例如，UNIX 中的 cat,cd,find,mv,rm,mkdir,rmdir 等，这些构成了必不可少的文件系统的人－机接口。第二类是提供给用户程序使用的文件类广义指令，构成了用户和文件系统的另一个接口。通过这些指令用户能获得文件系统的各种服务。一般地，文件系统提供的基本文件类广义指令有：建立、打开、关闭、撤销、读、写和控制。

1. 建立文件

当用户要求把一批信息作为一个文件存放在文件存储器中时，使用"建立"操作向系统提出建立一个文件的要求。用户使用"建立"广义指令时，通常应提供以下参数：文件名、设备类(号)、文件属性及存取控制信息，如：文件类型、记录大小、保护级别等。

文件系统完成此广义指令的主要工作是：

(1)根据设备类(号)在选中的相应设备上建立一个文件目录，并返回一个用户文件标识，用户在以后的读写操作中可以利用此文件标识。

(2)将文件名及文件属性等数据填入文件目录栏。

(3)调用辅存空间管理程序，为文件分配第一个物理块。

(4)需要时发出装卷信息(如磁带或可卸磁盘组)。

(5)在活动文件表中登记该文件有关信息、文件定位、卷标处理。

在某些操作系统中，可以隐含地执行"建立"操作，即当系统发现有一批信息要写进一个尚未建立的文件中时，就自动先建立文件，完成上述步骤后，接着再写入信息。

2. 打开文件

文件建立之后不能立即使用，要通过"打开"文件操作建立起文件和用户之间的联系。打开文件常常使用显式，即用户使用"打开"广义指令直接向系统提出。大多数系统可以使用隐式。例如，要求访问一个未被打开的文件时，就认为隐含地提出了打开文件的要求。用户打开文件时需要给出文件名和设备类(号)。

文件系统完成此广义指令的主要工作是：

(1)在主存活动文件表中申请一个空项，用于存放该文件的文件目录信息。

(2)根据文件名查找目录文件，将找到的文件目录信息复制到活动文件表占用栏。

(3)若打开的是共享文件，则应有相应处理，如使用共享文件的用户数加 1。

(4)文件定位,卷标处理。

文件打开以后,直至关闭之前,可被反复使用,不必多次打开,这样做能减少查找目录的时间,加快文件存取速度,从而提高文件系统的运行效率。

3.读/写文件

文件打开以后,就可以用读/写广义指令访问文件,调用这两个操作,应给出以下参数:文件名、主存缓冲地址、读写的记录或字节个数;对有些文件类型还要给出读/写起始逻辑记录号。

文件系统完成此广义指令的主要工作是:

(1)按文件名从活动文件表中找到该文件的目录项。

(2)按存取控制说明检查访问的合法性。

(3)根据目录项指出的该文件的逻辑和物理组织方式将逻辑记录号或个数转换成物理块号。

(4)向设备管理程序发 I/O 请求,完成数据交换工作。

4.关闭文件

当一个文件使用完毕后,使用者应关闭文件以便让别的使用者用此文件。关闭文件的要求可以通过显式,直接向系统提出;也可用隐式,例如要求使用同一设备上的另外一个文件时,就可以认为隐含了关闭上次使用过的文件的要求。调用关闭广义指令的参数与打开操作相同。

文件系统完成此操作的主要工作是:

(1)将活动文件表中该文件的"当前使用用户数"减 1;若此值为 0,则撤销此表目。

(2)若活动文件表目内容已被改过,则应先将表目内容写回文件存储器上相应表目中,以使文件目录保持最新状态。

(3)卷定位工作。

5.撤销文件

当一个文件不再需要时,可向系统提出撤销文件,该广义指令所需的参数为文件名和设备类(号)。

撤销文件时,系统要做的主要工作是:

(1)若文件没有关闭,先做关闭工作;若为共享文件,应进行联访处理。

(2)在目录文件中删去相应目录项。

(3)释放文件占用的文件存储空间。

5.6.3　文件操作的执行过程

下面简单介绍文件广义指令的控制和执行过程,即从用户发出文件广义指令开始,进入文件系统,直到存取文件存储器上的信息的实现。这一执行过程大致可以分成下列层次:用户接口、逻辑文件控制子系统、文件保护子系统、物理文件控制子系统和 I/O 控制子系统。

1.用户接口

接受用户发来的文件广义指令,进行必要的语法检查,根据用户对文件的存取要求,转换成统一的内部系统调用,并进入逻辑文件控制子系统。

2. 逻辑文件控制子系统

根据文件名或文件路径名,建立或搜索文件目录,生成或找到相应文件目录项,把有关信息复制到活动文件表中,获得文件内部标识,供后面存取操作使用。此外,根据文件结构和存取方法,把指定的逻辑记录地址转换成相对物理块号和块内相对地址。

3. 文件保护子系统

根据活动文件表相应目录项识别调用者的身份,验证存取权限,判定本次文件操作的合法性。

4. 物理文件控制子系统

根据活动文件表相应目录项中的物理结构信息,将相对块号及块内相对地址转换为文件存储器的物理块号和块内相对地址。本子系统还要负责文件存储空间的分配,若为写操作,则动态地为调用者申请物理块;实现缓冲区信息管理。根据物理块号生成 I/O 控制系统的调用形式。

5. I/O 控制子系统

具体执行 I/O 操作,实现文件信息的存取。

小　结

文件系统的基本功能是实现文件的按名存取,用户不关心文件的物理位置和存储细节。要实现这个功能,文件系统应具备分配和管理文件的存储空间,建立并维护文件目录,提供合适的文件存取方法,实现文件的共享、保护与保密等功能。

为实现按名存取,建立文件名与辅存空间中的物理地址的对应关系,体现这种对应关系的数据结构称为文件目录。把若干文件目录组织在一起,以文件的形式保存在辅存上,以备使用,这就形成了目录文件。目录实现的算法对整个文件系统的效率、性能、可靠性有很大的影响,目前对文件目录通常采用多级(树形)结构管理。

文件的组织结构从两个方面考察:逻辑结构和物理结构。逻辑结构是站在用户角度看到的文件结构,有流式和记录式两种;物理结构是文件在存储器上的存储结构,有顺序结构、链接结构和索引结构。

文件的存储空间可以利用空闲区表、空闲块链表和位图法等方式进行管理。

为保证系统中文件的安全需采取必要的措施。本章介绍了文件的共享、保护和保密。其中共享包括静态和动态共享。文件保护包括防止系统和人为因素的破坏。文件保密包括设置口令、隐藏文件目录和加密解密技术。

文件的存取方式包括顺序存取,直接存取和索引存取。文件系统提供的基本文件类广义指令有:建立、打开、关闭、撤销、读、写和控制。文件操作的执行过程包括:用户接口、逻辑文件控制子系统、文件保护子系统、物理文件控制子系统和 I/O 控制子系统。

习　题

1.什么是文件？它有哪几个重要属性？什么是文件系统？

2.文件通常如何分类？

3.什么是文件目录？什么是文件控制块？文件控制块由哪几部分组成？

4.文件系统有哪几种目录结构,它们的各自的优缺点是什么？

5.文件目录有哪几种操作？

6.文件目录的实现主要有哪几种方法？它们各自的含义是什么？它们的优缺点是什么？

7.什么是文件的逻辑结构和物理结构？

8.按文件的逻辑结构可把文件分成几类？

9.文件有哪几种物理结构？选择文件的物理结构要考虑哪些因素？

10.文件有哪几种常见的存取方式？

11.试简述文件存储管理的三种方法。

12.文件共享有哪几种方式？

13.什么叫文件保护？有哪几种保护措施？试分析它们的优缺点。

14.什么叫文件保密？有哪几种常见的措施？

第 **6** 章

Windows 操作系统

Microsoft 公司成立于 1975 年,到现在已经成为世界上最大的软件公司,其产品覆盖操作系统、编译系统、数据库管理系统、办公自动化软件和因特网支撑软件等各个领域。目前,Windows 已是世界上用户最多、兼容性最强的操作系统。目前个人计算机上 90% 采用的 Windows 操作系统,微软公司几乎垄断了 PC 行业。Windows 之所以如此流行,是因为 Windows 具有吸引人的易用性以及其强大的功能。本章将对 Windows 内部所用的技术进行讨论。

【学习目标】

1. 了解 Windows 操作系统的发展概况。

2. 理解 Windows 操作系统的进程/线程及其管理,存储管理,文件系统与安全以及设备 I/O。

【知识要点】

Windows 操作系统的进程/线程;Windows 操作系统的存储管理;Windows 操作系统的文件系统;Windows 操作系统的设备 I/O。

6.1 Windows 操作系统简介

从 1983 年 11 月 Microsoft 公司宣布 Windows 诞生到今天,Windows 已经成为风靡全球的微机操作系统。本节将介绍 Windows 的发展过程及其各个版本的特点。

6.1.1 Windows 操作系统概况

Microsoft 公司从 1983 年开始研制 Windows 系统,最初的研制目标是在 MS-DOS 的基础上提供一个多任务的图形用户界面。第一个版本的 Windows 1.0 于 1985 年问世,它是一个具有图形用户界面的系统软件。其实,图形化用户界面操作环境的思想并不是 Microsoft 公司率先提出的,Xerox 公司的商用 GUI 系统(1981 年)、Apple 公司的 Lisa(1983 年)和 Macintosh(1984 年)是图形化用户界面操作环境的鼻祖。Microsoft 公司于 1983 年 11 月推出 Windows 计划并正式发布。但是一开始这一产品很不成功,直到 1985 年 11 月产品化的 Windows1.01 版才开始投放市场,1987 年又推出 Windows 2.0,这两个版本基本上没有多少用户。1990 年发布的 Windows 3.0 版对原来系统做了彻底改造,在功能上有了很大扩充,从而赢得了用户;到 1992 年 4 月 Windows 3.1 发布后,Windows 逐步取代 DOS 在全世界流行。

从 Windows 1.x 到 Windows 3.x,系统都必须依靠 DOS 提供的基本硬件管理功能才能工作。因此,从严格意义上来说它还不能算作是一个真正的操作系统,只能称为图形化用户界面操作环境。1995 年 8 月 Microsoft 公司推出了 Windows 95 并放弃开发新的 DOS 版本,Windows 95 能够独立在硬件上运行,是真正的新型操作系统。以后 Microsoft 公司又相继推出了 Windows 97、Windows 98、Windows 98 SE 和 Windows Me(Microsoft Windows Millennium Edition)等后继版本。Windows3.x Windows 9x 都属于家用操作系统范畴,主要运行于个人计算机系列。

除了家用操作系统版本外,Windows 还有其商用操作系统版本:Windows NT、Windows 2000 及 Windows 2003,它们也是独立的操作系统,主要运行于小型机、服务器,也可以在 PC 机上运行。Windows NT 3.1 于 1993 年 8 月推出,以后又相继发布了 NT 3.5、NT3.51、NT 4.0、NT 5.0 Beta1 和 Beta2 等版本。基于 NT 内核,Microsoft 公司于 2000 年 2 月正式推出了 Windows 2000。2001 年 1 月 Microsoft 公司又正式宣布停止 Windows 9x 内核的改进,把家用操作系统版本和商用操作系统版本合二为一,新的 Windows 操作系统命名为 Windows XP(eXPerience)。Windows Server 2003 于 2003 年 3 月 28 日发布,并在同年 4 月底上市,为目前微软推出的使用最广泛的服务器操作系统。

另外,Windows 操作系统还有嵌入式操作系统系列,包括嵌入式操作系统 WindowsCE、Windows NT Embedded 4.0 和带有 Server Appliance Kit 的 Windows 2000 等。

6.1.2 Windows 早期版本的技术特点

Windows 3.x 以前的版本在 DOS 操作系统的基础上运行,Windows 的主要技术特点是:

(1)友好、直观、高效的面向对象的图形化用户界面,易学易用。

(2)丰富的与设备无关的图形操作。

(3)多任务的操作环境。

(4)新的主存管理,突破了 DOS 系统 1 MB 的限制,实现了虚存管理。

(5)提供各种系统管理工具,如程序管理器、文件管理器、打印管理器及各种实用程序。

(6)Windows 环境下允许装入和运行 DOS 下开发的程序。

(7)提供数据库接口、网络通信接口。

(8)提供丰富的软件开发工具。

(9)采用面向对象的程序设计思想。

6.1.3 家用操作系统 Windows 9x 版本的技术特点

Windows 9x 版本包括 Windows95、Windows 97、Windows 98、Windows 98 SE 和 Windows Me 等版本。与 Windows 早期版本相比,它能够独立在硬件上运行,是真正意义上的新型操作

系统。

Windows 9x 版本不仅具有更直观的工作方式和优良的性能,而且还具有支持新一代软硬件需要的强大能力,其主要技术特点是:

(1)独立的 32 位操作系统,同时也能运行 16 位的程序。

(2)真正的多用户多任务操作系统,在 32 位下具有抢先多任务能力。

(3)提供"即插即用"功能,系统增加新设备时,只需把硬件插入系统,由 Windows 解决设备驱动程序的选择和中断设置等问题。

(4)支持新的硬件配置,如 USB(Universal Serial BUS)、AGP(Accelerated Graphics Port)、ACPI(Advanced Configuration and PowerInterface)和 DVD。

(5)多媒体支持,包括:MPEG 音频、WAV 音频、MPEG 视频、AVI 视频。

(6)有内置网络功能,直接支持联网和网络通信,同时也提供电子邮箱(如 Outlook)和对 Internet 的访问工具(如 Internet Explorer)。

(7)新的图形化界面,具有较强的多媒体支持。

(8)支持 FAT32 文件系统。

6.1.4　商用机操作系统 Windows NT 的技术特点

在 Windows 发展过程中,硬件技术和系统性能在不断进步,如基于 RISC 芯片和多 CPU 结构的微机出现、客户机/服务器模式的广泛采用、微机存储容量增大及配置多样化,同时,对微机系统的安全性、可扩充性、可靠性、兼容性等也提出了更高的要求。1993 年推出的 Windows NT(New Technology)便是为这些目标而设计的。除了 Windows 产品的上述功能外,它还有以下的技术特点:

(1)支持对称多处理 SMP 和多线程,即多个任务可基于多个线程对称地分布到各个 CPU 上工作,具有良好的可伸缩性,从而大大提高了系统性能。

(2)支持抢先的可重入多任务处理。

(3)32 位页式授权虚拟存储管理。

(4)支持多种 API(常用及标准 Win32、OS/2、DOS 和 POSIX API 等)和源码级兼容性。

(5)支持多种可装卸文件系统,包括 DOS 的 FAT 文件系统、OS2 的 HPFS、CD-ROM 文件系统 CDFS 和 NT 文件系统 NTFS。

(6)具有各种容错功能,C2 安全级。

(7)可移植性好,可在 Intel x86、PowerPC、Digital Alpha AXP 以及 MIPS RISC 等平台上运行,既可作为网络客户,又可提供网络服务。

(8)集成网络计算,支持 LANManager,为其他网络产品提供接口。

(9)能与其 Microsoft SQL Server 结合,提供 C/S 数据库应用系统的最好组合。

6.1.5　Windows 2003 和 Windows XP

Windows2003 是在 Window 2000 基础上修改和扩充而成的,能充分发挥当今 32 位及 64 位微处理器的硬件能力,在处理速度、存储能力、多任务和网络计算支持诸方面与大型机和小型机进行竞争。它不是单个操作系统,而是包含了 4 个系统用来支持不同对象的应用。

(1) WEB 版。WEB 版是微软针对 WEB 服务器开发的操作系统,支持 2 个处理器,2 GB主存,支持 IIS6.0 和 Internet 防火墙,同时提供了对微软 ASP. NET 的支持,是构建 WEB 服务器的理想平台。

(2) 标准版。标准版是微软针对中小型企业服务器开发的操作系统,相当于 Windows 2000 服务器版,支持 4 个处理器、4 G主存,可以作为中小型企业服务的操作系统。使用标准版可以创建中小型企业网络中的文件服务器、打印服务器、邮件服务器、数据库服务器等。

(3) 企业版。企业版是微软针对大型企业服务器开发的操作系统,相当于 Windows 2000 的高级服务器版,其 32 位版本支持 8 个处理器、8 GB主存、8 个节点的群集,64 位版本支持64 GB主存。企业版可以作为大型企业服务器的操作系统。

(4) 数据中心版。数据中心版是微软针对大型数据仓库开发的操作系统。同样分两个版本,分别为 32 位版本和 64 位版本。其中 32 位版本支持 32 个处理器,64 GB主存;64 位版本支持 64 个处理器,512 GB主存,可以作为大型数据仓库的操作系统。

Windows Server 2003 系统相对于 Windows 2000 系统来说增加了许多新的特性,这些特性使其正逐渐成为目前使用最为广泛的网络操作系统之一。概括起来,Windows Server 2003 具有以下新特性:多任务、大主存、多处理器、即插即用、群集、文件系统、远程桌面终端服务和远程协助、远程安装服务、活动目录、组策略、邮件服务及支持 IPV6 等。

Windows XP 将以往家用和商用操作系统的功能融为一体,结束了 Windows 两条腿走路的历史,包括家庭版、专业版和一系列服务器版。它具有一系列运行新特性,具备更多的防止应用程序错误的手段,进一步增强了 Windows 安全性,简化了系统管理与部署,并革新了远程用户工作方式。

6.2 Windows XP/2003 的进程与线程

Windows XP/2003 是一个基于对象(object-based)的操作系统。在系统中,用对象来表示所有的系统资源。进程和线程都是作为对象来管理的,由一个对象的结构来表示。本节将介绍 Windows XP/2003 中使用的执行对象。

6.2.1 Windows XP/2003 中的进程与线程概念

Windows XP/2003 包括三个层次的执行对象:进程、线程和作业。其中作业是 Windows 2000 开始引进的,在 Windows NT4 中不存在,它是共享一组配额限制和安全性限制的进程的集合;进程是一个应用的实体,它拥有自己的资源,如主存、打开的文件;线程是顺序执行的工作调度单位,它可以被中断,使 CPU 能转向另一线程执行。

Windows XP/2003 进程设计的目标是提供对不同操作系统环境的支持,具有多任务(多进程)、多线程、支持 SMP、采用了 C/S 模型、能在任何可用 CPU 上运行操作系统等特点。由内核提供的进程结构和服务相对简单、适用,其重要的特性如下。

(1) 作业、进程和线程是用对象来实现的。

(2) 一个可执行的进程可以包含一个或多个线程。

(3) 进程或线程两者均有内在的同步设施。

进程以及它控制和使用的资源的关系如图 6.1 所示。当一个用户首次注册时，Windows XP/2003 为用户建立一个访问令牌（access token），它包括安全标识和进程凭证。这个用户建立的每一个进程均有这个访问令牌的拷贝。内核使用访问令牌来验证用户是否具有存取安全对象或在系统上和安全对象上执行受限功能的能力。访问令牌还控制了进程能否改变自己的属性，在这种情况下，安全系统首先决定这是否允许，进而决定进程能否改变自己的属性。

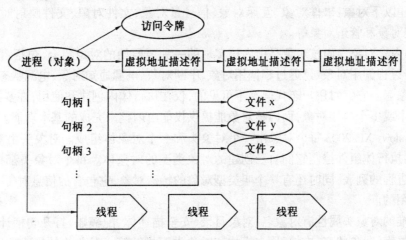

图 6.1　进程及其控制和使用的资源关系图

与进程有关的还有一组当前分配给这个进程的虚拟地址空间块，进程不能直接改变它，必须依靠为进程提供主存分配服务的虚存管理例程。进程包括一个对象表，其中包括了这个进程与其使用资源之间的联系，通过对象句柄便可对某资源进行引用。图 6.1 包含了线程对象，线程可以访问一个文件对象和一个共享主存区对象，有一系列分给进程的虚拟地址空间块。

6.2.2　对象及对象管理器

面向对象（object oriented）概念在计算机领域变得十分流行，由于它能为软件带来可重用、可组装、易扩展和易维护的优点，已被许多系统软件设计者所青睐，最新流行的一些操作系统也都采用了对象技术来设计和开发。

对象是一种抽象数据类型，它把内部的数据变量和相关的操作封装起来，体现了信息隐蔽的特性，保护对象的变量不被外界破坏，使得扩充对象的功能，修改对象的实现时，不会影响外界和受外界影响，这就大大加强了软件的易维护性。对象中的属性的值表示已知的关于对象所代表的事物的信息，方法则包括那些执行起来会影响对象中属性值的过程。对象是现实世界中实体的抽象，具有共同属性的对象便归为一个对象类（object class），也就是说，它是定义了包含特定类型的对象中的方法与变量的模板。所以，对象类是具有共同属性的对象的抽象，而对象则是对象类的一个实例（instance）。一个实例对象包含了类定义中的属性,对象类中定义的变量在实例对象中都有具体的值。

Windows XP/2003 是一个基于对象(object – based)的操作系统。在系统中,用对象来表示所有的系统资源。那么,Windows XP/2003 中定义了多少种对象类呢? 由于系统资源都是用对象来表示的,所以,可以认为对象类就是资源类。在 Windows XP/2003 中,主要定义了两类对象。

(1)执行体对象。由执行体的各种组件实现的对象,具体来说,下列对象类都是执行体的对象:进程、线程、区域、文件、事件、事件对、文件映射、互斥、信号量、计时器、对象目录、符号连接、关键字、端口、存取令牌和终端等。如果把这些对象作进一步分类,那么,执行体创建以下对象:事件对象、互斥对象、信号量对象、文件对象、文件映射对象、进程对象、线程对象和管道对象等。

(2)内核对象。内核对象是由内核实现的一种更原始的对象集合,包括:内核过程对象、异步过程调用对象、延迟过程调用对象、中断对象、电源通知对象、电源状态对象、调度程序对象等。它们对用户态代码是不可见的,仅在执行体内创建和使用,许多执行体对象包含一个或多个内核对象,而内核对象能提供仅能由内核来完成的基本功能。

Windows XP/2003 每个对象由一个对象头和一个对象体组成。对象头由对象管理器控制,各执行体组件控制它们自己创建的对象类型的对象体。每个对象头都指向打开该对象的进程的列表,同时还有一个叫类型对象的特殊对象,它包含的信息对每一个对象实例是公用的。

标准的对象头属性有对象名、对象目录、安全描述体、配额账、打开句柄计数器、打开句柄数据库、对象状态、内核/用户模式和对象类型指针等。对象体的格式和内容随对象类不同而不同。对象体中列出的各对象类的属性有:对象类名、存取类型、同步能力、分页/不分页、一个或多个方法。

Window XP/2003 通过对象管理器为执行体中的各种内部服务提供一致的和安全的访问手段,它是一个用于创建、删除、保护和跟踪对象的执行体组件,提供了使用系统资源的公共和一致的机制。对象管理器接收到创建对象的系统服务后,要完成以下工作:为对象分配主存;为对象设置安全描述体,以确定谁可使用对象及访问对象者被允许执行的操作;创建和维护对象目录表;创建一个对象句柄并返回给创建者。

当进程通过名称来创建或打开一个对象时,它会收到一个代表进程访问对象的句柄,通过句柄指向对象比使用名称要快,因为,对象管理器可通过句柄直接找到对象。所有用户态进程只有获得了对象句柄才可以使用对象,句柄作为系统资源的间接指针使用,对象管理器有创建和定位句柄引用对象的专用权限。对象句柄是一个由执行体进程 EPROCESS 所指向的进入进程句柄表的索引,其中包含了进程已打开句柄的所有对象的指针。

当进程创建对象或打开一个已有对象的句柄时,必须指定一组期望的访问权限,这时对象管理器将调用安全引用监视程序,并把进程的一组期望的访问权限发送给它。安全引用监视程序将检查对象的安全描述体是否允许进程正在请求的访问类型,如果允许,将返回一组授予的访问权限,对象管理器会把它们存储在创建的对象句柄中。此后,任何时侯,当进程的线程使用句柄时,对象管理器都可以快速检查在句柄中存储的已授权访问权限集是否符合由线程调用的对象服务隐含的用法。

6.2.3　进程对象

进程是作为对象来管理的,由一个对象的通用结构来表示。每个进程对象由属性和封装了的若干可以执行的动作和服务所定义。当接受到适当消息时,进程就执行一个服务,只能通过传递消息给提供服务的进程对象来调用这一服务。用户使用进程对象类(或类型)来建立一个新进程,对进程来说,这个对象类被定义作为一个能够生成新的对象实例的模板,并且在建立对象实例时,属性将被赋值。进程对象的属性包括:进程标识、资源访问令牌、进程基本优先权和默认亲合处理器集合等。进程是对应一个拥有存储器、打开文件表等资源的用户作业或应用程序实体;线程是顺序执行的工作的一个可调度单位,并且它可以被中断,于是处理器可被另一个线程占用。

1.进程的执行体

每一个进程都由一个执行体进程(EPROCESS)块表示。下面给出了 EPROCESS 的结构,它不仅包括进程的许多属性,还包括并指向许多其他相关的属性,如每个进程都有一个或多个执行体线程(ETHREAD)块表示的线程。除了进程环境块 PEB(Process Environment Block,每个进程有一个)存在于进程地址空间中以外,EPROCESS 块及其相关的其他数据结构存在于系统空间中。另外,WIN32 子系统进程 CSRSS 为执行 WIN32 程序的进程保持一个平行的结构,在线程第一次调用在核心态实现的 WIN32 USER 或 GDI 函数时被创建。

EPROCESS 块中的有关项目的内容如下:

(1) 内核进程块 KRPROCESS。公共调度程序对象头、指向进程页面目录的指针、线程调度默认的基本优先级、时间片、相似性掩码、用于进程中线程的总内核和用户时间。

(2) 进程标识符。操作系统中唯一的进程标识符、父进程标识符、运行映象的名称、进程正在运行的窗口位置。

(3) 配额限制。限制非页交换区、页交换区和页面文件的使用,进程能使用的 CPU 时间。

(4) 虚拟地址空间描述符 VAD。一系列的数据结构,描述了进程虚拟地址空间的状态。

(5) 工作集信息。指向工作集列表的指针,当前的、峰值的、最小的和最大的工作集大小,上次裁剪时间,页错误计数,主存优先级,交换出标志,页错误历史纪录。

(6) 虚拟主存信息。当前和峰值虚拟值,页面文件的使用,用于进程页面目录的硬件页表入口。

(7) 异常/调试端口。当进程的一个线程发生异常或引起调试事件时,进程管理程序发送消息的进程间通信通道。

(8) 访问令牌。又称安全描述符,指明谁建立的对象,谁能存取对象,谁被拒绝存取该对象。

(9) 对象句柄表。整个进程的句柄表地址。当进程创建或打开一个对象时,就会得到一个代表该对象的句柄,通过句柄就可以引用进程对象。

(10) 进程环境块 PEB。映象基址、模块列表、线程本地存储数据、代码页数据、临界区域超时、堆栈的数量、大小、进程堆栈指针、GDI 共享的句柄表、操作系统版本号信息、映象版本号信息、映象进程相似性掩码。

2.进程对象提供的服务

WIN32 子系统进程块：WIN32 子系统的核心组件需要的进程细节。操作系统还提供一组用于进程的 WIN32 函数,这些函数就是进程对象提供的服务。

(1) CreateProcess。使用调用程序的安全标识,创建新的进程及其主线程。

(2) CreateProcessAsUser。使用交替的安全标识,创建新的进程及其主线程,然后执行指定的 EXE 映象文件。

(3) OpenProcess。返回指定进程对象的句柄。

(4) ExitProcess。正常情况下,终止一个进程及其所有线程。

(5) TerminateProcess。异常情况下,终止一个进程及其所有线程。

(6) FlushInstructionCache。清空另一个进程的指令高速缓存。

(7) GetProcessTimes。得到另一个进程的时间信息,描述进程在用户态和核心态所用的时间。

(8) GetExitCodeProcess。返回另一个进程的退出代码,指出关闭这个进程的方法和原因。

(9) GetCommandLine。返回传递给进程的命令行字符串。

(10) GetCurrentProcessID。返回当前进程的 ID。

(11) GetProcessVersion。返回指定进程希望运行的 Windows 的主要和次要版本信息。

(12) GetStartupInfo。返回在 CreateProcess 时指定的 STARTUPINFO 结构的内容。

(13) GetEnvironmentStrings。返回环境块的地址。

(14) GetEnvironmentVariable。返回一个指定的环境变量。

(15) GetProcessShutdownParameters。取当前进程的关闭优先级和重试次数。

(16) SetProcessShutdownParameters。置当前进程的关闭优先级和重试次数。

如果应用程序调用 CreateProcess 函数,将创建一个 WIN32 进程。创建 WIN32 进程的过程在操作系统的 3 个部分中分阶段完成,这 3 个部分是:WIN32 客户方的 KERNEL32. DLL、Windows XP/2003 执行体和 WIN32 子系统进程 CSRSS。步骤如下:

(1) 打开将在进程中被执行的映象文件。

(2) 创建 Windows XP/2003 执行体进程对象。

(3) 创建初始线程。

(4) 通知 WIN32 子系统已经创建了一个新的进程,以便它可以设置新的进程和线程。

(5) 启动初始线程的执行。

(6) 在新进程和线程的描述表中,完成地址空间的初始化,加载所需的 DLL,并开始程序的执行。

6.2.4　线程对象

1.线程执行体

Windows XP/2003 线程是内核级线程,它是 CPU 调度的独立单位。每一个线程都由一个执行体线程(ETHREAD)块表示。除了线程环境块(TEB)存在于进程地址空间中以外,ETHREAD 块及其相关的其他数据结构存在于系统空间中。

ETHREAD 块中的有关项目的内容如下:

(1) 创建和退出时间。线程的创建和退出时间。

(2) 进程识别信息。进程标识符和指向 EPROCESS 的指引元。

(3) 线程启动地址。线程启动例程的地址。

(4) LPC 消息信息。线程正在等待的消息 ID 和消息地址。

(5) 挂起的 I/O 请求。挂起的 I/O 请求数据包列表。

(6) 调度程序头信息。指向标准的内核调度程序对象。

(7) 执行时间。在用户态运行的时间总计和在核心态运行的时间总计。

(8) 内核堆栈信息指引元。内核堆栈的栈底和栈顶信息。

(9) 系统服务表指引元。指向系统服务表的指针。

(10) 调度信息。基本的和当前的优先级、时间片、相似性掩码、首选处理器、调度状态、冻结计数、挂起计数。

2.线程对象提供的服务

操作系统提供了一组用于线程的 WIN32 函数,这些函数就是线程对象提供的服务:

(1)CreateThread。创建新线程。

(2)OpenThread。打开线程。

(3)CreateRemoteThread。在另一个进程创建线程。

(4)ExitThread。退出当前线程。

(5)TerminateThread。终止线程。

(6)GetExitCodeThread。返回另一个线程的退出代码。

(7)GetThreadTimes。返回另一个线程的定时信息。

(8)GetThreadSelectorEntry。返回另一个线程的描述符表入口。

(9)GetThreadContext。返回线程的 CPU 寄存器。

(10)SetThreadContext。更改线程的 CPU 寄存器。

应用程序调用 CreateThread 函数创建一个 WIN32 线程的具体步骤如下:

(1) 在进程地址空间为线程创建用户态堆栈。

(2) 初始化线程的硬件描述表。

(3) 调用 NtCreateThread 创建处于挂起状态的执行体线程对象。包括:增加进程对象中的线程计数,创建并初始化执行体线程块,为新线程生成线程 ID,从非页交换区分配线程的内核堆栈,设置 TEB,设置线程起始地址和用户指定的 WIN32 起始地址,调用 KeInitializeThread 设置 ETHREAD 块,调用任何在系统范围内注册的线程创建注册例程,把线程访问令牌设置为进程访问令牌并检查调用程序是否有权创建线程。

(4) 通知 WIN32 子系统已经创建了一个新线程,以便它可以设置新的进程和线程。

(5) 线程句柄和 ID 被返回到调用程序。

(6) 除非调用程序用 CREATE_SUSPEND 标识设置创建线程,否则线程将被恢复以便调度执行。

3.线程的状态

线程是 Windows XP/2003 操作系统的最终调度实体,它可能处于以下 7 个状态之一。

(1) 就绪态。线程已获得除 CPU 外的所有资源,等待被调度去执行的状态,内核的调度程序维护所有就绪线程队列,并按优先级次序调度。

(2) 准备态。已选中下一个在一个特定处理器上运行的线程,此线程处于该状态等待描述表切换。如果准备态线程的优先级足够高,则可以从正在运行的线程手中抢占处理器,否则将等待直到运行线程等待或时间片用完。系统中每个处理器上只能有一个处于准备态的线程。

(3) 运行态。内核执行线程切换,准备态线程进入运行态,并开始执行。直到它被剥夺、或用完时间片、或阻塞、或终止为止。在前两种情况下,线程进入到就绪态。

(4) 等待态。线程进入等待态是由于以下原因:出现了一个阻塞事件(如 I/O),等待同步信号,环境子系统要求线程挂起自己。当等待条件满足时,且所有资源可用,线程就进入就绪态。

(5) 过渡态。一个线程完成等待后准备运行,但这时资源不可用,就进入过渡态,例如,线程的内核堆栈被调出主存。当资源可用时(内核堆栈被调入主存),过渡态线程进入就绪态。

(6) 终止态。线程可被自己、其他线程、或父进程终止,这时进入终止态。一旦结束工作完成后,线程就可从系统中移去。如果执行体有一个指向线程对象的指针,可将处于终止态的线程对象重新初始化并再次使用。

(7) 初始态。线程创建过程中所处状态,创建完成后,该线程被放入就绪队列。

6.2.5 作业对象

Windows XP/2003 包含一个被称为"作业"的进程模式扩展。作业对象是一个可命名、保护、共享的对象,它能够控制与作业有关的进程属性。作业对象的基本功能是允许系统将进程组看做是一个单元,对其进行管理和操作。有些时候,作业对象可以补偿 Windows NT4 在结构化进程树方面的缺陷。作业对象也为所有与作业有关的进程和所有与作业有关但已被终止的进程记录基本的账号信息。

作业对象包含一些对每一个与该作业有关的进程的强制限制,这些限制包括:默认工作集的最小值和最大值、作业范围用户态 CPU 时限、每个进程用户态 CPU 时限、活动进程的最大数目、作业处理器相似性、作业进程优先级类。

用户也能够在作业中的进程上设置安全性限制。用户可以设置一个作业,使得每一个进程运行在同样的作业范围的访问令牌下。然后,用户就能够创建一个作业,限制进程模仿或创建其访问令牌中包括本地管理员组的进程。另外,用户还可以应用安全筛选,当进程中的线程包含在作业模仿客户机线程中时,将从模仿令牌中删除特定的特权和安全

ID(SID)。

最后,用户也能够在作业中的进程上设置用户接口限制。其中包括:限制进程打开作业以外的线程所拥有的窗口句柄,对剪贴板的读取或写入,通过 WIN32SystemParameterInfo 函数更改某些用户接口系统参数等。

一个进程只能属于一个作业,一旦进程建立,它与作业的联系便不能中断;所有由进程创建的进程和它们的后代也和同样的作业相联系。在作业对象上的操作会影响与作业对象相联系的所有进程。

有关作业对象的 WIN32 函数包括:

(1) CreateJobObject。创建作业对象。

(2) Open JobObject。通过名称打开现有的作业对象。

(3) AssignProcessToJobObject。添加一个进程到作业。

(4) TerminateJobObject。终止作业中的所有进程。

(5) SetInformationToJobObject。设置限制。

(6) QueryInformationToJobObject。获取有关作业的信息,如:CPU 时间、页错误技术、进程的数目、进程 ID 列表、配额或限制、安全限制等。

6.3 Windows XP/2003 的存储管理

Windows 操作系统的存储管理分为主存管理、辅存管理和高速缓冲存储管理三方面。所谓存储管理,就是把多个存储介质模块集中管理,所有的存储模块在一个存储池(Storage Pool)中得到统一管理,为使用者提供大容量、高数据传输性能的存储系统。在本节中将介绍 Windows XP/2003 存储管理的相关技术。

6.3.1 Windows XP/2003 主存管理

主存管理器是 Windows XP/2003 执行体的一部分,位于 Ntoskrnl.exe 文件中。在硬件抽象层(HAL)中没有主存管理器的任何部分。它由以下几个部分组成:

一组执行体系统服务程序,用于虚拟主存的分配、回收和管理。大多数这些服务都是以 win32API 或核心态的设备驱动程序接口形式出现。

一个转换无效和访问错误陷阱处理程序,用于解决硬件检测到的主存管理异常,并代表进程将虚拟页面装入主存。

运行在 6 个不同的核心态系统线程上下文中的几个关键组件:

(1)工作集管理器(working set manager,优先级为 16)。平衡集管理器(内核创建的系统线程)每秒钟调用它一次。当空闲主存低于某一界限时,便启动所有的主存管理策略,如工作集的修整、老化和已修改页面的写入等。

(2)进程/堆栈交换程序(process/stack swapper,优先级为 23)。完成进程和内核线程堆栈的换入和换出操作。当需要进行换入和换出操作时,平衡集管理器和内核中的线程调度代码将唤醒该线程。

(3)已修改页面写入器(modified page writer,优先级为 17)。将修改链表上的"脏"页写回到适当的页文件。需要减小修改链表的大小时,此线程将被唤醒。

(4)映射页面写入器(mapped page writer,优先级为17)。将映射文件中脏页写回磁盘。需要减小修改链表的大小,或映射文件中某些页面在修改链表中超过了 5 min 时,它将被唤醒。

(5)废弃段线程(dereference segment thread,优先级为18)。负责系统高速缓存和页面文件的扩大和缩小。例如,如果没有虚拟地址空间满足分页缓冲池的增加,该线程将减小系统高速缓存的大小。

(6)零页线程(zero page thread,优先级为0)。将空闲链表中的页面清零,以便有足够的零页面满足将来的零页需求。

正如其他所有的 Widows XP/2003 执行程序组件一样,主存管理器是完全可重入的,它支持多进程并发执行。为了实现可重入,主存管理器使用了几个不同的内部同步机制来控制它自身数据结构的访问,如旋转锁和执行程序资源。

主存管理器实现存储管理的模式为"虚拟内存",为每个进程提供一个受保护的、专用的地址空间。系统支持的面向不同应用环境子系统的存储管理也都基于虚存管理程序 VMM。Windows XP/2003 的进程虚拟地址空间分为系统存储区和用户存储区两部分,其布局如图 6.2 所示。

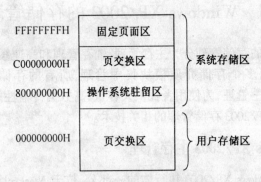

图 6.2　进程虚拟地址空间布局

系统存储区又分为 3 部分:上部为固定页面区,页面不可交换以存放系统的关键代码;中部为页交换区,用以存放非常驻的系统代码和数据;下部为操作系统驻留区,存放内核、执行体、引导驱动程序和硬件抽象层代码,永不失效,为了加快运行速度,这一区域的寻址由硬件直接映射。

1.应用程序主存管理方法

(1)虚页主存分配。在 Windows XP/2003 中使用虚拟主存,要分 3 个阶段:保留主存(reserved memory)、提交主存(committed memory)和释放主存(release memory)。

1)保留主存。用户使用 Win32 Virtual Alloc 可以申请保留一段连续的虚拟地址空间,使本进程的其他线程或其他进程不能使用这段虚地址,这样做的目的让用户表明将要用多大的主存,以便系统节省主存空间和磁盘空间,而直到需要时才提交。试图访问已保留的主存会造成访问冲突,因为,这时主存页面还没有映射到一个可以满足这次访问的物理空间中。保留主存操作不占用和消耗主存空间和盘交换区。在申请保留主存中,用户进程可以指定起始虚拟地址(lpAddress 参数),当没有特殊要求时,此参数设为 NULL,系统将随便保留一段地址空间,分配的单位通常为 64KB;此时,还需提供保留地址空间大小(cbSize 参数)、保留或提交(fdwAllocationType 参数)、保护限制信息(fdwProtect 参数),指定页面不可访问、只读或读/写等。

2)提交主存。提交主存指为一段虚地址分配盘交换区和在盘交换区中分配空间,然后,把分配的存储空间映射到保留主存的虚地址空间。提交主存是为了减少盘交换区的空间占用而设立的,通常推迟到第一次实际访问该虚址时才提交,当然也可以在保留主存的同时提交(这时使用 VirtualAllocEx)。提交主存仍然使用 Win32 函数 Virtual Alloc,与保留主存的区别是参数设置不同,有关细节可参见 Win32 API 的主存函数。

综合上述的两个阶段,用户访问虚地址空间时:首先,保留主存。分配虚地址空间,若访问未保留的虚址将引起地址越界错误;其次,提交主存。分配盘交换区空间,访问未提交的虚址空间将引起地址越界错误;最后,分配主存。访问不在主存的页面将引起实际的主存页框分配。

3)释放主存。当进程不再需要被提交的主存或保留的地址空间时,使用释放函数 Win32 VirtualFree 来回收盘交换区空间或从进程虚址空间中释放虚址,需要的参数有:释放起址(lpAddress)、释放长度(cbSize)、是否仅释放物理存储(fdwFreeType)。这个函数对减少和控制盘交换区以及进程虚址空间的占用是很有用的。

(2)主存映射文件。Windows XP/2003 主存映射文件用途很多,主要可以用于 3 种场合:

1)Windows 执行体使用主存映射把可执行文件 .exe 和动态连接库 .dll 文件装入主存,节省应用程序启动所需时间。

2)进程使用主存映射文件来存取磁盘文件信息,这可以减少文件 I/O,且不必对文件进行缓存。

3)多个进程可使用主存映射文件来共享主存中的数据和代码。此外,Windows XP/2003 高速缓存管理程序使用主存映射文件来读写高速缓存的页。

Win 32 子系统向其客户进程提供了文件映射对象(File-mapping Object)服务,实际上,文件映射对象服务就是 Win 32 子系统将区域对象服务通过 Win API 向客户进程所提供的。Win32 映射文件对象等效于一个区域对象。因此,区域对象是实现主存映射文件功能的关键。

主存映射文件的使用步骤如下:

步骤 1 打开文件。进程使用 CreateFile 函数来建立和打开一个文件,该系统调用指定要建立或打开的文件名,访问文件的方式,与其他进程的共享限制等。执行该函数将返回一个文件句柄。

步骤 2 建立文件映射。进程使用 CreateFileMapping 创建一个文件映射对象,实质是为文件保留虚址而创建一个区域对象。参数包括:文件句柄、安全属性指针、指定保护属性和映射文件(区域)的大小等。执行该函数将返回一个句柄给文件映射对象。

步骤 3 读写文件视窗。进程通过函数 MapViewOfFile 返回的指针来对文件视窗进行读写操作。由于区域对象可以指向地址空间大得多的文件,要访问一个非常大的区域对象只能通过此函数映射区域对象的一部分——视窗,并指定映射范围。该系统调用的参数包括:文件映射对象句柄、访问方式、视窗起址在映射文件中的位移、视窗映射的虚址空间字节数。

步骤4 打开文件映射对象。其他进程使用 OpenFileMapping 打开一个已存在的文件映射对象,以便共享信息或达到通信的目的,参数包括:访问权限(dwDesiredAccess)、子进程能否继承该句柄(bInheritHandle)和对象名(lpName)。

步骤5 解除映射。访问结束,进程使用 UnmapViewOfFile 解除映射,释放其地址空间中的视窗,参数指定释放区域的基地址(lpBaseAddress)。

(3)主存堆分配。堆(heap)是保留地址空间中一个或多个页组成的区域,并由堆管理器按更小块划分和分配主存的技术。堆管理器的函数位于 Ntdll 和 Ntoskrnl.exe 中,分配和回收主存空间时,不必像虚页分配一样按页对齐。Win32 API 可以调用 Ntdll 中的函数,执行组件和设备驱动程序可调用 Ntoskrnl 中的函数进行堆管理。

进程启动时带有一个缺省的进程堆,通常有 1 KB 大小,如果需要它会自动扩大。进程也可以使用 HeapCreate 创建另外的私有堆,使用完就可通过 HeapDestroy 释放申请的堆空间,也只有另外创建的私有堆才可以在一个进程的生命周期中被释放。

为了从缺省堆中分配主存,线程调用 GetprocessHeap 函数得到一个指向堆的句柄,然后,线程可以调用 HeapAlloc 和 HeapFree 函数从堆中分配和回收主存块。

2. 主存管理的实现

(1)进程页表与地址映射。Windows XP/2003 在 x86 硬件平台上采用二级页表结构来实现进程的逻辑地址到物理地址的转换。一个 32 位的逻辑地址被解释成三个分量,页目录索引、页表页索引和位置索引。

每个进程都拥有一个单独的页目录,这是内核管理器创建的特殊的页,用来映射进程所有页表页的位置,它被保存在核心进程块(KPROCESS)中。页目录通常是进程私有的,但需要时也可以在进程之间共享。页表是根据需要创建的,所以大多数进程页目录仅指向页表的一小部分,所以,进程页表中的虚地址常常不连续。

CPU 通过专用寄存器 CR3 来找到页目录存放地址,每次进程切换时,由操作系统负责把运行进程的页目录的物理地址放入这个寄存器中。页目录是由页目录项 PDE(Page Directory Entry)组成的,每个 PDE 有 4 个字节长,描述了进程所有页表的状态和位置。页表是根据需要来创建的,故进程的页目录仅指向一部分页表。在 x86 CPU 上,每个进程需要一张页目录表(有 1 024 个 PDE)指出 1 024 张页表页,每张页表页描述 1 024 个页面,合计描述 4 GB 的虚地址空间。其中,用户进程最多 512 张页表页,系统进程占用另外 512 页表页并被所有用户进程共享。

(2)原型页表项和区域对象。当两个进程共享一个物理页面时,主存管理器在进程页表中插入一个称作"原型页表项"prototype PTE(Prototype Page Table Entry)的数据结构来间接映射共享的页面,它是进程间共享主存的内部实现机制。由于区域对象所指定的区是被多个进程共享的主存,当一个区域对象第一次被创建时,对应于它的一个原型 PTE 同时被创建,于是多个进程可通过原型 PTE 来共享页框。当共享页框为有效时,进程页表项和原型 PTE 均指向包含代码或数据的物理页;而当共享页面无效时,进程页表中的页表项由一个特殊的指针来填充它,该指针指向描述该页框的原型 PTE。此后,当页面被访问时,主存管理器就可以利用这个页表项中的指针来定位原型 PTE,而原型 PTE 确切地描述了被访问的页框的情况。

原型 PTE 是一个 32 位的数据结构,它与一般的页表项类似,包含页框号、页保护、页状态等信息,但它并不用作地址转换,也不会出现在页表项中。使用它的主要优点是:系统在管理共享页面时,无需更新每个共享此页的进程的页表。例如,一个共享的代码或数据页可能在某个时候被调出主存,当它被再次被调入主存时,只需要更新原型 PTE,使之指向此页面的新的物理位置,而共享此页的进程的页表保持不变。此后,当进程访问该页面时,实际的页表项才得到更新。原型 PTE 位于可交换的系统空间内,它与页表一样可在必要时换出主存。

为了追踪访问有效共享页面的进程数,在"页框号数据库项"内增加了一个计数器。这样,主存管理器就能确定一个共享页面何时已经不再被进程引用,这个页可以被标记为无效,并送到转换链表或写回辅存中。

共享页面可以是原型 PTE 所描述的 6 种状态之一:

1) 活动/有效(active/valid)。由于另一个进程访问过此页,页面存在物理主存中。

2) 过渡(transition)。所需页在主存的后备链表或修改链表中。

3) 修改尚未写入(modified-no-write)。所需页在主存的修改尚未写入链表中。

4) 请求零页(demand zeropage)。所需页内容应为零页。

5) 页文件(page tile)。所需文件驻留在页文件中。

6) 映射文件(mapped file)。所需页驻留在映射文件中。

(3)页框号数据库。在 Windows XP/2003 中,所有主存物理页框组成了页框数据库(Page FrameDatabase),每个页框占一项,每项称为一个 PFN 结构(Page Frame Number)。页框数据库项是定长的,根据页面的情况有不同的状态,个别域针对不同状态又有不同含义。

现对其中几项作简单说明:

1) 页表项地址。指向此页框的页表项的虚地址

2) 访问计数。对此页面的访问计数,当页面被首次加入工作集或当该页在主存中被锁定时,访问计数就会增加;当共享计数为 0 或从主存解锁时,访问计数将减少。

3) 类型。指该 PNF 可能的状态。

4) 标志。区别该页是否被修改过,是否为原型 PTE、是否不奇偶校验错、正在作何种操作。

PFN 在任一时刻可能处于下面 8 种状态之一:

1) 有效(valid)。该页框在进程工作集中或是非分页的内核页面,有一个有效页表项指向此页。

2) 过渡(transition)。该页框不在工作集中且不属于页面调度链表的页面所处的暂时状态,通常该页进行 I/O 时,会处于过渡态。

3) 后备(stand by)。该页框被一个进程使用,但已从该进程工作集中删除。页表项仍然指向这个页框,但被标记为无效和处于过渡状态。

4) 修改(modified)。该页和后备状态相同,但页面被进程修改过,且其内容还未写到磁盘上。页表项仍然指向这个页框,但被标记为无效和处于过渡状态。所以,该页框被重新使用前应先写回磁盘。

5) 修改不写入(modified no write)。该页和修改状态相同,但已被标记不写回磁盘。在文件系统驱动程序发出请求时,高速缓存管理器标记页面为修改不写入状态。

6) 空闲(free)。该页框是空闲的,但有不确定的数据(未被初始化/清 0)。

7) 零初始化(zeroed)。该页框是空闲的,并已被初始化为全零,随时可用。

8) 坏(bad)。该页已发生奇偶错或其他物理故障,不能被使用。

对于零初始化、空闲、后备、修改、坏、修改不写入共 6 种状态的页框都分别组成链表链接在一起,以便主存管理器可以很快定位特定状态的页框。

(4)请求调页。主存管理器在分配页框时,是按照以下次序从非空链表中取得页面进行分配:零页链表→空闲链表→后备链表→修改链表。当发生一次缺页中断时,首先查看所需页是否在后备链表或修改链表中,若在,则将此页从表中移出,收回到进程的工作集中去,不必再分配新的页框。若不在,如果需要一个零初始化页,则主存管理程序总试图在零页链表中取出第一页,若零页链表为空,则从空闲链表中取一页并对它进行零初始化。若需要的不是零初始化页,就从空闲表中取出第一页。如果空闲链表为空,就从零初始化页中取一页。如果以上任一情况中零页链表和空闲表均为空,那么,使用后备链表。

任何时候,只要零初始化链表,空闲链表和后备链表的页框数低于允许的最小值(由内核变量 MmMinimum Freepages 指定)时,一个"修改页写回程序"的系统线程被唤醒,将修改链表中的页面写回磁盘,然后,这些页框可以放入后备链表。当修改链表太大时,"修改页写回程序"也开始工作,把修改链表中的页面写回页文件中,限制链表的规模过大。如果把修改页写回磁盘后,系统掌握的可用页框还太少,主存管理器就开始把每个进程的工作集调整到最小规模,新淘汰的页被放到修改链表或后备链表中。在从后备或修改链表中移出页框之前,必须先修改仍在指向该页框的相应进程的页表项或原型 PTE 的值为无效,为了做到这一点,页框号数据库项中包含了指向原进程页表项或原型 PTE(共享时)的指针。

(5)页面淘汰算法与工作集管理。Windows XP/2003 采用请页式和页簇化调页技术,当一个线程发生缺页中断时,主存管理器引发中断的页面及其后续的少量页面一起装入主存。根据局部性原理,这种页簇化策略能减少线程引发的缺页中断次数,从而,减少调页 I/O 的数量。缺省页面读取簇的数量取决于物理主存的大小,当主存大于 19 MB 时,通常,代码页簇为 8 页,数据页簇为 4 页,其他页簇为 8 页。

Windows XP/2003 在多处理器系统中采用局部 FIFO 算法。采用局部淘汰可防止客户进程损失太多主存;采用 FIFO 算法可让被淘汰的页在淘汰后在物理主存中会停留一段时间,因此,如果马上又用到该页的话,就可很快将该页回收,而无需从磁盘读出。

Windows XP/2003 对一个进程工作集的定义为该进程当前在主存中的页面的集合。当创建一个进程时,系统为其指定最小工作集和最大工作集,开始时所有进程缺省工作集的最小和最大值是相同的。系统初始化时,会计算一个进程最小和最大工作集值,当物理主存大于 32 MB(Windows XP/2003 server 大于 64 MB)时,进程缺省最小工作集为 50 页,最大工作集为 345 页。在进程执行过程中,主存管理器会对进程工作集大小进行自动调整。

当一个进程的工作集降到最小后,如果该进程再发生缺页中断,并且主存并不满,系统就会增加该进程的工作集尺寸。当一个进程的工作集升到最大后,如果没有足够的主存可用,则该进程每发生一次缺页中断,系统都要从该进程工作集中淘汰掉一页,再调入此次页中断所请求的页面。当然,如果有足够主存可用的话,系统也允许一个进程的工作集超过它的最大工作集尺寸。

当物理主存剩余不多时,系统将检查主存中的每个进程,其当前工作集是否大于其最小工作集,是则淘汰该进程工作集中的一些页,直到空闲主存数量足够或每个进程都达到其最小工作集。

系统定时从进程中淘汰一个有效页,观察其是否对该页发生缺页中断,以此测试和调整进程当前工作集的合适尺寸。如果进程继续执行,并未对被淘汰的这个页发生缺页中断,则该进程工作集减 1,该页框被加到空闲链表中。

综上所述,Windows XP/2003 的虚存管理系统总是为每个进程提供尽可能好的性能,而无需用户或系统管理员的干预。尽管这样,系统还提供 Win32 函数 SetProcess-WorkingSet,可让用户或系统管理员改变进程工作集的尺寸,不过工作集的最大规模不能超过系统初始化时计算出并保存的最大值。

(6)其他主存管理机制。1)锁主存。可以通过两种方式将页面锁在主存中,一是设备驱动程序调用核心态函数锁住所需页面;二是 Win32 应用程序可以通过系统调用锁住进程工作集中的页面,一个进程可以锁住的页面数不能超过它的最小工作集尺寸减 8。

2)分配粒度。主存管理按照系统分配粒度(allocation granularity)定义的整型边界,对齐每个保留的进程地址空间区域,通常这一值为 64 KB。进程保留地址空间时,系统能保证区域大小是系统页大小的倍数。例如,x86 系统使用 4 KB 的页,若你试图保留 18 KB 大小的主存区域,实际存储在 x86 系统上将分配 20 KB。

3)主存页级保护机制。Windows XP/2003 提供了主存保护机制,防止用户无意或有意地破坏其他进程或操作系统,共提供 4 种保护方式:

① 区分核心态和用户态,核心态组件使用的数据结构和主存缓冲池只能在核心态下被线程访问,用户态线程不能访问。

② 每个进程只有独立、私有的虚拟地址空间,禁止其他进程的线程访问(除了共享页面或另一进程已被授予权限),系统通过虚拟地址映射机制来保证这一点。

③ 以页面为单位的保护机制,页表中包含了页级保护标志,如只读、读写等,以决定用户态和核心态可访问的类型,实现访问监控。

④ 以对象为单位的保护机制。每个区域对象具有附加的标准存取控制 ACL(Access Control List),当一个进程试图打开它时,会检查 ACL,以确证该进程是否被授权访问该对象。

6.3.2　Windows XP/2003 辅存管理

辅存管理定义了操作系统与非易失性的存储设备和介质的接口方式,辅存包括许多不同的设备如磁带设备、光介质、CD 唱机、软盘、硬盘。Windows XP/2003 对上述每一种存储介质都提供支持。因为我们这本书主要研究 Windows XP/2003 的内核组件,所以这部分重点研究 Windows XP/2003 硬盘存储子系统。

Windows XP/2003 把所有盘当做基本盘来管理,除非手工创建一个动态盘,或者把已经存在的基本盘(其中要有足够的空间)转变成动态盘。为了鼓励系统管理员应用动态盘,微软给基本盘加了一些限制。例如,只可以在动态盘上创建一个新的多分区卷。另一个限制是 Windows XP/2003 只在动态盘上实现 NTFS 的动态增容。动态盘的一个缺点是,它所采用的分区格式是专有的,并且不和其他的操作系统兼容,包括其他版本的Windows。所以不能在一个双引导的环境中访问动态盘。

1.基本分区

在一台计算机上安装 Windows XP/2003 时,必须先做的一件事就是在系统的主物理盘上建一个分区。Windows XP/2003 在其上定义了系统卷,用于存储引导过程中用到的文件。另外,Windows XP/2003 的安装过程也需要创建一个分区用来当做引导卷,Windows XP/2003 在引导卷上安装系统文件和创建系统目录。系统卷和引导卷可以是同一个卷,这样不必为引导卷创建一个新的分区。

x86 硬件系统采用的 BIOS 标准规定了 Windows XP/2003 分区格式必须遵守的一个要求,即主盘的第一个扇区中包含主引导记录(MBR)。当 x86 处理器开始引导的时候,计算机的 BIOS 读取主引导记录中的内容,并把它当做可执行代码。BIOS 完成硬件的基本设置后,激活 MBR 代码启动操作系统的引导过程。在微软的操作系统中,包括 Windows XP/2003,它们的主引导记录中包含了一个分区表。一个分区表有 4 个项,它最多可定义 4 个主分区(Primary partition)的位置。分区表也记录了分区的类型。有很多预先定义的分区类型存在,分区类型指定了分区中包含的文件系统(例如,FAT32 和 NTFS)。一个特别的分区类型是扩展分区(Extended Partition),它包含另一个主引导记录,内有其自身的分区表。由于采用了扩展分区,使微软的操作系统克服了一个磁盘只能有四个分区的限制。一般来说扩展分区可以反复无限地使用,这意味着一个磁盘上可能存在的分区数是没有限制的。Windows XP/2003 引导过程明确地区分了主分区和扩展分区。系统必须将主盘上的一个主分区标记为活动。这样 Windows XP/2003 在主引导记录中的代码装入活动分区第一个扇区中的代码,并把控制交给它。由于主分区的第一个扇区在引导过程中起了重要作用,Windows XP/2003 指定任何一个分区的第一个扇区为引导扇区。每个被格式化为某种文件系统的分区都有一个引导扇区用来存储这个分区上文件系统结构的信息。

2.动态分区

动态盘是 Windows XP/2003 偏爱的磁盘格式,也是创建新的多分区卷所必需的。Windows XP/2003 的逻辑磁盘管理子系统(LDM)负责管理动态盘。LDM 的分区与 MS-DOS 分区的一个主要的不同点在于,LDM 维护一个单独的数据库用来储存系统动态盘的分区信息,包括多分区卷的设置。

LDM 的数据库存在于每个动态盘最后的 1 MB 保留空间中。正是因为需要这个空间,Windows XP/2003 在将一个基本盘转化为动态盘时,需要在基本盘的最后有一定的剩余空间。LDM 也实现了一个 MS-DOS 的分区表,这是为了继承一些在 Windows XP/2003 下运行的磁盘管理工具,或是在双引导环境中让其他系统不至于认为动态盘还没有被分区。

由于 LDM 分区在磁盘的 MS-DOS 分区表中并没有体现出来,所以被称为软分区,而 MS-DOS分区被称为硬分区。

另一个 LDM 创建 MS-DOS 分区表的原因是为了 Windows XP/2003 程序能够找到系统卷和引导卷,即使它们在动态盘上(例如,Ntldr 就不知道 LDM 分区的存在)。如果一个盘中包括系统卷和引导卷,MS-DOS 分区表中的硬分区将描述这些卷的位置。否则,硬分区在磁盘的第一个柱而开始一直延伸到 LDM 的数据库。LDM 指定这个分区为 LDM 类型——Windows XP/2003 新引进的 MS-DOS 风格分区类型。保存在 MS-DOS 风格分区中的区域就是 LDM 创建软分区的地方。图 6.3 用来说明动态盘。

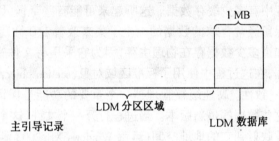

图 6.3　动态盘的内部组织

LDM 的数据库中包含四个区域,图 6.4 说明了这一点,一个头扇区(LDM 称它为私有头),一个内容表的区域,一个数据库记录区和一个事务处理日志区(图 6.4 中所示的第五个区是私有头的一个简单的复制)。私有头扇区存在于动态盘最后 1 MB 的位置上,是数据库的标志。

Windows XP/2003 用 GUID 区分所有的东西,磁盘也不例外。一个 GUID 是一个 128 位的值用于区分 Windows XP/2003 中不同的对象。LDM 给每一个动态盘分配一个 GUID,私有头扇区记录了这个 GUID。

图 6.4　LDM 数据库

私有头中也存放了磁盘组的名字和一个指向数据库内容表的指针。为了保认可靠性,LDM 在磁盘的最后一个扇区保存了一个私有头的拷贝。

6.3.3　Windows XP/2003 高速缓存管理

Microsoft Windows XP/2003 高速缓存管理器是一组核心态的函数和系统线程,它们与主存管理器一起为所有 Windows XP/2003 文件系统驱动程序提供数据高速缓存(包括本地与网络)。

Windows XP/2003 高速缓存管理器有以下几个主要特征。

(1)单一集中式系统高速缓存。一些操作系统依靠每个单独的文件系统去缓存数据，结果使缓存和主存管理的代码增倍，或者限制了可被缓存的数据的种类。相比之下，Windows XP/2003 提供了一个集中的高速缓存工具来缓存所有的外部存储数据，包括在本地硬盘、软盘、网络文件服务器或是 CD－ROM 上的数据。任何数据都能被高速缓存，无论它是用户数据流(文件内容和在这个文件上正在进行读和写的活动)或是文件系统的元数据(meta data，例如目录和文件头)。Windows XP/2003 访问缓存的方法是由被缓存的数据的类型所决定的。

(2)与主存管理器结合。Windows XP/2003 高速缓存管理器一个不寻常的方面是，它从不清楚在物理主存中有多少缓存数据。这听起来可能有些奇怪，因为高速缓存目的是通过在物理主存中保留经常存取的数据的一个子集来改善 I/O 性能而 Windows XP/2003 高速缓存管理器不知道多少数据存在物理主存，因为它采用将文件视图映射到系统虚拟空间的方法访问数据，在这过程中使用了标准区域对象(section object)。

(3)高速缓存的一致性。高速缓存管理器一个重要的功能是保证任何访问高速缓存数据的进程可得到这些数据的最新版本。当进程打开一个文件(这个文件被缓存了)而另一个进程直接将文件映射到它的地址空间(运用 Windows XP/2003 函数)，问题就产生了。这种潜在的问题不会在 Windows XP/2003 中出现，因为高速缓存管理器和用户应用程序使用相同的主存管理文件映射服务将文件映射到它们的地址空间。而主存管理器保证每一个被映射文件只有唯一的代表，它映射文件的所有视图到物理主存页面的单独集合。

6.4 Windows XP/2003 的 I/O 系统

Windows XP/2003 I/O 系统是 Windows XP/2003 执行体的组件，其接收来自用户态和核心态的 I/O 请求，并且以不同的形式把它们传送到 I/O 设备。本节将讨论 Windows XP/2003 的 I/O 系统的实现技术。

6.4.1 Windows XP/2003 I/O 系统结构和组件

Windows XP/2003 I/O 系统的设计目标如下：高效快速进行 I/O 处理；使用标准的安全机制保护共享的资源；满足 Win32、OS/2 和 POSIX 子系统指定的 I/O 服务的需要；允许用高级语言编写驱动程序；根据用户的配置或者系统中硬件设备的添加和删除，能在系统中动态地添加或删除相应的设备驱动程序；为包括 FAT、CD－ROM 文件系统(CDFS)、UDF 文件系统和 Windows XP/2003 文件系统(NTFS)的多种可安排的文件系统提供支持；允许整个系统或者单个硬件设备进入和离开低功耗状态，这样可以节约能源。

Windows XP/2003 的 I/O 系统定义了 Windows XP/2003 上的 I/O 处理模型，并且执行公用的或被多个驱动程序请求的功能。它主要负责创建代表 I/O 请求的 IRP 和引导通过不同驱动程序的包，在完成 I/O 时向调用者返回结果。I/O 管理器通过使用 I/O 系统对象来定位不同的驱动程序和设备，这些对象包括驱动程序对象和设备对象。内部的 Windows XP/2003 I/O 系统以异步操作方式获得高性能，并且向用户态应用程序提供同步和异步 I/O 功能。

设备驱动程序不仅包括传统的硬件设备驱动程序,还包括文件系统、网络和分层过滤器驱动程序。通过使用公用机制,所有驱动程序都具有相同的结构,并以相同的机制在彼此之间和 I/O 管理器通信。所以,它们可以被分层,即把一层放在另一层上来达到模块化,并可以减少在驱动程序之间的复制。同样,所有的 Windows XP/2003 设备驱动程序都应被设计成能够在多处理器系统下工作。

在 Windows XP/2003 中,所有的 I/O 操作都通过虚拟文件执行,隐藏了 I/O 操作目标的实现细节,为应用程序提供了一个统一的到设备的接口。虚拟文件是指用于 I/O 的所有源或目标,它们都被当做文件来处理。所有被读取或写入的数据都可以看做是直接读写到这些虚拟文件的流。用户态应用程序调用文档化的函数,这些函数再依次调用内部 I/O 子系统函数来从文件中读取、对文件写入和执行其他的操作。I/O 管理器动态地把这些虚拟文件请求指向适当的设备驱动程序。一个典型的 I/O 请求流程的结构如图 6.5 所示。

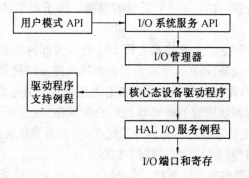

图 6.5 一个典型的 I/O 请求流程

下面将进一步讨论其中的一些组件,详细地叙述 I/O 管理器,论述不同类型的设备驱动程序和关键的 I/O 系统数据结构,并介绍 PnP 管理器和电源管理器的结构。

1. I/O 管理器

"I/O 管理器"(I/O manager)定义有序的工作框架,在该框架里,I/O 请求被提交给设备驱动程序。在 Windows 2003/XP 中,整个 I/O 系统是由"包"驱动的,大多数 I/O 请求用"I/O 请求包 IRP(I/O Request Packet)"表示,它从一个 I/O 系统组件移动到另一个 I/O 系统组件,快速 I/O 是一个特例,它不使用 IRP。IRP 是在每个阶段控制如何处理 I/O 操作的数据结构。

I/O 管理器创建代表每个 I/O 操作的 IRP,传递 IRP 给正确的驱动程序,并且当此 I/O 操作完成后,处理这个数据包。相反,驱动程序接受 IRP,执行 IRP 指定的操作,并且在完成操作后把 IRP 送回 I/O 管理器或为下一步的处理而通过 I/O 管理器把它送到另一个驱动程序。

除了创建并处理 IRP 以外,I/O 管理器还为不同的驱动程序提供了公共的代码,驱动程序调用这些代码来执行它们的 I/O 处理。通过在 I/O 管理器中合并公共的任务,单个的驱动程序将变得更加简洁和更加紧凑。例如,I/O 管理器提供一个允许某个驱动程序调用其他驱动程序的函数。它还管理用于 I/O 请求的缓冲区,为驱动程序提供超时支持,并记录操作系统中加载了哪些可安装的文件系统。

I/O 管理器也提供灵活的 I/O 服务，允许环境子系统(例如 Win32 和 POSIX)执行它们各自的 I/O 函数。这些服务包括用于异步 I/O 的高级服务，它们允许开发者建立可升级的高性能的服务器应用程序。

驱动程序呈现的统一的、模块化的接口允许 I/O 管理器调用任何驱动程序而不需要与它的结构和内部细节有关的任何特殊的知识。驱动程序也可以相互调用(通过 I/O 管理器)来完成 I/O 请求的分层的、独立的处理。

2. PnP 管理器

即插即用 PnP(Plug and Play)是计算机系统 I/O 设备与部件配置的应用技术。顾名思义，PnP 是指插入就可用，不需要进行任何设置操作。由于一个系统可以配置多种外部设备，设备也经常变动和更换，它们都要占有一定的系统资源，彼此间在硬件和软件上可能会产生冲突。因此，在系统中要正确地对它们进行配置和资源匹配；当设备撤除、添置和进行系统升级时，配置过程往往是一个困难的过程。为了改变这种状况，出现了 PnP 技术。

PnP 技术主要有以下特点：PnP 技术支持 I/O 设备及部件的自动配置，使用户能够简单方便地使用系统扩充设备；PnP 技术减少了由制造商造成的种种用户限制，简化了部件的硬件跳线设置，使 I/O 附加卡和部件不再具有人工跳线设置电路；利用 PnP 技术可以在主机板和附加卡上保存系统资源的配置参数和分配状态，有利于系统对整个 I/O 资源的分配和控制；PnP 技术支持和兼容各种操作系统平台，具有很强的扩展性和可移植性；PnP 技术在一定程度上具有"热插入"、"热拼接"功能。

PnP 技术的实现需要多方面的支持，其中包括：具有 PnP 功能的操作系统、配置管理软件、软件安装程序和设备驱动程序等；另外还需要系统平台的支持(如 PnP 主机板、控制芯片组和支持 PnP 的 BIOS 等)以及各种支持 PnP 规范的总线、I/O 控制卡和部件。

PnP 管理器为 Windows XP/2003 提供了识别并适应计算机系统硬件配置变化的能力。PnP 支持需要硬件、设备驱动程序和操作系统的协同工作才能实现。关于总线上设备标识的工业标准是实现 PnP 支持的基础，例如，USB 标准定义了 USB 总线上识别 USB 设备的方式。Windows XP/2003 的 PnP 支持提供了以下能力：

(1) PnP 管理器自动识别所有已经安装的硬件设备。在系统启动的时候，一个进程会检测系统中硬件设备的添加或删除。

(2) PnP 管理器通过一个名为资源仲裁(resource arbitrating)的进程收集硬件资源需求(中断，I/O 地址等)来实现硬件资源的优化分配；满足系统中的每一个硬件设备的资源需求。PnP 管理器还可以在启动后根据系统中硬件配置的变化对硬件资源重新进行分配。

(3) PnP 管理器通过硬件标识选择应该加载的设备驱动程序。如果找到相应的设备驱动程序，则通过 I/O 管理器加载，否则，启动相应的用户态进程请求用户指定相应的设备驱动程序。

(4) PnP 管理器也为检测硬件配置变化提供了应用程序和驱动程序的接口。因此，在 Windows XP/2003 中，在硬件配置发生变化的时候，相应的应用程序和驱动程序也会得到通知。

Windows XP/2003 的目标是提供完全的 PnP 支持，但是具体的 PnP 支持程度要由硬件设备和相应驱动程序共同决定。如果某个硬件或驱动程序不支持 PnP，整个系统的 PnP 支持将受到影响。一个不支持 PnP 的驱动程序可能会影响其他设备的正常使用。

一些比较早的设备和相应的驱动程序可能都不支持 PnP。在 NT4 下可以正常工作的驱动程序一般情况下在 Windows XP/2003 中也可以工作，PnP 就不能通过这些驱动程序完成设备资源的动态配置。

为了支持 PnP，设备驱动程序必须支持 PnP 调度例程和添加设备的例程，总线驱动程序必须支持不同类型的 PnP 请求。在系统启动的过程中，PnP 管理器向总线驱动程序询问得：到不同设备的描述信息，包括设备标识、资源分配需求等，然后，PnP 管理器就加载相应的设备驱动程序并调用每一个设备驱动程序的添加设备例程。

设备驱动程序加载后已经做好了开始管理硬件设备的准备，但是并没有真正开始和硬件设备通信。设备驱动程序等待 PnP 管理器向其 PnP 调度例程发出启动设备（start-device）的命令，启动设备命令中包含 PnP 管理器在资源仲裁后确定的设备的硬件资源分配信息。设备驱动程序收到启动设备命令后开始驱动相应设备并使用所分配的硬件资源开始工作。设备启动后，PnP 管理器可以向设备驱动程序发送其他的 PnP 命令，包括把设备从系统中卸装，重新分配硬件资源等。

3. 电源管理器

同 Windows XP/2003 的 PnP 支持一样，电源管理也需要底层硬件的支持，底层的硬件需要符合 ACPI(Advanced Configurationand Power Interface)标准。因此，支持电源管理的计算机系统的 BIOS(Basic InputandOutputSystem)必须符合 ACPI 标准，1998 年底以来的 x86 计算机系统都符合 ACPI 标准。

ACPI 为系统和设备定义了不同的能耗状态，目前共有 6 种：S_0（正常工作）、S_1 到 S_3（挂起）、S_4（休眠）、S_5（完全关闭）。每一种状态都有如下指标：

(1) 电源消耗。计算机系统消耗的能源。

(2) 软件运行恢复。计算机系统回复到正常工作状态时软件能否恢复运行。

(3) 硬件延迟。计算机系统回复到正常工作状态的时间延迟。

计算机系统在从 S_1 到 S_4 的状态之间互相转换，转换必须先通过状态 S_0。$S_1 \sim S_5$ 的状态转换到 S_0 称作唤醒，从 S_0 转换到 $S_1 \sim S_5$ 称作睡眠。

设备也有相应的能耗状态，设备能耗状态的分类和整个计算机系统是不同的。ACPI 定义的设备能耗分为 4 种状态：从 D_0 到 D_3。其中 D_0 为正常工作，D_3 为关闭，D_1 和 D_2 的意义可以由设备和驱动程序自行定义，只要保证 D_1 耗能 D_0，D_2 耗能低于 D_1 即可。

Windows 2003/XP 的电源管理策略由两部分组成：电源管理器和设备驱动程序。电源管理器是系统电源策略的所有者，因此整个系统的能耗状态转换由电源管理器决定，并调用相应设备的驱动程序完成。电源管理器根据以下因素决定当前相同的能耗状态：系统活动状况；系统电源状况；应用程序的关机、休眠请求；用户的操作，例如用户按电源按钮；控制面板的电源设置。

当电源管理器决定要转换能耗状态时，相应的电源管理命令会发给设备驱动程序的相应调度例程。一个设备可能需要多个设备驱动程序，但是负责电源管理的设备驱动程序只有一个,设备驱动程序根据当前系统状态和设备的状态决定如何进行下一步操作,例如,当设备状态从 S_0 切换到 S_1 时,设备的能耗状态也从 D_0 切换到 D_1。

除了响应电源管理器的电源管理命令外,设备驱动程序也可以独立地控制设备的能耗状态。在一些情况下,当设备长时间不用时,设备驱动程序就可以减小该设备的能耗。设备驱动程序可以自己检测设备的闲置时间,也可以通过电源管理器检测。在使用电源管理器时,设备驱动程序通过调用函数 PoRegisterDeviceForIdleDetection 将相应设备注册到电源管理器中,该函数告诉电源管理器检测设备闲置的超时参数以及发现设备闲置时应该把设备切换到何种能耗状态。驱动程序需要设置两个超时值,一个用于配置计算机节省电能,另一个用于计算机达到最优性能。调用了 PoRegisterDeviceForIdleDetection 函数后,设备驱动程序需要通过函数 PoSetDeviceBusy 通知电源管理器设备何时被激活。

6.4.2　Windows XP/2003 I/O 系统的数据结构

4 种主要的数据结构代表了 I/O 请求:文件对象、驱动程序对象、设备对象和 I/O 请求包(IRP)。

1.文件对象

文件明显符合 Windows XP/2003 中的对象标准:它们是两个或两个以上用户态进程的线程可以共享的系统资源,可以有名称,被基于对象的安全性所保护,并且它们支持同步。虽然在 Windows XP/2003 中的大多数共享资源是基于主存的资源,但是 I/O 系统管理的大多数资源位于物理设备中或者就是实际的物理设备。尽管这有些差异,但在 I/O 系统中的共享资源,像在 Windows XP/2003 执行体的其他组件中的一样,都作为对象而被操作。

文件对象提供了基于主存的共享物理资源的表示法。当调用者打开文件或单一的设备时,I/O 管理器将为文件对象返回一个句柄。像其他的执行体对象一样,文件对象由包含访问控制表(ACL)的安全描述体保护。I/O 管理器查看安全子系统来决定文件的 ACL 是否允许进程去访问它的线程正在请求的文件。

如果允许对象管理器将准予访问,并把它返回的文件句柄和给予的访问权限联系起来。如果这个线程或在进程中的另一个线程需要去执行另外的操作,而不是最初请求指定的操作,那么线程就必须打开另一个句柄,它将提示做另外的安全检查。

文件对象提供了基于主存的共享物理资源的表示法(除了被命名的管道和邮箱以外,它们虽然是基于主存的,但不是物理资源)。在 Windows XP/2003 操作系统中,文件对象也代表这些资源。表 6.1 列出了一些文件对象的属性。

表 6.1　文件对象属性

属性	目的
文件名	标识文件对象指向的物理文件
字节偏移量	在文件中标识当前位置(只对同步 I/O 有效)
共享模式	表示当调用者正在使用文件时,其他的调用者是否可以打开文件来读、写入或删除操作

续表 6.1

属性	目的
打开模式	表示 I/O 是否将被同步或异步、高速缓存或不高速缓存、连续或随机等
指向设备对象的指针	表示文件在其上驻留的设备的类型
指向卷参数块的指针	表示文件在其上驻留的卷或分区
指向区域对象指针的指针	标识描述一个映射文件的根结构
指向专用高速缓存映射的指针	表示文件的哪一部分由高速缓存管理器管理,一起它们驻留在高速缓存的什么地方

2.驱动程序对象和设备对象

当线程为文件对象打开一个句柄时,I/O 管理器必须根据文件对象名称来决定它将调用哪个或哪些驱动程序来处理请求。而且,I/O 管理器必须在线程下一次使用同一个文件句柄时可以定位这个信息。下面的系统对象满足这些要求:

(1)驱动程序对象代表系统中一个独立的驱动程序,I/O 管理器从这些驱动程序对象中获得并且为 I/O 记录每个驱动程序的调度例程的地址。

(2)设备对象在系统中代表一个物理的、逻辑的或虚拟的设备并描述了它的特征,例如,它所需要的缓冲区的对齐方式和它用来保存即将到来的 I/O 请求包的设备队列的位置。

当驱动程序被加载到系统中时,I/O 管理器将创建一个驱动程序对象,然后,它调用驱动程序的初始化例程,该例程把驱动程序的入口点填放到该驱动程序对象中。初始化例程还创建用于每个设备的设备对象,这样使设备对象脱离了驱动程序对象。

当打开一个文件时,文件名包括文件驻留的设备对象的名称。例如,给出名称 \ Device \ Floppy0 \ myfile. dat,即为引用软盘驱动器 A 上的文件 myfile. dat。子字符串 Device \ Floppy0 是 Windows 2003/XP 内部设备对象的名称,代表哪个软盘驱动器。当打开 myfile. dat 文件时,I/O 管理器就创建一个文件对象,并在文件对象中存储一个 Floppy0 设备的指针。然后,给调用者返回一个文件句柄。此后,当调用者使用文件句柄时,I/O 管理器能够直接找到 Floppy0 设备对象。在 Win32 应用程序中不能使用 Windows XP/2003 内部设备名称,设备名称必须出现在对象管理器的名字空间中的一个特定的目录中,这个目录包括到实际的 Windows XP/2003 内部设备名称的符号链接。在这个目录中,设备驱动程序负责创建链接以使它们的设备能在 Win32 应用程序中被访问。通过使用 Win32 的 QueryDosDevice 和 DefineDosDevice 函数,可以检查、甚至可以用编程的方式来改变这些链接。

如图 6.6 所示,设备对象反过来指向它自己的驱动程序对象,这样 I/O 管理器就知道在接收一个 I/O 请求时应该调用哪个驱动程序。它使用设备对象找到代表服务于该设备驱动程序的驱动程序对象,然后利用在初始请求中提供的功能码来索引驱动程序对象。每个功能码都对应于一个驱动程序的入口点。

驱动程序对象通常有多个与它相关的设备对象。设备对象列表代表驱动程序可以

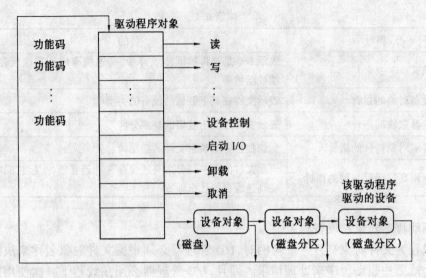

图 6.6 驱动程序对象

控制的物理设备、逻辑设备和虚拟设备。例如,硬盘的每个分区都有一个独立的包含具体分区信息的设备对象。然而,相同的硬盘驱动程序被用于访问所有的分区。当一个驱动程序从系统中被卸载时,I/O 管理器就会使用设备对象队列来确定哪个设备由于取走了驱动程序而受到了影响。

3. I/O 请求包

IRP(I/O Request Packet)是 I/O 系统用来存储处理 I/O 请求所需信息的数据结构。当线程调用 I/O 服务时,I/O 管理器就构造一个 IRP 来表示此线程所要进行的操作。I/O 管理器在 IRP 中保存一个指向调用者文件对象的指针。

IRP 由两部分组成:固定部分和一个或多个堆栈单元。固定部分信息包括:请求的类型和大小、是同步请求还是异步请求、用于缓冲 I/O 的指向缓冲区的指针和随着请求的进展而变化的状态信息。IRP 的堆栈单元包括一个功能码、功能特定的参数和一个指向调用者文件对象的指针。

在处于活动状态时,每个 IRP 都存储在与请求 I/O 的线程相关的 IRP 队列中。如果一个线程终止或者被终止时还拥有未完成的 I/O 请求,这种安排就允许 I/O 系统找到并释放未完成的 IRP。

6.4.3 Windows XP/2003 设备驱动程序

Windows XP/2003 支持多种类型的设备驱动程序和编程环境,在同一种驱动程序中也存在不同的编程环境,具体取决于硬件设备。这里主要讨论核心模式的驱动程序,核心驱动程序的种类很多,主要分为以下几种:

(1) 文件系统驱动程序。接受访问文件的 I/O 请求,主要是针对大容量设备和网络设备。

(2) 同 Windows XP/2003 的 PnP 管理器和电源管理器有关的设备驱动程序。包括大容量存储设备、协议栈和网络适配器等。

（3）为 Windows NT 编写的设备驱动程序。可以在 Windows XP/2003 中工作，但是一般不具备电源管理和 PnP 的支持，会影响整个系统的电源管理和 PnP 管理的能力。

（4）Win32 子系统显示驱动程序和打印驱动程序。将把与设备无关的图形（GDI）请求转换为设备专用请求。这些驱动程序的集合被称为"核心态图形驱动程序"。显示驱动程序与视频小端口（miniport）驱动程序是成对的，用来完成视频显示支持。每个视频小端口驱动程序为与它关联的显示驱动程序提供硬件级的支持。

（5）符合 Windows 驱动程序模型的 WDM 驱动程序。包括对 PnP、电源管理和 WMI 的支持。WDM 在 Windows XP/2003、Windows98 和 Windows Me 中都是被支持的，因此，在这些操作系统中是源代码级兼容的，在许多情况下是二进制兼容的。有三种类型的 WDM 驱动程序：总线驱动程序（bus driver），管理逻辑的或物理的总线，例如，PCMCIA、PCI、USB、IEEE1394 和 ISA，总线驱动程序需要检测并向 PnP 管理器通知总线上的设备，并且能够管理电源；功能驱动程序（function driver），管理具体的一种设备，对硬件设备进行的操作都是通过功能驱动程序进行的；过滤器驱动程序（filterdriver），与功能驱动程序协同工作，用于增加或改变功能驱动程序的行为。

除了总线驱动、功能驱动、过滤器驱动外，硬件支持驱动可以分为以下类型：

类驱动程序（classdriver）——为某一类设备执行 I/O 处理，例如磁盘、磁带或光盘。

端口驱动程序（portdriver）——实现了对特定于某一种类型的 I/O 端口的 I/O 请求的处理，例如 SCSI。

小端口驱动程序——把对端口类型的一般的 I/O 请求映射到适配器类型。例如，一个特定的 SCSI 适配器。

Windows XP/2003 还支持一些用户模式的驱动程序：

虚拟设备驱动程序（VDD），通常用于模拟 16 位 MS-DOS 应用程序。它们捕获 MS-DOS 应用程序对 I/O 端口的引用，并将其转化为本机 Win32 I/O 函数。因为 Windows XP/2003 是一个完全受保护的操作系统，用户态 MS-DOS 应用程序不能直接访问硬件，而必须通过一个真正的核心设备驱动程序。

Win32 子系统的打印驱动程序，将与设备无关的图形请求转换为打印机相关的命令，这些命令再发给核心模式的驱动程序，例如，并口驱动（Parport.sys）、USB 打印机驱动（Usbprint.sys）等。

图 6.7 给出了一个例子，用以说明这些设备驱动程序是如何工作的。文件系统驱动程序收到向特定文件写数据的请求，它将此请求转换为向磁盘指定的"逻辑"位置写字节的请求，然后，把这个请求传递给一个简单的磁盘驱动程序。这个磁盘驱动程序再依次把请求转换为磁盘上的柱面/磁道/扇区，并且操作磁头来写入数据。

图 6.7 说明了在两层驱动程序之间的工作分界线。I/O 管理器接受了与一个特殊文件的开始部分有关的写请求，并将这个请求传递到文件系统驱动程序，这个驱动程序再把写操作从与文件有关的操作转换为开始位置（磁盘上一个扇区的边界）和要读取的字节数。文件系统驱动程序调用 I/O 管理器把请求传递到磁盘驱动程序，这个驱动程序将请求转换为物理磁盘位置，并且传递数据。

因为所有的驱动程序（包括设备驱动程序和文件系统驱动程序）对于操作系统来说都

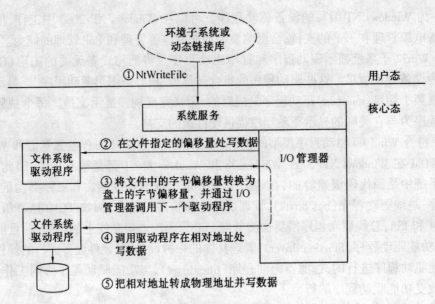

图 6.7 文件系统驱动和磁盘驱动的层次

呈现相同的结构,一个驱动程序可以不经过转换到当前的驱动程序或 I/O 系统,就能容易地被插入到分层结构中。例如,通过添加驱动程序,可以使几个磁盘"合并成"非常大的单一的磁盘。在 Windows XP/2003 中实际上就存在这样一个驱动程序来提供容错磁盘支持。

1.驱动程序结构

设备驱动程序包括一组调用处理 I/O 请求不同阶段的例程。如图 6.8 所示,主要有以下设备驱动程序例程。

(1) 初始化例程。当 I/O 管理器把驱动程序加载到操作系统中时,它执行驱动程序的初始化例程,这个例程将创建系统对象。I/O 管理器利用这些系统对象去识别和访问驱动程序。

(2) 添加设备例程。用于支持 PnP 管理器的操作。

(3) 一系列调度例程。调度例程是设备驱动程序提供的主要函数。例如,打开、关闭、读取、写入以及设备、文件系统或网络支持的任何其他功能。当被调用去执行一个 I/O 操作时,I/O 管理器产生一个 IRP,并且通过某个驱动程序的调度例程调用驱动程序。

(4) 启动 I/O 例程。驱动程序可以使用启动 I/O 例程来初始化与设备之间的数据传输。

(5) 中断服务例程(ISR)。当一个设备中断时,内核的中断调度程序把控制转交给这个例程。在 Windows XP/2003 的 I/O 模型中,ISR 运行在高级的设备中断请求级(IRQL)上,所以,它们越简单越好,以避免对低优先级中断产生不希望的阻塞。

(6) 延迟过程调用(DPC)。DPC 例程执行在 ISR 执行以后的大部分设备中断处理工作,包括初始化 I/O 完成、启动关于设备的下一个队列的 I/O 操作等。

尽管下面的例程没有列出,但是可以在很多类型的设备驱动程序中找到。

(1)一个或多个完成例程。分层驱动程序可能会有完成例程,通过它一个较低层的驱

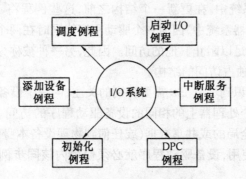

图 6.8　主要的设备驱动例程

动程序确定何时完成对一个 IRP 的处理。例如,当设备驱动程序完成了与文件的数据传输以后,I/O 管理器将调用文件系统的完成例程。该完成例程通知文件系统关于操作的成功、失败或取消,并且允许文件系统执行清理操作。

(2)取消 I/O 例程。如果某个 I/O 操作可以被取消,驱动程序就可以定义一个或多个取消 I/O 例程。I/O 管理器调用什么样的取消例程,取决于 I/O 操作在被取消时已进行到什么程度。

(3)卸载例程。卸载例程释放任何驱动程序正在使用的系统资源,以使 I/O 管理器能从主存中删除它们。当系统运行时,驱动程序可以被加载或卸载。

(4)系统关闭通知例程。这个例程允许驱动程序在系统关闭时做清理工作。

(5)错误记录例程。当意外错误发生时(例如,当磁盘分区被损坏时),驱动程序的错误记录例程将记录发生的事情,并通知 I/O 管理器。I/O 管理器把这个信息写入错误记录文件。

2.同步

驱动程序必须同步执行它们对全局驱动程序数据的访问,这有两个主要原因:

一是驱动程序的执行可以被高优先级的线程抢先,如时间片到中断或其他中断。

二是在多处理器系统中,Windows XP/2003 能够同时在多个处理器上运行驱动程序代码。

若不能同步执行,就会导致相应错误的发生。例如,因为设备驱动程序代码运行在低优先级的 IRQL 上,所以,当调用者初始化一个 I/O 操作时,可能被设备中断请求所中断,从而导致在它的设备驱动程序正在运行时让设备驱动程序的 ISR 去执行。如果设备驱动程序正在修改其 ISR 也要修改的数据,例如,设备寄存器、堆存储器或静态数据,则在 ISR 执行时,数据可能被破坏。

要避免这种情况发生,为 Windows XP/2003 编写的设备驱动程序就必须实现它和它的 ISR 对共享数据的访问进行同步控制。在尝试更新共享数据之前,设备驱动程序必须锁定所有其他的线程(或 CPU,在多处理器系统的情况下),以防止它们修改同一个数据结构。

当设备驱动程序访问其 ISR 也要访问的数据时,Windows XP/2003 的内核提供了设备驱动程序必须调用的特殊的同步例程。当共享数据被访问时,这些内核同步例程将禁止

ISR 的执行。在单 CPU 系统中,在更新一个结构之前,这些例程将 IRQL 提高到一个指定的级别。然而,在多处理器系统中,因为一个驱动程序能同时在两个或两个以上的处理器上执行,以这种技术就不足以阻止其他的访问。因此,另一种被称为"自旋锁"的机制被用来锁定来自指定 CPU 的独占访问的结构。

到目前为止,应该意识到尽管 ISR 需要特别的关注,但一个设备驱动程序使用的任何数据将面临运行于另一个处理器上的相同的设备驱动程序的访问。因此,用设备驱动程序代码来同步它对所有全局的或共享数据(或任何到物理设备本身的访问)的使用是很危险的。如果数据被 ISR 使用,设备驱动程序就必须使用内核同步例程或者使用一个内核锁。

6.4.4 Windows XP/2003 I/O 处理

在了解了驱动程序的结构和类型以及支持机制之后,现在来看 I/O 请求是如何在系统中传递的。一个 I/O 请求会经过若干个处理阶段,而且根据请求是指向由单层驱动程序操作的设备还是一个经过多层驱动程序才能到达的设备,它经过的阶段也有所不同。因为处理的不同进一步依赖于调用者是指定了同步 I/O 还是异步 I/O,所以,先了解一下这两种 I/O 类型的处理以及其他几种不同类型的 I/O。

1. I/O 的类型

应用程序在发出 I/O 请求时可以设置不同的选项,例如,设置同步 I/O 或者异步 I/O,设置应用程序获取 I/O 数据的方式等。

(1)同步 I/O 和异步 I/O。应用程序发出的大多数 I/O 操作都是"同步"的,也就是说,设备执行数据传输并在 I/O 完成时返回一个状态码,然后,程序就可以立即访问被传输的数据。ReadFile 和 WriteFile 函数使用最简单的形式调用时是同步执行的,在把控制返回给调用程序之前,它们完成一个 I/O 操作。

"异步 I/O"允许应用程序发布 I/O 请求,然后当设备传输数据的同时,应用程序继续执行。这类 I/O 能够提高应用程序的吞吐率,因为,它允许在 I/O 操作进行期间,应用程序继续其他的工作。要使用异步 I/O,必须在 Win32 的 CreateFile 函数中指定FILE_FLAG_OVERLAPPED 标志。当然,在发出异步 I/O 操作请求之后,线程必须小心地不访问任何来自 I/O 操作的数据,直到设备驱动程序完成数据传输。线程必须通过等待一些同步对象(无论是事件对象、I/O 完成端口或文件对象本身)的句柄,使它的执行与 I/O 请求的完成同步。当 I/O 完成时,这些同步对象将会变成有信号状态。

与 I/O 请求的类型无关,由 IRP 代表的内部 I/O 操作都将被异步执行,也就是说,一旦一个 I/O 请求已经被启动,设备驱动程序就返回 I/O 系统。I/O 系统是否返回调用程序取决于文件是否为异步 I/O 打开的。可以使用 Win32 的 HasOverlappedToCompleted 函数去测试挂起的异步 I/O 的状态。

(2)快速 I/O。快速 I/O 是一个特殊的机制,它允许 I/O 系统不产生 IRP 而直接到文件系统驱动程序或高速缓存管理器去执行 I/O 请求。

(3)映射文件 I/O 和文件高速缓存。映射文件 I/O 是 I/O 系统的一个重要特性,是 I/O 系统和主存管理器共同实现的。"映射文件 I/O"是指把磁盘中的文件视为进程的虚拟主存的一部分。程序可以把文件作为一个大的数组来访问,而无需做缓冲数据或执行磁盘 I/O 的工作。程序访问主存,同时主存管理器利用它的页面调度机制从磁盘文件中加载正确的页面。如果应用程序向它的虚拟地址空间写入数据,主存管理器就把更改作为正常页面调度的一部分写回到文件中。

通过使用 Win32 的 CreateFileMapping 和 Map ViewOfFile 函数,映射文件 I/O 对于用户态是可用的。在操作系统中,映射文件 I/O 被用于重要的操作中,例如,文件高速缓存和映象活动(加载并运行可执行程序)。其他重要的使用映射文件 I/O 的程序还有高速缓存管理器。文件系统使用高速缓存管理在虚拟主存中的映象文件数据,从而,为 I/O 绑定程序提供了更快的响应时间。当调用者使用文件时,主存管理器将把被访问的页面调入主存。尽管多数高速缓存系统在主存中分配固定数量的字节给高速缓存文件,但 Windows XP/2003 高速缓存的增大或缩小取决于可以获得的主存有多少。这种大小的变化是可能的,因为,高速缓存管理器依赖于主存管理器来自动地扩充(或缩小)高速缓存的数量,它使用正常工作集机制来实现这一功能。通过利用主存管理器的页面调度系统,高速缓存避免了重复主存管理器已经执行了的工作。

(4)分散/集中 I/O。Windows XP/2003 同样支持一种特殊类型的高性能 I/O,它被称作"分散/集中"(scatter/gather),可通过 Win32 的 ReadFileScatter 和 WriteFileScatter 函数来实现。这些函数允许应用程序执行一个读取或写入操作,从虚拟主存的多个缓冲区读取数据并写到磁盘上文件的一个连续区域里。要使用分散/集中 I/O,文件必须以非高速缓存 I/O 方式打开,被使用的用户缓冲区必须是页对齐的,并且 I/O 必须被异步执行。

2. 对 I/O 的处理过程

此处以对单层驱动程序的 I/O 请求为例说明 I/O 处理的过程,单层核心态设备驱动程序的同步 I/O 请求处理包括以下 5 步:

(1)I/O 请求经过子系统 DLL 调用 I/O 管理器的相应服务。

(2)I/O 管理器以 IRP 的形式给设备驱动程序发送请求。

(3)驱动程序启动 I/O 操作。

(4)在设备完成了操作并且中断 CPU 时,设备驱动程序服务于中断。

(5)I/O 管理器完成 I/O 请求。

其中中断处理和 I/O 完成要执行的操作为:

① 处理一个中断。在 I/O 设备完成数据传输之后,它将产生中断并请求服务,这样 Windows XP/2003 的内核、I/O 管理器和设备驱动程序都将被调用。

当 I/O 设备中断发生时,处理器将控制转交给内核陷阱处理程序,内核陷阱处理程序将在它的中断向量表中搜索定位用于设备的 ISR。Windows XP/2003 上的 ISR 用两个步骤来典型地处理设备中断。当 ISR 被首次调用时,它通常只在设备 IRQL 上停留获得设备状态所必需的一段时间,最后停止设备的中断。然后,它使一个 DPC 排入队列,并退出服务例程,清除中断。过一段时间,在 DPC 例程被调用时,设备完成对中断的处理。完成之后,设备将调用 I/O 管理器来完成 I/O 并处理 IRP。它也可以启动下一个正在设备队列中等待的 I/O 请求。

使用 DPC 来执行大多数设备服务的优点是,任何优先级位于设备 IRQL 和 Dispatch/

DPC IRQL 之间被阻塞的中断允许在低优先级的 DPC 处理发生之前发生。因而,中间优先级的中断就可以更快地得到服务。

② 完成 I/O 请求。当设备驱动程序的 DPC 例程执行完以后,在 I/O 请求可以考虑结束之前还有一些工作要做。I/O 处理的第三阶段称作"I/O 完成"(I/O completion),它因 I/O 操作的不同而不同。例如,全部的 I/O 服务都把操作的结果记录在由调用者提供的数据结构"I/O 状态块"(I/O status block)中。然而,一些执行缓冲 I/O 的服务要求 I/O 系统返回数据给调用线程。

在上述两种情况中,I/O 系统必须把一些存储在系统主存中的数据复制到调用者的虚拟地址空间中。要获得调用者的虚拟地址,I/O 管理器必须在调用者线程的上下文中进行数据传输,而此时调用者进程是当前处理器上活动的进程,调用者线程正在处理器上执行。I/O 管理器通过在线程中执行一个核心态的异步过程调用(APC)来完成这个操作。

APC 在特定线程的描述表中执行,而 DPC 在任意线程的描述表中执行,这就意味着 DPC 例程不能涉及用户态进程的地址空间。要注意的是,DPC 具有比 APC 更高的软件中断优先级。

接下来当线程开始在较低的 IRQL 上执行时,挂起的 APC 被提交运行。内核把控制权转交给 I/O 管理器的 APC 例程,它将把数据(如果有)和返回的状态复制到最初调用者的地址空间,释放代表 I/O 操作的 IRP,并将调用者的文件句柄(或调用者提供的事件或 I/O 完成端口)设置为有信号状态。现在才可以考虑完成 I/O,在文件(或其他对象)句柄上等待的最初调用者或其他的线程都将从它们的等待状态中被唤醒并准备再一次执行。

关于 I/O 完成最后要注意的是:异步 I/O 函数 ReadFileEx 允许调用者提供用户态 APC 作为参数。如果调用者这样做了,I/O 管理器将在 I/O 完成的最后一步为调用者清除这个 APC,这个特性允许调用者在 I/O 请求完成时指定一个将被调用的子程序。

6.5　Windows XP/2003 文件系统

Windows XP/2003 的文件系统结合在 I/O 管理器中,采用文件系统驱动程序实现。文件系统的实现机制采用面向对象的模型作为对象来管理。在本节中将介绍 Windows XP/2003 文件系统的相关技术。

6.5.1　Windows XP/2003 文件系统概述

Windows XP/2003 支持传统的 FAT 文件系统,对 FAT 文件系统的支持起源于 DOS,以后的 Windows 3.x 和 Windows 9x 系列均支持它们。该文件系统最初是针对相对较小容量的硬盘设计的,但是随着计算机辅存储设备容量的迅速扩展,出现了明显的不适应。不难看出,FAT 文件系统最多只可以容纳 2^{12} 或 2^{16} 个簇,单个 FAT 卷的容量小于 2 GB。显然,如果继续扩展簇中包含的扇区数,文件空间的碎片将很多,浪费很大。

从 Windows 9x 和 Windows Me 开始,FAT 表被扩展到 32 位,形成了 FAT32 文件系统,解决了 FAT16 在文件系统容量上的问题,可以支持 4 GB 的大硬盘分区,但是由于 FAT 表的大幅度扩充,造成了文件系统处理效率的下降。Windows 98 操作系统也支持 FAT32,但与其同期开发的 Windows NT 则不支持 FAT32，基于 NT 构建的 Windows XP/2003 则又支持 FAT32，此外还支持：只读光盘 CDFS、通用磁盘格式 UDF、高性能 HPFS 等文件系统。

Microsoft 的另一个操作系统产品 Windows NT 开始提供一个全新的文件系统 NTFS（New Technology File System）。NTFS 除了克服 FAT 系统在容量上的不足外，主要出发点是立足于设计一个服务器端适用的文件系统，除了保持向后兼容性的同时，要求有较好的容错性和安全性。为了有效地支持客户/服务器应用，Windows XP/2003 在 NT4 的基础上进一步扩充了 NTFS，这些扩展需要将 NT4 的 NTFS4 分区转化为一个已更改的磁盘格式，这种格式被称为 NTFS5。

Windows XP/2003 还提供分布式文件服务。分布式文件系统（DFS）是用于 Windows XP/2003 服务器上的一个网络服务器组件，最初它是作为一个扩展层发售给 NT4 的，但是在功能上受到很多限制，在 Windows XP/2003 中，这些限制得到了修正。DFS 能够使用户更加容易地找到和管理网络上的数据。使用 DFS，可以更加容易地创建一个单目录树，该目录树包括多文件服务器和组、部门或企业中的文件共享。另外，DFS 可以给予用户一个单一目录，这一目录能够覆盖大量文件服务器和文件共享，使用户能够很方便地通过"浏览"网络去找到所需要的数据和文件。浏览 DFS 目录是很容易的，因为不论文件服务器或文件共享的名称如何，系统都能够将 DFS 子目录指定为逻辑的、描述性的名称。

6.5.2　Windows XP/2003 文件系统模型和 FSD 体系结构

在 Windows XP/2003 中，I/O 管理器负责处理所有设备的 I/O 操作，文件系统的组成和结构模型如图 6.9 所示。

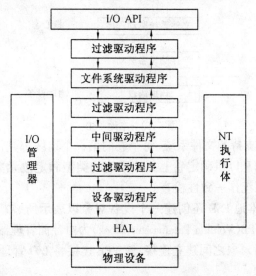

图 6.9　Windows 文件系统模型

（1）设备驱动程序。位于 I/O 管理器的最低层，直接对设备进行 I/O 操作。

（2）中间驱动程序。与低层设备驱动程序一起提供增强功能，如发现 I/O 失败时，设备驱动程序只会简单地返回出错信息；而中间驱动程序却可能在收到出错信息后，向设备驱动程序下达重执请求。

（3）文件系统驱动程序 FSD(File System Driver)。扩展低层驱动程序的功能,以实现特定的文件系统(如 NTFS)。

（4）过滤驱动程序。可位于设备驱动程序与中间驱动程序之间,也可位于中间驱动程序与文件系统驱动程序之间,还可位于文件系统驱动程序与 I/O 管理器 API 之间。例如,一个网络重定向过滤驱动程序可截取对远程文件的操作,并重定向到远程文件服务器上。

在以上组成构件中,与文件管理最为密切相关的是 FSD,它工作在内核态,但与其他标准内核驱动程序有所不同。FSD 必须先向 I/O 管理器注册,还会与主存管理器和高速缓存管理器产生大量交互。因此,FSD 使用了 Ntoskrnl 出口函数的超集,它的创建必须通过 IFS(Installable File System)实现。

下面简单介绍 FSD 的体系结构。文件系统驱动程序可分为本地 FSD 和远程 FSD,前者允许用户访问本地计算机上的数据,后者则允许用户通过网络访问远程计算机上的数据。

1.本地 FSD

本地 FSD 包括 Ntfs.sys、Fastfat.sys、Udfs.sys、CDfs.sys 和 Raw FSD 等,参见图 6.10 所示,本地 FSD 负责向 I/O 管理器注册自己,当开始访问某个卷时,I/O 管理器将调用 FSD 来进行卷识别,如图 6.10 所示。

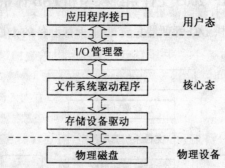

图 6.10　本地 FSD

Windows XP/2003 支持的文件系统,每个卷的第一个扇区都是作为启动扇区预留的,其上保存了足够多的信息以供确定卷上文件系统的类型和定位元数据的位置。另外,卷识别常常需要对文件系统作一致性检查。

当完成卷识别后,本地 FSD 还创建一个设备对象以表示所装载的文件系统。I/O 管理器也通过卷参数块 VPB(Volumn Parammeter Block)为由存储管理器所创建的卷设备对象和由 FSD 所创建的设备对象之间建立连接,该 VPB 连接将 I/O 管理器的有关卷的 I/O 请求转交给 FSD 设备对象。

本地 FSD 常用高速缓存管理器来缓存文件系统的数据以提高性能,它与主存管理器一起实现主存文件映射。本地 FSD 还支持文件系统卸载操作,以便提供对卷的直接访问。

2.远程 FSD

远程 FSD 有两部分组成:客户端 FSD 和服务器端 FSD。前者允许应用程序访问远程的文件和目录,客户端 FSD 首先接收来自应用程序的 I/O 请求,接着转换为网络文件系统协议命令,再通过网络发送给服务器端 FSD。服务器端 FSD 监听网络命令,接收网络文件系统协议命令,并转交给本地 FSD 去执行。图 6.11 是远程 FSD 示意。

对于 Windows XP/2003 而言,客户端 FSD 为 LANMan 重定向器(LANManRedirector),而服务器端 FSD 为 LANMan 服务器(LANMan Server)。重定向器通过端口/小端口驱动程序的组合来实现。而实现重定向器与服务器的通信则通过通用互联网文件系统 CIFS(Common Internet File System)协议进行。

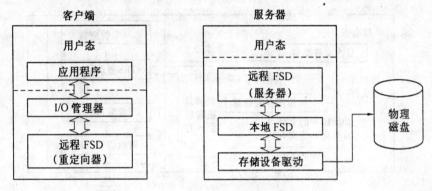

图 6.11　远程 FSD

3. FSD 与文件系统操作

Windows 文件系统的有关操作都是通过 FSD 来完成的,其有如下几种操作会用到 FSD:

(1) 显式文件 I/O。应用程序通过 Win32 I/O 函数如 CreateFile、ReadFile 和 WriteFile 等来访问文件。

(2) 高速缓存延迟写。高速缓存管理器的延迟写线程定期对高速缓存中已被修改过的页面进行写操作,这是通过调用主存管理器的 MmFlushSection 函数来完成的,具体地说,MmFlushSection 通过 IoAsychronousPageWrite 将数据送交 FSD。

(3) 高速缓存提前读。高速缓存管理器的提前读线程负责提前读数据,提前读线程通过分析已做的读操作来决定提前读多少,它依赖于缺页中断来完成这一任务。

(4) 主存脏页写。主存脏页写线程定期清洗缓冲区,该线程通过 IoAsychronousPageWrite 来创建 IRP 请求,这些 IRP 被标识为不能通过高速缓存,因此,它们被 FSD 直接送交磁盘存储驱动程序。

(5) 主存缺页处理。以上在进行显式 I/O 操作和高速缓存提前读时,都会用到缺页中断处理。主存缺页处理 MmAccessFault 通过 IoPageRead 向文件所在文件系统发送 IRP 请求包来完成。

6.5.3　NTFS 文件系统驱动程序

在 Windows XP/2003 中,NTFS 及其他文件系统如 FAT、HPFS、POSIX 等都结合在 I/O 管理器中,采用文件系统驱动程序实现的。文件系统的实现机制采用面向对象的模型,文件、目录与系统中其他资源一样,是作为对象来管理的。文件的命名统一在对象命名空间,文件对象由 I/O 管理器管理。用户和系统打开文件在系统中表现为创建进程对象表及其所指向的具体文件对象。如图 6.12 所示,在 Windows XP/2003 执行体的 I/O 管理器部分,包括了一组在核心态运行的可加载的与 NTFS 相关的设备驱动程序。这些驱动程序是分层次实现的,它们通过调用 I/O 管理器传递 I/O 请求给另外一个驱动程序,依靠I/O管理器作为媒介允许每个驱动程序保持独立,以便可以被加载或卸载而不影响其他驱动程序。另外,图中还给出了 NTFS 驱动程序和与文件系统紧密相关的三个其他执行体的关系。

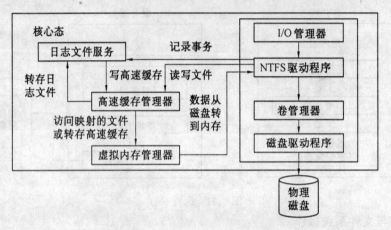

图 6.12 NTFS 及其相关组件

日志文件服务 LFS(Log File Server)是为维护磁盘写入的日志,而提供服务是记录所有影响 NTFS 卷结构的操作,如文件创建、改变目录结构,此日志文件用于在系统失败时恢复 NTFS 格式化卷。

高速缓存管理器是 Windows 2003 的执行体组件,它为 NTFS 以及包括网络文件系统驱动程序(服务器和重定向程序)的其他文件系统驱动程序提供系统范围的高速缓存服务。Windows 2003 的所有文件系统通过把高速缓存文件映射到虚拟主存,然后访问虚拟主存来访问它们。为此,高速缓存管理器提供了一个特定的文件系统接口给 Windows 2003 虚拟主存管理器。当程序试图访问没有加载到高速缓存的文件的一部分时,主存管理器调用 NTFS 来访问磁盘驱动器并从磁盘上获得文件的内容。高速缓存管理器通过使用它的"延迟书写器"(Lazy Writer)来优化磁盘 I/O。延迟书写器是一组系统线程,它在后台活动,调用主存管理器来刷新高速缓存的内容到磁盘上(异步磁盘写入)。

NTFS 把文件作为对象的实现方法允许文件被对象管理器共享和保护,对象管理器是管理所有执行体级别对象的 Windows XP/2003 组件。应用程序创建和访问文件同对待其他 Windows XP/2003 对象一样——依靠对象句柄。当 I/O 请求到达 NTFS 时,Windows XP/2003 对象管理器和安全系统已经验证该调用进程有权以它试图访问的方式来访问文件对象。安全系统把调用程序的访问令牌同文件对象的访问控制列表中的项进行比较。I/O管理器也将文件句柄转换为指向文件对象的指针。NTFS 使用文件对象中的信息来访问磁盘上的文件。

6.5.4　NTFS 在磁盘上的结构

物理磁盘可以组织成一个或多个卷。卷与磁盘逻辑分区有关,由一个或多个簇组成,随着 NTFS 格式化磁盘或磁盘的一部分而创建,其中镜像卷和容错卷可能跨越多个磁盘。NTFS 将分别处理每一个卷,同 FAT 一样,NTFS 的基本分配单位是簇,它包含整数个物理扇区;而扇区是磁盘中最小的物理存储单位,一个扇区通常存放 512 个字节,但 NTFS 并不认识扇区。簇的大小可由格式化命令或格式化程序按磁盘容量和应用需求来确定,可以为 512 B、1 KB、2 KB……最大可达 64 KB。因而,每个簇中的扇区数可为 1 个、2 个……直至 128 个。

NTFS 使用逻辑簇号 LCN(Logical Cluster Number)和虚拟簇号 VLN(Virtual ClusterNumber)来定位簇。LCN 是对整个卷中的所有簇从头到尾进行编号;VCN 则是对特定文件的簇从头到尾进行编号,以方便引用文件中的数据。簇的大小乘以 LCN,就可以算出卷上的物理字节偏移量,从而得到物理盘块地址。VCN 可以映射成 LCN,所以不要求物理上连续。NTFS 卷中存放的所有数据都包含在一个 NTFS 元数据文件中,包括定位和恢复文件的数据结构、引导程序数据和记录整个卷分配状态的位图。

主控文件表 MFT(Master File Table)是 NTFS 卷结构的中心,NTFS 忽略簇的大小,每个文件记录的大小都被固定为 1 KB。从逻辑上讲,卷中的每个文件在 MFT 上都有一行,其中还包括 MFT 自己的一行。除了 MFT 以外,每个 NTFS 卷还包括一组"元数据文件",其中包含用于实现文件系统结构的信息。每一个这样的 NTFS 元数据文件都有一个以美元符号($)开头的名称,虽然该符号是隐藏的。NTFS 卷中的其余文件是正常的用户文件和目录。

通常情况下,每个 MFT 记录与不同的文件相对应。然而,如果一个文件有很多属性或分散成很多碎片,就可能需要不止一个文件记录。在此情况下,存放其他文件记录的位置的第一个记录就叫做"基文件记录"。

当 NTFS 首次访问某个卷时,它必须"装配"该卷,这时 NTFS 会查看引导文件,找到 MFT 的物理磁盘地址。MFT 自己的文件记录是表中的第一项;第二个文件记录指向位于磁盘中间的称作"MFT 镜像"的文件。如果因某种原因 MFT 文件不能读取时,副本就用于定位元数据文件。

一旦 NTFS 找到 MFT 的文件记录,它就从文件记录的数据属性中获得虚拟簇号 VCN 到逻辑簇号 LCN 映射信息,将其解压缩并存储在主存中。这个映射信息告诉 NTFS 组成 MFT 的逻辑构成放在磁盘的什么地方。然后,NTFS 再解压缩几个元数据文件的 MFT 记录,并打开这些文件。接着,NTFS 执行它的文件系统恢复操作。最后,NTFS 打开剩余的元数据文件。现在用户就可以访问该卷了。

系统运行时,NTFS 会向另一个重要的元数据文件——日志文件(log file)写入信息。NTFS 使用日志文件记录所有影响 NTFS 卷结构的操作,包括文件的创建或改变目录结构的任何命令,例如复制。日志文件被用来在系统失败后恢复 NTFS 卷。

MFT 中的另一项是为根目录保留的。它的文件记录包含一个存放于 NTFS 目录结构根部的文件和目录索引。当第一次请求 NTFS 打开一个文件时,它开始在根目录的文件记录中搜索这个文件。打开文件之后,NTFS 存储文件的 MFT 文件引用,以便当它在以后读写该文件时可以直接访问此文件的 MFT 记录。

最后,NTFS 还包含一个重要的系统文件——引导文件(bootfile)。它存储 Windows 2003 的引导程序代码,为了引导系统,引导程序代码必须位于特定的磁盘地址。然而,在格式化期间,Format 实用程序通过为这个区域创建一个文件记录将它定义为一个文件。创建引导文件使得 NTFS 坚持将磁盘上的所有事物都看成文件的原则。此引导文件以及 NTFS 元数据文件可以通过应用于所有 Windows 2003 对象的安全描述体被分别地保护。使用这个"磁盘上的所有事物均为文件"模式也意味着虽然引导文件目前正被保护而不能编辑,但引导程序还是可以通过一般的文件 I/O 来修改。

6.5.5 NTFS 可恢复性支持

NTFS 通过日志记录(logging)来实现文件的可恢复性。所有改变文件系统的子操作在磁盘上运行前,首先被记录在日志文件中。当系统崩溃后的恢复阶段,NTFS 根据记录在日志中的文件操作信息,对那些部分完成的事务进行重做或撤销,从而,保证磁盘上文件的一致性,这种技术称"预写日志记录(Write-ahead logging)"。

文件可恢复性的实现要点如下:

(1) 日志文件服务 LFS(Log File Service)。LFS 是一组 NTFS 驱动程序内的核心态程序,NTFS 通过 LFS 例程来访问日志文件。LFS 分两个区域:重启动区(restart area)和无限记录区域(infinite logging area),前者保存的信息用于失败后的恢复,后者用于记录日志。NTFS 不直接存取日志文件,而是通过 LFS 进行,LFS 提供了包括:打开、写入、向前、向后、更新等操作。

(2) 日志记录类型。LFS 允许用户在日志文件中写入任何类型的记录,更新记录(update records)和检查点记录是 NTFS 支持的两种主要类型的记录,它们在系统恢复过程中起主要作用。更新记录所记录的是文件系统的更新信息,是 NTFS 写入日志文件中的最普通的记录。每当发生下列事件时:创建文件、删除文件、扩展文件、截断文件、设置文件信息、重命名文件、更改文件安全信息,NTFS 都会写入更新记录。检查点记录由 NTFS 周期性写到日志文件中,同时还在重启动区域存储记录的 LSN,在发生系统失败后,NTFS 通过存在检查点记录中的信息定位日志文件中的恢复点。

(3) 可恢复性的实现。NTFS 通过 LFS 来实现可恢复功能,但这种恢复只针对文件系统的数据,不能保证用户数据的完全恢复。NTFS 在主存中维护两张表:事务表用来跟踪已经启动但尚未提交的事务,以便恢复过程中从磁盘删除这些活动事务的子操作;脏页表用来记录在高速缓存中还未写入磁盘的包括改变 NTFS 卷结构操作的页面,在恢复过程中,这些改动必须刷新到磁盘上。要实现 NTFS 卷的恢复,NTFS 要对日志文件进行三次扫描:分析扫描、重做扫描和撤销扫描。

(4) 可恢复性操作步骤如下。

① NTFS 首先调用 LFS 在日志文件中记录所有改变卷结构的事务。

② NTFS 执行在高速缓存中的更改卷结构的操作。

③ 高速缓存管理器调用 LFS 把日志文件刷新到磁盘。

④ 高速缓存管理器把该卷的变化(事务本身)最后被刷新到磁盘。

6.5.6　NTFS 安全性支持

NTFS 卷上的每个文件和目录在创建时创建人就被指定为拥有者,拥有者控制文件和目录的权限设置,并能赋予其他用户访问权限。NTFS 为了保证文件和目录的安全及可靠性,制定了以下的权限设置规则。

(1) 只有用户在被赋予其访问权限或属于拥有这种权限的组,才能对文件和目录进行访问。

(2) 权限是累积的,如果组 A 用户对一个文件拥有"写"权限,组 B 用户对该文件只有"读"权限,而用户 C 同属两个组,则 C 将获得"写"权限。

(3) "拒绝访问"权限优先高于其他所有权限。如果组 A 用户对一个文件拥有"写"权限,组 B 用户对该文件有"拒绝访问"权限,那么同属两个组的 C 也不个能读文件。

(4) 文件权限始终优先于目录权限。

(5) 当用户在相应权限的目录中创建新的文件或子目录时,创建的文件或子目录继承该目录的权限。

(6) 创建文件或目录的拥有者,总可以随时更改对文件或子目录的权限设置来控制其他用户对该文件或目录的访问。

在信息交流高度发达的网络时代,很难防止非法用户对某些重要数据的窃取和破坏,高度机密的关键数据,除了设置权限外,还可通过加密技术来保障其安全性。文件的加密指对文件中的内容,按照一定的变换规则进行重新编码,从而得到新的无法正常阅读的文件。所以,除了上面介绍的对文件和目录设置安全性权限外,对文件内容进行加密是一种十分有效的安全性措施,下面简单介绍 NTFS 的安全性支持——加密文件系统 EFS (Encrpyted File System)。

EFS 加密技术是基于公共密钥的,它用一个随机产生的文件密钥 FEK(File Encryption Key),通过加强型的数据加密标准 DESX(Data Encryption Standard)算法对文件进行加密。DESX 使用同一个密钥来加密和解密数据,这是一种对称加密算法(Symmetric Encryption Algorithm),加解密数据速度快,适用于大数据量文件。EFS 使用基于 RSA(Rivest Shamir Adleman)的公共密钥加密算法对 FEK 进行加密,并把它和文件存储存一起,形成了文件的一个特殊的 EFS 属性字段——数据加密字段 DDF(DataDecryption Field)。解密时,用户用自己的私钥解密存储在文件 DDF 中的 FEK,然后,再用解密后得到的 FEK 对文件数据进行解密,最后得到文件的原文。

小　结

本章向读者主要介绍了目前被广泛应用的 Windows 操作系统的内部实现技术。操作系统是计算机系统的核心,它的职责包括对硬件的直接监管、对各种系统资源的管理以及提供诸如作业管理之类的面向应用程序的服务等。本章分别对 Windows XP/2003 的进程与线程、虚拟存储管理、文件系统及 I/O 系统等方面进行讨论,意在使读者通过本章的学习对前面章节内容加以应用和分析,从而进一步了解现代计算机操作系统的内部实现技术。

习 题

1. Windows XP/2003 包括三个层次的执行对象:_____、_____ 和 _____。

2. Windows XP/2003 是一个基于 _____ 的操作系统。主要定义了两类对象:_____、_____。

3. Windows XP/2003 管理应用程序主存相关的有两个数据结构:_____ 和 _____。

4. Windows XP/2003 线程是 _____级线程,它是 CPU 调度的独立单位。每一个线程都由一个 _____块表示。

5. 在 Windows XP/2003 中使用虚拟主存,要分三个阶段:_____、_____ 和 _____。

6. 物理磁盘可以组织成一个或多个_____ ,其由一个或多个 _____组成,其中 和 _____可能跨越多个磁盘。

7. NTFS 文件系统中,通过 _____存储 Windows 2003 的引导程序代码;通过 来实现文件的可恢复性。

8. I/O 系统中 _____、_____、_____ 和 _____等数据结构代表 I/O 请求。

9. 在 Windows XP/2003 中,所有主存物理页框组成了 _____,每个页框占一项,每项称为一个 _____。

10. 主存管理器在分配页框时,是按照 _____→ _____→ _____→ _____ 的次序从非空链表中取得页面进行分配的。

11. 简述 Windows XP/2003 三种应用程序主存管理方法。

12. Windows XP/2003 进程的有哪些特性?

13. 区域对象是操作系统管理应用程序主存的一个重要的数据结构,其有哪些重要的作用?

14. Windows XP/2003 主存映射文件主要应用于哪些场合?

15. Windows XP/2003 支持多种类型的设备驱动程序,其核心模式的驱动程序主要分哪几种。

第 **7** 章

Linux 操作系统

【学习目标】

1. 了解 Linux 的历史和现状，掌握 Linux 系统的特点。
2. 了解 Linux 操作系统进程的相关概念、进程的数据结构和进程调度的相关方法。
3. 了解 Linux 的虚拟内存管理机制。
4. 了解 Linux 文件系统的基本概念。
5. 了解 Linux 设备管理的基本思想。

【知识要点】

Linux 的进程管理；Linux 的内存管理；Linux 的文件系统；Linux 的设备管理

7.1 Linux 操作系统简介

7.1.1 Linux 操作系统的发展

Linux 操作系统核心最早是由 25 岁的芬兰大学生 Linus Torvalds 于 1991 年 8 月在芬兰赫尔辛基大学发布的，Linux 是 Linus 和 Minix 的混合称呼，意为 Linus 编写的类似 Minix 的系统，可见 Linux 和 Minix 是有着深厚的历史渊源的。Minix 是属于最早的一批基于微内核设计的类 UNIX 操作系统，由荷兰阿姆斯特丹的 Vrije 大学计算机科学系的 Andrew S. Tanenbaum 教授开发，设计初衷是用于教学目的，其所有的源代码公开。Linus Torvalds 不满足 Minix 的许多特性，决定对其进行改写，将整个操作系统包含在内核中，称为 Linux。最初 Linus 将其发布在 Internet 上，得到了积极的回应，很快就有数百名程序员和爱好者通过 Internet 加入 Linux 的行列，他们不断对程序进行修改和完善，经过几年的努力，Linux 终于在全球普及开来，成为当今流行的操作系统之一。

Linux 最初针对的是 Intel 架构的个人计算机开发，但现在不仅个人桌面版的用户极多，在服务器领域也得到越来越多的应用，例如 Sun 公司的 Sparc 工作站和 DEC 公司的 Alpha 工作站等。此外，在嵌入式开发方面 Linux 更是具有其他系统无可比拟的优势。

Linux 的源代码是自由分发的，是完全公开的，也是完全免费的，你可以很方便地从网上下载。Linux 与 Internet 同步发展壮大。Linux 的目标是 POSIX 兼容性。Linux 不仅涵盖了 UNIX 的所有特征,而且融合了许多其他操作系统的东西,这些特征包括:真正的多任务、虚拟存储、快速的 TCP/IP 实现、共享库和多用户。Linux 运行在保护模式并且完全支持 32 位和 64 位多任务。它能运行主要的 UNIX 工具软件、应用程序和网络协议。Linux 还拥有一个完全免费的、遵从 X/Open 标准的 X Window 的实现。Linux 内核的版权归 Linus Torvalds所有。这个版权受 GNU(Gnu is Not UNIX)通用公共许可证(GPL, General Public License)的保护。你可以根据自己的需要对它进行必要的修改,无偿对它使用,无约束地继续传播。

可以说 Linux 是一个高效和灵活的通用操作系统。采用 Linux 模块化的设计结构,既能充分发挥,不断提高的硬件性能,又能跨不同平台使用,使得在 Linux 上开发的应用软件可以以很低的代价在不同的硬件平台上使用。Linux 操作系统也是一个多用户和多任务操作系统,它能保证 CPU 时刻处于使用状态,从而保持 CPU 的最大利用率。

现在 Linux 已经成为一个完整的类 UNIX 操作系统,它的核心版本在不断的更新,它有一个可爱的吉祥物———一只小企鹅(企鹅取自 Linus 家乡芬兰的吉祥物),现在几乎每种版本的 Linux 都带有这个标志。

事实上 Linux 的确稳定并富有竞争力。许多大学与研究机构都使用 Linux 来完成他们的日常计算任务,很多中小型网站也在他们的服务器上运行 Linux,家庭的应用就更多了。Linux 主要用来浏览 WEB,管理 WEB 站点,撰写与发送 E-mail,以及玩游戏,是一个具有专业水平的操作系统。

7.1.2 Linux 操作系统的特点

在使用方法上,Linux 与 UNIX 系统很像,但 Linux 系统无论从结构上还是应用上都有其自身的特点。Linux 的内核特点是短小精悍,具有更高的灵活性和适应性。Linux 最大的特色在于源代码完全公开。所有的原始程序源码都可得到,包括整个核心及所有的驱动程序,发展工具及所有应用程序。在符合 GNU GPL(General Public License)的原则下,任何人皆可自由取得、散布、甚至修改源代码。除此之外,与其他操作系统相比,Linux 还具有以下特色。

1.Linux 是一个多用户、多任务的操作系统

在 Linux 系统中,多个用户可同时在相同机器上操作(通过终端或虚拟控制台)。Linux在 386/486/Pentium/Pentium Pro 上以保护模式运行,是真正的多任务操作系统,可同时执行多个进程,具有进程间内存地址保护,因此当某个进程出错时,不会波及整个系统。同时也提供了进程间的通信方式,使各进程能协同工作以满足用户的要求。

2.支持多种文件系统

Linux 能支持多种文件系统,如 Ext2FS、ISOFS、Minix、Xenix、FAT16、FAT32、NTFS 等十多种文件系统。而且它自己还有一个先进的文件系统,提供最多达 4 TB 的文件存储空间,文件名可以长达 255 个字符。

3.符合 POSIX 1003.1 标准

POSIX 1003.1 标准定义了一个最小的 UNIX 操作系统接口,任何操作系统只有符合这一标准,才有可能运行 UNIX 程序。Linux 完全支持 POSIX 1003.1 标准,能运行 UNIX 上丰富的应用程序。另外,为了使 UNIX System V 和 BSD 上的程序能直接在 Linux 上运行,Linux 还增加了部分 System V 和 BSD 的系统接口,使 Linux 成为一个完善的 UNIX 程序开发系统。

4.具有较好的可移植性

Linux 系统核心只有小于 10％ 的源代码采用汇编语言编写,其余均是采用 C 语言编写,因此具备高度的可移植性。

5.支持多平台和多处理器

Linux 虽然最初是在 Intel x86 系列 CPU 上开发的,随着它不断的发展,可在许多不同的 CPU 上执行。同时还支持多处理器的体系结构,如 SMP。

6.全面支持 TCP/IP 网络协议

Linux 具有较强的网络功能,包含 ftp、telnet、NFS 等。同时支持 Appletalk 服务器、Netware 客户机及服务器、Lan Manager（SMB）客户机及服务器。其他支持的网络协议有 TCP、IPv4、IPX、DDP 和 AX.25 等。

7.1.3　目前流行的 Linux 版本

"内核"是 Linux 的关键,Linux 内核主要包括:进程管理、存储管理、设备管理、文件系统、网络通信以及系统初始化(引导)等功能。内核拥有自己的版本号,以版本 2.4.2 为例,2 代表主版本号,4 代表次版本号,2 代表改动较小的末版本号。在版本号中,次版本号为偶数的版本表明这是一个稳定的版本,若为奇数一般是指加入了一些新的东西,该内核只是开发过程中的一个快照,相当短暂。

由于 Linux 本身只提供了操作系统的核心,并没有提供给用户各种应用程序,如编译器、系统管理工具、网络工具、Office 套件、多媒体、绘图软件等,普通用户就无法在此平台上展开工作,此以 Linux Kernel 为核心再集成搭配各式各样的应用程序或工具组成一套完整的操作系统,即称为 Linux 发行版。目前流行的几个正式版本如下。

1.RedHat

这是目前世界上最流行的 Linux 发行套件。RedHat Linux(红帽 Linux)是 RedHat 公司发行的,它安装简易、使用方便、功能强大,特别是图形用户界面特别适合于初学者。目前比较流行的版本是 Red Hat EnterPrise Linux 5。

2.Open Linux

Caldera 公司的 Open Linux 是最早关注简易安装方法的 Linux 正式版本之一,同时,它还在正式版本中集成了办公软件。现在较流行的版本是 Caldera Open Linux 2.2。

3.Turbo Linux

Turbo Linux 公司是以推出高性能服务器而著称的 Linux 厂商,在美国有很大的影响。它在亚洲是占市场最大的商业版本,在中国、日本和韩国都取得了巨大的成功。现在较流行的版本是 Turbo Linux 6.0,它是基于 Linux 2.2 内核。

4.红旗 Linux

国内最出名的 Linux 发行版本要数红旗了,红旗 Linux 采用图形用户界面,简洁实用的菜单结构,类似 Windows 的界面和操作方式。目前流行的红旗 Linux 桌面版 5.0 加快了系统开机和启动的速度。红旗 Linux 桌面版 5.0 为用户集成了包括上网、图形图像处理、多媒体应用,以及娱乐游戏等完整实用的应用软件及配置工具;结合 Office 办公软件,能够直接对微软 Office 格式文档进行操作(例如中文编辑和打印等)。

7.2　Linux 的进程管理

7.2.1　基本概念

操作系统的重要任务之一是管理计算机的软、硬件资源。现代操作系统的主要特点在于程序的并发执行,由此引出系统的资源被共享和用户随机使用系统。因而操作系统最核心的概念就是进程:即正在运行的程序。操作系统借助于进程来管理计算机的软、硬件资源,支持多任务的并发。操作系统的其他内容都是围绕进程展开的。所以进程管理是 Linux 操作系统内核的主要内容之一,它对整个操作系统的执行效率至关重要。

进程是一个动态的实体,是一个可并发执行的程序在一个数据集合上的运行过程,它是一个正在执行的程序,是操作系统分配资源的基本单位。进程不仅包含指令和数据,也包含程序计数器和所有 CPU 寄存器的值,同时它的堆栈中存储着如子程序参数、返回地址以及变量之类的临时数据。

Linux 系统中主要的活动就是进程。每个进程执行一段独立的程序并且在进程初始化的时候拥有一个独立的控制线程。换句话说,每一个进程都拥有一个独立的程序计数器。用这个程序计数器可以追踪下一条将要被执行的指令。一旦进程开始运行,Linux 系统将允许它创建额外的线程。

Linux 的进程具有独立的权限与职责。如果系统中某个进程崩溃,它不会影响到其余的进程。每个进程运行在其各自的虚拟地址空间中,进程之间发生联系只能通过核心控制下的可靠通信机制来完成。进程在生命期内将使用系统中的资源。它利用系统中的 CPU 来执行指令,在物理内存中放置指令和数据,使用文件系统提供的功能打开并使用文件,同时直接或者间接的使用物理设备。Linux 必须跟踪系统中每个进程以及资源,以便在进程间实现资源的公平分配。Linux 支持多种类型的可执行文件格式,如 ELF、JAVA 等。由于这些进程必须使用系统共享库,所以对它们的管理要具有透明性。

由于 Linux 是一个多道程序设计系统,因此系统中可能会有多个彼此之间互相独立的进程在同时运行。而且,每一个用户可以同时开启多个进程。因此,在一个庞大的系统里,可能会有成百个甚至上千个进程在同时运行。事实上,在大多数单用户的工作站里,即使用户已经退出登录,仍然会有很多后台进程,即守护进程(daemon)在运行。在系统启动的时候,这些守护进程就已经被 shell 脚本开启。

计划任务(cron daemon)是一个典型的守护进程。它每分钟运行一次来检查是否有工作需要它完成。如果有工作要做,它就会将之完成,然后进入休眠状态,直到下一次检查时刻来到。

值得一提的是守护进程总是活跃的,一般是后台运行,守护进程一般是由系统在开机时通过脚本自动激活启动或超级管理用户 root 来启动。比如在 Fedora 或 Redhat 中,我们可以定义 httpd 服务器的启动脚本的运行级别,此文件位于/etc/init.d 目录下,文件名是 httpd,/etc/init.d/httpd 就是 httpd 服务器的守护程序,当把它的运行级别设置为 3 和 5 时,当系统启动时,它会跟着启动。由于守护进程是一直运行着的,所以它所处的状态是等待请求处理任务。

在 Linux 系统中,进程通过非常简单的方式创建。系统调用 fork 将会创建一个与原始进程完全相同的进程副本。调用 fork 函数的进程称为父进程,新的进程称为子进程。

进程以 PID 来命名,PID 是唯一的数值,用来区分进程。当一个进程被创建的时候,它的父进程会得到它的 PID。如果子进程希望知道它自己的 PID,可以调用系统调用 getpid。

Linux 系统中的进程可以通过一种消息传递的方式进行通信。在两个进程之间,可以建立一个通道,一个进程向这个通道里写入字节流,另一个进程从这个通道中读取字节流。这些通道称为管道(pipe)。使用管道也可以实现同步,因为如果一个进程试图从一个空的管道中读取数据,这个进程就会被挂起直到管道中有可用的数据为止。

7.2.2　描述进程的数据结构

Linux 用 task_struct 数据结构来表示每个进程,在 Linux 中任务与进程表示的意义是一样的。系统维护一个名为 task 的数组,task 包含指向系统中所有进程的 task_struct 结构的指针。这意味着系统中的最大进程数目受 task 数组大小的限制,缺省值一般为 512。创建新进程时,Linux 将从系统内存中分配一个 task_struct 结构并将其加入 task 数组,当前运行进程的结构用 current 指针来指示。

Linux 还支持实时进程。这些进程必须对外部事件作出快速反应,系统将区分对待这些进程和其他进程。虽然 task_struct 数据结构庞大而复杂,但可以归为如下几类。

1. 进程的状态信息(State)

进程在执行过程中会根据环境来改变进程的状态,Linux 进程有以下状态。

(1)运行态(Running)。进程处于运行(它是系统的当前进程)或者准备运行状态(它在等待系统将 CPU 分配给它)。

(2)等待态(Waiting)。进程在等待一个事件或者资源。Linux 将等待态的进程分成两类:可中断与不可中断。可中断的等待进程可以被信号中断;不可中断的等待进程直接等待硬件条件,并且任何情况下都不可中断。

(3)停止态(Stopped)。进程被停止,通常是通过接收一个信号。正在被调试的进程可以处于停止状态。

(4)僵死态(Zombie)。这是因为某些原因而被终止的进程,但是在 task 数据中仍然保留 task_struct 结构。它像一个已经死亡的进程。

2. 调度信息(Scheduling Information)

Linux 调度进程所需要的信息,包括进程的类型(普通或实时)和优先级,计数器中记录允许进程执行的时间量。

3. 进程标识信息(Identifiers)

系统中每个进程都有进程标志。进程标志并不是 task 数组的索引,它仅仅是个数字。

每个进程还有一个用户与组标志,它们用来控制进程对系统中文件和设备的存取权限。

4.进程的通信信息(Inter-Process Communication)

Linux 支持经典的 UNIX IPC 机制,如信号、管道和命名管道以及 System V 中 IPC 机制,包括共享内存、信号量和消息队列。

5.链接信息(Links)

Linux 系统中所有进程都是相互联系的。除了初始化进程外,所有进程都有一个父进程。新进程不是被创建,而是被复制,都是从以前的进程克隆而来。每个进程对应的 task_struct 结构中包含有指向其父进程和兄弟进程(具有相同父进程的进程)以及子进程的指针。

系统中所有进程都用一个双向链表连接起来,而它们的根是 init 进程的 task_struct 数据结构。这个链表被 Linux 核心用来寻找系统中所有进程,它为 ps 或者 kill 命令提供了支持。

6.时间和定时器信息(Times and Timers)

核心需要记录进程的创建时间以及在其生命期中消耗的 CPU 时间。时钟每跳动一次,核心就要更新保存在 jiffies 变量中,记录进程在系统和用户模式下消耗的时间量。Linux 支持与进程相关的 interval 定时器,进程可以通过系统调用来设定定时器以便在定时器到时向它发送信号。这些定时器可以是一次性的或者周期性的。

7.有关文件系统的信息(File System)

进程可以自由地打开或关闭文件,进程的 task_struct 结构中包含一个指向每个打开文件描述符的指针以及指向两个 VFS inode 的指针。每个 VFS inode 唯一地标记文件中的一个目录或者文件,同时还对底层文件系统提供统一的接口。这两个指针,一个指向进程的根目录,另一个指向其当前或者 pwd 目录。pwd 从 UNIX 命令 pwd 中派生出来,用来显示当前工作目录。这两个 VFS inode 包含一个 count 域,当多个进程引用它们时,它的值将增加,这就是为什么不能删除进程当前目录或者其子目录的原因。

8.虚拟内存信息(Virtual Memory)

多数进程都有一些虚拟内存(核心线程和后台进程没有),Linux 核心必须跟踪虚拟内存与系统物理内存的映射关系。

9.进程上下文信息(Processor Specific Context)

进程可以认为是系统当前状态的总和。进程运行时,它将使用处理器的寄存器以及堆栈等。进程被挂起时,进程的上下文中所有与 CPU 相关的状态必须保存在它的 task_struct 结构内。当调度器重新调度该进程时,所有上下文被重新设定。

10.其他信息

Linux 支持 SMP 多 CPU 结构,在 task_struct 中有相应的描述信息。此外还包括资源使用、进程终止信号、描述可执行的文件格式的信息等。

7.2.3 进程调度

Linux 能让多个进程并发执行,由此必然会产生资源争夺的情况,而 CPU 是系统最重要的资源。进程调度就是进程调度程序按一定的策略,动态地把 CPU 分配给处于就绪队列中的某一个进程,使之执行。进程调度的目的是使处理机资源得到最高效的利用。进程调度的策略要考虑"高效"、"公平"、"周转时间"、"吞吐量"、"响应时间"等原则,并且要在一定的调度时机,通过合适的调度算法来完成进程的调度。

1.进程调度的时机

在 Linux 中采用的是非剥夺调度的机制,进程一旦运行就不能被停止,当前进程必须等待某个系统事件时,它才释放 CPU。例如进程可能需要写数据到某个文件。一般等待发生在系统调用过程中,此时进程处于系统模式;处于等待状态的进程将被挂起而其他的进程被调度管理器选出来执行。系统为进程设置相应的时间片,当这个时间用完之后,再选择另一个进程来运行。Linux 调度时机有以下几种:

(1)时间片完。

(2)进程状态转换。

(3)执行设备驱动程序。

(4)进程从中断、异常或系统调用返回到用户态。

2.进程调度的功能

(1)允许进程建立自己的新拷贝。

(2)决定哪一个进程将占用 CPU,使得可运行进程之间进行有效地转移。

(3)接受中断并把它们发送到合适的内核子系统。

(4)发送信号给用户进程。

(5)管理定时器硬件。

(6)当进程结束后,释放进程所占用的资源。

(7)支持动态装入模块,这些模块代表着内核启动以后所增加的内核功能,这种可装入的模块将由虚拟文件系统和网络接口使用。

3.进程调度的数据结构

Linux 使用基于优先级的简单调度算法来选择下一个运行进程。当选定新进程后,系统必须将当前进程的状态,处理器中的寄存器以及上下文状态保存到 task_struct 结构中。同时它将重新设置新进程的状态并将系统控制权交给此进程。为了将 CPU 时间合理的分配给系统中每个可执行进程,调度管理器必须将这些时间信息也保存在 task_struct 中。

(1)调度策略(policy)。Linux 系统中存在普通与实时两种进程。实时进程的优先级要高于其他进程。根据调度策略,Linux 将进程分为以下 3 种类型:

①SCHED_FIFO:先进先出实时进程。只有当前进程执行完毕再调度下一优先级最高的进程。

②SCHED_RR:循环实时进程。在此策略下,每个进程执行完一个时间片后,会被挂起,然后选择另一具有相同或更高优先级的进程执行。

③SCHED_OTHER:普通进程。

(2)优先级(priority)。调度管理器分配给进程的优先级,同时也是进程允许运行的时间(jiffies)。系统调用 renice 可以改变进程的优先级。

(3)实时进程的优先级(rt_priority)。Linux 支持实时进程,且它们的优先级要高于非实时进程。调度器使用这个域给每个实时进程一个相对优先级。同样可以通过系统调用来改变实时进程的优先级。

(4)当前执行进程剩余的时间(counter)。进程首次运行时为进程优先级的数值,它随时间变化递减。普通进程的 counter 值是其优先级权值,而实时进程的则是 counter 加上1000。

(5)当前进程(current process)。当调度其他进程占用 CPU 时,根据调度策略对当前进程进行一些处理,修改其状态,并插入相应的队列。

4.进程调度的依据

调度程序运行时,要在所有处于可运行状态的进程中选择最值得运行的进程投入运行。上面所介绍的 policy、priority、counter 和 rt_priority 四项是调度程序选择进程的依据。Linux 操作系统用函数 goodness()来衡量一个处于可运行状态的进程值得运行的程度。该函数综合了上面四项依据,给每个处于可运行状态的进程赋予一个权值(weight),调度程序以这个权值作为选择进程的唯一依据。

5.可运行队列(Runnable Queue)

操作系统中所有处于可运行状态的进程链成一个队列,该队列就称作可运行队列。调度程序直接的操作对象就是可运行队列。可运行队列容纳了系统中所有可运行进程,它是一个双向循环队列,其结构如图 7.1 所示。该队列通过 task_struct 结构中的两个指针 next_run 和 prev_run 来维持。队列的标志有两个:一个是空进程 idle_task 即 task[0]、另一个是队列的长度(即系统中处于可运行状态的进程数目,用全局整型变量 nr_running 表示)。

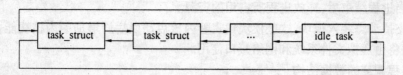

图7.1 进程的可运行队列

6.进程调度的工作流程

进程调度的工作流程比较简单:遍历可运行队列,从中选择一个权值最大的进程;如果可运行队列中所有进程的时间片都用完了,则要给系统中所有进程的时间片重新赋值。Linux 操作系统中的调度程序比较简单,它可以分为如下 5 个部分:

第一部分:看是否有中断在运行。当中断运行时,是不允许调度程序执行的。

第二部分:处理内核例程。

第三部分:对当前进程做相关处理,为选择下一个进程做好准备。

第四部分:选择下一个可运行进程,即进程调度。

第五部分:进程切换,使 current 指向选定的进程,并建立新进程的运行环境。

7.2.4 创建进程

Linux 启动后经过一系列的初始化操作,系统由 init()函数创建系统的第一个进程 init,其标志符为 1。init 进程将完成系统的一些初始化设置任务(如打开系统控制台、安装根文件系统及启动系统的守护进程等),以及执行系统初始化程序,如/etc/init,/bin/init

或者/sbin/init。Init 进程使用/etc/inittab 作为脚本文件来创建系统中的新进程。这些新进程又创建各自的新进程。例如 getty 进程将在用户试图登录时创建一个 login 进程。系统中所有进程都是从 init 核心线程中派生出来。

新进程通过复制老进程或当前进程来创建。系统调用 fork 或 clone 可以创建新任务，复制发生在核心状态下的核心中。系统从物理内存中分配出来一个新的 task_struct 数据结构，同时还有一个或多个包含被复制进程堆栈(用户与核心)的物理页面。然后创建唯一地标记此新任务的进程标志符。新创建的 task_struct 将被放入 task 数组中，另外将被复制进程的 task_struct 中的内容页表拷入新的 task_struct 中。

复制完成后，Linux 允许两个进程共享资源而不是复制各自的拷贝。这些资源包括文件、信号处理过程和虚拟内存。进程对共享资源用各自的 count 来记数。在两个进程对资源的使用完毕之前，Linux 绝不会释放此资源。

7.3　Linux 的内存管理

7.3.1　基本概念

32 位机器上的每个 Linux 进程通常有 3 GB 的虚拟地址空间，还有 1 GB 留给其页表和其他内核数据。在用户态下运行时，内核的 1 GB 是不可见的，但是当进程陷入到内核时是可以访问的。内核内存通常驻留在低端物理内存中，但是被映射到每个进程地址空间顶部的 1 GB 中，在地址 0xC0000000 和 0xFFFFFFFF(3~4 G)之间。当进程创建的时候，进程地址空间被创建，并且当发生一个 exec 系统调用时被重写。

为了允许多个进程共享物理内存，Linux 监视物理内存的使用，在用户进程或者内核构件需要分配更多的内存时，把物理内存动态映射到不同进程的地址空间中去，把程序的可执行体、文件和其他状态信息移入/移出内存，来高效地利用平台资源并且保障程序执行的进展性。

只有在内存中的程序和数据才能被执行和访问，过去程序的大小要受到系统物理内存空间大小的限制，现在利用请求调入和交换技术，实现虚拟存储器，就能为用户提供一个存储容量比实际内存容量大得多的存储空间。虚拟内存系统中的所有地址都是虚拟地址而不是物理地址。通过操作系统的地址映射机构实现由虚拟地址到物理地址的转换。

为了实现离散存储，虚拟内存与物理内存都以大小相同的页面来组织，一般将页面大小设为 2 的次幂。页面模式下的虚拟地址由两部分构成：页面框号和页面内偏移值。在页表的帮助下，它将虚拟页面框号转换成物理页面框号，然后访问物理页面中相应偏移处。

7.3.2　地址映射

1.Linux 的页表结构

Linux 采用三级页表结构，每个页表通过所包含的下级页表的页框号来访问。Linux 的三级页表的说明如下。

页目录(第一级):每个活动进程有一个一页大小的页目录,其中的每一项指向页间目录中的一页。

页间目录(第二级):页间目录可以由多个页面组成,其中的每一项指向页表中的一页。

页表(第三级):页表也可以由多个页面组成,每个页表项指向进程的一个虚页。

Linux 的虚地址由四个域组成,页目录是第一级索引,由它找到页间目录的起始位置。第二级索引是根据页间目录的值确定页表的起始位置,它通过页表的值找到物理页面的页框号,再加上最后一个域的页内偏移量,得到了页面中数据的地址。

为了实现跨平台运行,Linux 提供了一系列转换宏使得核心可以访问特定进程的页表。核心无需知道页表入口的结构以及它们的排列方式。这样无论在具有三级页表结构的 Alpha AXP 还是两级页表的 Intel x86 处理器中,Linux 总是使用相同的页表访问内存。

2.地址映射

执行进程时,可执行的命令文件被打开,同时其内容被映射到进程的虚拟内存。这时可执行文件实际上并没有调入物理内存,而是仅仅连接到进程的虚拟内存。当程序的其他部分运行时引用到这部分的时候才把它们从磁盘上调入内存。将虚拟地址转换成物理地址的过程称为地址映射。

每个进程的虚拟内存用一个 mm_struct 来表示。它包含当前执行的映象以及指向 vm_area_struct 的大量指针。每个 vm_area_struct 数据结构描述了虚拟内存的起始与结束的位置;进程对此内存区域的存取权限以及一组内存操作函数。这组内存操作函数都是 Linux 在操纵虚拟内存区域时必须用到的子程序。其中一个负责处理进程试图访问不在当前物理内存中的虚拟内存(通过缺页中断)的情况。此函数叫 nopage。它用于 Linux 试图将可执行映象的页面调入内存时。

可执行程序映射到进程虚拟地址时将产生一组相应的 vm_area_struct 数据结构。每个 vm_area_struct 数据结构表示可执行程序的一部分:可执行代码、初始化数据(变量)、未初始化数据等。

3.缺页中断

由于系统的物理内存是一定的,当有多道进程同时在系统中运行时,物理内存往往会不够用。操作系统为了提高物理内存的使用效率,采用的方法是仅加载那些正在被执行程序使用的虚拟页面。这种仅将要访问的虚拟页面载入的技术叫请求换页。

当进程试图访问当前不在内存中的虚拟地址时,CPU 在页表中无法找到所引用地址的入口,引发一个页面访问失效错,操作系统将得到有关无效虚拟地址的信息以及发生页面错误的原因。如果发生页面错误的虚拟地址是无效的,则可能是应用程序出错而引起的。此时操作系统将终止该进程的运行以保护系统中其他进程不受此出错进程的影响。若出错虚拟地址是有效的,但不在内存中,则操作系统必须将此页面从磁盘文件中读入内存。在调入页面时,调度程序会选择一个就绪进程来运行。读取回来的页面将被放在一个空闲的物理页面框中,同时修改页表。最后进程将从发生页面错误的地方重新开始运行,以上的过程即为缺页中断。

如果进程需要把一个虚拟页面调入物理内存而正好系统中没有空闲的物理页面,操作系统必须淘汰位于物理内存中的某些页面来为之腾出空间。Linux 使用最近最少使用(LRU)页面置换算法来公平地选择将要从系统中抛弃的页面。这种策略为系统中的每个页面设置一个年龄 age,它随页面访问次数而变化。页面被访问的次数越多则页面年龄越年轻;相反则越衰老。年龄较老的页面是待交换页面的最佳候选者。

4.访问控制

页表入口包含了访问控制信息,因此可以很方便地使用访问控制信息来判断处理器是否在以其应有的方式来访问内存。就像有些页面,如包含执行代码的部分,显然应该是只读的,操作系统决不能允许进程对此区域的写操作。相反包含数据的页面应该是可写的,但是去执行这段数据肯定将导致错误发生。

多数通用处理器同时支持物理寻址和虚拟寻址模式,物理寻址模式无需页表的参与且处理器不会进行任何地址转换,Linux 核心直接运行在物理地址空间上。多数处理器至少有两种执行方式:核心态与用户态。任何人都不会允许在用户态下执行核心代码或者在用户态下修改核心数据结构。一般的用户进程只能在限定的空间内访问,若要使用某些内核提供的功能,只有通过系统调用实现。

7.3.3　内存空间的分配与回收

1.数据结构

当一个可执行映象被调入内存时,操作系统必须为其分配页面。当映象执行完毕和卸载时这些页面必须被释放。虚拟内存子系统中负责页面分配与回收的数据结构用 mem_map_t 结构的链表 mem_map 来描叙,这些结构在系统启动时初始化。每个 mem_map_t 描叙了一个物理页面。其中几个重要的域如下:

count:记录使用此页面的用户个数。当这个页面在多个进程之间共享时,它的值大于 1。

age:此域描述页面的年龄,用于选择将适当的页面抛弃或者置换出内存时。

map_nr:记录本 mem_map_t 描述的物理页面框号。

系统使用 free_area 数组管理整个缓冲,实现分配和释放页面。free_area 中的每个元素都包含页面块的信息,第 i 个元素描叙 $2i$ 个大小的页面。list 域表示一个队列头,它包含指向 mem_map 数组中 page 数据结构的指针。所有的空闲页面都在此队列中。map 域是指向页面组分配情况位图的指针,当页面的第 N 块空闲时,位图的第 N 位被置位。

2.页面分配

Linux 使用 Buddy 算法来有效的分配与回收页面块。页面分配程序每次分配包含一个或者多个物理页面的内存块。页面以 2 的次幂的内存块来分配。这意味着它可以分配 1 个、2 个和 4 个页面的块。只要系统中有足够的空闲页面来满足这个要求(nr_free_pages > min_free_page),内存分配代码将在 free_area 中寻找一个与请求大小相同的空闲块。free_area 中的每个元素保存着一个反映这样大小的已分配与空闲页面的位图。

分配算法采用首次适应算法,从 free_area 的 list 域沿链搜索空闲页面,若找到的页面块大于请求的块则对其进行分割以使其大小与请求块匹配,剩余的空闲块被连进相应的队列。

3.页面回收

当进程运行完毕后,将释放所占用的物理内存,系统将采用内存拼接的方法回收空间。当页面块被释放时,系统将检查是否有相同大小的相邻或者 buddy 内存块存在。如果有,则将其合并为一个大小为原来两倍的新空闲块,之后系统继续检查和再合并,直到无法合并为止。

7.3.4　Linux 的高速缓冲机制

为了提高系统的性能,减少 CPU 执行速度和内存访问速度,以及和设备的访问速度之间的不匹配关系,配合内存管理功能的实现,Linux 使用了多个高速缓冲,说明如下。

1.缓冲区高速缓冲(Buffer Cache)

这是块设备驱动使用的数据缓冲。这些缓冲的单元的大小一般固定(例如说 512 字节)并且包含从块设备读出或者写入的信息块。利用设备标志符和所需块号作索引可以在 buffer cache 中迅速地找到数据。块设备只能够通过 buffer cache 来存取。如果数据在 buffer cache 中可以找到则无需从物理块设备(如硬盘)中读取,这样可以加速访问。

2.页面高速缓冲(Page Cache)

这是页面进行输入/输出操作时,访问程序和数据所用的磁盘高速缓存,它以页为单位存储数据,页面从磁盘上读入内存后缓存在 page cache 中。

3.交换高速缓冲(Swap Cache)

交换文件中保存的是修改过的页面。只要这些页面在写入到交换文件后没有被修改,则下次此页面被交换出内存时,就不必再进行更新写操作,这些页面都可以简单的丢弃。

4.转换后援存储器(TLB)

这是一个具有并行查寻能力的高速缓冲,也叫联想存储器。基于局部性原理,程序在一段时间的执行总是在几个页面中进行。而 Linux 采用的是三级页表机制,要多次访问内存,降低了程序执行的效率。设置该缓冲器后,它包含页表入口的缓冲拷贝。当需要进行地址转换时,CPU 去与 TLB 中的内容匹配,若命中则直接将逻辑地址转换成物理地址。如果没有命中,即按正常次序访问页表,然后从 TLB 中淘汰一项,替换成刚找到的页表项。

7.4　Linux 的文件系统

7.4.1　基本概念

文件是数据的集合,文件系统不仅包含着文件中的数据而且还有文件系统的结构。文件系统负责在外存上管理文件,并把对文件的存取、共享和保护等手段提供给操作系统和用户。它不仅方便了用户使用,保证了文件的安全性,还可以大大地提高系统资源的利用率。

Linux 最早的文件系统是 Minix,它所受限制很大而且性能低下。其文件名最长不能超过 14 个字符且最大的文件不超过 64 M 字节。第一个专门为 Linux 设计的文件系统被称为扩展文件系统(Extended File System)或 Ext。它出现于 1992 年 4 月,虽然能够解决一些问题但性能依旧不好。1993 年扩展文件系统第二版或 Ext2 被设计出来并添加到Linux中,它是系统的标准配置。

　　Linux 的文件系统的功能非常强大,能支持 Minix、Ext、Ext2、Umsdos、Msdos、Vfat 等多达 15 种的文件系统,并且能够实现这些文件系统之间的互相访问。Linux 的文件系统和 Windows 的不一样,没有驱动器的概念,而是表示成单一的树型结构。如果想增加一个文件系统,必须通过装载(mount)命令将其以一个目录的形式挂接到文件系统层次树中。该目录被称为安装点或者安装目录。若要删除某个文件系统,使用卸载(unmount)命令来实现。

　　当磁盘初始化时(使用 fdisk),磁盘中将添加一个描述物理磁盘逻辑构成的分区结构。每个分区可以拥有一个独立文件系统如 Ext2。文件系统将文件组织成包含目录、软连接等存于物理块设备中的逻辑层次结构。包含文件系统的设备叫块设备。Linux 文件系统认为这些块设备是简单的,它并不关心或理解底层的物理磁盘结构。将磁盘的物理结构映射为线性块集合的工作由块设备驱动来完成,由它将对某个特定块的请求映射到正确的设备上去,此数据块所在硬盘的对应磁道、扇区及柱面数都被保存起来。不管哪个设备持有这个块,文件系统都必须使用相同的方式来寻找并操纵此块。Linux 文件系统不管(至少对系统用户来说)系统中有哪些不同的控制器控制着哪些不同的物理介质且这些物理介质上有几个不同的文件系统。每个实际文件系统和操作系统之间通过虚拟文件系统 VFS 来通信,Linux 的文件系统结构如图 7.2 所示。

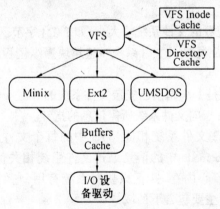

图 7.2　Linux 文件系统的结构

　　在各种物理文件系统与 I/O 设备之间,通过缓冲来实现快速高效的文件访问服务,并独立于底层介质和设备驱动。当 Linux 安装一个文件系统并使用时,VFS 为其缓存相关信息。此缓冲中数据在创建、写入和删除文件与目录时如果被修改,则必须谨慎地更新文件系统中对应内容。这些缓存中最重要的是 Buffer Cache,它被集成到独立文件系统访问底层块设备的例程中。当进行块存取时数据块首先将被放入 Buffer Cache 里并根据其状态保存在各个队列中。此 Buffer Cache 不仅缓存数据而且帮助管理块设备驱动中的异步接口。

7.4.2 虚拟文件系统 VFS

Linux 系统的最大的特点之一就是能支持多种不同的文件系统,每一种文件系统都有自己的组织结构和文件操作函数,相互之间差别很大。Linux 对上述文件系统的支持是通过虚拟文件系统 VFS 的引入而实现的。VFS 是物理文件系统与服务例程之间的一个接口层,它对 Linux 的每个文件系统的所有细节进行抽象,使得不同的文件系统在 Linux 核心以及系统中运行的进程看来都是相同的。

1.VFS 的功能

(1)记录可用的文件系统的类型。

(2)将设备同对应的文件系统联系起来。

(3)处理一些面向文件的通用操作。

(4)涉及针对文件系统的操作时,VFS 把他们映射到与控制文件、目录以及 inode 相关的物理文件系统。

2.VFS 的数据结构

VFS 使用了和 Ext2 文件系统类似的方式:超块和 inode 来描叙文件系统。像 Ext2 inode 一样,VFS inode 描叙系统中的文件和目录以及 VFS 中的内容和拓扑结构。

(1)VFS 超块。每个已安装的文件系统由一个 VFS 超块表示,它包含如下信息:

①Device:表示文件系统所在块设备的设备标志符。

②Inode pointers:这个 mounted inode 指针指向文件系统中第一个 inode。而 covered inode 指针指向此文件系统安装目录的 inode。根文件系统的 VFS 超块不包含 covered 指针。

③Blocksize:以字节记数的文件系统块大小,如 1 024 字节。

④Superblock operations:指向此文件系统一组超块操纵例程的指针。这些例程被 VFS 用来读写 inode 和超块。

⑤File System type:这是一个指向已安装文件系统的 file_system_type 结构的指针。

⑥File System specific:指向文件系统所需信息的指针。

(2)VFS inode。和 Ext2 文件系统相同,VFS 中的每个文件、目录等都用且只用一个 VFS inode 表示。每个 VFS inode 中的信息通过文件系统相关例程从底层文件系统中得到。VFS inode 仅存在于核心内存,并且只要对系统有用,它们就会被保存在 VFS inode cache 中。每个 VFS inode 主要包含下列域:

①device:包含此文件或此 VFS inode 代表的任何东西的设备的设备标志符。

②inode number:文件系统中唯一的 inode 号。在虚拟文件系统中 device 和 inode 号的组合是唯一的。

③Mode:和 Ext2 中的相同,表示此 VFS inode 的存取权限。

④user ids:所有者的标志符。

⑤Times:VFS inode 创建、修改和写入时间。

⑥block size:以字节计算的文件块大小,如 1 024 字节。

⑦inode operations:指向一组例程地址的指针。这些例程和文件系统相关且对此 inode

执行操作,如截断此 inode 表示的文件。

⑧Count:使用此 VFS inode 的系统部件数。一个 count 为 0 的 inode 可以被自由的丢弃或重新使用。

⑨Lock:用来对某个 VFS inode 加锁,如用于读取文件系统时。

⑩Dirty:表示这个 VFS inode 是否已经被写过,如果是则底层文件系统需要更新。

3.文件系统功能的实现

(1)VFS 的初始化。系统启动和操作系统初始化时,物理文件系统将其自身注册到 VFS 中。物理文件系统除了可以构造到核心中之外,也可以设计成可加载模块的形式,通过 mount 命令在 VFS 中加载一个新的文件系统。mount 一个基于块设备且包含根目录的文件系统时,VFS 必须读取其超块。每个文件系统类型的超块读取例程必须了解文件系统的拓扑结构并将这些信息映射到 VFS 的超块结构中。VFS 在系统中保存着一组已安装文件系统的链表及其 VFS 超块。每个 VFS 超块包含一些信息以及一个执行特定功能的函数指针。

(2)文件操作的实现。当某个进程发布了一个面向文件或目录的系统调用时,首先使用系统调用遍历系统的 VFS inode。为了在虚拟文件系统中找到某个文件的 VFS inode,VFS 必须依次解析此文件名字中的中间目录直到找到此 VFS inode。然后内核将调用 VFS 中相应的函数,这个函数处理一些与物理结构无关的操作,并且把它重定向为真实文件系统中相应的函数调用,而这些函数调用则用来处理那些与物理结构相关的操作。

VFS 界面由一组标准的、抽象的文件操作构成,以系统调用的形式提供给用户程序,如 read( )、write( )、lseek( )等。不同的文件系统通过不同的程序来实现各种功能,但是具体的文件系统与 VFS 之间的界面是有明确定义的,这个界面的主体就是 fs_operations 数据结构。每种文件系统都有自己的 file_operations 数据结构,结构中的成分几乎全是函数指针,如 read 就指向具体文件系统用来实现读文件操作的入口函数。在访问文件时,每个进程通过"open( )"与具体的文件建立连接。

(3)VFS 的缓冲机制。访问任何一个文件,首先要读取它的索引节点,因此索引节点的访问频率极高,为了加速对所有已安装文件系统的访问,VFS 采用 inode cache 来实现,这样当虚拟文件系统访问一个 inode 时,系统将首先在 VFS inode cache 中查找。如果某个 inode 不在 inode cache 中则必须调用一个文件系统相关例程来读取此 inode。对这个 inode 的读取将把它放到 inode cache 中以备下一次访问。不经常使用的 VFS inode 将会从 cache 中移出。VFS inode cache 以散列表形式实现,散列值可通过包含此文件系统的底层物理设备标志符和 inode 号计算出来。其入口指向具有相同散列值的 VFS inode 链表。

VFS 还支持一种目录 cache 以便对经常使用的目录对应的 inode 进行快速查找。目录 cache 不存储目录本身的 inode,仅仅保存全目录名和其 inode 号之间的映射关系。目录 cache 也由散列表组成,每个入口指向具有相同散列值的目录 cache 入口链表。散列函数使用包含此文件系统的设备号以及目录名称来计算在此散列表中的偏移值或者索引值,这样能很快找到被缓存的目录。为了保证 cache 的有效性和及时更新,VFS 保存着一个最近最少使用(LRU)的目录 cache 入口链表。

7.4.3 Ext2 文件系统

对文件系统而言文件仅是一系列可读写的数据块。文件系统并不需要了解数据块应该放置到磁盘上什么位置,这些都是设备驱动的任务。无论何时只要文件系统需要从包含它的块设备中读取信息或数据,它将请求底层的设备驱动读取一个基本块大小整数倍的数据块。Ext2(第二代扩展文件系统)由 Rey Card 设计,它是 Linux 界中设计最成功的文件系统,它很好地继承了 UNIX 文件系统的主要特色,如普通文件的三级索引结构,目录文件的树型结构和把设备作为特别文件等。

Ext2 文件系统的块大小是在创建(使用 mke2fs)时设置的,每个文件的大小也是以块为单位进行分配的,因此是块大小的整数倍。磁盘上除了包含数据块之外,还有些块用于存储描述文件系统结构的信息。Ext2 通过一个 inode 结构来描叙文件系统中文件并确定此文件系统的拓扑结构。inode 结构描叙文件中数据占据哪个块以及文件的存取权限、文件修改时间及文件类型。Ext2 文件系统中的每个文件用一个 inode 来表示且每个 inode 有唯一的编号。文件系统中所有的 inode 都被保存在 inode 表中。Ext2 目录仅是一个包含指向其目录入口指针的特殊文件(也用 inode 表示)。

1. Ext2 文件系统的布局

Linux 文件系统是一个逻辑的自包含的实体,它含有 inode,目录和数据块。Linux 将整个磁盘划分成若干分区,每个分区被当做独立的设备对待;一般需要一个主分区 Native 和一个交换分区 swap。主分区用于存放文件系统,交换分区用于虚拟内存。主分区内的空间又分成若干个组。每个组内都包含有一个超级块的拷贝,以及 inode 和数据块等信息。Ext2 文件系统的布局如图 7.3 所示。

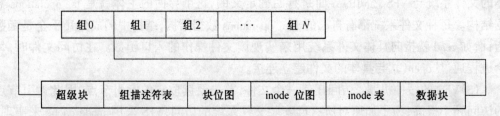

图 7.3 Ext2 文件系统的物理分布

2. 描述 Ext2 文件系统的数据结构

(1)Ext2 超级块(Super-block)。超级块主要用来描述目录和文件在磁盘上的静态分布,包括大小和结构。如给定块大小,inode 总数,每组内 inode 节点数,空闲块和 inode 数等。超级块存放在 include/linux/ext2_fs.h 中的 Struct ext2_super_block 结构内。在 Linux 启动时,根设备中的超级块被读入内存中,在某个组的超级块或者 inode 受损时,可以用来恢复系统。超级块对于文件系统的维护至关重要。一般,只有块组 0 的超级块才读入内存,其他块组的超级块仅仅作为备份。

超级块包含如下信息:文件系统的安全信息、兼容性信息;是否是一个真正的 Ext2 文件系统超块;是否应对此文件系统进行全面检查;超块的拷贝;以字节记数的文件系统块大小;每个组中块数目;文件系统中空闲块数;文件系统中空闲 inode 数;文件系统中第一个 inode 号,即指向"/"目录的目录入口的 inode。

(2)Ext2 的组描述符。每个数据块组都拥有一个描述它的数据结构,包括本组的块分配位图的所在的块号、inode 分配位图的块号、inode 表的起始块号等。组描述符放置在一起形成了组描述符表。这是关于文件系统的备份信息以防文件系统崩溃。

(3)Ext2 的位图。Linux 文件系统用位图来管理磁盘块和 inode,位图分为块位图(block bitmap)和 inode 位图。块位图占用一个磁盘块,当某位为"1"时,表示磁盘块空闲,为"0"时表示磁盘块被占用。i 节点位图也占用一个磁盘块,当它为"0"时,表示组内某个对应的 inode 空闲,为"1"时表示已被占用。位图使系统能够快速地分配 i 节点和数据块,保证同一文件的数据块能在磁盘上连续存放,从而大大地提高了系统的实时性能。

在创建文件时,文件系统必须在块位图中查找第一个空闲 inode,把它分配给这个新创建的文件。在该空闲 inode 分配使用后,就需要修改指针,使它指向下一个空闲 inode。同样地,inode 被释放后,则需要修改指向第一个空闲 inode 的指针。

(4)Ext2 的 inode 表。inode 是 Ext2 的基本组成部分。文件系统的每个文件或目录都由一个 inode 描述。每个 inode 对应于一个唯一的 inode 号。inode 包含了文件内容、在磁盘上的位置、文件的存取权限、修改时间以及类型等。同时还有一个位图被系统用来跟踪已分配和未分配的 inode,与之一一对应。属于同一块组的 inode 保存在同一个 inode 表中,inode 表占用若干个磁盘块,它几乎与标准 UNIX 的 inode 表相同。下面是 linux 关于 inode 数据结构的描述,它位于/usr/include/linux/ext2_fs.h 中。

①Mode:它包含 inode 描述的内容以及用户使用权限。Ext2 中的 inode 可以表示一个普通文件、目录文件、符号连接、块设备文件、字符设备文件和管道文件等。

②Owner Information:表示此文件或目录所有者的用户和组标志符。文件系统根据它可以进行正确的存取。

③Size:以字节计算的文件大小。

④Timestamps:inode 创建及最后一次被修改的时间。

⑤Datablocks:指向此 inode 描述的包含数据的块指针。前 12 个指针指向包含由 inode 描述的物理块,最后三个指针包含多级间接指针。例如两级间接指针指向一块指针,而这些指针又指向一些数据块。这意味着访问文件尺寸小于或等于 12 个数据块的文件将比访问大文件快得多。

Ext2 inode 还可以描述特殊设备文件。虽然它们不是真正的文件,但可以通过它们访问设备。所有那些位于/dev 中的设备文件可用来存取 Linux 设备。

(5)Ext2 目录。在 Ext2 文件系统中,目录是用来创建和包含文件系统中文件存取路径的特殊文件。ext2 采用动态方式管理它的目录,用一个单项链表示它的目录项,每个目录项的数据结构为:

①inode:对应每个目录入口的 inode。它被用来索引储存在数据块组的 inode 表中的 inode 数组。

②name length:以字节记数的目录入口长度。

③Name:目录入口的名称。

每个目录的前两个入口总是"."和".."。它们分别表示当前目录和父目录。当要删除一个目录时,要将目录项中的 inode 节点置为"0",并把目录项从链表中删除,目录项所占用的空间被合并到前一个目录项空间中。

3.在 Ext2 文件系统中搜寻文件

Linux 文件名的格式与 UNIX 类似,是一系列以"/"隔开的目录名并以文件名结尾。为了寻找 Ext2 文件系统中表示此文件的 inode,系统必须将文件名从目录名中分离出来。查找 Ext2 文件的一般步骤流程是:

(1)首先读取超级块信息,了解磁盘分区的管理信息,特别是块长度和 inode Table 起始块号。

(2)找到根"/"目录信息。Ext2 文件系统中,根目录的索引节点号是固定的,即 Ext2_ROOT_INO = 2,读取 2 号索引节点表信息,即可找到根目录所在的块号。在/usr/include/Linux/ext2_fs.h 中定义 Ext2_ROOT_INO:

define Ext2_ROOT_INO 2 /* Root inode */

(3)读取根目录或普通目录所在块的信息,根据 ext2_dir_entry_2 结构,找到子目录或文件的 inode 号。

(4)读取子目录或文件的 inode 信息,找到文件数据所在的磁盘块号。

(5)读取子目录或文件数据块的信息。如果是文件,则查找结束。如果是目录,转到(3)。Ext2 文件数据块地址存放在指针数组 i_block[15]中。指针数组 i_block[0]至 i_block[11]中直接包含文件块 0 到 11 的物理块地址,而 i_block[13]中包含一次间接寻址地址,i_block[14]中包含二次间接寻址地址,i_block[15]中包含三次间接寻址地址。

4.数据块的分配

为了提高文件系统访问的效率,尽量避免碎片问题,Ext2 文件系统试图通过分配一个和当前文件数据块在物理位置上邻接或者至少位于同一个数据块组中的新块来解决这个问题。只有在这种分配策略失败时才在其他数据块组中分配空间。

当进程准备写某文件时,Linux 文件系统首先检查数据是否已经超出了文件最后一个被分配的块空间。如果是则必须为此文件分配一个新数据块。进程将一直等待到此分配完成,然后将其余数据写入此文件。数据块分配过程如下:

(1)为了保持数据的一致性,Ext2 块分配程序首先对此文件系统的 Ext2 超块加锁,对超块的访问遵循先来先服务原则。

(2)若采用预分配数据块策略,则从预先分配数据块中取得一个。预先分配块实际上并不存在,它们仅仅包含在已分配块的位图中。

(3)若没有使用预分配策略,Ext2 文件系统必须分配一个新数据块。首先检查此文件最后一个块后的数据块是否空闲。如果此块已被使用则它会在同一个数据块组中选择一个。

(5)如果找不到这样的数据块,进程将在其他数据块组中搜寻,直到找到一空闲块。并更新与预分配策略中的相关数据。

(6)找到空闲块后,块分配程序将更新数据块组中的位图并在 buffer cache 中为它分配一个数据缓存。缓存中的数据被置 0 且缓存被标记成 dirty 以显示其内容还没有写入物理磁盘。最后超块也被标记为 dirty 以表示它已被更新并解锁了。

7.4.4　Linux 文件系统中的特殊文件

1./proc 文件系统

/proc 文件系统真正显示了 Linux 虚拟文件系统的能力。事实上它并不存在,不管/proc 目录还是其子目录和文件都不真正的存在。但是我们是如何能够执行 cat /proc/devices命令的呢? /proc 文件系统像一个真正的文件系统一样将向虚拟文件系统注册。然而当有对/proc 中的文件和目录的请求发生时,VFS 系统将从核心的数据中临时构造这些文件和目录。例如核心的/proc/devices 文件是从描述其设备的内核数据结构中产生出来。/proc 文件系统提供给用户一个核心内部工作的可读窗口,Linux 核心模块都在/proc 文件系统中创建入口。

2.设备特殊文件

和所有 UNIX 版本一样,Linux 将硬件设备看成特殊的文件。如/dev/null 表示一个空设备。设备文件不使用文件系统中的任何数据空间,它仅仅是设备驱动的访问入口点。Ext2 文件系统和 Linux VFS 都将设备文件实现成特殊的 inode 类型。有两种类型的设备文件:字符与块设备特殊文件。在核心内部设备驱动实现了类似文件的操作过程:我们可以对它执行打开、关闭等工作。字符设备允许以字符模式进行 I/O 操作而块设备的 I/O 操作需要通过 buffer cache。当对一个设备文件发出的 I/O 请求将会被传递到相应的设备驱动。这种设备文件往往并不是一个真正的设备驱动而仅仅是一个伪设备驱动,如 SCSI 设备驱动层。设备文件通过表示设备类型的主类型标志符和表示单元或主类型实例的从类型来引用。例如在系统中第一个 IDE 控制器上的 IDE 硬盘的主设备号为 3 而其第一个分区的从标志符为 1。所以执行 ls –l /dev/hda1 将有如下结果:

　　$ brw – rw – – – – 1 root 　 disk 3, 　 1 Feb 21 9:09 /dev/hda1

在核心内部每个设备由唯一的 kdev_t 结构来表示,其长度为两字节,首字节包含从设备号而尾字节包含主设备号。上例中的核心 IDE 设备为 0x0301,表示块设备的 Ext2 inode,当 VFS 读取它时,表示它的 VFS inode 结构的 i_rdev 域被设置成相应的设备标志符。

7.5　Linux 的设备管理

7.5.1　基本概念

外围设备是计算机系统中除 CPU 和内存以外的所有设备的总称。现代计算机系统都配置有各种外围设备,如键盘、鼠标、显示器、硬盘、打印机、网卡等。这些外围设备的种类繁多,物理特性也各不相同。外围设备一般分为三大类:存储设备、输入输出设备和网络设备。存储设备是计算机用来存储信息的设备,通常以块为单位传送信息,故也称为块设备,典型的块大小为 512 或 1 024 字节。块设备的存取是通过 buffer cache 来进行并且可以进行随机访问,但最常用的访问方法是通过文件系统实现,只有块设备才能支持可安装文件系统。输入输出设备是无需缓冲直接读写的设备,通常是以字符为单位传送信息,故也称为字符设备。

对计算机的设备进行管理有两大目标：一是提高设备的利用率；二是方便用户使用。要提高设备的利用率，关键在于 CPU 与设备，以及设备与设备之间能不能并行操作；中断技术、通道技术和缓冲技术使它们之间的并行操作成为可能；设备管理程序就是在这些技术支持下，在操作系统相应功能的配合下，实现了并行操作，从而达到充分利用外围设备资源的目的。为方便用户使用，设备管理必须屏蔽设备的物理特性，使用户摆脱具体的物理设备的束缚；具体实现是通过设备独立性来实现的，即构建相应的数据结构，由设备管理程序为用户建立一个使用设备的统一界面。

7.5.2　Linux 设备管理结构

Linux 设备管理主要由系统调用和设备驱动程序组成。系统调用是上层的、与设备无关的软件，它为用户和内核之间提供了一个统一而简单的接口。设备驱动程序是下层的、与设备有直接关系的软件，它直接与相应设备打交道，而且向上层内核提供一组访问接口。Linux 设备管理层次图如图 7.4 所示。

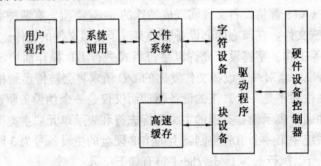

图 7.4　Linux 设备管理层次图

Linux 的所有硬件设备都被看成文件，可以通过和普通文件相同的标准系统调用来完成打开、关闭、读取和写入设备等操作。系统中每个设备都用一种特殊的设备相关文件来表示(device special file)，例如系统中第一个 IDE 硬盘被表示成/dev/hda。在 Linux 中，对每一个设备的描述是通过主设备号和次设备号来实现的。由同一个设备驱动控制的所有设备具有相同的主设备号，主设备号描述控制这个设备的驱动程序，也就是说驱动程序与主设备号是一一对应的；次设备号用来区分同一个驱动程序控制的不同设备。Linux 通过使用主、次设备号将包含在系统调用中的设备特殊文件映射到设备的管理程序以及大量系统表格中，如字符设备表——chrdevs。块设备和字符设备的设备特殊文件可以通过 mknod 命令来创建，并使用主、次设备号来描述此设备。

7.5.3　I/O 控制方式

1.轮询方式

轮询方式即程序直接控制方式，是指在 I/O 过程中经常读取设备的状态，直到设备状态表明请求已经完成为止。如果设备驱动被连接进入核心，这时使用轮询方式将会带来灾难性后果：核心将在此过程中无所事事，直到设备完成此请求。但是轮询设备驱动可以通过使用系统定时器，让核心周期性调用设备驱动中的某个例程来检查设备状态。定时器过程可以检查命令状态及 Linux 软盘驱动的工作情况。使用定时器是轮询方式中最好的一种,但更有效的方法是使用中断。

2. 中断方式

基于中断的设备驱动会在它所控制的硬件设备需要服务时引发一个硬件中断。Linux 核心需要把来自硬件设备的中断传递到相应的设备驱动。这个过程是由设备驱动向核心注册其使用的中断来协助完成。此中断处理例程的地址和中断号都将被记录下来。

对中断资源的请求在驱动初始化时就已经完成。作为 IBM PC 体系结构的遗产,系统中有些中断已经固定。例如软盘控制器总是使用中断 6。其他中断,如 PCI 设备中断,在启动时进行动态分配。设备驱动必须在取得对此中断的所有权之前找到它所控制设备的中断号(IRQ)。Linux 通过支持标准的 PCI BIOS 回调函数来确定系统中 PCI 设备的中断信息,包括其 IRQ 号。

如何将中断发送给 CPU 本身取决于体系结构,但是在多数体系结构中,中断以一种特殊模式发送,同时还将阻止系统中其他中断的产生。设备驱动在其中断处理过程中做的越少越好,这样 Linux 核心将能很快的处理完中断并返回中断前的状态中。为了在接收中断时完成大量工作,设备驱动必须能够使用核心的底层处理例程或者任务队列来对以后需要调用的那些例程进行排队。

3. 直接内存访问(DMA)

数据量比较少、数据传输率较低时,使用中断驱动设备驱动程序能顺利地在硬件设备和内存之间交换数据,否则会降低 CPU 的利用率。而 DMA 控制器可以在不受处理器干预的情况下在设备和系统内存之间高速传输数据。PC 机的 ISA DMA 控制器有 8 个 DMA 通道,其中 7 个可以由设备驱动使用。每个 DMA 通道具有一个 16 位的地址寄存器和一个 16 位的记数寄存器。为了初始化数据传输,设备驱动将设置 DMA 通道地址和记数寄存器以描述数据传输方向以及读写类型,然后通知设备可以在任何时候启动 DMA 操作,传输结束时设备将中断 PC。在传输过程中 CPU 可以转去执行其他任务。

DMA 控制器没有任何虚拟内存的概念,它只存取系统中的物理内存。同时用作 DMA 传输缓冲的内存空间必须是连续物理内存块。这意味着不能在进程虚拟地址空间内直接使用 DMA,但是你可以将进程的物理页面加锁以防止在 DMA 操作过程中被交换到交换设备上去。另外 DMA 控制器所存取物理内存有限。由于 DMA 通道地址寄存器代表 DMA 地址的高 16 位,而页面寄存器记录的是其余 8 位,因此 DMA 请求被限制到内存最低 16M 字节中。Linux 通过 dma_chan(每个 DMA 通道一个)数组来跟踪 DMA 通道的使用情况。dma_chan 结构中包含有两个域,一个是指向此 DMA 通道拥有者的指针,另一个指示 DMA 通道是否已经被分配出去。

小　结

本章从介绍 Linux 操作系统的历史和发展现状出发,分别阐述了作为 Linux 操作系统的主要组成部分即:进程管理、内存管理、文件管理和设备管理,针对每一部分介绍了相关的基本概念和实现思想。对于从整体上了解 Linux 操作系统有很大的帮助,并且有利于加深对操作系统设计原理的理解。

习　题

1. 思考什么是自由软件、开放源代码软件? 它与共享软件有何区别?
2. 简述 Linux 操作系统的主要特点。
3. 什么是 Linux 的内核版本? 什么是 Linux 的发行版本? 常见的发行版本有哪些?
4. 什么是进程? Linux 系统中的进程状态有哪些?
5. Linux 系统如何执行进程调度?
6. 何谓虚拟存储器? Linux 系统如何支持虚存?
7. Linux 的三级页表机制是如何工作的?
8. Linux 下常用的文件系统有哪些?
9. 为什么要设立虚拟文件系统(VFS)? 它与实际文件系统的关系是怎样的?
10. Linux 系统中设备管理结构是怎样的? 如何实现与设备无关性?

第 8 章

操作系统安全

通常,政府机关和企、事业单位,都将大量的重要信息高度集中地存储在计算机系统中。如何确保在计算机系统中存储和传输数据的保密性、完整性和可用性,便成为信息系统亟待解决的重要问题。因此,安全问题一直是计算机中很重要的研究领域,只有保证了计算机系统的安全,才能使计算机正常工作,并最终为用户服务。本章主要介绍操作系统中的有关安全方面的内容。

【学习目标】

1. 理解操作系统安全的定义,了解操作系统安全的设计目标和常用策略。
2. 了解数据加密技术、防火墙技术和访问控制技术。
3. 常用的操作系统及网络威胁防范方法。

【知识要点】

操作系统安全;数据加密;防火墙;访问控制;安全策略。

8.1 操作系统安全概述

随着计算机的逐步普及,它的应用领域越来越广泛,已深入到了我们生活的方方面面。计算机的存储器中存放了大量重要的信息,因此保护计算机系统的安全越来越引起人们的注意。本章我们将和大家一起讨论如何保证计算机系统的安全。

1. 安全性的含义

计算机系统的安全性是一个含义广泛的概念。包含了系统的硬件安全、软件安全、数据安全和系统运行安全 4 个方面。但一般来说,操作系统安全性就是为了保证整个系统的正常运行而对数据的处理和管理采取的一些安全保护措施。

2. 威胁计算机系统安全的因素

计算机信息系统由多种设备、设施构成,由于种种原因面临的威胁是多方面的。总体而言,这些威胁可以归结为 3 大类:一是对信息系统设备的威胁;二是对业务处理过程的威胁;三是对数据的威胁。信息系统与人们的现实经济生活的关系日益密切,这些威胁或早或晚、或大或小都可能转化为对人们现实经济生活的威胁。

要加强计算机信息系统的安全防范,就要研究上述威胁,查找影响系统安全的因素。

(1)计算机信息系统软硬件的内在缺陷。这些缺陷不仅直接造成系统停止运行,还会为一些人为的恶意攻击提供机会。最典型的例子就是微软的操作系统,相当比例的恶意攻击就是利用微软操作系统的缺陷设计和展开的,一些病毒、木马程序也是盯住其破绽兴风作浪,由此造成的损失实难估量。应用软件的缺陷也可能造成计算机信息系统的故障,降低系统的安全性能。

(2)自然灾害。对计算机信息系统安全构成严重威胁的自然灾害主要有雷电、鼠害、火灾、水灾、地震等。此外,停电、盗窃、违章施工也对计算机信息系统安全构成现实的威胁。

(3)恶意攻击。恶意攻击的种类有多种,有的是对硬件设施的干扰或破坏,可能导致计算机信息系统的硬件一次性或永久性的故障或损坏;有的是对数据的攻击,可破坏数据的有效性和完整性,也可能导致敏感数据的泄漏、滥用;有的是对应用的攻击,其后果会导致系统运行效率的下降,严重者会使应用异常,甚至中断。

(4)使用不当。如误操作、关键数据采集质量存在缺陷、系统管理员安全配置不当、用户安全意识不强、用户口令选择不慎,甚至多个角色共用一个用户口令等。由于使用不当而导致系统安全性能下降,甚至系统异常、停机的事件也时有报道。

3.计算机系统安全性的目标

不同的计算机系统其安全目标不同。但一般来说,一个计算机系统的安全目标应包括如下 3 个方面。

(1) 保密性。保密性是计算机安全的一个重要方面,它是指系统为了防止非法入侵、防止信息的非法泄漏、防止信息被外界破坏而具有的防范能力。只有授权用户才能访问系统的资源和信息(访问包括显示和打印文件中的信息)。

(2) 完整性。完整性是指计算机系统中所保存的程序和数据不能被非授权用户非法删改,且能保持数据的一致性,只有授权用户可以删改。完整性包括两个方面,软件完整性和数据完整性。在软件设计阶段,若软件设计程序员在软件中留下了后门,那么以后就可以对该软件进行攻击,破坏软件的完整性,此外当软件的源代码泄漏后,非法用户就可以通过对源代码的恶意删改来破坏软件的完整性。数据完整性是指保证存储在计算机系统的数据或在计算机间传输的数据不被非法删改或受意外事件的破坏。

(3) 可用性。可用性是指系统内的资源随时能够向授权用户提供服务,并且不能将合法授权用户的权限进行额外限制。即授权用户的正常请求,能及时、正确、安全地得到服务或响应。

4.操作系统的安全策略

操作系统是计算机系统中的核心系统软件,是计算机系统的管理者和控制者,因此操作系统的安全性是计算机系统安全性的关键。随着计算机技术的发展,在操作系统中已形成了多种安全机制。它们起着保护系统的各种资源不被破坏、不被窃取的作用,并提供相应的安全服务。操作系统的安全机制主要有以下几种。

(1) 身份验证。系统必须有一种身份验证机制。对使用系统的人员进行身份识别。以区分出合法用户和非法用户,禁止非法用户对系统的使用。最常见的身份验证机制是用户名和口令机制。

(2) 访问控制。访问控制主要体现在对用户访问权限的控制,使系统能够规定哪些用户可以访问资源,可以访问什么样的资源,可以对这些资源进行怎样的访问。访问控制是操作系统重要的安全防御手段。

(3) 程序防御。程序防御是指对恶意程序、计算机病毒等的防御、检测、消除和系统恢复机制,以及对非恶意程序操作有效性的检测机制。

(4) 数据加密。采用各种加密解密技术,保证重要信息的安全。

(5) 防火墙。网络通信监控系统俗称为"防火墙",用它来监控所有进、出 Intranet 的数据流,以达到保障 Intranet 安全的目的。

5. 安全操作系统的设计原则

在操作系统设计过程中应充分考虑到系统的安全性要求。Saltzer.J 和 Schroeder.M 曾经提出了安全操作系统的设计原则。

(1) 最小权限。系统应分配给用户和程序尽可能小的权限,即分配用户和程序的权限刚刚能满足它们正常执行的需要。这样做的好处是,可以将由入侵者和恶意攻击者造成的破坏降到最低程度。

(2) 机制的经济性。保护系统的设计应小型化,这样就可以在开销可接受的范围内对安全系统是否能有效工作进行检测。

(3) 开放式设计。保护机制必须是独立设计的,它必须能防止所有潜在攻击者的攻击,但也必须是公开的,仅依赖于一些保密信息。

(4) 完整的策划。每个存取都必须被检查。

(5) 权限分离。对系统资源实体的存取应该不只依赖于某一个条件,这样入侵者将不会拥有对系统全部资源的存取权。

(6) 最少通用机制。系统中共享的物理设备可能成为危险信息流的潜在通道,因此系统应在物理上或逻辑上对共享的设备进行分离。

6. 操作系统安全性标准

1983 年美国国防部出版了《可靠计算机系统评价准则》(Trusted Computer System Evaluation Criteria, TCSEC),书皮为橙色,又称橙皮书,并于 1985 年进行了修改。橙皮书现已成为计算机安全等级的划分标准,现在系统设计者已把橙皮书中的思想应用到安全操作系统的设计中。

该标准中将计算机系统的安全程度从低到高分为 D、C、B、A 四等和 D1、C1、C2、B1、B2、B3、A1、A2 八级。D1 级别最低,A2 级别最高。每一级别包含前一级别的所有安全性条款,因此级别的条款是叠加而成的。随着级别的提高,系统的可靠程度也随之增加,风险也随之减小。其中 D 等是最低保护等级、C 等是自主保护等级、B 等是强制保护等级、A 等是验证保护等级。

下面具体介绍各个级别的含义。

(1) D 级(最低保护级别)。D 等只有一个级别 D1,又称为安全保护欠缺级,它是计算机系统安全的最低级。属于该级别的系统除了特定的安全措施外谈不上什么安全性,它不对用户进行身份验证。一个人只要能启动系统,就能访问系统中的任何资源,不受任何限制,因而硬件系统和操作系统非常容易被破坏。常见的无密码保护的个人计算机系统便属于 D1 级。

运行 MS-DOS 或 Windows 3.x 的 PC 机、运行 Windows 95/98(工作在非网络环境下)的 PC 机、运行非 UNIX 系统的 Macintosh 都属于这一级别。

(2) C1 级(自主保护级别)。自主安全保护级别要求硬件有一定的安全保护能力(如硬件有带锁装置等),并要求用户在使用系统前必须先通过身份验证。自主保护意味着每个用户对属于自己的文件具有支配权,他可以允许其他用户写他的文件,也可以允许其他用户读他的文件。但保证他的文件不被未经他授权的用户访问。此外,自主保护控制允许管理员为不同的程序或数据设置不同的访问许可权限。通常,具有密码保护的多用户工作站便属于 C1 级。

C1 级保护的不足之处是用户可以直接访问操作系统的根,因而用户能将系统的数据任意移动,同时用户也可以更改系统配置,使其具有与系统管理员相同的权限。

大多数 UNIX 系统都属于这一级别,此外 Novell 3.x、Novell 4.x 或更高版本以及 Windows NT 等系统也达到 C1 级别。

(3) C2 级(受控保护级别)。受控安全保护级在 C1 的基础上增加了审计机制和引进了受控访问环境。审计将跟踪所有与安全性有关的事件和网络管理员的工作。引进受控访问环境即增加用户权限级别,用户权限的授权以个人为单位进行,授权分级的方式使系统管理员能够根据用户的职能对用户进行分组,并统一为用户组指派访问某些程序或目录的权限。处于同一用户组的用户具有相同的权限。

常见达到 C2 级的操作系统有:UNIX、Novell 3.x、Novell 4.x 或更高版本、Windows NT、ORACLE 数据库系统等。

B3、A1 级进一步要求对系统中的内核进行形式化的最高级描述和验证。一个网络所能达到的最高安全等级,不超过网络上其安全性能最低的设备(系统)的安全等级。

(4) B3 级(安全域级):B3 级要求用户工作站或终端设备,必须通过可信任的途径连接到网络中。B3 级系统是用硬件把安全域互相分离开的,并且它还使用硬件保护方式来保护安全系统的存储区。例如,内存管理硬件用于保护安全域免遭无授权访问或其他安全域对象的修改。

(5) A1(验证设计):对 A1 级系统的确认需要对安全模型的正确性进行形式化的数学证明,同时还要求对隐蔽信道和可信任分布进行形式化的分析,以及对最高安全级别的形式化的说明。保证使用自主访问控制和强制访问控制的系统能有效地保护系统存储及处理机密信息和其他敏感信息。上述分级系统是无上限的,如果需要,还可以在 A1 的基础上增加新的安全级别,如 A2 级等。

8.2 数据加密技术

加密技术也是保障计算机系统和网络安全性的一种措施。加密技术就是保证数据不被非法泄露的技术,在计算机安全中有着广泛的应用。加密就是用数学方法重新组织数据的过程。数据加密技术是对系统中所有存储和传输的数据进行加密,使之成为密文。这样做使得任何非法接收者不可能轻易获得正确的信息,攻击者在截获到数据后,也无法了解到数据的准确内容,而只有被授权者才能接收和对该数据予以解密,以了解其内容,从而有效地保护了系统信息资源的安全性。

可以通过编码系统实现加密,所谓编码就是用事先约定好的表或字典将消息或消息的一部分替换成无意义的词或词组。也可以通过密码来实现加密,所谓密码就是用一个加密算法将消息转化为不可理解的密文。本节主要讨论的是通过密码来实现的加密技术。

1.基本概念

(1)明文。被加密的原始文本,称为明文。

(2)密文。原始文本经过加密后得到的文本,称为密文。

(3)密钥。密钥是加密和解密算法中用于确定数据应如何被加密或解密的关键参数。用户需要加密一个文本时,这个用户事先要知道密钥,加密算法根据用户提供的这个关键参数对文本进行加密;而当用户需要访问这个加密文本的内容时,用户也需要知道这个关键参数,解密算法根据用户提供的关键参数进行解密。如果用户输入的是正确的密钥,密文被还原为原始明文,否则用户得不到真正准确的明文信息。

(4)加密过程。加密过程是在发送端利用加密算法和加密密钥对明文进行加密,得到密文的过程。

(5)解密过程。解密过程是在接收端利用解密算法和解密密钥对密文进行解密,将密文恢复为明文的过程。

(6)加密(解密)算法。用来实现从明文(密文)到密文(明文)转化的规则或程序算法。

(7)密钥长度。密钥有一定的长度,有的加密系统允许用户使用固定长度的密钥,而有些加密系统同时允许用户使用变长密钥。但通常来说,密钥长度越短越容易被破译,反之,密钥长度越长越不容易被破译。

2.加密算法的分类

按不同的分类方式,加密算法有不同的类型。

(1) 按所变换明文的单位分类

1) 序列加密算法。该算法是把明文看做是连续的字符流,在一个密钥序列的控制下,逐个字符地把明文转换成密文。这种算法可对明文进行实时加密。

2) 分组加密算法。该算法是将明文划分成多个固定长度的比特分组,然后,在加密密钥的控制下,每次变换一个明文分组。比较有名的 DES 算法就是以 64 位为一个分组进行加密的。

(2)按其对称性分类

1)一致密钥算法。在这种分类方式中,加密过程是在加密算法中将明文转化成为一个不可阅读的密文,来达到非授权用户无法访问的目的,进而实现对明文进行保密。在加密和解密算法之间,存在着一种依赖关系。在一致密钥算法中,加密和解密算法常常使用相同的密钥。即使不知道解密密钥,但只要事先知道加密密钥,只要稍加推导,也能很快得知解密密钥。

在一致密钥算法中的安全性主要在于:密钥要绝对的保密,加密和解密算法倒是次要的。

一致密钥算法的数据加密模型如图 8.1 所示。

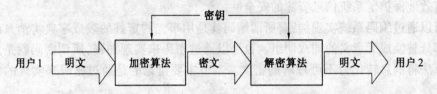

图 8.1　一致密钥算法的数据加密模型

2)不一致密钥算法。在一致密钥算法中,加密和解密算法所用的密钥相同,而在不一致密钥算法的加密和解密过程中,加密密钥和解密密钥不同,而且很难通过加密密钥准确推导出解密密钥来。在这种算法中把其中一个密钥公开而成为公开密钥。也就是说,加密和解密过程中,用这个公开的密钥对明文进行加密,而用另一个私有密钥对密文进行解密,进而还原明文。

不一致密钥算法中的安全性主要在于:私有密钥的保密性,两个密钥中一定有一个要绝对保密。不一致密钥算法的数据加密模型如图 8.2 所示。

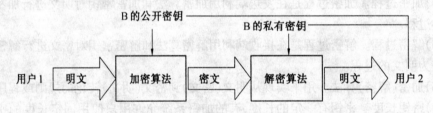

图 8.2　不一致密钥算法的数据加密模型

目前,常用的一致密钥系统有 DES、IDEA、RC2、Crypt 等,其中使用最为广泛的加密方法是基于 DESR 的加密方法。

DES 是由 NBS(美国国家标准局)在 1977 年研制的一种数据加密、解密的标准方法。在该方法中,所使用的密钥长度是 64 位,用 56 位的密钥进行实际加密,用其余的 8 位作为奇偶校验码。解密时使用相同的步骤和相同的密钥。但有些业内人士认为 DES 的密钥长度有些短,只有 56 位。因此有人对 DES 的安全性产生了争议。但是由于 DES 对信息进行彻底地随机处理。使得破译者即便拿到了部分原文也没办法将其完全破译,所以 DES 仍被广泛应用。

与一致密钥算法相比,不一致密钥算法比较复杂。在硬件规模和消耗相当的情况下,不一致密钥算法的效率较低。不一致密钥算法经常被用于为数据建立"数字签名",以便证明数据的原始性和完整性。

常用的不一致密钥算法系统有 RSA、DSA、ELGamal 等,其中 RSA 是当前使用最广泛的不一致密钥算法系统。

8.3　认证技术

身份认证是操作系统中一个相当重要的方面,它是用户获得权限的关键。身份认证一般涉及两个方面的内容:一个方面的内容是指身份识别,所谓身份识别是指确定访问者的身份,即确定访问者是谁。系统必须能够对系统中的所有合法用户具有识别能力。为了使系统能够正确进行识别,系统必须保证不同的用户具有互不相同的识别符。另一个方面的内容是指身份验证,所谓身份验证是指访问者向系统声明自己的身份后,为了防止冒名顶替的情况,系统还必须对访问者声明的身份进行验证。

1.常见的身份认证技术

目前常见的身份证认证技术有三种:

(1)对被识别访问者知识的验证。常见的这类验证机制是口令验证。也就是说访问者必

须向系统证明他知道一个秘密的口令,然后才有访问计算机的权利。

(2)对被识别访问者所持有物品的验证。这类验证是以访问者是否拥有合适的物品来作为识别的依据。常见的物品识别方法有:特别身份证、IC 卡、学生证磁卡、终端加锁、带光学条码的 Smart card(Smart card 上嵌有微处理芯片与存储器)等。在这类验证中还必须注意对于识别物品的保护。

(3)对被识别访问者自身固有特征的验证。对被识别访问者自身固有特征的验证是三类身份验证中安全性最高的。因为对被访问者知识的验证容易出现遗忘、出错、被窃取等问题;同样对被识别访问者所持有物品的验证容易出现物品丢失、被盗等情况;因为世界上几乎没有两个人的特征是完全一样的,所以对被访问者自身固有特征的验证的安全性很高。

系统可以利用人的生物特征,如面部、指纹、语音、视网膜等来作为验证的手段。系统也可以利用人的下意识动作留下的特征来作为验证的手段,如利用人的签名来进行验证。

目前,最常用的用户身份认证机制是口令,下面我们重点讨论一下口令机制。

2.口令机制

(1)口令。利用口令来确认用户的身份,是当前最常用的认证技术。通常,每当用户要上机时,系统中的登录程序都首先要求用户输入用户名,登录程序利用用户输入的名字去查找一张用户注册表或口令文件。在该表中,每个已注册用户都有一个表目,其中记录有用户名和口令等。登录程序从中找到匹配的用户名后,再要求用户输入口令,如果用户输入的口令也与注册表中用户所设置的口令一致,系统便认为该用户是合法用户,于是允许该用户进入系统,否则将拒绝该用户登录。

口令是由字母或数字,或字母和数字混合组成的,它可由系统产生,也可由用户自己选定。系统所产生的口令不便于用户记忆,而用户自己规定的口令则通常是很容易记忆的字母、数字,例如生日、住址、电话号码,以及某人或宠物的名字等。这种口令虽便于记忆,但也很容易被攻击者猜中。

(2)对口令机制的基本要求。基于用户标识符和口令的用户认证技术,其最主要的优点是简单易行,因此,在几乎所有需要对数据加以保密的系统中,都引入了基于口令的机制。但这种机制也很容易受到别有用心者的攻击,攻击者可能通过多种方式来获取用户标识符和口令,或者猜出用户所使用的口令。为了防止攻击者猜出口令,在这种机制中通常应满足以下几点要求:

1)口令长度要适中,通常的口令是由一串字母和数字组成。如果口令太短,则很容易被攻击者猜中。而如果采用较长的口令,则可以显著地增加猜中一个口令的时间。

2)自动断开连接。为了给攻击者猜中口令增加难度,在口令机制中还应引入自动断开连接的功能,即只允许用户输入有限次数的不正确口令,通常规定 3 ~ 5 次。如果输入不正确口令的次数超过规定的次数时,系统便自动断开读用户所在终端的连接。

3)不回送显示。在用户输入口令时,登录程序不应将该口令回送到屏幕上显示,以防止被就近的人发现。

4)记录和报告。该功能用于记录所有用户登录进入系统和退出系统的时间。也用来记录和报告攻击者非法猜测口令的企图及所发生的与安全性有关的其他不轨行为,这样便能及时发现有人在对系统的安全性进行攻击。

(3)口令的选择。前面已经介绍过生成口令有两种途径:一种途径是由用户自己选择,另一种途径是由系统自动生成随机口令。前者的优点是容易记忆,但易被破获;后者的优点是随机性好,不易被破译,但不便于用户记忆。

对用户在设定口令时的几点建议:

1) 采用较长的口令。口令越长则被破译和发现的可能性就越小。操作系统在这个方面也有要求。例如要求口令的长度至少为8位等。

2) 增加组成口令的字符种类。也就是说在口令中同时有大小写字母、数字或其他字符这样做的好处是增加口令被破译的难度。

3) 避免用家人或自己的生日、姓名、家庭住址、电话号码等做口令;同时也要避免使用常规术语、名称、单词做口令。这样做的好处是增加攻击者穷举搜索的难度。

4) 保护口令。不要书面记录口令,也不要告诉任何人,同时注意经常更换口令。有的操作系统在口令到期后提示并警告用户更改口令,或在口令失效后禁止用户对系统进行操作和访问,或强迫用户更改口令,这样做都会大大增加口令使用的安全性。

(4)口令数据的存放和口令的查找匹配。口令在系统的保存是口令使用安全性的一个重要环节。同时系统如何验证用户提供的口令是否是合法口令,这又牵涉口令如何进行查找匹配的问题。下面我们来具体讨论这方面的问题。

口令不能以明文的形式存放在系统中,这太危险。如果采用加密的方法,对存放在系统中的口令加密(如采用 DES 算法),显然这是比较安全的,但同时又存在加密密钥保存的安全问题。因此系统可以对系统中的口令进行单向加密的操作。也就是说当系统通过这种方法对口令进行验证时,首先将用户键入的口令进行加密,再将结果与系统中保存的该口令的密文进行比较,若相同则认为是合法的,否则认为是非法的。

系统中用户的口令和用户 ID 一起形成一个列表,这个表是系统的一个重要的数据结构,它就是系统口令表(有些系统将它作为一个文件存储在辅助存储器中。因此有时又称为口令文件)。系统口令表或口令文件也是受攻击的对象,因此必须强调口令表或口令文件的安全性。保护口令表或口令文件的安全机制是使用强制存取控制,限制它仅被操作系统存取,或者进一步限制,仅允许操作系统中的某些模块对它进行存取,一般情况下,如果对口令表或口令文件进行加密存放,则会大大增加口令的安全系数。

(5)其他口令机制。

1) 一次性口令。一次性口令是指用户每次使用完口令后都要更换口令。这是一种相当保密的身份认证方法。

为了把由于口令泄露所造成的损失减到最小,用户应当经常改变口令。例如,一个月改变一次,或者一个星期改变一次。一种极端的情况是采用一次性口令机制。在利用该机制时,用户必须提供记录有一系列口令的一张表,并将该表保存在系统中。系统为该表设置一指针用于指示下次用户登录时所应使用的口令。这样,用户在每次登录时,登录程序便将用户输入的口令与该指针所指示的口令相比较,若相同,便允许用户进入系统,并将指针指向表中的下一个口令。在采用一次性口令的机制时,即使攻击者获得了本次用户上机时所使用的口令,他也无法进入系统。必须注意,用户所使用的口令表,必须妥善保管好。

2) 公共密钥。通过前面的介绍,我们知道这是一种非对称的加密方法,即加密密钥和解密密钥不同,其中加密密钥是公共密钥,而解密密钥是私有密钥。

3) 质询响应。当用户需要系统进行身份验证时,如何保证用户是向一个合法系统而不是冒充者发送他的口令(如特洛伊木马伪装成登录界面骗取用户的口令等),这个问题可以用质询响应来解决。

8.4　防火墙技术

随着 Internet 的发展,越来越多的公司或个人加入到其中,使 Internet 成为世界上空前庞大以至于无法确切统计的网络系统。当一个机构将其内部网络与 Internet 连接之后,所关心的一个重要问题就是安全。人们需要一种安全策略,既可以防止非法用户访问内部网络上的资源,又可以阻止用户非法向外传递内部信息。在这种情况下,防火墙技术便应运而生。

防火墙(Firewall)是一种能将内部网和公众网分开的方法。它能限制被保护的网络与互联网络及其他网络之间进行的信息存取、传递等操作。在构建安全的网络环境过程中,防火墙作为第一道安全防线,正受到越来越多用户的关注。

8.4.1　防火墙技术概述

1.防火墙的定义

"防火墙"原来是指在建筑物中用来隔离不同的房间,防止火灾蔓延的隔断墙。现在,人们引用这个概念,把用于保护计算机网络中敏感数据不被窃取和篡改的计算机软硬件系统叫做"防火墙"。

防火墙是设置在不同网络(如可信任的企业内部网和不可信任的公共网)或网络安全域之间的一系列部件的组合。它可通过监测、限制、更改跨越防火墙的数据流,尽可能地对外部屏蔽网络内部的信息、结构和运行状况,以此来实现网络的安全保护。

简单地说,防火墙实际上是一种访问控制技术,它在一个被认为是安全和可信的内部网络和一个被认为是不那么安全和可信的外部网络之间设置障碍,阻止对信息资源的非法访问,也可以阻止保密信息从受保护网络上被非法输出。它能允许用户"同意"的人和数据进入用户的网络,同时将用户"不同意"的人和数据拒之网外。换句话说,如果不通过防火墙,可信网络内部和外部的人就无法进行通信。

防火墙是一类防范措施的总称,不是一个单独的计算机程序或设备。在物理上,它通常是一组硬件设备和软件的多种组合。在逻辑上,它是分离器、限制器和分析器,可有效地监控内部网和公共网之间的任何活动。防火墙是不同网络或网络安全域之间通信的唯一出入口,能根据一定的安全策略控制出入网络的信息流。防火墙本身具有较强的抗攻击能力,是提供信息安全服务,实现网络和信息安全的基础设施。如图8.3所示为防火墙示意图。

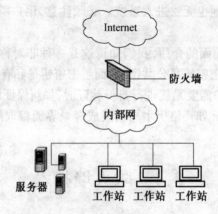

图8.3 防火墙示意图

2.防火墙的作用

应用防火墙的主要目的是要强制执行一定的安全策略,能够过滤掉不安全服务和非法用户、控制对特殊站点的访问,并提供监视系统安全和预警的方便端点。基于这样的准则,防火墙应能够封锁所有信息流,然后对希望提供的安全服务逐项开放,对不安全的服务或可能有安全隐患的服务一律拒绝。防火墙还应该先允许所有的用户和站点对内部网络进行访问,然后再按照一定的规则对未授权的用户或不信任的站点进行逐项屏蔽。这样就可以针对不同的服务面向不同的用户开放,也就是能自由地设置各个用户的不同访问权限。

具体来说,防火墙的作用主要体现在以下几个方面:

(1)防火墙是网络安全的屏障。防火墙作为网络当中的阻塞点及控制点,能够极大地提高一个内部网络的安全性,并通过过滤不安全的服务而降低风险。由于只有经过选择的应用协议才能通过防火墙,所以使网络环境变得更加安全。例如,防火墙可以禁止不安全的 NFS 协议进出受保护网络,这样外部的攻击者就不可能利用这些脆弱的协议来攻击内部网络。防火墙同时可以保护网络免遭基于路由的攻击,如 IP 选项中的源路由攻击和 ICMP 重定向中的重定向路径。防火墙应该可以拒绝所有以上类型攻击的报文并通知防火墙管理员。

(2)防火墙可以强化网络安全策略。在没有防火墙时,内部网络每台主机的安全策略是由其自身来完成的,由于没有防火墙的隔离,内部网络基本处于暴露状态,极易受到攻击。而以防火墙为中心的网络安全配置方案,能够将所有安全软件,如密码、加密、身份认证、审计等,配置在防火墙上。与将网络安全问题分散到各个主机上相比,防火墙的集中安全管理更方便,也更经济。

(3)防火墙可以对网络的存取和访问进行监控、审计。因为所有进出内部网络的信息都必须经过防火墙,所以防火墙能够记录内部网络和外部网络之间发生的所有事件,并做出日志记录,同时也能提供网络使用情况的统计数据。当发生可疑动作时,防火墙能进行适当的报警,并提供网络是否受到监测和攻击的详细信息。另外,收集一个网络的使用和利用情况也是非常重要的。理由是可以清楚防火墙是否能够抵挡攻击者的探测和攻击,并且清楚防火墙的控制是否充足。而网络使用统计对网络需求分析和威胁分析等而言也是非常重要的。

(4)防火墙可以防止内部信息的外泄。防火墙能够对内部网络进行划分,从而实现内部网络中重点网段的隔离,有效限制了局部重点或敏感网络安全问题对全局网络造成的影响。其次,一个内部网络中不引人注意的细节可能包含了有关安全的线索而引起外部攻击者的兴趣,甚至因此而暴露了内部网络的某些安全漏洞。使用防火墙就可以隐蔽这些透漏内部细节的服务。

(5)防火墙可以限制网络暴露。防火墙在内部网络周围创建了一个保护的边界,对于外部网络隐藏了内部系统的一些信息以增加保密性。当远程结点探测用户的网络时,他们仅仅能看到防火墙。远程设备将不会知道用户内部网络的布局。防火墙还可以提高认证功能和使用网络加密来限制网络信息的暴露。通过对进入的流量进行检查,以限制从外部发动的攻击。

除了安全作用,防火墙还支持具有 Internet 服务特性的企业内部网络技术体系 VPN (虚拟专用网)。通过 VPN,可以将企事业单位在地域上分布在全世界各地的 LAN 或专用子网,有机地联成一个整体。不仅省去了专用通信线路,而且为信息共享提供了技术保障。

8.4.2　防火墙技术的分类

防火墙技术可根据防范的方式和侧重点的不同而分为很多种类型。按照防火墙对数据的处理方法,大致分为两大类:包过滤防火墙和代理防火墙。

1.包过滤防火墙技术

数据包过滤(Packet Filtering)技术是防火墙为系统提供安全保障的主要技术,它依据系统内事先设定的过滤逻辑,通过设备对进出网络的数据流进行有选择的控制与操作。

数据包过滤技术作为防火墙的应用有 3 种。第 1 种是路由设备在完成路由选择和数据转发的同时进行包过滤;第 2 种是在工作站上使用软件进行包过滤;第 3 种是在一种称为屏蔽路由器的路由设备上启动包过滤功能。目前较常用的方式是第 1 种。即设备在选择路由的同时对数据包进行过滤。用户可以设定一系列的规则,指定允许哪些类型的数据包可以流入或流出内部网络,哪些类型的数据包的传输应该被拦截。

包过滤作用在网络层和传输层,以 IP 包信息为基础,对通过防火墙的 IP 包的源、目的地址、TCP/UDP 的端口标识符及 ICMP 等进行检查。规定了哪些网络结点何时可通过防火墙访问外部网络,哪些网络结点可访问内部网络;或者是哪些用户只能使用 E-mail,而不能使用 Telnet 和 FTP;哪些用户只能使用 Telnet,而不能使用 FTP 等。可以利用安全策略形式语言描述安全配置规则,并对其进行一致性检查,达到灵活方便地配置安全策略的目的。

包过滤规则检查数据流中每个数据包后,根据规则来确定是否允许数据包通过,其核心是过滤算法的设计。如果包的出入接口相匹配,并且规则允许该数据包通过,那么该数据包就会按照路由表中的信息被转发。但是,如果是包的出入接口相匹配,而规则拒绝该数据包,那么该数据包也会被丢弃。如果出入接口未设匹配规则,用户配置的默认参数会决定是转发还是丢弃数据包。

数据包过滤在网络中起着举足轻重的作用,它允许用户在某个地方为整个网络提供特别的保护。例如,Telnet 服务器在 TCP 的 23 号端口上监听远程连接,而 SMTP 服务器在 TCP 的 25 号端口上监听连接,为了阻塞所有进入的 Telnet 连接,包过滤路由器只需简单地丢弃所有 TCP 端口号等于 23 的数据包。为了将进来的 Telnet 连接限制到内部的数台机器上,包过滤路由器必须拒绝所有 TCP 端口号等于 23,并且目标 IP 地址不等于允许主机的 IP 地址的数据包。

包过滤的操作可以在路由器上进行,也可以在网桥,甚至在一个单独的主机上进行。大多数数据包过滤系统不处理数据本身,它们不根据数据包的内容做决定。

2.包过滤防火墙技术的优缺点

数据包过滤防火墙技术有很多优点,主要体现在以下几点:

(1)应用包过滤技术不用改动客户机和主机上的应用程序,因为过滤发生在网络层和传输层,与应用层无关。

(2)一个单独的、放置恰当的数据包过滤路由器有助于保护整个网络。如果仅有一个路由器连接内部网络和外部网络,那么不论网络大小、拓扑结构如何,所有网络通信都要通过这个路由器进行数据包过滤,这样在网络安全方面就能够取得较好的效果。

(3)数据包过滤技术对用户没有特别的要求。数据包过滤是在 IP 层实现的,它不要求任何自定义的软件或者特别的客户机配置,也不要求用户经过任何特殊的训练。当数据包过滤路由器在检查数据包时,它与普通路由器没什么区别,甚至用户感觉不到它的存在,除非用户试图做一些数据包过滤路由器所禁止的事。这样,数据包过滤技术对用户来说,具有较强的透明度,使用起来很方便。

(4)大多数路由器都具有数据包过滤功能。不论是商业的还是免费的,许多硬件或软件路由产品都具有数据包过滤能力,大多数网络使用的路由器也具有这种功能。数据包过滤路由器在工作时一般只检查报头相应的字段,而不查看数据包的内容,而且有些核心部件是由专用硬件实现的,所以其转发速度快,效率比较高。

由以上优点可以看出,数据包过滤是一种通用、廉价、有效的安全手段。说它通用是因为它不针对各个具体的网络服务采取特殊的处理方式;说它廉价是因为大多数路由器都提供分组过滤功能;说它有效是因为它能很大程度地满足企业的安全要求。

数据包过滤防火墙技术也有一些缺点,主要体现在:

(1)不能彻底防止地址欺骗。大多数包过滤路由器都是基于源 IP 地址、目的 IP 地址而进行过滤的。而 IP 地址的伪造是很容易、很普遍的。过滤路由器在这点上大都无能为力。即使按 MAC 地址进行绑定,也是不可信的。对于一些安全性要求较高的网络,过滤路由器是不能胜任的。

(2)一些应用协议不适合于数据包过滤。即使是完美的数据包过滤实现,也会发现一些协议不很适合于经由数据包过滤安全保护。如 RPC、X-Window 和 FTP。而且,服务代理和 HTTP 的链接,大大削弱了基于源地址和源端口的过滤功能。

(3)正常的数据包过滤路由器无法执行某些安全策略。数据包过滤路由器上的信息不能完全满足我们对安全策略的需求。例如,数据包说它们来自什么主机(这点还有隐患),而不是什么用户,因此,我们不能强行限制特殊的用户。同样地,数据包说它到什么端口,而不是到什么应用程序;当我们通过端口号对高级协议强行限制时,不希望在端口上有别的指定协议之外的协议,恶意的知情者能够很容易地破坏这种控制。

(4)数据包工具存在很多局限性。除了各种各样的硬件和软件包普遍具有数据包过滤能力外,数据包过滤仍然算不上是一个完美的工具。许多这样的产品都或多或少地存在局限性,如数据包过滤规则难以配置。

从以上分析可以看出,包过滤防火墙技术虽然能确保一定的安全保护,且也有许多优点,但是包过滤毕竟是第一代防火墙技术,本身存在较多缺陷,不能提供较高的安全性。在实际应用中,现在很少把包过滤技术当做单独的安全解决方案,而是把它与其他防火墙技术糅合在一起使用。

3.代理防火墙技术

代理防火墙的概念源于代理服务器(Proxy Server)。所谓代理服务器是指代理内部网络用户与外部网络服务器进行信息交换的程序。它可以将内部用户的请求确认后送达外部服务器,同时将外部服务器的响应再回送给用户,这种技术经常被用于在 Web 服务器上高速缓存信息,扮演着 Web 客户和 Web 服务器之间的中介角色,它主要保存因特网上最常用和最近访问过的内容,可为用户提供更快的访问速度。并且提高了网络安全性。由于代理服务器在外部网络向内部网络申请服务时发挥了中间转接和隔离的作用,因此又把它叫做代理防火墙。

代理防火墙作用在应用层,用来提供应用层服务的控制。其特点是完全"阻隔"了网络通信流,通过对每种应用服务编制专门的代理程序,实现监视和控制应用层通信流的作用,所以代理防火墙又被称为应用代理或应用层网关型防火墙。

应用层网关型防火墙控制的内部网络只接受代理服务器提出的服务请求,拒绝外部网络其他节点的直接请求,它同时提供了多种方法认证用户,当确认了用户名和密码后,服务器根据系统的设置对用户进行进一步的检查,验证其是否可以访问本服务器,应用层网关型防火墙还对进出防火墙的信息进行记录。并可由网络管理员用来监视和管理防火墙的使用情况。实际中的应用网关通常由专用代理服务器实现。如图 8.4 所示为代理防火墙的示意图。

具体来说,应用层网关是内部网与外部网的隔离点,掌握着应用系统中可用作安全决策的全部信息。这使得网络管理员能够实现比包过滤路由器更严格的安全策略。应用层网关不用依赖包过滤工具来管理因特网服务在防火墙系统中的进出,而是采用为每种所需服务安装特殊代码的方式来管理因特网服务。如果网络管理员没有为某种应用安装代理编码,那么该项服务就不支持并不能通过防火墙系统来转发。同时,代码还可以配置成只支持网络管理员认为必须的部分功能,从而有效地防止网络攻击。

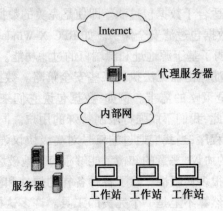

图8.4 代理防火墙的示意图

4.代理防火墙技术的优缺点

代理防火墙技术的优点如下。

(1) 代理易于配置。因为代理是一个软件,所以它较过滤路由器更易配置,配置界面十分友好。如果代理实现得好,可以对配置协议要求较低,从而避免了配置错误。

(2) 代理能生成各项记录。因为代理工作在应用层,它检查各项数据,可以按一定准则,让代理生成各项日志、记录。这些日志、记录对于流量分析、安全检验是十分重要和宝贵的。当然,它也可以用于计费等应用。

(3) 代理能灵活、完全地控制进出流量、内容,通过采取一定的措施,按照一定的规则,可以借助代理实现一整套的安全策略。比如可说控制"谁"和"什么",还有"时间"和"地点"。

(4) 代理能过滤数据内容。我们可以把一些过滤规则应用于代理,让它在高层实现过滤功能,例如文本过滤、图像过滤(目前还未实现,但这是一个热点研究领域),预防病毒或扫描病毒等。

(5) 代理能为用户提供透明的加密机制、用户通过代理进出数据,可以让代理完成加密的功能,从而方便用户,确保数据的机密性。这点在虚拟专用网中特别重要。代理可以广泛地用于企业外部网中,提供较高安全性的数据通信。

(6) 代理可以方便地与其他安全手段集成。目前的安全问题解决方案很多,如认证(Authentication)、授权(Authorization)、账号(Accounting)、数据加密、安全协议(SSL)等。如果把代理与这些手段联合使用,将大大增加网络安全性。

代理防火墙技术的缺点主要有:

(1)代理速度比路由器慢,路由器只是简单查看 TCP/IP 报头,检查特定的几个域,不作详细分析、记录。而代理工作于应用层,要检查数据包的内容,按特定的应用协议进行审查、扫描数据包内容。并进行转发请求或响应,所以其速度较慢。

(2)代理对用户不透明。多代理要求客户端作相应改动或安装定制客户端软件,这给用户增加了不透明度,为庞大的互联网络的每一台内部主机安装和配置特定的应用程序既耗费时间,又容易出错,因为它们的硬件平台和操作系统都存在差异。

(3)对于每项服务代理可能要求不同的服务器,可能需要为每项协议设置一个不同的代理服务器,因为代理服务器不得不理解协议以便判断什么是允许的和不允许的,并且还装扮一个对真实服务器来说是客户、对代理客户来说是服务器的角色挑选。安装和配置所有这些不同的服务器也可能是一项较大的工作。

(4)代理服务通常要求对客户、过程之一或两者进行限制。除了一些为代理而设的服务,代理服务器要求对客户与域过程进行限制,每一种限制都有不足之处,人们无法经常按他们自己的步骤使用快捷可用的工作。由于这些限制,代理应用就不能像非代理应用运行得那样好,它们往往可能曲解协议的说明,并且一些客户和服务器比其他的要缺少一些灵活性。

(5)代理服务不能保证免受所有协议弱点的限制。作为一个安全问题的解决方法,代理取决于对协议中哪些是安全操作的判断能力。每个应用层协议,都或多或少存在一些安全问题,对于一个代理服务器来说,要彻底避免这些安全隐患几乎是不可能的,除非关掉这些服务,代理取决于在客户端和真实服务器之间插入代理服务器的能力,这要求两者之间交流的相对直接性。而且有些服务的代理是相当复杂的。

(6)代理不能改进底层协议的安全性,因为代理工作于应用层,所以它就不能发送底层通信协议的能力,而这些方面,对于一个网络的健壮性是相当重要的。

在实际应用当中,构筑防火墙的解决方案很少采用单一的技术,大多数防火墙是将数据包过滤和代理服务器结合起来使用的。

8.5　访问控制技术

访问控制是计算机系统保护工作中的一个重要环节,因为在计算机系统中信息都是以文件的形式出现的,因此对文件的访问必须进行控制以达到对信息保护的目的。

在访问控制中,对其访问必须进行控制的资源称为客体,也就是计算机系统中的被保护对象。如内存等硬件设备、文件系统以及保护机制本身等。客体有时也称为对象、实体、数据和资源。同样地,必须控制它对客体的访问的活动资源称为主体。主体即访问的发起者,通常为用户和应用程序,而用户和应用程序要实现对客体的存取,必须通过它们对应的进程来实现。有时主体也被称作用户。

访问控制包括三个方面的内容:

(1)授权,也就是确定可授予哪些用户具有存取客体的权利。

(2)确定存取权限,即说明主体可以对客体进行什么样的访问操作。

(3)实施访问权限。

1.访问控制机制

我们引入"保护域"的概念。每一个主体(进程)在任何时刻都运行在一个保护域中。保护域规定了进程可以访问的资源。可对客体操作的能力称为访问权,访问权是一个有序对 < 客体名,权利集合 > 。每个域定义了一组客体和可以对客体执行的操作(即访问权

限）。因此一个保护域就是一个访问权的集合。例如域 A 有访问权 < 文件 B, |读, 写| > ，那么凡是在域 A 中运行的进程均可对文件 B 进行读写操作。但不能对文件 B 进行任何其他的操作。

保护域不是彼此相互独立的，它们可以相交，即它们可以共享权限。如图 8.5 所示，X 域和 Y 域对打印机都有写的权限，这意味着运行在 X 域或 Y 域中的进程都可以使用打印机进行写操作。

根据系统的复杂度不同，进程和域之间的关系可以是静态的，即在进程生命期中保持不变，或是动态改变的。为了使进程对自身或他人造成的危险尽可能小，最好是进程在所有时间里都运行在最小客体下。

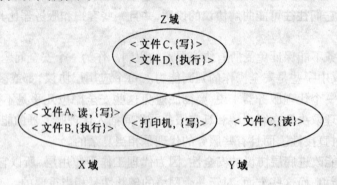

图 8.5　保护域图示

例如，一个进程在其运行期间经过两个阶段，前一个阶段对文件 A 进行读操作，后一个阶段对文件 A 进行写操作。若进程和域之间的关系是静态的，则必须定义该域对文件 A 同时具有读和写的权限。但是这样的话，就使得进程在它的每个运行阶段都具有比它需要的权限多的权限。这就违背了"最小权限原则"，因此必须允许域的内容是可变的，此时系统需要建立一个机制来改变域的内容。

如果进程和域之间的关系是动态的，则系统需要建立一个机制来实现进程从一个域到另一个域的切换。当然在这种情况下，系统可以允许改变域的内容，也可以不允许，那么此时我们如何解决在不同阶段赋予上述进程对文件 A 不同访问权限的问题呢？我们可以通过创建一个新的域，使它具有进程后一阶段所要求的内容，然后进行进程域的切换，将进程从原来的域（具有进程前一阶段所要求的内容）切换到新的域。

一般对客体的保护机制有两种：自主访问控制和强制访问控制。

所谓自主访问控制是指由客体的拥有者或具有指定特权的用户来制定系统的一些参数以确定哪些用户可以访问并且以什么样的方式来访问他们的客体。它是一种最为普遍的访问控制技术，在这种方式中用户具有自主的决定权。

所谓强制访问控制是指由系统来决定一个用户是否可以访问某个客体。这个安全属性是强制性的规定，任何主体包括客体的拥有者也不能对其进行修改。

2.自主访问控制

访问控制机制是基于对主体和主体所属的主体组的识别来限制对客体的访问，同时要验证主体对客体的访问是否满足访问控制规定，从而决定是否执行对客体的访问。

通过前面的叙述,我们知道自主访问控制就是用户可以自主地将访问权或访问权的某个子集授予其他用户。为了实现自主访问控制系统,我们需要一个数据结构——访问控制矩阵,见表 8.1。

访问矩阵中的每一行表示一个主体,每一列表示一个客体,而矩阵中的元素则表示主体可以对客体进行的访问模式。可以把每一行看做是单个主体能访问的实体表,而每一列可看做是能够访问单个实体的主体表。

表 8.1　访问控制矩阵

文件	文件 1	文件 2	文件 3	文件 4	文件 5
用户 A	R		W		RW
用户 B		X		W	
用户 C			RW		
用户 D	W				X

注:R——只读,W——只写,X——只执行,RW——读写

容易看出,这样的矩阵是一个稀疏矩阵,大多数元素为空元素(即大多数主体对大多数客体无访问权限)。空元素将会造成存储空间的浪费,而且查找某个元素会消耗大量的时间。因此,实际上常常是基于矩阵的行或列来表达访问控制信息。

(1) 基于行的自主访问控制。所谓基于行的自主访问控制就是指在每个主体上都附加一个该主体可访问的客体的详细情况说明表。

1) 权限字。权限字是一张不可伪造的标志或凭证,它提供给主体对客体的特定权限,主体可以建立新的客体并指定在这些客体上允许的操作。操作系统以用户的名义拥有所有凭证,系统不是直接将凭证发给用户,而是仅当用户通过操作系统发出特定请求时才为用户建立权限字。例如,用户可以创建文件、数据段或子进程等新实体,而且可以指定这些新实体可接受的操作种类(读、写或执行等),并且还可以定义以前未定义过的访问类型(如授权、传递等)。

具有转移或传播权限的主体可以将其权限字副本传递给其他主体。例如,具有转移或传播权限的主体 A 可以将它的权限字副本传递给主体 B,B 也可以将它的权限字副本继续传递给其他的主体。如传递给主体 C,同样 C 又可以传递给其他主体。但如果 B 在将它的权限字副本传送给 C 的同时除去了其中的转移或传播权限,则 C 就不能继续传递权限字了。这可以防止权限字的进一步扩散。

权限字也是一种在程序运行期间直接跟踪主体对客体的访问权限的手段。进程运行在它的作用域中。进程的作用域是指访问的客体集,如程序、文件、数据、I/O 设备等。当进程在运行过程中调用子进程时,它可以将它作用域中的某些客体作为参数传递给子过程,而子进程的作用域不一定与调用它的进程的作用域相同。也就是说调度进程只将它客体的一部分访问传递给子过程,子过程可能具有自己能够访问的其他客体。由于每个权限字都标识了作用域中所有的单个客体,因此权限字的集合就定义了作用域。当进程调度子过程并将特定客体或权限字传递给子过程时,操作系统就形成了一个由当前进程的所有权限字组成的堆栈,并为子过程建立了新的权限字。

权限字也可以集成在系统的一张综合表中(如存取控制表或存取矩阵),每次进程请求使用某客体时,都由系统去检查该客体是否可以被访问,若可以被访问,则给该进程创建权限字。

权限字必须存放在内存中,并且是内存中普通用户不能访问的地方,如系统保留区、专用区或者被保护区域内。在程序运行期间,仅获取被当前进程访问的客体的权限字。这种限制提高了对访问客体权限字的查找速度。由于权限字可以被收回,因此当一个权限字被收回时,不仅该权限字被收回,而且由它传播得到的若干副本也必须被收回。这就要求操作系统保证能够跟踪应当删除的所有权限字,彻底予以回收,同时删除那些不再活跃的用户的权限字。

2) 前缀表。前缀表包含客体名和主体对它的访问权限。前缀表的原理是:当系统中某个主体请求访问某个客体时,访问控制机制将检查主体的前缀是否具有它所请求的访问权。

这种方式存在三个不足:一是主体前缀大小有限制;二是当生成一个新客体或改变或撤销某个客体的访问权时,会涉及许多主体前缀的更新,需要进行大量的工作;三是不便确定可访问某客体的所有主体。

(2) 基于列的自主访问控制。所谓基于列的访问控制就是指在每个客体上都附加一份可访问它的主体的详细情况说明表。基于列的访问控制有两种方式:保护位和存取控制表。

1) 保护位。保护位对所有的主体、主体组以及客体的拥有者规定了一个访问模式集合。主体组是具有相似特点的主体的集合。一个主体可以同时属于多个主体组。但某个时刻,一个主体只能属于一个活动的主体组。生成客体的主体是客体的拥有者。超级用户可以修改客体拥有者对客体的所有权。除超级用户外,客体拥有者是唯一能改变客体保护位的主体。UNIX 系统采用了此方法。

2) 存取控制表。存取控制表可以决定任何一个特定的主体是否可对某个客体进行访问。每个客体都对应一张存取控制表,表中列出所有可访问该客体的主体和访问方式。例如,某个文件的存取控制表通常包含的内容有:能够访问该文件的文件主、用户或是用户组以及用户组成员对此文件的访问权限。某文件的存取控制表可以存放在该文件的文件说明中。又如,若主体 A、B 都能够访问文件 1,并且主体 A 具有对文件 1 读的权限,主体 B 具有对文件 1 读写的权限。

目前,存取控制表方式是自主访问控制实现中比较好的一种方法。

(3) 自主访问控制的访问许可和访问模式。访问许可允许主体对客体的存取控制表进行修改,所以利用访问许可可以实现对自主访问控制机制的控制。这种控制有三种类型:等级型、拥有型和自由型。

等级型就是将对客体存取控制表的修改能力划分等级,构成一个树型结构,其中系统管理员是树根,他具有修改所有客体存取控制表的权限,并且具有向其他主体分配对客体存取控制表修改能力的权利。上一级主体可以对下一级主体分配相应客体存取控制表的修改权和对修改权的分配权。虽低一级的主体不具有访问许可,即它们不具有对客体存取控制表的修改权。而具有访问许可的主体可以授予自己对许可修改的客体任何访问模式的访问权。

拥有型是指客体的拥有者具有对客体的所有控制权,同时它也是对客体有修改权的唯一主体。客体拥有者具有对其客体的访问许可,并可以授予或撤销其他主体对客体的任何一种访问模式,但客体拥有者不具有将其对客体的控制权分配给其他主体的能力。

自由型是指客体生成者可以将它对其客体的控制权分配给其他主体,并且还可以使其他主体也具有这种分配能力。

访问模式在实现自主访问控制的各种系统中应用很广泛。最常用的是文件模式。对文件设置的访问模式有以下几种:

1)读拷贝,该模式允许主体对客体进行读与拷贝的访问操作。在大多数系统中,把读模式作为读拷贝模式来设置。

2)写删除,该模式允许主体以任何方法修改一个客体。在不同的系统中有不同的写模式,实现主体对客体的修改。

3)执行,该模式允许主体将客体作为一种可执行文件来运行。

4)无效,该模式表示主体对客体不具有任何访问权。

3. 强制访问控制

自主访问控制是保证系统资源不被非法访问的一种有效方法。但在自主控制中,合法用户可以修改该用户所拥有的客体的存取控制表,此时操作系统无法区分这是用户自己的操作还是非法操作或是恶意攻击。为了克服这个不足,引入了一个更强有力的控制方法就是强制访问控制。

强制访问控制是指系统给每个主体和每个客体分配一个特殊的安全属性。用户不能修改他自己的安全属性,也不能修改任何客体的安全属性。系统通过比较主体和客体的安全属性来确定一个用户是否具有对某个客体访问的权力。

强制访问控制一般有两种方法:一种方法是限制访问控制;另一种方法是限制系统功能,在使用前一种方法的系统中,主体只有通过请求特权系统调用来修改客体存取控制表。在使用后一种方法的系统中,在必要时系统自动实施对系统某些功能的限制。例如,专用系统可以禁止用户编程,这样可防止一些非法攻击。

8.6 操作系统安全及网络安全

操作系统是计算机系统中的核心系统软件,是计算机系统的管理者和控制者,因此操作系统的安全性是计算机系统安全性的关键。

计算机的广泛应用把人类带入了一个全新的时代,特别是计算机网络的社会化,已经成为了信息时代的主要推动力。随着计算机网络技术的飞速发展,尤其是互联网的应用变得越来越广泛,在带来了前所未有的海量信息的同时,网络的开放性和自由性也产生了私有信息和数据被破坏或侵犯的可能性,网络信息的安全性变得日益重要起来,已被信息社会的各个领域所重视。

目前,全世界的军事、经济、社会、文化各个方面都越来越依赖于计算机网络,人类社会对计算机的依赖程度达到了空前的记录。由于计算机网络的脆弱性,这种高度的依赖性使国家的经济和国防安全变得十分脆弱,一旦计算机网络受到攻击而不能正常工作,甚至瘫痪,整个社会就会陷入危机。

8.6.1　操作系统安全策略

1.电压保护

不要以为只在雷暴发生时,系统才会有危险,其实任何能够干扰电路使电流回流的因素都能烧焦设备元件。有时甚至一个简单的动作,比如打开与计算机设备同在一个电路中的设备(特别是电吹风、电加热器或者空调等高压电器)就能导致电涌,或者树枝搭上电线也能导致电涌。如果遇到停电,当恢复电力供应时也会出现电涌。

使用电涌保护器就能够保护系统免受电涌的危害,但是大部分电涌保护器只能抵御一次电涌,随后需要进行更换。不间断电源(UPS)更胜于电涌保护器,UPS 的电池能使电流趋于平稳,即使断电,也能提供时间关闭设备。

2.防火墙保护

许多家庭用户都使用计算机上网,却并没有意识到他们正将自己暴露在病毒和入侵者面前。无论是宽带调制解调器或者路由器中内置的防火墙,还是调制解调器或路由器与计算机之间的独立防火墙设备,或者是在网络边缘运行防火墙软件的服务器,或者是计算机上安装的个人防火墙软件(如 Windows XP 中内置的 ICF/Windows 防火墙,或者第三方防火墙软件),总之,所有与互联网相连的计算机都应该得到防火墙的保护。

拥有防火墙不是全部,你还需要确认防火墙已经开启,并且配置得当,能够发挥保护作用。

3.防病毒软件和防间谍软件的运行

让我们面对现实,防病毒程序非常令人讨厌。它们总是阻断一些你想要使用的应用,有时你不得不在安装新软件时先停止防病毒程序。而且为了保证效用,不得不经常进行升级。好像原来的版本总是要过期,并催促您进行升级,在很多情况下,升级都是收费的。但是在现在的环境下,你无法承担不使用防病毒所带来的后果。病毒、木马、蠕虫等恶意程序不仅会削弱和破坏系统,还能通过你的计算机向网络其他部分散播病毒。在极端情况下,甚至能够破坏整个网络。

间谍软件是另外一种不断增加的威胁:这些软件能够自行在计算机上进行安装(通常都是在你不知道的情况下),搜集系统中的情报然后发送给间谍软件程序的作者或销售商。防病毒程序经常无法察觉间谍软件,因此请务必使用一个专业的间谍软件探测清除软件。

4.安装和卸载垃圾程序

由于用户对最新技术的渴望,经常安装和尝试新软件。免费提供的测试版程序能够使您有机会抢先体验新的功能。另外还有许多可以从网上下载的免费软件和共享软件。有些用户还会安装盗版软件。

安装的软件数量越多,则使用含有恶意代码的软件,或者使用编写不合理能够导致系统工作不正常或者崩溃的软件的几率就更高。这样的风险远高于使用盗版软件。

即使只会安装经过授权的最终版本的商业软件,过多的安装和卸载也会弄乱注册表。

不是所有的卸载步骤都能将程序剩余部分清理干净,这样的行为会导致系统逐渐变慢。

因此,用户应该只安装真正需要使用的软件,只使用合法软件,并且尽量减少安装和卸载软件的数量。

5.磁盘清理

频繁安装和卸载程序(或增加和删除任何类型的数据)都会使磁盘变得零散。信息在磁盘上的保存方式导致了磁盘碎片的产生,在新的空磁盘中保存文件时,文件被保存在连续的簇上。如果删除的文件占用了 5 个簇,然后保存了一个占用 8 个簇的文件,那么头 5 个簇的数值会保存在删除产生的 5 个空簇中,剩余的 3 个则保存在下 3 个空的簇中。这样就使得文件变得零散或者分裂。然后再访问文件时,磁头不会同时找到文件的所有部分,而是到磁盘的不同地址上找回全部文件。这样使得访问速度变慢。如果文件是程序的一部分,程序的运行速度就会变慢。过于零散的磁盘运行速度极慢就像在爬行一样。

你可以使用 Windows 里带有的磁盘碎片整理工具或者第三方磁盘碎片整理工具如 defrag 来重新安排文件的各个部分,以使文件在磁盘上能够连续存放。

另外一个常见的能够导致性能问题和应用行为不当的原因是磁盘过满。许多程序都会生成临时文件,运行时需要磁盘提供额外空间。你可以使用 Windows XP 的磁盘清理工具或者第三方程序查找和删除很少用到的文件,或者你也可以手动删除文件来释放磁盘空间。

6.附件的使用

电子邮件中的文件附件可能包含能够删除文件或系统文件夹,或者向地址簿中所有联系人发送病毒的代码。

最容易被洞察的危险附件是可执行文件(即可以运行的编码),扩展名为 .exe,.cmd 以及其他很多类型不能自行运行的文件,如 Word 的 .doc 文件,以及 Excel 的 .xls 文件,能够含有内置的宏。脚本(Visual Basic,JavaScript,Flash 等)不能被计算机直接执行,但是可以通过程序进行运行。

过去一般认为纯文本文件(.txt)或图片文件(.gif, .jpg, .bmp)是安全的,但是现在不再了。文件扩展名也可以伪装:入侵者能够利用 Windows 默认的不显示普通的文件扩展名的设置,将可执行文件名称设为类似 file.jpg.exe 的形式,实际的扩展名被隐藏起来,只显示为 file.jpg。这样收件人会以为它是图片文件,但实际上却是恶意程序。我们只能在确信附件来源可靠并且知道是什么内容的情况下才可以打开附件。即使带有附件的邮件看起来似乎来自你可以信任的人,也有可能是某些人将他们的地址伪装成这样,甚至是发件人的计算机已经感染了病毒,在他们不知情的情况下发送了附件。

7.链接的使用

点击电子邮件或者网页上的超级链接可能会进入植入了 ActiveX 控制或者脚本的网页,黑客利用这些就可以进行各种类型的恶意行为,如清除硬盘,或者在计算机上安装后门软件,这样黑客就可以潜入并夺取控制权。

点错链接也可能会带您进入具有色情图片、盗版音乐或软件等不良内容的网站。如果您使用的是工作计算机可能会因此麻烦缠身,甚至惹上官司。

在点击链接之前请务必考虑一下。有些链接可能被伪装在网络钓鱼信息或者那些可能将你带到别的网站的网页里。例如,链接地址可能是 www.aaa.com,但是实际上会指向 www.bbb.com。一般情况下,我们可以用鼠标在链接上滑过而不要点击,就可以看到实际的 URL。

8.共享的使用

分享是一种良好的行为,但是在网络上,分享则可能将你暴露在危险之中。如果你允许文件和打印机共享,别人就可以远程与你的计算机连接,并访问你的数据。即使你没有设置共享文件夹,在默认情况下,Windows 系统会隐藏每块磁盘根目录上可管理的共享。一个黑客高手有可能利用这些共享侵入你的计算机。解决方法之一就是,如果你不需要网络访问你计算机上的任何文件,就请关闭文件和打印机共享。

如果你确实需要共享某些文件夹,请务必通过共享级许可和文件级(NTFS)许可对文件夹进行保护。另外还要确保你的账号和本地管理账号的密码足够安全。

9.密码的使用

这也是使得我们暴露在入侵者面前的又一个常见错误——用错密码。即使你的网络环境中没有管理员强迫你选择强大的密码并定期更换,你也应该这样做。不要选用容易被猜中的密码,如生日、爱人的名字、电话号码等。密码越长越不容易被破解,因此你的密码至少为 8 位,14 位就更好。常用的密码破解方法采用"字典"破解法,因此不要使用字典中能查到的单词作为密码。为安全起见,密码应该由字母、数字以及符号组合而成。

很长的无意义的字符串密码很难被破解,但是如果你因为记不住密码而不得不将密码写下来的话,就违背了设置密码的初衷,因为入侵者可能会找到密码。可以造一个容易记住的短语,并使用每个单词的第一个字母,以及数字和符号生成一个密码。

10.系统的备份和恢复

即使听取了所有的建议,入侵者依然可能弄垮你的系统,你的数据可能遭到篡改,或因硬件问题而被擦除。因此备份重要信息,制定系统故障时的恢复计划具有相当重要的地位。

大部分计算机用户都知道应该备份,但是许多用户从来都不进行备份,或者最初做过备份但是从来都不定期对备份进行升级。使用内置的 Windows 备份程序(Ntbackup.exe)或者第三方备份程序以及可以自动进行备份的定期备份程序。所备份的数据应当保存在网络服务器或者远离计算机自身的可移动驱动器中,以防止火灾等意外情况的发生。

请牢记数据是你计算机上最重要的东西。操作系统和应用都可以重新安装,但是重建原始数据则是难度很高甚至根本无法完成的任务。

备份系统信息也可以节省时间,减少损失。你可以使用常用的 Ghost 或者备份程序创建磁盘镜像。这样就可以快速恢复系统,而无需经过冗长乏味的安装过程。

8.6.2 计算机网络安全策略

一个安全的计算机网络应该具有可靠性、可用性、完整性、保密性等特点。计算机网络安全保护的重点应在以下几个方面。

1.计算机病毒的防御

防御计算机病毒应该从两个方面着手,首先应该加强内部网络管理人员以及使用人员的安全意识,使他们能养成正确上网、安全上网的好习惯。再者,应该加强技术上的防范措施,比如使用高技术防火墙、使用防毒杀毒工具等。具体做法如下。

(1)权限设置,口令控制。很多计算机系统常用口令来控制对系统资源的访问,这是防病毒进程中,最容易和最经济的方法之一。网络管理员和终端操作员根据自己的职责权限,选择不同的口令,对应用程序数据进行合法操作,防止用户越权访问数据和使用网络资源。在选择口令应注意,必须选择超过 6 个字符并且由字母和数字共同组成的口令;操作员应定期变一次口令;不得写下口令或在电子邮件中传送口令。通常简单的口令就能取得很好的控制效果,因为系统本身不会把口令泄露出去。但在网络系统中,由于认证信息要通过网络传递,口令很容易被攻击者从网络传输线路上窃取,所以网络环境中,使用口令控制并不是很安全的方法。

(2)简易安装,集中管理。在网络上,软件的安装和管理方式是十分关键的,它不仅关系到网络维护管理的效率和质量,而且涉及网络的安全性。好的杀毒软件能在几分钟内轻松地安装到组织里的每一个服务器上,并可下载和散布到所有的目的机器上,由网络管理员集中设置和管理,它会与操作系统及其他安全措施紧密地结合在一起,成为网络安全管理的一部分,并且自动提供最佳的网络病毒防御措施。

(3)实时杀毒,报警隔离。当计算机病毒对网上资源的应用程序进行攻击时,这样的病毒存在于信息共享的网络介质上,因此就要在网关上设防,在网络前端进行杀毒。基于网络的病毒特点,应该着眼于网络整体来设计防范手段。在计算机硬件和软件,LAN 服务器,服务器上的网关,Internet 层层设防,对每种病毒都实行隔离、过滤,而且完全在后台操作。例如:某一终端机如果通过软盘感染了计算机病毒,势必会在 LAN 上蔓延,而服务器具有了防毒功能,病毒在由终端机向服务器转移的进程中就会被杀掉。当在网络中任何一台工作站或服务器上发现病毒时,它都会立即报警通知网络管理员。

(4)以网为本,多层防御。网络防毒不同于单机防毒。计算机网络是一个开放的系统,它是同时运行多程序、多数据流向和各种数据业务的服务。单机版的杀毒软件虽然可以暂时查杀终端机上的病毒,一旦上网仍会被病毒感染,它是不能在网络上彻底有效地查杀病毒,确保系统安全的。所以网络防毒一定要以网为本,从网络系统和角度重新设计防毒解决方案,只有这样才能有效地查杀网络上的计算机病毒。

(5)不要在互联网上随意下载软件。病毒的一大传播途径,就是 Internet。潜伏在网络上的各种可下载程序中,如果你随意下载、随意打开,对于制造病毒者来说,可真是再好不过了。因此,不要贪图免费软件,如果实在需要,请在下载后执行杀毒、查毒软件彻底检查。

(6)不要轻易打开电子邮件的附件。近年来造成大规模破坏的许多病毒,都是通过电子邮件传播的。不要以为只打开熟人发送的附件就一定保险,有的病毒会自动检查受害人计算机上的通信录并向其中的所有地址自动发送带毒文件。最妥当的做法,是先将附件保存下来,不要打开,先用查毒软件彻底检查。

2.数据加密与用户授权访问控制技术

与防火墙相比,数据加密与用户授权访问控制技术比较灵活,更加适用于开放的网络。用户授权访问控制主要用于对静态信息的保护,需要系统级别的支持,一般在操作系统中实现。

数据加密主要用于对动态信息的保护。对动态数据的攻击分为主动攻击和被动攻击。对于主动攻击,虽无法避免,但却可以有效地检测;而对于被动攻击,虽无法检测,但却可以避免,实现这一切的基础就是数据加密。数据加密实质上是对以符号为基础的数据进行移位和置换的变换算法,这种变换是受"密钥"控制的。在传统的加密算法中,加密密钥与解密密钥是相同的,或者可以由其中一个推知另一个,称为"对称密钥算法"。这样的密钥必须秘密保管,只能为授权用户所知,授权用户既可以用该密钥加密信息,也可以用该密钥解密信息,DES 是对称加密算法中最具代表性的算法。如果加密/解密过程各有不相干的密钥,构成加密/解密的密钥对,则称这种加密算法为"非对称加密算法"或称为"公钥加密算法",相应的加密/解密密钥分别称为"公钥"和"私钥"。在公钥加密算法中,公钥是公开的,任何人可以用公钥加密信息,再将密文发送给私钥拥有者。私钥是保密的,用于解密其接收的公钥加密过的信息。典型的公钥加密算法如 RSA 是目前使用比较广泛的加密算法。

3.入侵检测技术

入侵检测系统(Intrusion Detection System,简称 IDS)是从多种计算机系统及网络系统中收集信息,再通过这些信息分析入侵特征的网络安全系统。IDS 被认为是防火墙之后的第二道安全闸门,它能使在入侵攻击对系统发生危害前,检测到入侵攻击,并利用报警与防护系统驱逐入侵攻击;在入侵攻击过程中,能减少入侵攻击所造成的损失;在被入侵攻击后,收集入侵攻击的相关信息,作为防范系统的知识,添加入策略集中,增强系统的防范能力,避免系统再次受到同类型的入侵。入侵检测的作用包括威慑、检测、响应、损失情况评估、攻击预测和起诉支持。入侵检测技术是为保证计算机系统的安全而设计与配置的一种能够及时发现并报告系统中未授权或异常现象的技术,是一种用于检测计算机网络中违反安全策略行为的技术。

入侵检测技术的功能主要体现在以下方面:监视分析用户及系统活动,查找非法用户和合法用户的越权操作。检测系统配置的正确性和安全漏洞,并提示管理员修补漏洞;识别反映已知进攻的活动模式并向相关人士报警;对异常行为模式的统计分析;能够实时地对检测到的入侵行为进行反应;评估重要系统和数据文件的完整性;可以发现新的攻击模式。

4.安全管理队伍的建设

在计算机网络系统中,绝对的安全是不存在的,制定健全的安全管理体制是计算机网络安全的重要保证,只有通过网络管理人员与使用人员的共同努力,运用一切可以使用的工具和技术,尽一切可能去控制、减小一切非法的行为,尽可能地把不安全的因素降到最低。同时,要不断地加强计算机信息网络的安全规范化管理力度,大力加强安全技术建设,强化使用人员和管理人员的安全防范意识。网络内使用的 IP 地址作为一种资源以前一直为某些管理人员所忽略,为了更好地进行安全管理工作,应该对本网内的 IP 地址资源统一管理、统一分配。对于盗用 IP 资源的用户必须依据管理制度严肃处理。只有共同努力,才能使计算机网络的安全可靠得到保障,从而使广大网络用户的利益得到保障。

5.对黑客攻击的防御

对黑客的防御策略应该是对整个网络系统实施的分层次、多级别的包括检测、告警和修复等应急功能的实时系统策略。防火墙构成了系统对外防御的第一道防线。在这里，防火墙是一个小型的防御系统，用来隔离被保护的内部网络，明确定义网络的边界和服务，同时完成授权、访问控制以及安全审计的功能。基本的防火墙技术有以下几种。

（1）包过滤路由器。路由器的一个主要功能是转发分组，使之离目的更近。为了转发分组，路由器从 IP 报头读取目的地址，应用基于表格的路由算法安排分组的出口。过滤路由器在一般路由器的基础上增加了一些新的安全控制功能。绝大多数防火墙系统在它们的体系结构中包含了这些路由器，但只足以一种相当随意的方式来允许或禁止通过它的分组，因此它并不能做成一个完整的解决方案。

（2）双宿网关。一个双宿网关是一个具有两个网络界面的主机，每个网络界面与它所对应的网络进行了通信。它具有路由器的作用。

通常情况下，应用层网关或代理双宿网关下，他们传递的信息经常是对一特定服务的请求或者对一特定服务的响应。如果认为消息是安全的，那么代理会将消息转发到相应的主机上。用户只能够使用代理服务器支持的服务。

（3）过滤主机网关。一个过滤主机网关是由一个双宿网关和一个过滤路由器组成的。防火墙的配置包括一个位于内部网络下的堡垒主机和一个位于堡垒主机和 Internet 之间的过滤路由器。这个系统结构的第一个安全设施是过滤路由器，它阻塞外部网络进来的除了通向堡垒主机的所有其他信息流。对到来的信息流而言，由于先要经过过滤路由器的过滤，过滤后的信息流被转发到堡垒主机上，然后由堡垒主机下的应用服务代理对这些信息流进行了分析并将合法的信息流转发到内部网络的主机上；外出的信息首先经过堡垒主机下的应用服务代理的检查，然后被转发到过滤路由器，然后由过滤路由器将其转发到外部网络上。

（4）过滤子网网关。一个安全的过滤子网建立在内部网络与 Internet 之间，这个子网的入口通常是一个堡垒主机，分组过滤器通常位于子网与 Internet 之间以及内部网络与子网之间。

分组过滤器通过出入信息流的过滤起到了子网与内部网络和外部网络的缓冲作用。堡垒主机上的代理提供了对外网络的交互访问。在过滤路由器过滤掉所有不能识别或禁止通过的信息流后，将其他信息流转发到堡垒主机上，由其上的代理仔细进行检查。

所以，可以根据实际情况，单独或者结合使用以上防火墙技术来构筑第一道防线。

但是防火墙并不能完全保护内部网络，必须结合其他措施才能提高系统的安全水平。在防火墙之后是基于网络主机的操作系统安全和物理安全措施。按照级别从低到高，分别是主机系统的物理安全、操作系统的内核安全、系统服务安全、应用服务安全和文件系统安全；同时主机安全检查和漏洞修补以及系统备份安全作为辅助安全措施。这些构成整个网络系统的第二道安全防线，主要防范部分突破防火墙以及从内部发起的攻击。系统备份是网络系统的最后防线，用来遭受攻击之后进行系统恢复。在防火墙和主机安全措施之后，是全局性的由系统安全审计、入侵检测和应急处理机构成的整体安全检查和反应措施。它从网络系统中的防火墙、网络主机甚至直接从网络链路层上提取网络状态信息,作为输入提供给入侵检测子系统。入侵检测子系统根据一定的规则判断是否有入侵事件发生,如果有入侵发生,则启动应急处理措施,并产生警告信息。而且,系统的安全审计还可以作为以后对攻击行为和后果进行处理、对系统安全策略进行改进的信息来源。

计算机网络的安全与我们自己的利益息息相关,一个安全的计算机网络系统的保护不仅和系统管理员的系统安全知识有关,而且和每个使用者的安全操作等都有关系。网络安全是动态的,新的 Internet 黑客站点、病毒与安全技术每日剧增,网络管理人员要掌握最先进的技术,把握住计算机网络安全的大门。

小　结

随着计算机的普及应用,计算机系统的安全越来越受到重视,而计算机系统安全的关键则是保证操作系统的安全,本章初步阐述了操作系统安全的定义及其安全目标和相关的安全策略,简要地叙述数据加密技术、防火墙技术和一般的访问控制技术,并给出日常的系统使用过程中防范各种安全威胁的策略。

习　题

1.操作系统安全的定义和系统安全性目标分别是什么？当前操作系统安全等级是如何分类的？

2.什么是访问控制？

3.加密算法的种类有哪些？

4.自主访问控制和强制访问控制各自的内容是什么？

5.什么是身份认证？身份认证的种类有哪些？

6.防火墙有哪些功能？防火墙是如何分类的？

7.操作系统安全策略包括哪些？

8.计算机网络安全策略包括哪些？

第 9 章

现代操作系统的发展

近几十年来,随着多处理器技术、网络技术、嵌入式技术、多媒体技术、虚拟化技术、安全技术和可信计算技术等硬件和软件新技术的不断涌现,现代操作系统在传统操作系统基础上也不断发展出一些新的特性,如微内核、网络化、多媒体以及高安全性等,而进一步提高操作系统的并发性(采用多线程)和可靠性(采用微内核结构减小规模)则是现代操作系统发展的一个重要趋势。

【学习目标】

1.了解现代操作系统的发展热点和趋势。

2.了解嵌入式操作系统的特点和应用场合。

3.了解分布式操作系统的特点和应用场合。

【知识要点】

操作系统发展;多处理器操作系统;网络操作系统;微内核操作系统;嵌入式操作系统;分布式操作系统。

9.1　现代操作系统概述

操作系统经过了 20 世纪 60 年代到 70 年代的快速发展,到 80 年代已趋于成熟,从 80 年代至今,先后形成了多处理器操作系统,网络操作系统,微内核操作系统,嵌入式操作系统和分布式操作系统。但随着计算机在众多领域的广泛应用,它仍然在继续发展中。

9.1.1　现代操作系统的发展

1.多处理器操作系统

广义上说,使用多台计算机协同工作来完成所要求的任务的计算机系统都是多处理器系统。多处理器系统的作用是利用系统内的多个 CPU 来并行执行用户的几个程序,以提高系统的吞吐量或用来进行冗余操作以提高系统的可靠性。多个处理器在物理位置上处于同一机壳中,有一个单一的系统物理地址空间和每一个处理器均可访问系统内的所有存储器是它的特点。

多处理器操作系统,目前有三种类型。

（1）主从式（master-slave）。主从式操作系统由一台主处理器记录、控制其他从处理器的状态，并分配任务给从处理器。例如，Cyber-170 就是主从式多处理器操作系统，它驻留在一个外围处理器 P0 上运行，其余所有处理器包括中心处理器都从属于 P0。另一个例子是 DEC System 10，有两台处理器，一台为主，另一台为从。操作系统在主处理器上运行，从处理器的请求通过陷入传送给主处理器，然后主处理器回答并执行相应的服务操作。主从式操作系统的监控程序及其提供服务的过程不必迁移，因为只有主处理器利用它们。当不可恢复错误发生时，系统很容易导致崩溃，此时必须重新启动主处理器。由于主处理器的责任重大，当它来不及处理进程请求时，其他从属处理器的利用率就会随之降低。

主从式操作系统有如下特点：

①操作系统程序在一台处理器上运行。如果从处理器需要主处理器提供服务，则向主处理器发出请求，主处理器接受请求并提供服务。不一定要求把整个管理程序都编写成可重入的程序代码，因为只有一个处理器在使用它，但有些公用例程必须是可重入的才行。

②由于只有一个处理器访问执行表，所以不存在管理表格存取冲突和访问阻塞问题。

③当主处理器故障时很容易引起整个系统的崩溃。如果主处理器不是固定设计的，管理员可从其他处理器中选一个作为新主处理器并重新启动系统。

④任务分配不当容易使部分从处理器闲置而导致系统效率下降。

⑤用于工作负载不是太重或由功能相差很大的处理器组成的非对称系统。

⑥系统由一个主处理器加上若干从处理器组成，硬件和软件结构相对简单，但灵活性差。

（2）独立监督式（separate supervisor）。独立监督式与主从式不同，在这种类型中，每一个处理器均有各自的管理程序（核心）。采用独立监督式操作系统的多处理器系统有 IBM 370/158 等。

独立监督式的特点：

①每个处理器将按自身的需要及分配给它的任务的需要来执行各种管理功能，这就是所谓的独立性。

②由于有好几个处理器在执行管理程序，因此管理程序的代码必须是可重入的，或者为每个处理器装入专用的管理程序副本。

③因为每个处理器都有其专用的管理程序，故访问公用表格的冲突较少，阻塞情况自然也就较少，系统的效率就高。但冲突仲裁机构仍然是需要的。

④每个处理相对独立，因此一台处理器出现故障不会引起整个系统崩溃。但是，要想补救故障造成的损害或重新执行故障机未完成的工作非常困难。

⑤每个处理器都有专用的 I/O 设备和文件等。

⑥这类操作系统适合于松耦合多处理器体系，因为每个处理器均有一个局部存储器用来存放管理程序副本，存储冗余太多，利用率不高。

⑦独立监督式操作系统要实现处理器负载平衡更困难。

（3）浮动监督式(floating supervisor)。每次只有一台处理器作为执行全面管理功能的"主处理器"，但根据需要，"主处理器"是可浮动的，即从一台切换到另一台处理器。这是最复杂、最有效、最灵活的一种多处理器操作系统，常用于对称多处理器系统(即系统中所有处理器的权限是相同的，有公用主存和I/O子系统)。浮动监督式操作系统适用于紧耦合多处理器体系。采用这种操作系统的多处理器系统有 IBM 3081 上运行的 MVS、VM 以及 C·mmp 上运行的 Hydra 等。

浮动监督式的特点：

①每次只有一台处理器作为执行全面管理功能的"主处理器"，但容许数台处理器同时执行同一个管理服务子程序。因此，多数管理程序代码必须是可重入的。

②根据需要，"主处理器"是可浮动的，即从一台切换到另一台处理器。这样，即使执行管理功能的主处理器故障，系统也能照样运行下去。

③一些非专门的操作(如 I/O 中断)可送给那些在特定时段内最不忙的处理器去执行，使系统的负载达到较好的平衡。

④服务请求冲突可通过优先权办法解决，对共享资源的访问冲突用互斥方法解决。

⑤系统内的处理器采用处理器集合概念进行管理，其中每一台处理器都可用于控制任一台 I/O 设备和访问任一存储块。这种管理方式对处理器是透明的，并且有很高的可靠性和相当大的灵活性。

2. 网络操作系统

任何没有配置网络软件的计算机网络系统都是难以使用的。计算机网络产生后，为了方便用户使用计算机网络，实现用户之间的通信和资源共享，并提高计算机网络的利用率和吞吐量，必须在计算机网络上增加一个软件。为实现上述的功能，网络操作系统就应运而生了。UNIX 和 WindowsNT 都属于网络操作系统。

网络操作系统有以下两种模式：

(1)客户机/服务器模式(Client/Server)。该模式是在 20 世纪 80 年代发展起来的，目前仍然是一种广为流行的网络工作模式。

(2)对等模式(Peer to Peer)。采用对等模式操作系统的计算机网络中的各个站点是对等的。

一个成熟的网络系统应具有以下 5 个方面的功能：

(1)网络通信。这是计算机网络最基本的功能。其任务就是在源计算机和目标计算机之间实现无差错的数据传输。

(2)资源共享管理。对网络中的共享资源(硬件和软件)实时有效的管理，协调各个用户对共享资源的使用，保证数据的安全性和一致性。

(3)网络服务。在前面两个功能基础上，为了方便用户而又直接向用户提供的多种有效的服务。

(4)网络管理。通过"存取控制"和"容错技术"来保证系统出现故障时数据的安全性。

(5)互操作能力。20 世纪 90 年代推出的网络系统提供了一定的互操作能力。所谓互操作有两方面的含义：在客户机/服务器模式下的局域网络环境中，是指连接在服务器上的多种客户机和主机，不仅能与服务器通信，而且还能以透明的方式访问服务器上的文件系统。而在互联网络环境下的互操作是指不同网络间的客户机不仅能通信,而且也能以透明的方式访问其他网络中的文件服务器。

目前局域网中主要存在以下几类网络操作系统:

(1) Windows 类。对于这类操作系统相信用过计算机的人都不会陌生,这是全球最大的软件开发商——Microsoft(微软)公司开发的。微软公司的 Windows 系统不仅在个人操作系统中占有绝对优势,它在网络操作系统中也是具有非常强劲的力量。这类操作系统配置在整个局域网配置中是最常见的,但由于它对服务器的硬件要求较高,且稳定性能不是很高,所以微软的网络操作系统一般只是用在中低档服务器中,高端服务器通常采用UNIX、Linux 或 Solaris 等非 Windows 操作系统。在局域网中,微软的网络操作系统主要有:Windows NT 4.0 Serve、Windows 2000 Server/Advance Server,以及 Windows 2003 Server/Advance Server 等,工作站系统可以采用任一 Windows 或非 Windows 操作系统,包括个人操作系统,如 Windows 9x/ME/XP 等。

(2) NetWare 类。NetWare 操作系统虽然远不如早几年那么风光,在局域网中早已失去了当年雄霸一方的气势,但是 NetWare 操作系统仍以对网络硬件的要求较低(工作站只要是 286 机就可以了)而受到一些设备比较落后的中、小型企业,特别是学校的青睐。人们一时还忘不了它在无盘工作站组建方面的优势,还忘不了它那毫无过分需求的大度。且因为它兼容 DOS 命令,其应用环境与 DOS 相似,经过长时间的发展,具有相当丰富的应用软件支持,技术完善、可靠。目前常用的版本有 3.11、3.12、4.10、4.11、5.0 等中英文版本,NetWare 服务器对无盘站和游戏的支持较好,常用于教学网和游戏厅。目前这种操作系统的市场占有率呈下降趋势,这部分市场主要被 Windows NT/2000 和 Linux 系统瓜分了。

(3) UNIX 系统。UNIX 操作系统历史悠久,起源于 20 世纪 60 年代末 AT&T 的研究项目,经不断的发展,以其良好的网络管理功能成为目前网络上用得最多的操作系统之一,拥有丰富的应用软件的支持,支持网络文件系统服务、数据库服务等应用,功能强大。当前 UNIX 类的系统主要有 Sun Solaris、HP-UX、IBM AIX 和 SCO UNIX。这种网络操作系统稳定和安全性能非常好,但由于它多数是以命令方式来进行操作的,不容易掌握,特别是初级用户。正因如此,小型局域网基本不使用 UNIX 作为网络操作系统,UNIX 一般用于大型的网站或大型的企、事业局域网中。

(4) Linux 系统。这是一种新型的网络操作系统,它的最大的特点就是源代码开放,可以免费得到许多应用程序。目前也有中文版本的 Linux,如 RedHat(红帽子),红旗Linux等,在国内得到了用户充分的肯定,主要体现在它的安全性和稳定性方面,它与 UNIX 有许多类似之处。目前这类操作系统主要应用于中、高档服务器中。

3.微内核操作系统

微内核结构是 20 世纪 80 年代产生出来的新型内核结构,强调结构性部件与功能性部件的分离。20 世纪末,基于微内核结构,理论界中又发展出了超微内核与外内核等多种结构。尽管自 1980 年代起,大部分理论研究都集中在以微内核为首的"新兴"结构之上,然而,在应用领域之中,以单内核结构为基础的操作系统却一直占据着主导地位。

对于一个操作系统而言,内核通常是系统中最核心的部分。内核管理着所有的系统资源,对于系统的设备拥有完全的访问权,所以内核通常运行于特权模式。传统的操作系统在正确性、可靠性以及安全性方面不尽如人意,其中很大部分的原因与系统内核的规模过于庞大复杂以致难以控制和验证有关。为改善这个问题,微内核的基本方法是应用最小特权原则,把一般内核中大部分的功能移出内核而只保留必不可少的部分,使具有特权的内核代码量最小,同时也减少内核的复杂度,从而使内核受到安全威胁而导致特权失控的可能性大大降低。同时,由于内核代码量的降低,使代码的分析和验证的工作也相对容易。但是,由于微内核操作系统是基于消息传递机制的,因此必须考虑如何提高操作系统服务器的效率。此外,在微内核内实现的新概念(如线程)和新机制(如写时拷贝等),在传统操作系统中没有相应的语义,实现微内核结构的操作系统时必须考虑到这一点。

除了在系统性能和语义差异上会受到一定影响之外,具有微内核结构的现代操作系统拥有以下优点:

(1)可伸缩性好,能适应硬件更新和应用变化。

(2)可移植性好,所有与具体机器特征相关的代码,全部隔离在微内核中。如果操作系统要移植到不同的硬件平台上,只需修改微内核中极少量的代码即可。

(3)实时性好,微内核可以更有效地支持实时处理。

(4)安全可靠性高,微内核将安全性作为系统内部特性进行设计,对外仅使用少量应用编程接口。

(5)支持分布式系统,支持多处理器的体系结构和高度并行的应用程序。

(6)真正面向对象的操作系统,能显著减小系统开销,提高系统的正确性、可靠性和易扩展性。

4. 嵌入式操作系统

嵌入式操作系统 EOS(Embedded Operating System)是一种用途广泛的系统软件,过去它主要应用于工业控制和国防系统领域。EOS 负责嵌入系统的全部软、硬件资源的分配、调度工作,控制协调并发活动;它必须体现其所在系统的特征,能够通过装卸某些模块来达到系统所要求的功能。

从 20 世纪 80 年代起,国际上就开始了商用嵌入式系统和专用操作系统的研发。其中涌现出一批著名的嵌入式操作系统,如 WinCE、VxWorks、pSOS、QNX 等。目前大多数嵌入式操作系统采用了微内核技术,在微内核操作系统的基础上借助于嵌入式技术,改善了操作系统的性能。嵌入式系统是以应用为中心,软硬件可裁减(剪裁)的,适用于对功能、可靠性、成本、体积和功耗等综合性要求严格的专用计算机系统。

嵌入式操作系统具有通用操作系统的基本特点,比如能够有效管理越来越复杂的系统资源,实现硬件虚拟化,使开发人员从繁忙的驱动程序移植和维护中解脱出来,能够提供库函数、驱动程序、工具集和应用程序。与通用操作系统相比较,嵌入式操作系统还在系统实时高效性、硬件的相关依赖性、软件固态化以及应用的专用性等方面具有较为突出的特点。

5. 分布式操作系统

在计算机网络中的各个计算机之间可以相互通信,任何一台计算机上的用户可以共享网络上的其他计算机的资源,但是,计算机网络并不是一个一体化的系统,它没有标准的、统一的接口。网络上各个站点的计算机有各自的系统调用命令和数据格式等。如一个计算机上的用户希望使用网络上的另一台计算机上的资源，它必须指明是哪个站点上的哪台计算机，并以那台计算机的命令、数据格式来请求服务才能实现。另外，为了实现一个共同的任务，分布在不同计算机上的各合作进程的同步协作也难以自动实现。因此，计算机网络的功能对用户来说是不透明的。这一缺点限制了网络操作系统的进一步发展。

一个分布式操作系统是由若干个计算机经互联网的连接而形成的系统，这些计算机都有自己的局部存储器和输入/输出设备，它们既可以独立工作，即有高度的自治性，又能够相互协同合作，能在系统范围内实现资源管理、动态地分配任务，并能并行地运行分布式程序。

分布式程序的基础可以是一个计算机网络，因为计算机之间的通信是经由通信链路的消息交换完成的。它和网络操作系统一样具有模块性、并行性、自治性和通信性等特点。但是，它比网络操作系统又有进一步的发展。分布式操作系统比起网络操作系统具有下述优点：

(1)多机合作。分布式操作系统的并行性意味着多机合作。分布式操作系统的任务就是任务分配，并使这些任务能够被多个处理单元并行地执行，从而加速了这些任务的执行。而网络操作系统通常都在本地计算机中处理。

(2)健壮性。健壮性表现在当系统中有一个甚至多个计算机通路发生故障时，其余部分可自动重构成为一个新的系统，该系统可以工作，甚至可以继续其失效部分的工作。而在网络操作系统中，其系统的重构功能很弱。

(3)透明性。分布式操作系统通常很好地隐藏了系统内部的实现细节。如对象的物理位置、并发控制、系统故障处理对用户都是透明的。而网络操作系统只能保证用户以透明的方式访问服务器上的文件系统或访问网络中的文件服务器，而计算机网络功能对用户来说是不透明的。

(4)共享性。在分布系统中，分布在各个站点上的软、硬件资源可供全系统中的所有用户共享，并能以透明的方式对其进行访问。而网络操作系统虽然也能提供资源的共享，但所共享的资源大多设置在网络服务器中，而其他计算机上的资源一般来说是由使用该台计算机的用户独占的。

关于嵌入式操作系统和分布式操作系统在 9.2 节和 9.3 节中会有详细的描述。

9.1.2 现代操作系统的特点

近几十年来，随着不同领域软硬件新技术的飞速发展，现代操作系统在传统操作系统的基础上不断发展出一些新的特征。以桌面操作系统为例，现代操作系统将呈现一些新的特点。

(1)随着普适计算、移动计算的发展，个人桌面和个人应用将不再局限于 PC 这样的传统设备，满足新的计算模式将成为下一代桌面操作系统设计的关键。

(2)为满足不同人群的应用需求，桌面操作系统也在分化出不同的功能。例如，针对追求娱乐和时尚的人群，桌面操作系统通过与硬件配合，提供更强大的三维(3D)功能和显示加速功能,从而推出更酷更炫的三维桌面,以及提供功能更强大的多媒体播放器等;针对办公人群,则提供基于内容的桌面搜索工具以及功能更强大的信息管理、日程管理等工具。

(3)桌面操作系统安全性受到高度重视,特别是通过与可信平台模块(TPM)等硬件安全技术的结合,使得桌面安全性和可信性得到改善。

此外,随着网络信息化时代的到来,高性能、高可用性、高可扩展性、安全性以及开放性都是未来服务器操作系统的主要研究内容。内核多线程、多处理器支持、嵌入式技术支持和分布式计算环境支持等成为这类现代操作系统的主要特征。

9.1.3　现代操作系统研究中的四种观点

人们研究操作系统通常采用下面四种常见的观点:

(1)用户环境观点。认为操作系统是计算机用户使用计算机系统的接口,它为计算机用户提供了方便的工作环境。随着个人计算机和各种手持计算装置的飞速发展,现代操作系统的设计越来越注重人机交互的方便易用。其中包括人机交互界面以及各种设备互联的标准化和方便性(如通用串行总线 USB 接口、即插即用技术等)。

(2)虚拟机器观点。认为操作系统是建立在计算机硬件平台上的虚拟机器,它为应用软件提供了许多比计算机硬件功能更强或计算机硬件所没有的功能。

(3)作业组织观点。认为操作系统是计算机系统工作流程的组织者,它负责协调在系统中运行的各个应用软件的运行次序。

(4)资源管理观点。认为操作系统是计算机系统各类资源的管理者,它负责分配、回收以及控制计算机系统的各类软硬件资源。

上述四种观点是不同的人从不同的角度观察现代操作系统时所形成的不同看法。其中,用户环境观点和虚拟机器观点分别是计算机用户和程序设计人员从外部观察现代操作系统时所形成的看法,作业组织观点和资源管理观点则是操作系统设计者从内部分别就系统的动态和静态功能观察现代操作系统时所形成的看法。显然,要想较为全面地认识现代操作系统,必须综合使用上述四种观点。

9.1.4　现代操作系统的发展趋势

随着计算机技术和网络技术的普及,在通用主流操作系统仍然占据比较大的市场份额的基础上,未来一些操作系统将逐步向专用化和小型化等方面发展,并具备如下新特点。

1.专用化

随着计算机应用领域的不断拓展以及普适计算、移动计算和网络计算技术的迅速发展,越来越多的领域需要满足特殊需求的专用操作系统,比如嵌入式操作系统、多媒体操作系统、企业应用操作系统等。这类系统未来的应用领域会越来越广。

2.小型化或微型化

通用操作系统的规模和复杂性过大,为了适应特定的应用领域,比如手机、手持游戏机和个人数字助理(PDA),甚至是特定的家用设备,如智能遥控器等,未来操作系统必然逐渐向规模和功能小型化发展。此外,随着纳米技术的发展,在一些微型设备中需要专门设计一些微型操作系统,已经开始研究的纳米操作系统就是其中一种。

3.便携化

随着虚拟化技术的发展,目前的操作系统已经可以像文件一样随身携带,并在不同的计算机上运行。但对于现在的虚拟机规模过大等问题还有待进一步研究改进。

4.网络化

网络已经成为人们生活中的一部分,操作系统也越来越依赖网络资源的共享与通信。尽管目前提出了网络操作系统和分布式操作系统,但这类操作系统在技术上还不成熟,因此要想达到目标,要在相关领域做重点研究。

5.安全化或可信化

迄今为止,基于互联网的应用已经渗透到金融、电信、宇航、电子商务、电子政务和军事等社会的各个领域。但是互联网本身具有的开放性和动态性导致了各种安全问题日益严重,其应用的发展也越来越受到制约。因此,包括微软在内的众多厂商开始重视并逐步建立起安全和可信的操作系统。然而,这种具有较高安全性和可信性的操作系统离用户可接受程度还有一定距离,这也成为业界积极研究的课题。

9.2 嵌入式操作系统

嵌入式操作系统 EOS 是一种用途广泛的系统软件,过去它主要应用于工业控制和国防系统领域,负责嵌入系统的全部软、硬件资源的分配、调度工作,控制、协调并发活动,并通过装卸某些模块来达到系统所要求的功能。目前,已推出一些应用比较成功的 EOS 产品系列。随着 Internet 技术的发展、信息家电的普及应用及 EOS 的微型化和专业化,EOS 开始从单一的弱功能向高专业化的强功能方向发展。

9.2.1 嵌入式操作系统概述

当今时代,人们的生活越来越依赖基于计算机技术和数据通信技术的电子产品,因此,有人说,当今时代是电子产品时代;也有人说,当今时代是互联网时代;还有人说,当今时代是 e 时代。这些都充分说明了电子产品和互联网技术给人们的生活带来了改变。但这些说法都有失偏颇,一个更接近本质的说法是"当今时代,是嵌入式系统时代"。

嵌入式系统可以简单地理解为"为完成一项功能而开发的、由具有特定功能的硬件和软件组成的一个应用产品或系统"。嵌入式系统在我们的生活中到处可见,例如,手机、PDA、数字电视机、全自动洗衣机等,都是嵌入式系统。当然,嵌入式系统也广泛应用于我们日常生活接触不到的领域。例如,应用于通信网络中的电话交换机、光传输分叉/复用设备、互联网路由器等,都是嵌入式系统的实例。这些实例都有一个共同的特点,那都是"具备特定的用途"。比如,手机专注于完成移动通信(移动通话、移动短信息等),而不具备数字电视的功能,同样地,数字电视只具备数字电视信号接收、解码和播放功能,以及相关的一些简单附加功能,而不具备洗衣机的功能等。因此,嵌入式系统一个最基本的特点,就是"功能专一"。

在一般情况下,嵌入式系统是由嵌入式硬件和嵌入式软件两部分组成的。嵌入式硬件,是由完成嵌入式系统功能所需要的机械装置、数字芯片、光/电转换装置等组成的,嵌入式硬件决定了嵌入式系统的功能集合,即嵌入式系统的最终功能。嵌入式软件,则是附加在嵌入式硬件之上的,驱动嵌入式硬件完成特定功能的逻辑指令。嵌入式系统的软件可以进一步分为嵌入式操作系统和嵌入式应用软件。其中嵌入式操作系统是系统软件,是直接接触硬件的一层软件,嵌入式操作系统为嵌入式应用软件提供了一个统一的接口,屏蔽了不同硬件之间的差别,使得嵌入式应用软件的开发和调试变得十分方便。图 9.1 列出了嵌入式系统、软硬件之间的关系。

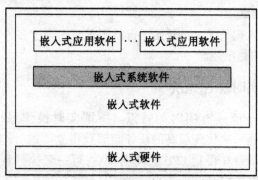

图 9.1　嵌入式系统软、硬件之间的关系

嵌入式操作系统是整个嵌入式系统的灵魂,起到承上启下(连接嵌入式硬件和嵌入式应用软件)的作用,而且往往也是嵌入式软件中最复杂的部分。嵌入式操作系统虽然复杂,但其功能接口却相对标准化和统一。功能差异很大的嵌入式系统,往往可以采用相同的嵌入式操作系统来进行设计,比如,一台复杂的数字控制机床的控制系统与一架军用飞机的控制系统,可能采用了相同的嵌入式操作系统,仅仅是具体的应用软件不同。因此,嵌入式操作系统可以理解为通用软件,不同的嵌入式操作系统,除了性能和实现细节上的差异之外,功能部分往往是相同的。

嵌入式操作系统是相对于一般操作系统而言的,它除具备了一般操作系统最基本的功能,如任务调度、同步机制、中断处理、文件功能等外,还有以下特点。

(1)可剪裁性。可剪裁性是嵌入式操作系统最大的特点,因为嵌入式操作系统的目标硬件配置差别很大,有的硬件配置非常高档,有的却因为成本原因,硬件配置十分紧凑,所以,嵌入式操作系统必须能够适应不同的硬件配置环境,具备较好的可剪裁性。

(2)强实时性。嵌入式操作系统的实时性一般较强,可用于各种设备控制当中。

(3)与应用代码一起连接。嵌入式操作系统的另外一个重要特点,就是与应用程序一起连接成一个统一的二进制模块,加载到目标系统中。而通用操作系统则不然,通用操作系统有自己的二进制映象,可以自行启动计算机,应用程序单独编译连接,形成一个可执行模块,并根据需要在通用操作系统环境中运行。

(4)简便性。操作方便、简单、易学易用。

(5)可移植性。通用操作系统的目标硬件往往比较单一,比如,对于 UNIX、Windows 等通用操作系统,只考虑几款比较通用的 CPU 就可以了,比如 Intel 的 IA32 和 PowerPC。但在嵌入式开发中却不同,存在多种多样的 CPU 和底层硬件环境,单从 CPU 来考虑可能就会达到几十款。嵌入式操作系统必须能够适应各种情况,在设计的时候充分考虑不同底层硬件的需求,通过一种可移植的方案来实现在不同硬件平台上的方便移植。因此,可移植性是衡量一个嵌入式操作系统质量高低的重要标志。

(6)可扩展性。嵌入式操作系统的另外一个特点,就是具备较强的可扩展性,可以很容易地在嵌入式操作系统上扩展新的功能。比如,随着 Internet 的快速发展,可以根据需要,在对嵌入式操作系统不做大量改动的情况下,增加 TCP/IP 协议功能或 HTTP 协议解析功能。这样必然要求嵌入式操作系统在设计的时候,充分考虑功能之间的独立性,并为将来的功能扩展预留接口。

(7)强稳定性。嵌入式系统一旦开始运行就不需要用户过多的干预,这就要负责系统管理的 EOS 具有较强的稳定性。

9.2.2　嵌入式实时操作系统

嵌入式操作系统一般具有实时的特点。所谓实时操作系统(Real-Time Operating System,简称 RTOS),是指一个优先级高的任务能够获得立即的、没有延迟的服务,它不需要等候任何其他任务,而且在得到 CPU 的使用权后,可一直执行到工作结束或者有更高优先级的进程出现为止。

RTOS 是这样的一个标准内核,它包括了各种片上外设初始化和数据结构的格式化,不必、也不推荐用户再对硬件设备和资源进行直接操作,所有的硬件设置和资源访问都要通过 RTOS 核心。硬件这样屏蔽起来以后,用户不必清楚硬件系统的每一个细节就可以进行开发,这样就减少了开发前的学习量。

一般来说,对硬件的直接访问越少,系统的可靠性越高。RTOS 是一个经过测试的内核,与一般用户自行编写的主程序内核相比,更规范、效率和可靠性更高。通过 RTOS 管理能够排除人为疏忽因素,提高软件可靠性。另外,高效率地进行多任务支持是 RTOS 设计从始至终的一条主线,采用 RTOS 管理系统可以统一协调各个任务,优化 CPU 时间和系统资源的分配,使之不空闲、不拥塞,从而提高资源的利用率。图 9.2 列出了 RTOS 的体系结构。

大多数嵌入式操作系统应用在实时环境中,因此嵌入式操作系统与实时操作系统密切联系在一起。一般操作系统只注重平均性能,如对于整个系统来说,所有任务的平均响应时间是关键,而不关心单个任务的响应时间。与之相比,嵌入式实时操作系统最主要的特征是性能上的实时性,也就是说,系统的正确性不仅依赖于计算的逻辑结果,也依赖于结果产生的时间。从这个角度上看,可以把实时系统定义为“一个能够在指定的或者确定的时间内,实现系统功能和对系统内外部同步或异步事件做出响应的系统”。

嵌入式实时操作系统通常具有以下的几个特点。

(1)时间约束性。嵌入式实时操作系统的任务具有一定的时间约束(截止时间)。根据截止时间,实时操作系统的实时性分为“硬实时”和“软实时”。硬实时是指应用的时间需求能够得到完全满足,否则就造成重大安全事故,甚至造成重大的生命财产损失和生态破坏,如在航空航天、军事、核工业等一些关键领域中的应用。软实时是指某些应用虽然

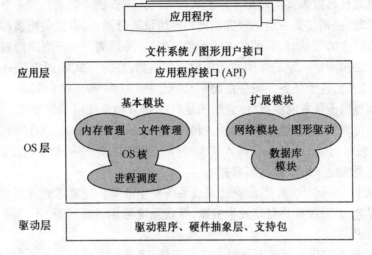

图 9.2　RTOS 体系结构图

提出时间需求,但实时任务偶尔违反这种需求对系统运行及环境不会造成严重影响,如监控系统和信息采集系统等。

(2)可预测性。可预测性是指系统能够对实时任务的执行时间进行判断,确定是否能够满足任务的时限要求。由于嵌入式实时操作系统对时间约束要求的严格性,使可预测性成为实时操作系统的一项重要性能要求。除了要求硬件延迟的可预测性以外,还要求软件系统的可预测性,包括应用程序的响应时间是可预测的,即在有限的时间内完成必须的工作;以及操作系统的可预测性,即实时原语、调度函数等运行开销应是有界的,以保证应用程序执行时间的有界性。

(3)可靠性。大多数嵌入式实时操作系统要求有较高的可靠性。在一些重要的实时应用中,任何不可靠因素和计算机的一个微小故障,或某些特定强实时任务(又叫关键任务)超过时限,都可能引起难以预测的严重后果。为此,系统需要采用静态分析和保留资源的方法及冗余配置,使系统在最坏情况下都能正常工作或避免损失。可靠性已成为衡量实时操作系统性能不可缺少的重要指标。

(4)与外部环境的交互作用性。嵌入式实时操作系统通常运行在一定的环境下,外部环境是嵌入式实时操作系统不可缺少的一个组成部分。计算机子系统一般是控制子系统,它必须在规定的时间内对外部请求做出反应。外部物理环境往往是被控子系统,两者互相作用构成完整的实时系统。大多数控制子系统必须连续运转以保证被控子系统的正常工作或准备对任何异常行为采取行动。

早期的嵌入式实时操作系统功能简单,包括单板机、单片机,以及简单的嵌入式实时操作系统等,其调度过程相对简单。随着嵌入式实时操作系统应用范围的不断扩大,系统复杂性不断提高,嵌入式实时操作系统呈现出以下新特点。

(1)多任务类型。在嵌入式实时操作系统中,不但包括周期任务、偶发任务、非周期任务等实时任务,还包括非实时任务。实时任务要求要满足时限,而非实时任务要求要使其响应时间尽可能的短。多种类型任务的混合,使系统的可调度性分析更加困难。

(2)约束的复杂性。任务的约束包括时间约束、资源约束、执行顺序约束和性能约束。时间约束是任何嵌入式实时操作系统都固有的约束。资源约束是指多个实时任务共享有限的资源时,必须按照一定的资源访问控制协议进行同步,以避免死锁和高优先级任务被低优先级任务堵塞的时间(即优先级倒置时间)不可预测。执行顺序约束是指各任务的启动和执行必须满足一定的时间和顺序约束。例如,在分布式端到端(end-to-end)实时系统中,同一任务的各子任务之间存在前驱/后驱约束关系,需要执行同步协议来管理子任务的启动和控制子任务的执行,使它们满足时间约束和系统可调度要求。性能约束是指必须满足如可靠性、可用性、可预测性、服务质量(Quality of Service, QoS)等性能指标。

(3) 具有短暂超载的特点。在嵌入式实时操作系统中,即使一个功能设计合理、资源充足的系统也可能由于以下原因超载:

① 系统元件出现老化,外围设备错误或系统发生故障。随着系统运行时间的增长,系统元件出现老化,系统部件可能发生故障,导致系统可用资源降低,不能满足实时任务的时间约束要求。

② 环境的动态变化。由于不能对未来的环境、系统状态进行正确有效地预测,因此不能从整体角度上对任务进行调度,可能导致系统超载。

③ 应用规模的扩大。原先满足实时任务时限要求的系统,随着应用规模的增大,可能出现不能满足任务时限要求的情况,而重新设计、重建系统在时间和经济上又不允许。

嵌入式实时操作系统的任务调度技术通常有两种:抢占式调度、非抢占式调度、静态表驱动策略和优先级驱动策略。

抢占式调度通常是优先级驱动的调度。每个任务都有优先级,任何时候具有最高优先级且已启动的任务先执行。一个正在执行的任务放弃处理器的条件为:自愿放弃处理器(等待资源或执行完毕);有高优先级任务启动,该高优先级任务将抢占其执行。除了共享资源的临界区之外,高优先级任务一旦准备就绪,可在任何时候抢占低优先级任务的执行。抢占式调度的优点是实时性好、反应快,调度算法相对简单,可优先保证高优先级任务的时间约束,其缺点是任务切换多。而非抢占式调度是指不允许任务在执行期间被中断,任务一旦占用处理器就必须执行完毕或自愿放弃。其优点是任务切换少;缺点是在一般情况下,处理器有效资源利用率低,可调度性不好。

静态表驱动策略(Static Table-Driven Scheduling)是一种离线调度策略,指在系统运行前根据各任务的时间约束及关联关系,采用某种搜索策略生成一张运行时刻表。这张运行时刻表与列车运行时刻表类似,指明了各任务的起始运行时刻及运行时间。运行时刻表一旦生成就不再发生变化了。在系统运行时,调度器只需根据这张时刻表启动相应的任务即可。由于所有调度策略在离线情况下指定,因此调度器的功能被弱化,只具有分派器(Dispatcher)的功能。

优先级驱动策略指按照任务优先级的高低确定任务的执行顺序。优先级驱动策略又分为静态优先级调度策略和动态优先级调度策略。静态优先级调度是指任务的优先级分配好之后,在任务的运行过程中,优先级不会发生改变。静态优先级调度又称为固态优先级调度。动态优先级调度是指任务的优先级可以随时间或系统状态的变化而发生变化。

9.2.3　嵌入式 Linux 操作系统

Linux 操作系统在最初开发时并不是面向嵌入式的应用环境。但是,Linux 的很多技术优点使得它可以方便地改造成为一个符合嵌入式应用环境需求的操作系统。首先,Linux 是一个优秀的 32 位多任务操作系统,其核心功能只需占用 100KB 的主存,只要有 500KB 的主存,一个有网络协议栈和基本使用程序的完全 Linux 系统就可以很好运行。Linux 系统具有层次化结构且内核完全开放。在内核代码完全开放的前提下,不同领域和不同层次的用户可以根据自己的应用需要方便地对内核进行改造,低成本地设计和开发出满足自己需要的嵌入式操作系统。其次,Linux 采用了可移植的 UNIX 标准应用程序接口。到目前为止,它不仅支持 x86 芯片,还可以支持包括 PowerPC、ARM、SPARC、MIPS 等数十种 CPU,在这些 CPU 硬件平台上都可以简单和快速地移植 Linux 系统。此外,由于 Linux 是开放源代码的操作系统,因此全世界数以千计的 Linux 开发团体的优秀程序员在不断为 Linux 开发丰富的应用程序,很多新型的网络协议和设备驱动程序都在 Linux 操作系统中最先实现。这些都为开发嵌入式操作系统应用打下了很好的基础。但是,对于操作系统实时性要求比较高的情况,Linux 内核与专用的商业嵌入式实时操作系统,如 VxWorks 相比,还是有一定差距。但已有一些开源的 Linux 软件项目如 RTLinux、RTAI、EL 和 Linux – SRT 等通过对 Linux 内核模块的改进增强了其实时性能,还有 Montavista 和 Rad Hat 公司的一些商业嵌入式 Linux 系统,其实时性都得到了很大的改进,能够满足大多数专业实时系统的要求。

综上所述,Linux 无论在体积大小、硬件支持、协议兼容、实时性和开发性等方面,都十分适合应用于嵌入式操作系统。因此,越来越多的项目采用了嵌入式 Linux 操作系统,这已成为当前嵌入式操作系统的应用潮流。表 9.1 是在项目开发中采用专用嵌入式实时操作系统还是嵌入式 Linux 操作系统通常需要考虑的一些因素对比。

表 9.1　专用嵌入式实时操作系统与嵌入式 Linux 操作系统应用对比

对比项目	专用嵌入式实时操作系统	嵌入式 Linux 操作系统
系统购买费	非常昂贵	商业版本需要一定服务费
使用费	每件产品都需缴纳	免费
技术支持	开发商一家支持	商业版厂商和 Linux 社团
网络协议栈	需要额外购买	免费且性能优异
软件移植	难,因为系统封闭	易,因为代码开放
产品开发周期	长,因为参考代码有限	短,引用和参考丰富
实时性能	好	可用 RTLinux 等模块弥补
稳定性	好	较好,高性能系统待验证

嵌入式 Linux 操作系统具有以下特点:

(1)Linux 操作系统是层次结构且内核完全开放。Linux 是由很多体积小且性能高的微内核系统组成。在内核代码完全开放的前提下,不同领域和不同层次的用户可以根据自己的应用需要方便地对内核进行改造,低成本地设计和开发出满足自己需要的嵌入式操作系统。

（2）强大的网络支持功能。Linux 诞生于因特网时代并具有 UNIX 的特性,保证了它支持所有标准因特网协议,并且可以利用 Linux 的网络协议栈将其开发成为嵌入式的 TCP/IP 网络协议栈。

（3）Linux 具备一整套工具链,易于自行建立嵌入式操作系统的开发环境和交叉运行环境,可以跨越嵌入式操作系统开发中仿真工具的障碍。Linux 也符合 IEEE POSIX.1 标准,使应用程序具有较好的可移植性。

（4）Linux 具有广泛的硬件支持特性。无论是 RISC 还是 CISC、32 位还是 64 位等各种处理器,Linux 都能运行。Linux 通常使用的微处理器是 Intel X86 芯片家族,但它同样能运行于 Motorola 公司的 68K 系列 CPU 和 IBM、Apple、Motorola 公司的 PowerPC CPU 以及 Intel 公司的 StrongARM CPU 等处理器。Linux 支持各种主流硬件设备和最新硬件技术,甚至可以在没有存储治理单元(MMU)的处理器上运行。这意味着嵌入式 Linux 将具有更广泛的应用前景。

嵌入式操作系统都是面向特定功能的,因此其中的嵌入式操作系统也需要满足特定功能要求,具有“定制性”。我们将熟悉的桌面操作系统称为通用系统,如 Windows2000 系统等。这些系统在安装时候也提供一些定制化选择,如典型安装,最小安装等,或可以选择是否安装部分软件包。但这些系统的可剪裁性还不能满足嵌入式操作系统的定制要求。对于 Linux 操作系统也是一样,我们可以这样理解,一般通称的 Linux 操作系统相当于一个 Linux 社团在不断开发完善的软件库,而平时我们熟悉的 Rad Hat Linux、Debian Linux、Slackware Linux、Turbo Linux 等相当于从软件库中整理打包好的通用系统,便于大家在桌面计算机中安装使用。对于嵌入式系统应用,一些软件公司如 Montavista 和 Rad Hat 等也推出了通用可定制的嵌入式 Linux 版本,这些系统在通用系统的基础上面向嵌入式系统应用做了大量功能和性能上的改进,可以根据嵌入式系统的特点灵活剪裁,并提供了丰富的开发调试工具。除了这些商业版本之外,有很多开源项目也利用 Linux 源代码库开发了面向特定应用环境的嵌入式 Linux 版本,如:

ETLinux:设计用于在小型工业计算机,尤其是 PC/104 模块上运行的 Linux。

LOAF:可以在软盘上运行的小型 Linux 系统。

ucLinux:在没有 MMU 的系统上运行的 Linux。目前支持 Motorola 68K 等微处理器。

LRP:专为路由器开发应用的 Linux 版本,具有完善的路由功能和控制界面。

除此之外,前面也提到还有很多针对内核实时性改进的模块,如 RTLinux 和 RTAI 等,都可以用来构造嵌入式 Linux 系统。

一个典型的 Linux 系统包括 3 个主要的软件层次:Linux 内核、C 库和应用程序,如图 9.3 所示。

内核主要的功能包括主存管理、进程调度、设备驱动程序、文件系统、网络协议栈和模块管理等。它是唯一可以控制硬件的软件层次,其中驱动程序代表应用程序与硬件之间进行交互操作。

内核之上是 C 库,这一层面负责把符合 POSIX 标准的 API 转换成内核可以识别的形式,然后调用内核,从应用程序向内核传递参数。

在操作系统顶端是应用程序层,具体包括两部分——系统程序和用户程序。系统程

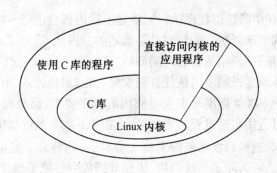

图9.3　典型 Linux 系统中的软件层次

序一般指用户系统所不可缺少的程序,典型的系统程序包括 Shell 和系统使用程序。用户程序是指用户为实现特定功能开发的应用程序。部分应用程序可以越过 C 库直接跟内核交互。这种方式虽然可以获得很高的效率,但会给程序移植带来困难。

9.2.4　Linux 内核与实时性

从程序员的角度来讲,操作系统的内核提供了一个与计算机硬件等价的扩展或虚拟的计算平台。它抽象了许多硬件细节,程序可以以某种统一的方式进行数据处理,而程序员则可以避开许多硬件细节。从另一个角度讲,普通用户则把操作系统看成是一个资源管理者,在它的帮助下,用户可以以某种易于理解的方式组织自己的数据,完成自己的工作并和其他人共享资源。

Linux 以统一的方式支持多任务,而这种方式对用户进程是透明的,每一个进程运行起来就好像只有它一个进程在计算机上运行一样,独占主存和其他的硬件资源,而实际上,内核在并发地运行几个进程,并且能够让几个进程公平合理地使用硬件资源,也能使各进程之间互不干扰安全地运行。Linux 内核的主要模块分以下几个部分:存储管理、CPU 和进程管理、文件系统、设备管理和驱动、网络通信,以及系统的初始化、系统调用等。

Linux 系统本身不是作为实时操作系统开发的,因此作为一个嵌入式操作系统,其实时性能比起专用的嵌入式实时操作系统,如 VxWorks 等,肯定具有一定差距。但是,作为一个优秀的 32 位操作系统,Linux 在中断处理,进程切换和调度等许多方面都考虑了一定实时性的要求,因此其实时性能优于一般的桌面操作系统,可以满足多数实时应用的需求。

在中断处理方面,Linux 系统没有实现优先级中断,但是为了减少中断延时,即尽量减少系统关闭中断的时间,Linux 内核将中断处理分为两部分,把必须在中断关闭状态下的操作放入称为"上半部分"的中断驻留程序中,而可以在开中断状态下完成的操作放在"后半部分"中。"上半部分"只执行简单的工作,如数据的采集和存储,而时间比较长的对数据的处理将交给专门的任务在延后的时间处理。"下半部分"在 Linux 内核当中并不是作为普通进程来实现的,而是由所谓的软中断(SoftIRQ)来完成,从而保证数据处理的"下半部分"得到快速处理。但是,在一个中断处理的"上半部分"和"下半部分"运行之间,由于其他中断响应和内核调度存在,可能还会插入其他中断处理的"上半部分"或者向"下半部分"运行,使得完成一个中断处理的时间产生波动。

    如图9.4所示,在中断驻留程序执行完毕退出后内核会进行一次任务调度,而该中断"下半部分"被内核调度选择执行的延时是不确定的。因此,这时用中断任务响应延时,即从中断产生到"下半部分"开始执行的时间间隔,来衡量系统实时性更有意义。中断任务响应延时和内核任务调度机制及内核任务调度是否是"可抢占式"有关。Linux内核在2.4版本以后为了符合POSIX.4标准对于实时应用的调度要求,已经提供了SCHED_FIFO和SCHED_PR等多种可适用实时进程的调度策略,在2.6版本的内核中更是提供了对于"可抢占式"调度的选项。这些调度策略的实现使得Linux内核介于完全的"可抢占式"和"非可抢占式"内核之间。因为除了系统调用,中断处理等一些原子操作外,Linux内核提供了多处"可抢占式"进程调度点,使得系统的实时响应速度得到很大改善。

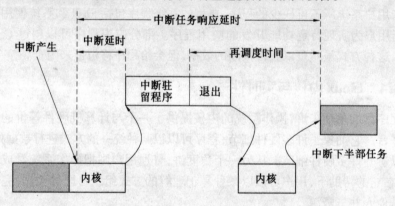

图9.4　中断任务响应时延的组成

    Linux内核技术的发展已使得一个嵌入式Linux系统在合理配置的硬件平台上可以达到毫秒级的实时性,足以满足大多数"软"实时系统的应用需求。而对于过去只能由专门实时操作系统达到的微秒级实时性,也可以通过在嵌入式Linux系统的硬件平台上增加专门处理实时任务的DSP或协处理器,以及采用专门实时化改进的Linux内核来达到。

    最常用的实时Linux内核PRLinux和RTAI采用了双内核结合的方法来达到Linux系统的实时化。双内核实时化技术把原通用操作系统作为一个任务运行在一个实时内核上。原通用内核提供磁盘读写、网络及通信、串/并口读写、系统初始化、主存管理等功能,而事实内核则处理实时事件的响应。双内核技术充分兼容标准的Linux,又采用了一种不干扰原Linux工作的方式增加了实时功能。这种设计方法的优势就在于实时内核可以利用非实时操作系统内核的一些技术来开发。比如可以把数据采集和处理这样的实时任务分成数据采集和数据处理两部分,其中实时内核进行实时数据采集后可以进行其他的实时任务,而数据的处理则可以交给非实时内核延迟处理。这种分工的思想方法与前面所讨论的将中断处理分为两部分处理的思想是相同的,只不过在更高层次上得到实现。这种将实时任务进行分开执行的方法不仅提高了实时系统的可用性,并且减少了实时内核需要处理的工作量。双内核实时化的体系结构可以用图9.5来表示。

    采用双内核实时化技术可以显著提高Linux的实时性,但是运行在实时内核上的实时任务不能充分利用现有的Linux内核系统服务,比如文件系统、网络等,因为这样将重新遇到原Linux内核"非抢占式"调度带来的问题。而且,实时任务与原内核都运行在实

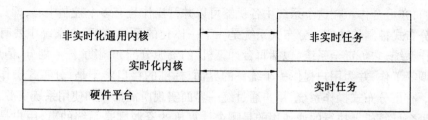

图9.5 双内核实时化结构

时内核之上,它们共享相同的地址空间,这样就很容易产生致命的内核错误。此外,这种双内核的方式下的实时任务编程需要利用 RTLinux 所提供的特定的应用程序编程接口(API),这就降低了 RTLinux 上实时应用程序的可移植性。因此,增强 Linux 内核本身实时性将更能促进 Linux 操作系统作为嵌入式实时操作系统的应用。这方面的技术还在不断发展完善中。

9.3 分布式操作系统

从 20 世纪 80 年代开始,计算机的发展在两个方面取得了长足进展。一是微型计算机的发展,从最早的 8 位机,发展到 16 位机、32 位机,甚至现在 64 位微机也越来越普遍。这些微机有很多具有早期大型机的功能,但价格却低得多。二是伴随局域网的出现,将数十台、数百台的机器连接在一起,数据在机器之间以很高的速度传输。这两项进展,导致了分布式操作系统的产生。然而分布式操作系统软件的发展还处在成长过程中,需要不断地改进。

9.3.1 分布式操作系统概述

一组相互连接并能交换信息的计算机形成了一个网络。这些计算机之间可以相互通信,任何一台计算机上的用户可以共享网络上其他计算机的资源。但是,计算机网络并不是一个一体化的系统,它没有标准的、统一的接口。网上各站点的计算机有各自的系统调用命令、数据格式等。若一台计算机上的用户希望使用网上另一台计算机的资源,他必须指明是哪个站点上的哪一台计算机,并以该计算机上的命令、数据格式来请求才能实现资源共享。为完成一个共同的计算任务,分布在不同主机上的各合作进程的同步协作也难以自动实现。因此,计算机网络存在的问题之一,是在网络上的不同类型计算机中,用某一种计算机所编写的程序如何在另一类计算机上运行。存在的另一个问题,是如何在具有不同数据格式、不同字符编码的计算机系统之间实现数据共享。另外,还需要解决分布在不同主机上的多个进程如何自动实现紧密合作的问题。

大量的实际应用要求一个完整的一体化的系统,而且又具有分布处理能力。如在分布事务处理、分布数据处理、办公自动化系统等实际应用中,用户希望以统一的界面、标准的接口使用系统的各种资源,实现所需要的各种操作。这就导致了分布式系统的出现。一个分布式系统由若干台独立的计算机构成,整个系统给用户的印象就像一台计算机。实际上,系统中的每台计算机都有自己的处理器、存储器和外部设备,它们既可独立工作

（自治性），亦可合作。在这个系统中各机器可以并行操作且有多个控制中心，即具有并行处理和分布式控制的功能。分布式系统是一个一体化的系统，在整个系统中要有一个全局的操作系统，它负责全系统(包括每台计算机)的资源分配和调度、任务划分、信息传输、控制协调等工作，并为用户提供一个统一的界面、标准的接口。于是，分布式操作系统便诞生了。有了分布式操作系统，用户通过统一界面实现所需操作和使用系统资源，至于操作是在哪个计算机上执行的或使用的是哪个计算机的资源则是系统的事，用户是无须了解，也就是说系统对用户是透明的。

那么什么是分布式操作系统呢，分布式操作系统的定义方法有很多种，一种简单的方法是将多机操作系统统称为分布式操作系统(也称广义的分布式操作系统)，另一种方法是将若干计算机的联合体称作为分布式操作系统。在这个联合体中，每个用户都认为自己正在使用的是一台独立的单机系统。

这里，计算机的联合体是分布式操作系统的基础，即分布式操作系统是由多个 CPU 构成的。而在分布式操作系统中每个用户都认为自己使用的是一台独立的单个 CPU 的计算机，这也是对分布式操作系统的基本要求。

最原始划分多 CPU 计算机系统的方法是以指令流和数据流的数目为划分的主要因素的，即：①单指令流的单机操作系统(SISD)，现在的 PC 及和一些单机的大型机均属于此类。②单指令流多数据流(SIMD)的单一指令单元向量机。③多指令流单数据流(MISD)操作系统。这类计算机的实际机器并不多，一般认为超标量计算机、长指令字计算机(VLIW)、退耦(Decounted)计算机和专用脉动阵列(Systoic arrays)计算机可以作为此类计算机。④多指令流多数据流(MIMD)的多机操作系统，即分布式操作系统。

分布式操作系统中，具有主存共享的称之为多处理器系统；不可以共享主存的称之为多计算机系统。

还可以将系统按连接方式进行分类，一类是用单一的网络、总线、电缆或其他介质连接起来，称之为基于总线型的。因此有总线型多处理器和总线型多计算机两类。另外一类是在机器之间用单独连线连接起来，称之为基于交换型的，即器件传递信息需在传输路径上每一步都做显式交换，以便让消息传往目的地。这类系统的典型实例是公用电话系统。

还有一类分类方法是按系统中机器间的耦合程度进行分类，一类是紧耦合，另一类是松耦合。紧耦合系统中，消息在机器上传输的时延短，数据传输率很高。松耦合系统则正好相反，传输时延长而且传输率低。可以看出，位于同一印刷电路板上的、用电路板上线路连接的两个 CPU，传输率高而且传输时延短，因此属于紧耦合；而通过电话系统用调制解调器等方式连接的两台计算机之间传输率低且传输时延长，因此属于松耦合。

一般而言，紧耦合型系统用于并行系统解决同一问题，而松耦合型系统则用于解决多个不相关的问题。总体来看多处理器比多计算机更倾向于紧耦合型。对并行和分布式系统分类，如图 9.6 所示。

无论从硬件角度或软件角度，分布式操作系统都有着一些共同的特点和设计目标，分布式操作系统的特点如下：

(1)分布式操作系统具有优良的性能价格比，它提供了比大型机更好的性能，而其价

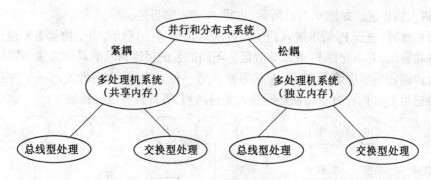

图 9.6 分布式操作系统分类

格远远低于大型机。

(2)分布式操作系统的 CPU 速度可以直接叠加,从而使其速度远远高于单 CPU 的大型机。

(3)分布式操作系统具有高度可靠性,当某个 CPU 或计算机崩溃时,整个系统仍能正常工作。

(4)分布式操作系统固有的分布性和可扩展性,使计算能力逐步增强。

(5)分布式操作系统具有数据共享特点,允许多个用户共享同一个数据库。

(6)分布式操作系统可以外设共享,分布式系统允许用户共享昂贵的外设。

(7)分布式操作系统有多种通信方式,使得 CPU 之间通信更加方便。

(8)具有灵活性,分布式操作系统还可以根据工作负载合理有效地分派到各个不同的机器上。

当然,分布式操作系统也有它的缺点:

(1)缺乏设计实现和使用分布式软件的经验。如何设计、实现和使用分布式软件,什么样的系统软件、应用软件更适合它,至今还没有一个清楚的答案。

(2)与通信问题有关。因为分布式操作系统中存在着通信网络饱和或数据丢失以及网络安全等问题,这些问题需要专门的软件来处理。

(3)数据共享,这个双刃剑既有有利的一面,也有不利的一面。不利面就是安全问题。安全永远是一个重要问题,要不惜一切代价进行数据的安全防范。

总之,分布式操作系统具有较好的性能价格比、适合分布式应用、具有较高的可靠性,并且随着工作负载的增加规模可以逐渐扩展。

9.3.2 分布式操作系统的互斥

当两个或多个进程对系统资源的使用产生竞争时,就需要一种互斥机制的支持。在单机系统中,临界区问题是采用信号量管理等机构予以保护和管理的;在分布式操作系统实现临界区和互斥问题则借鉴于单机操作系统的解决办法,并提出了新的方法。

1.集中式算法

分布式操作系统中实现互斥最直接的方法就是模拟单系统中的互斥算法,选择一个进程作为协调者。当某个进程要进入临界区时,向协调者发出请求,等待协调者的许可。如果当前没有其他进程在该临界区时,协调者就返回一个许可消息,请求进程接收到许可后,就进入临界区。如图 9.7(a)所示,进程 P_1 进入临界区。

假如此时,进程 P_2 请求进入同一临界区,如图 9.7(b)所示,由于协调者知道已有一个进程在临界区,它不允许 P_2 进入临界区。不同的系统拒绝请求的具体方法不同,在图 9.7 (b)中,协调者不响应请求,进程 P_2 被阻塞。另一种方法是,协调者发出一个"拒绝访问"信号给进程 P_2。两种方法都使进程进入等待队列,等待临界区的释放。

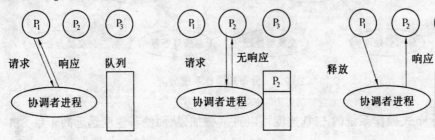

(a) 请求进入临界区,协调者许可　　(b)P2 请求进入同一临界区,　　(c) P1 退出临界区,P2 得到响应
　　　　　　　　　　　　　　　　　　　　没有得到响应

图 9.7　集中式算法示意图

进程 P_1 退出临界区时,向协调者发送释放消息,如图 9.7(c)所示。协调者从等待队列中取出第一项,并向相应的进程发许可消息,唤醒被阻塞的进程,使其进入临界区。

显然,上面的算法可以保证互斥,协调者一次只允许一个进程进入同一临界区。每个对临界区的请求都按照它们的接受次序得到许可。这种方案不仅可以管理临界区,也可以用于更通用的资源分配。

集中式算法有两个关键特点:

(1)有一个协调者,协调者站点负责资源分配。

(2)所有信息都集中在协调者站点中,包括资源的个数、资源所在位置及资源分配状态。

集中式算法的主要缺点是协调者单点失效问题。如果协调者站点崩溃了,整个系统的资源分配就无法进行。如果进程在发出请求后被阻塞,由于协调者崩溃而不能发送消息,由此可能导致整个系统被阻塞。另外,在大型系统中,单个协调者可能会成为系统性能的瓶颈。

2.分布式事件排序算法

集中式算法存在着一定的缺陷,人们把研究的重点放在了分布式算法上,分布式算法有下列特性:

(1)所有站点具有平均相同的信息量。

(2)每个站点只掌握完整系统的部分情况,且要基于这一信息做出决定。

(3)所有站点对最终决定承担相同的责任。

(4)所有站点对最终决定的影响付出了平均相同的努力。

(5)一个站点的故障从总体上不会导致整个系统的崩溃。

(6)不存在系统范围的公共时钟来规范事件的定时问题。

Lamport 于 1978 年发表了时钟同步算法,Ricart 和 Agrawala 于 1981 年又对 Lamport 算法进行了改进。Ricart 和 Agrawala 算法对系统中所有的事件进行排序,被称为时间戳 (timestamping)算法,算法描述如下:

进程若要进入临界区,首先建立一个包含临界区名、进程号和当前时间的消息。然后将该消息发送给系统中其他所有进程。这里假定消息的发送是可靠的,即每个消息都得到了确认。

某进程接收到其他进程发送的消息后,所采取的动作由接收者和消息中的临界区名决定,分为以下三种情况:

(1)如果接收者不在临界区内,而且它不想进入临界区,就返回一个"响应"消息给发送者。

(2)如果接收者在临界区内,将请求者送入等待队列。

(3)如果接收者要进入临界区,但还没有进入,就比较接收者和发送者的时间戳,时间戳小的请求获胜。如果发送者的时间戳小,就回送一个"响应"消息。否则,将接收到的请求放入等待队列中。

如图 9.8(a)所示。进程 P_1 向所有进程发送时间戳为 8 的请求,同时,进程 P_3 向所有进程发送时间戳为 12 的请求。

由于进程 P_2 不要求进入临界区,所以它向其他进程发送"响应"消息。进程 P_1 和进程 P_3 都看到了访问冲突,比较它们的时间戳。进程 P_3 看到自己的时间戳大,就向进程 P_1 发送"响应"消息,允许进程 P_1 进入临界区。进程 P_1 将进程 P_3 的请求送入等待队列,以便稍后处理,进程 P_1 进入临界区,如图 9.8(b)所示。

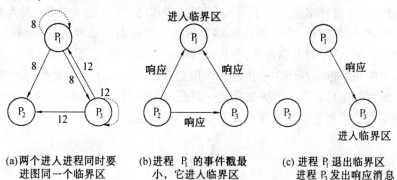

(a)两个进入进程同时要　　(b)进程 P_1 的事件戳最　　(c)进程 P_1 退出临界区
进图同一个临界区　　　　小,它进入临界区　　　进程 P_3 发出响应消息

图 9.8　分布式事件排序算法示意图

进程 P_1 退出临界区,从它的队列中删除进程 P_3 的请求,并向进程 P_3 发出"响应"消息,允许进程 P_3 进入临界区,如图 9.8(c)所示。由于冲突时,时间戳最小的进程进入临界区,而且每个进程对时间戳的排序都认可,因此该算法可以实现互斥。

在图 9.8 中,如果进程 P_3 发出的请求消息的时间更早,使进程 P_1 在发送请求消息前已接收到进程 P_3 的请求并已允许进程 P_3 进入临界区,这时,情况就不同了。这种情况下,进程 P_3 会注意到在接收进程 P_1 的请求时,它自己正在临界区中,这时它不向进程 P_1 发送响应消息,只将进程 P_1 的请求送入队列中等待。

保证互斥必须不出现死锁和饥饿。在集中式算法中,每次请求进入临界区需要

$2(n-1)$条消息,这里 n 为系统中的进程数。集中式算法的最大缺点是单点失效问题,然而不幸的是,在分布式事件排序算法中多点失效代替了单点失效。任意一个进程崩溃后都无法响应其他进程的请求。而其他进程会错误地将没有响应认为是访问拒绝,因此就会阻塞后续的、试图进入所有临界区的进程。n 个进程中一个崩溃的可能性比单个协调者进程崩溃的可能性高 n 倍,而且系统崩溃后需要更大的网络流量以引导系统。

为了弥补这一缺陷,可以使用下面的策略。请求到达时,接收者总要向请求者发回一个响应:访问许可或拒绝消息。无论是请求或响应丢失,请求者都在等待超时后重发请求消息,直到接到响应消息或者断定目标已经崩溃为止。请求被拒绝后,其发送者应阻塞,等待随后的"响应"消息。

该算法存在的另一个问题是必须使用分组通信原语,否则每个进程必须自己维护其进程组内的成员表,包括进入该组、离开该组或崩溃的进程。在组内成员较少或不变的情况下,该算法的效果最好。

在分布式事件排序算法中,要求一个进程得到其他所有进程的许可后才能进入临界区,其实这是一个过分的要求。实现互斥只需防止两个进程同时进入同一临界区即可。对算法的改进是:一个进程只要得到其他多数进程的许可就可进入临界区,而不是等待所有进程的许可。

分布式事件排序算法的缺点是比集中式算法更慢、更复杂、更昂贵、更不健壮,但是随着不同改进算法的提出,分布式事件排序算法的可行性越来越高。

3. 令牌环算法

令牌环算法用在通过网络相连的计算机系统中。系统由一个令牌和能够遍历所有处理器的路径——逻辑环组成。为了进入临界区,进程必须得到这个令牌,因为系统中只有一个令牌,所以一次只有一个进程进入临界区。当进程退出临界区时,令牌被释放给系统。如果没有进程希望进入临界区,令牌就持续不断地循环,如图 9.9 所示。构造一个逻辑环,系统中的每个进程在环中被指定一个位置。进程在环中的位置可以根据网络地址的数字序号指定,也可以由其他方法指定。进程之间没有内定的次序,排序的方法并不重要,重要的是每个进程都要知道环上在其后的是哪个进程。

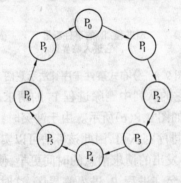

图 9.9　令牌环算法示意图

初始化时,给进程 P_0 一个令牌(token),令牌在环上循环传递。令牌在进程间传递由点对点的消息完成。进程从它的相邻站点获得令牌后,检查自己是否要进入临界区。如果是,就进入临界区,完成需要的工作后退出临界区。退出后,该进程将令牌向后传递。不允许某个进程利用同一个令牌再次进入临界区。

如果进程得到令牌,而又不想进入临界区,它就将令牌直接传递给环上的下一个站点。当所有进程都不需要进入临界区时,令牌就在环上持续循环传递。

该算法的正确性是显而易见的,任何时刻都只有一个进程得到令牌,因此只有一个进程可以进入临界区。令牌在环上按照预定义的顺序循环传递,因此也不会出现饥饿现象。某个进程要进入临界区时,需要等待的最长时间是其他所有进程都进入、退出临界区所需要的时间之和。

如其他算法一样,令牌环算法也存在问题。如果令牌丢失,需要重新产生一个新令牌。但事实上,由于令牌在网上出现的时间间隔不确定,所以很难判断令牌是否已经丢失。

如果有一个进程崩溃也会出现令牌丢失问题,因此必须有一定的补救措施。如果要求每个进程收到令牌后返回确认消息,那么只要相邻站点发送令牌后得不到确认,就可以断定该进程已经崩溃。这时可以从分组中移去崩溃进程,使令牌的持有者绕过崩溃进程向其后的进程发送令牌。如果连续的几个进程都已经崩溃,也可以绕过多个进程发送令牌。

需要注意的是,本节所列出的三种方法对崩溃事件都很敏感。要避免崩溃引起的整个系统工作的停止,需要加入特殊的方法和附加的复杂性。分布式事件排序算法比集中式算法和令牌环算法对崩溃事件更敏感。这三种算法都不能用于容错系统,但如果崩溃事件很少发生的话,这些算法都是可以接受的。

9.3.3　分布式操作系统的资源管理

分布式操作系统中的资源管理方式主要有局部集中式、分级式和分散式。资源包括硬件和软件,有时也把资源抽象成对象。

1.局部集中式管理

每种资源由一个且仅由一个资源管理者管理。具体讲就是,资源按其在各站点上的分布情况分别由其所在的站点实行局部的集中管理,不存在全系统范围的集中管理者。就一个站点而言,这种方式与单机的情况相似,但增加了利用网络通信手段申请使用其他站点上的资源的功能。

由于各站点都有隶属于自己管理的一部分资源,所以进程请求使用资源时,先向本站点的管理者提出请求,仅当本站点的管理者无法满足时,本站点管理者才向其他站点转发这一请求,而且可在提供所需资源的站点之中挑选出通信距离最短的站点,从而减少通信开销。

当多个并发进程同时申请某一资源,且该资源又是由某一站点上的管理者进行局部集中式管理时,可把这一问题归结为访问临界区问题。

这种管理方式实现简单,也不存在全系统范围内的可靠性薄弱环节和通信瓶颈问题。主要适用于像主存、键盘、显示器这类本身就属于各个站点单独管理且逻辑上相互比较独立的一些资源。

2.分级式管理

分级式管理的基本原理如下。

(1)针对实际的分布式系统,对其中的各种资源进行分析,然后根据其重要性、常用性和隶属关系将资源分为两个级别:第1级是被多个站点经常使用的资源;第2级是仅被本站点使用的资源。

(2)采用不同方式来管理不同级别的资源,即:对第1级资源,由于它们被系统中的多个站点经常使用,因此必须采用分散式管理即由多个站点在协商一致的情况下共同管理。对第2级资源,由于它们属于某个站点,不被其他站点所使用,可采用集中式管理。

3.分散式管理

资源由多个站点上的管理者在协商一致的原则下共同管理。因此,当某站点上的进程申请使用一资源时,即使本站点有可供使用的资源副本或者能在其他站点上找到,也不能由这一站点(或任一站点)单独对该资源的分配作出决策,而必须与所有参与管理的站点进行协商,在取得一致后才能作出决策。

所以提出这种管理方式,是由于在分布式系统中,有些资源很难采用集中管理方式。例如,系统有一文件A,它有若干副本分别存放在站点1,2,3上。系统允许多个用户同时读文件A,但当某个用户在修改文件A时,任何其他的用户既不能读A也不得写A(即分布式"读者/写者"问题)。因此,当站点1,2,3上的资源管理者之一接收到"写"文件A的要求时,它必须与其他站点的资源管理者协商,取得一致后才能决定是否满足申请者的要求。也就是说,文件A不是由一个管理者而是由多个管理者来管理,这就要求采用分散式管理。显然,该管理方式适用于必须由多个站点共同管理且逻辑上有相互联系的一些资源,如多份拷贝的文件、数据、表格等。

这种管理方式实现比较复杂,通信开销较大,要求有较好的分散管理算法来提高进程对资源请求的响应速度。

9.3.4 分布式操作系统的死锁

死锁问题在单机系统中就是一个非常严重的问题,在分布式操作系统中,这个问题更严重,因为每个站点只能知道自己的资源状况,而对其他站点的资源状况一无所知,这种死锁更难于避免、预防,甚至难以检测。分布式系统的死锁被分为通信死锁和资源死锁,通信死锁可有如下的例子:进程A试图向进程B发消息,但进程B正试图向C发消息,而进程C正试图向进程A发消息,于是构成通信死锁。资源死锁发生在多个进程抢占需要互斥访问的 I/O 设备、文件、锁或其他资源的情况下。

1.预防死锁

分布式操作系统预防死锁的方式与单机系统非常类似,这里介绍一种新的方法:时间戳方法。

给每个进程赋一个唯一的优先数,这些优先数用以决定进程 P_i 是否等待进程 P_j。例如,如果 P_i 的优先数高于 P_j 的优先数,令 P_j 等待 P_i,否则 P_i 被撤离。因为 P_i 的优先数高于 P_j,因此也就不存在循环等待的现象。但可能发生饥饿现象,即某些具有很低优先数的进程可能总被撤离。为解决这个问题,Rostenkrantz 等人提出了使用时间戳作为优先

数的方法。对系统中的每一进程,当创建它时,就赋给它一个时间戳,利用时间戳预防死锁的两种方案是:

(1)当进程 P_i 申请当前已由 P_j 占有的资源时,仅当 P_i 的时间戳小于 P_j 的时间戳时,让 P_i 等待,否则,P_j 被撤离。例如,假定进程 P_1,P_2 和 P_3 分别有时间戳 5,10 和 15,若 P_1 申请已由 P_2 占有的资源,P_1 就等待;如果 P_3 申请已由 P_2 占有的资源,P_2 就被撤离。

(2)当 P_i 申请当前已由 P_j 占有的资源时,如果 P_i 的时间戳大于 P_j 的时间戳,让 P_i 等待,否则 P_j 被撤离。再考虑前面的例子,如果 P_1 申请已由 P_2 占有的资源,那么从 P_2 手中抢占该资源,而且 P_2 被撤离;如果 P_3 申请已由 P_2 占有的资源,则 P_3 就等待。

2. 避免死锁

避免死锁技术需要动态地决定"一个给定的资源分配请求如果得到满足,是否会导致死锁"。而这在分布式系统中是不现实的,理由如下:

(1)每个站点必须掌握全局的状态,这需要很大的存储和通信开销。

(2)用于检测全局状态是否安全的进程必须是互斥的,否则,两个站点可能都被认为是一个不同进程的资源请求,并且并发地得出"满足该请求是安全的"这一结论,而事实上如果同时满足两个请求,将导致死锁。

(3)对于一个具有大量进程和资源的分布式系统,检测安全状态包含了相当多的系统处理开销。

3. 死锁检测

在单机系统中,允许进程自由地获得其所需的资源,如果检测到了一个死锁,系统将选中处于死锁状态中的一个进程,并要求其释放资源,以便解除死锁。分布式系统检测死锁的难点在于每个站点只知道自己的资源状况,而死锁的产生可能包含分布的资源。检测死锁的方法主要有以下两种:

(1)集中式死锁的检测。模拟单机情况下的算法,检测死锁的工作由一个站点完成,只有这个站点上维护着一张整个系统的资源分配图,所有的请求和释放消息都发送到检测进程和控制特定资源的站点。因为检测进程有整个系统的信息,所以它能够担当起检测死锁的任务。这种方法需要很多消息,并且会因负责检测站点的故障而使整个系统比较脆弱。

(2)层次式死锁的检测。在这种情况下,系统中所有的站点被组织成树形结构,其中有一个站点作为树的根。在除了叶子站点之外的每个站点中,收集了所有子孙站点的资源分配信息,这使得除了叶子站点之外的所有站点都可以检测死锁。

4. 死锁解除

分布式操作系统的解除死锁的方法同样有两种,一种是令发现死锁的所有进程自杀,这种方法可以解除死锁,但是自杀的进程有可能很多,其实只杀死一个进程就可以了。因此由第一种方法产生了另一种方法,即让每个接到检测消息的进程将其进程号加入到检测消息的尾部,这样,当消息回到原始发送者时,整个循环中的进程就列出来了,由发送者将进程号最大的那个进程杀死。

9.3.5 分布式文件系统

1.文件系统与文件服务器

文件系统在分布式系统中与在单机系统中一样,也是至关重要的。在分布式系统中,文件系统的工作是存储程序和数据,并在需要时使用这些程序和数据。除了与单机系统相同情况外,在分布式系统中区分文件服务和文件服务器是很重要的。

文件服务是文件系统为用户所提供的服务内容的规范说明,它描述了可用的原语,他们所使用的参数以及执行的操作。

文件服务器则是一个运行于某个机器上的进程,该进程帮助实现文件服务。

一个系统可以有一个或几个文件服务程序,但是对用户来说,他们既不需要知道文件系统如何实现,又不需要知道文件服务器的位置、功能和数量。用户知道的仅仅是他们调用文件服务指定的过程时要求的工作被执行和需要的结果被返回。文件服务器只是一个在某台机器上运行的用户或内核进程。一个系统中可以有多个文件服务器,每个提供不同的文件服务。例如 UNIX 文件服务、MS-DOS 文件服务或者 Linux 文件服务等。用户进程则选择使用对他适合的文件服务。在这种方式中,可以有一个或多个窗口终端上运行着 UNIX,或在另一些窗口中同时运行 MS-DOS,相互之间并无冲突。对于系统设计师来说,决定着是否选择提供服务器及提供哪一类服务器、提供的文件服务类型、数量等。这些对于用户来说,他们并不需要考虑,只在购买或使用机器时知道该机是否具备这些功能。

2.分布式文件系统的功能

分布式文件系统有两个不同的部件,文件服务(实际的文件服务)和目录服务。文件服务同单机系统中的操作相关,目录服务则同于单机系统中创建和维护目录,并在目录上进行增加、删除等操作。

分布式文件系统对文件的结构大部分视作字符序列,对文件属性提供进行读、写操作的原语,对文件本身仅仅提供创建和读操作,一个文件一旦被创建,就不能再改变,这就避免了由于文件改变而需要更新所有文件副本所引起的一系列问题。

分布式文件系统采用了文件保护技术也有单机系统的存取权限和文件存取控制表,存取权限指明了文件操作的允许范围。

文件服务有两种模式,一种是上载/下载模式,另一种是远程访问模式,同时文件服务提供两种操作,读操作和写操作。

目录服务提供创建、删除目录、对文件命名和改名,以及把文件从一个目录移到另一个目录。目录服务还为文件名和目录名规定了一些符号和语法。一般情况下,所有分布式系统都允许目录下包含子目录,以便用户将相关文件放在一起,一个子目录下包含同一项目的文件,而系统为用户提供了创建、删除、进入或移动子目录和从子目录中查找文件等功能。

目录服务器的设计还涉及命名透明性,即路径名在定位文件的位置时没有指明,如/server2/dir/x 的路径,它指出了文件 x 定位在服务器 2 上,服务器 2 又位于何处却没有指出,定位透明性的解决是目录服务器中的一个问题,另一个问题就是两级命名。

许多分布式系统都采用两级命名法,即用符号等作文件的符号名,同时又用内部的二进制数作文件名字。目录便成了这二者之间的映射,这种映射的实现还需解决许多相关问题。不同系统有不同的解决方案。

文件共享在分布式系统中是一个复杂而且重要的问题,而定义语义是解决文件共享的一种重要举措,目前定义的一些语义有利也有弊。总的来说分布式系统中处理文件共享有 UNIX 语义、会话语义、不可变文件及原子事务等不同方式。UNIX 语义在文件上的每一操作对所有进程均是立即可见,会话语义在文件关闭之前的变化对其他进程是不可见的;不可变文件是使所有文件都不可更改,它简化了共享和复制的处理;使用原子事务方式可使文件的所有修改有一个统一的结果。

随着计算机的发展分布式系统会越来越大,其文件系统的发展也会越来越快,因此,分布式系统的发展首先涉及硬件的发展。需要有更快的传输设备,更大的存储容量和更方便的存取方式。此外,文件系统自身要具备可伸缩性功能,从局域网走向广域网,另外移动用户也是分布式系统的发展所必需的。容错能力是分布式系统所必须具备的特性,当然这些将使系统有相当多的额外硬件开销和需要相当多的通信基础设施支持,同时也需要相应的软件和数据支持。

分布式操作系统是传统操作系统的发展和继续。为计算机的飞速发展提供了重要的软件支持。一方面传统(单机)操作系统的原理奠定了分布式操作系统的基础,但仍是操作系统实现和发展的理论依据,并为分布式操作系统提供了设计思路;另一方面,分布式操作系统又在传统系统基础上迅速发展和前进,为操作系统开辟了新的模式和思路。传统操作系统中的互斥,死锁等问题在分布式系统中有了新的处理方法,文件系统有了新的发展,更完善的方式和方法将在不断探索和实施中。

小　结

随着计算机系统应用领域的不断拓展和深入,计算机硬件制造技术和软件设计理论不断变革和发展,操作系统呈现了专用化、小型化、便携化、网络化、安全化的发展趋势,并形成了多处理器系统、微内核系统、网络操作系统、分布式操作系统及嵌入式系统等新型研究领域,本章概述了现代操作系统的基础知识和一些目前应用较广泛的操作系统。这些知识是人们进一步学习、使用以及研究操作系统的起点。必须指出,由于所有系统都建立在冯·诺依曼硬件体系结构上,因此现代操作系统不是对传统操作系统的简单否定,相反它继承了传统操作系统的许多优秀成果。同样,如果硬件体系结构不发生本质变化,下一代操作系统也不会对现代操作系统进行简单否定,它一定会继承现代操作系统的优秀成果。虽然嵌入式操作系统和分布式操作系统能够适应现代社会不同领域的发展要求,但从阐述过程中我们可以看到,不同的操作系统仍然存在着一些目前无法实现的问题,这也为现代操作系统的进一步发展提供了动力。

习 题

1. 什么是网络操作系统？简述网络操作系统的功能。

2. 什么是分布式操作系统？它与网络操作体统有何不同？

3. 未来操作系统的发展趋势是什么？

4. 简述嵌入式系统和嵌入式操作系统的关系。

5. 嵌入式操作系统具有哪些特点？

6. 什么是实时操作系统？嵌入式实时操作系统与嵌入式操作系统以及一般操作系统有何区别？

7. 早期的嵌入式实时操作系统和现代的嵌入式实时操作系统各有什么特点？

8. 什么叫嵌入式实时操作系统的抢占调度和非抢占调度？它们的区别是什么？

9. 什么是静态表驱动策略？什么是优先级驱动策略？

10. 嵌入式实时操作系统与嵌入式 Linux 操作系统有何区别？

11. 为什么越来越多的嵌入式操作系统采用嵌入式 Linux 操作系统？

12. 一个典型的 Linux 系统包括几部分？它们各自起什么作用？

13. 嵌入式 Linux 操作系统如何处理中断？

14. 最原始划分多 CPU 计算机系统以指令流和数据流的数目为依据可划分为几类？

15. 紧耦合系统和松耦合系统有何区别？

16. 简述分布式操作系统的优缺点。

17. 简述分布式操作系统实现互斥的几种方法及其优缺点。

18. 为什么在分布式操作系统中无法避免死锁？

19. 在分布式操作系统中如何检测死锁？

20. 分布式文件系统分为哪几部分？

参 考 文 献

[1] WILLIAM STALLLINGS.操作系统——精髓与设计原理[M].5 版.陈渝,译.北京:电子工业出版社,2006.

[2] 任爱华,王雷.操作系统实用教程[M].2 版.北京:清华大学出版社,2004.

[3] 张尧学,史美林,张高.计算机操作系统教程[M].3 版.北京:清华大学出版社,2006.

[4] 汤小丹,梁红兵,哲凤屏,等.计算机操作系统[M].3 版.西安:西安电子科技大学出版社,2007.

[5] 孟静.操作系统教程——原理和实例分析[M].北京:高等教育出版社,2001.

[6] 彭民德,肖健宇.计算机操作系统[M].2 版.北京:清华大学出版社,2007.

[7] 李善平,郑扣根.Linux 操作系统及实验教程[M].北京:机械工业出版社,1999.

[8] 陈向阳,方汉.Linux 实用大全[M].北京:科学出版社,1999.

[9] RUSSINOVICH M E. SOLOMON D A,深入解析 Windows 操作系统[M].4 版.潘爱民译.北京:电子工业出版社,2007.

[10] 陈莉君,康华.Linux 操作系统原理与应用[M].北京:清华大学出版社,2006.

[11] 陈向群,向勇,王雷,等.Windows 操作系统原理[M].2 版.北京:机械工业出版社,2004.

[12] 肖竞华,陈建勋.计算机操作系统原理——Linux 实例分析[M].西安:西安电子科技大学出版社,2008.

[13] 桑莉君.计算机操作系统原理与 Windows 2003 实践教程[M].北京:机械工业出版社,2008.

[14] 蓝枫叶.嵌入式操作系统设计与实现[M].北京:电子工业出版社,2008.

[15] 卿斯汉,刘文清,温红子.操作系统安全[M].北京:清华大学出版社,2005.

读者反馈表

尊敬的读者：

您好！感谢您多年来对哈尔滨工业大学出版社的支持与厚爱！为了更好地满足您的需要，提供更好的服务，希望您对本书提出宝贵意见，将下表填好后，寄回我社或登录我社网站（http://hitpress.hit.edu.cn）进行填写。谢谢！您可享有的权益：

☆ 免费获得我社的最新图书书目　　　　☆ 可参加不定期的促销活动

☆ 解答阅读中遇到的问题　　　　　　　☆ 购买此系列图书可优惠

> **读者信息**
>
> 姓名_____　□先生　□女士　　　年龄_____　学历_____
>
> 工作单位_____　职务_____
>
> E-mail _____　邮编_____
>
> 通讯地址_____
>
> 购书名称_____　购书地点_____

1. 您对本书的评价

内容质量　　□很好　　　□较好　　　□一般　　　□较差

封面设计　　□很好　　　□一般　　　□较差

编排　　　　□利于阅读　□一般　　　□较差

本书定价　　□偏高　　　□合适　　　□偏低

2. 在您获取专业知识和专业信息的主要渠道中，排在前三位的是：

①_____　　　②_____　　　③_____

A. 网络 B. 期刊 C. 图书 D. 报纸 E. 电视 F. 会议 G. 内部交流 H. 其他：_____

3. 您认为编写最好的专业图书（国内外）

书名	著作者	出版社	出版日期	定价

4. 您是否愿意与我们合作，参与编写、编译、翻译图书？

5. 您还需要阅读哪些图书？

> 网址：http://hitpress.hit.edu.cn
>
> 技术支持与课件下载：网站课件下载区
>
> 服务邮箱 wenbinzh@hit.edu.cn　duyanwell@163.com
>
> 邮购电话 0451－86281013　0451－86418760
>
> 组稿编辑及联系方式　赵文斌（0451－86281226）　杜燕（0451－86281408）
>
> 回寄地址：黑龙江省哈尔滨市南岗区复华四道街10号　哈尔滨工业大学出版社
>
> 邮编：150006　传真 0451－86414049